KB234886

리·얼·소·설

미스테리아

김영수 · 저

서음미디어

프롤로그

신인(神人), 미스테리아

이 책에서 미스테리아(Mysteria)란 인간으로서 신이 행하는 미스테리(기적)를 일으키는 인간, 즉 신인(神人)을 말한다.

미스테리아가 행하는 예언과 기적은 일반적으로 생각하고 있는 바와 사뭇 다르다. 점술가는 앞날을 맞추려고 노력하지만, 미스테리아는 오히려 예언을 빗나가게 하려 애를 쓴다. 불길한 미래를 피하기 위해서다. 범부들은 기적이라며 우연에 놀라지만 미스테리아의 눈에는 우연이란 없다. 인과(因果)가 꽉 짜인 필연이 있을 뿐이다. 미스테리아에게 죽음이란 태어나지 않은 상태요, 삶이란 아직 죽지 아니 한 상태일 뿐이다. 죽어서도 영혼이고, 살아서도 영혼임을 잘 알기 때문이다.

단군왕검, 진묵대사, 증산, 스웨덴 보오그, 노스트라다무스, 피타고라스, 소크라테스, 예수, 석가모니의 공통점은 모두 '미스테리아'란 점이다. 가령, 구약의 예수는 유대인 버전의 미스테리아다.

역사를 돌이켜보면 미스테리아는 거대 종교와 최고 권력자들로부터 탄압을 받았다. 왜 신인(神人)이면서도 늘 수난을 당해야 할까?

미스테리아들이 한 목소리로 세상에 전하고자 했던 바가 있다. 우리 각자의 내면에는 보편적 영혼 곧 로고스(=보편적 다이몬=하느님의 마음)가 내재되어 있다는 것이다. 미스테리아에게 예언과 기적은 인간이 영혼의 존재임을 각성시키기 위한 일종의 퍼포먼스에 불과하다.

미스테리아가 탄압받는 이유는 간단하다. 인간이 신의 노예가 아님을 선언했기 때문이다. 미스테리아는 인간이 모두 평등한 영혼의 존재이며 잠재적 미스테리아라는 사실을 일깨웠다. 그래서 획일적인 교리와 신분 통치 질서를 부정했다는 이유로 신성모독이란 죄명으로 이단시되어 악마로, 마녀로 처형당했다. 이것이 신과 종교에 대한 불편한 진실이 아닐까.

바티칸은 베드로의 무덤이 있는 자리에 세워졌지만, 묘하게도 '바티'는 무당(샤먼)이란 뜻이다. 바티칸은 바티카누스 언덕이라고 해서 과거 샤먼들이 모여 살던 곳이다. 고대부터 샤먼 중에서도 걸출한 샤먼이 바로 미스테리아인 셈이다. 미스테리아는 전설속의 신화가 아니라 현재 그리고 미래의 이야기라는

데 그 의의가 있다. 지금도 우리 주변에는 살아있는 미스테리
아들이 묵묵히 중생들을 돌보고 있기 때문이다.

　이 소설은 2009년에 있었던 증산 친필유서 해제 사건과 청·
일간 맺었던 간도밀약(1909)때문에 잃었던 우리 영토 회복을
위해 국제사법재판소에 간도협약 원천무효 및 반환 소송서류
를 접수하기 까지의 비화 등을 바탕으로 썼다.
　증산의 친필 유서가 발견되고 신도들에게 공개되면서 파문이
시작된다. 이 소설은 신성문자를 차지하려는 암투와 유서에 명
시된 미륵이라 불리는 미스테리아의 출현, 동아시아 배달민족
연방프로젝트 비전에 관한 이야기이다.
　소설 속의 등장인물 차진웅법사는 세간에 영능력자로 유명한
차길진법사가 모델이다. 독자들에겐 소설이겠지만 필자로선
다큐멘터리인 셈이다.

　이 책에는 다소 난해한 요소들이 나온다. 보다 흥행을 고려
했다면, 흑백선악의 단순 논리로 몰아가야함을 필자도 모를 리
는 없다. 그러나 한 가지 결론을 위해 여타의 등장인물들을 들
러리로 세우고 싶진 않았다. 차법사(미스테리아), 용화(종교인,
유신론자), 조기자(무신론자), 지천태(도가적 신비주의자), 대
성거사(신흥종단교주 야심가)가 발산하는 5인 5색의 시각을
그대로 유지하려고 애썼다. 그래서 다섯 가지 시각이 시종일관
공존한다. 최종 판단은 독자의 몫으로 남기고 싶은 필자의 고
집이다.

　나에게 미스테리아에 대한 고찰은 획일적으로 제도화 된 교리 이전에 태초 영혼의 고향을 찾아가는 내비게이션이다. 소설 ‘미스테리아’가 경전 속의 죽은 성인이 아니라 주변에 살아있는 미스테리아를 알아보는 안목과 우리의 마음속에 내재되어 있는 미스테리아의 본성을 일깨우는 동기가 된다면 나로서는 더 없이 보람찰 것이다.

2014. 1월에

리얼소설 미스테리아 차례

○ 등장인물

- **차법사** : 미스테리아. 죽은 자도 살리는 영능력의 소유자. 남북통일을 가로막
는 세력에 맞서 천지신명공사를 벌인다.

- **용화** : 금욕적인 증산연구가. 신흥교단의 괴한에게 쫓기며 목숨을 걸고 증산
의 비결서를 지킨다. 미래의 지도자를 찾아 신성문자를 전달할 사명감에 사로잡
혀 있다.

- **조기자** : 폭로 주간지의 르포기자. 별명은 하이에나. 방송과 신문이 보도할
수 없는 금기 영역을 헤집고 다닌다. 남북한의 관계 개선을 막고 사회를 반목시
키는 종교 편향 세력에 대해 탐문하고 다닌다. 이중적인 가식을 증오한다.

- **지천태** : 종교 전문가이자 미스테리아 헌터. 얽매이는 계율이 싫어 전 세계를
자유롭게 유랑하며 다양한 이념과 종교를 체험하며 미스테리아를 찾아다닌다.

- **대성거사** : 신흥종단 교주를 꿈꾸는 야심가. 신성문자를 차지하기 위해 용화
의 뒤를 쫓는다.

이 소설은 허구가 아닌 실제상황을 그린 리얼소설이다

□ 귀신을 부리는 사나이

마치 연극 무대 위의 암전처럼 사방은 고요하고 캄캄했다. 용화는 주변을 두리번거렸다.

'이상하다? 분명히 예전에 드나들었던 곳인데?'

선원에 깔린 다다미며 중앙 제단 위에 검지를 한 손으로 감싸 쥔 비로자나불상이며, 돌로 조각된 소박한 지장보살 석상에, '다선일미(茶禪一味)'란 액자까지 모두 변함이 없었는데 왠지 낯설게만 느껴졌다.

"다 왔습니다."

앞장을 섰던 사내가 공손하게 안내했다. 하지만 그 인물이 누군지는 알 수 없었다. 사내는 자기소임을 다한 듯 공손하게 고개를 숙이고는 어둠속으로 총총히 사라졌다.

'앗-'

갑자기 폭죽이 터지듯 눈앞이 눈부시게 밝아졌다. 용화는 반사적으로 한 손으로 눈을 가리고 방어 자세를 취했다. 빛 속에서 그림자가 어른거리더니 누군가 걸어 나왔다. 이번엔 건장한 사내였다. 이 사내는 매우 위압적이었다. 우락부락하고 날카로운 눈매에 목소리도 우렁찼다.

"용화선생이시요?"

"네. 그렇습니다만……."

"따라오시오."

은은한 향냄새를 맡으며 얼마나 걸었을까. 선원이래 봐야 기껏 30평 남짓한데 이토록 오래 걸어야 하다니. 마치 거대한 궁전으로 들어가는 느낌이었다.

'아니!'

건장한 사내들이 양 옆에 죽 도열해 있는 게 아닌가. 딱히 무기는 없는 듯 보였지만 검은색 복장으로 통일한 경호원들이 위압적으로 끝없이 늘어서 있었다. 마치 대통령 경호를 연상시켰다.

'저건 뭐지?'

용화는 화들짝 놀랐다. 민속촌 사극 영화세트장처럼 옛날 복장을 한 사람들과 요즘 복장을 한 사람들이 뒤엉켜 있었다. 그들은 순서를 기다리는 듯 긴 줄을 만들고 있었다. 그들의 표정은 하나같이 불안에 떨고 있었다. 사찰 입구에서 본 듯한 사천왕 인상의 장정들이 그들을 밀치며 질서를 잡고 있었다.

'저들이 지금의 내 모습이겠지!'

갑자기 그런 생각이 들자 알 수 없는 서글픔이 밀려 왔다. 앞장서던 사내가 멈춰 섰다. 멀리서 황금빛 덩어리가 눈이 부셨다. 자세히 보니 그 안에 누군가 앉아 있었고 주변에 배심원인 듯한 사람들 수십 명이 둘러앉아 있었다. 누가 설명하지는 않았지만 심판을 받는 자리임이 분명했다.

'아-'

차법사였다. 용화는 반갑게 다가가 인사를 건넸다.

"법사님이시군요."

차법사가 환하게 웃었다.

"어서 오세요. 이렇게 만나는 군요."

"아, 그러네요. 이렇게 만나네요."

용화는 자기도 모르게 눈물이 핑 돌았다. 그리고 지난 일들이 마치 영화 예고편처럼 빠르게, 그러나 방금 일처럼 선명하게 스쳤다.

2008년 설 연휴 마지막 날. 남대문 숭례문 지붕은 불기둥이 치솟고 있었다. 소방호수의 집중 포화에도 불구하고 혹시 휘발유를 퍼붓는 게 아닌가 착각할 정도로 불길은 더욱 위세 좋게 밤하늘에 봉화를 올렸다.

도로는 흰 포말이 흘러 시궁창처럼 질퍽거렸다. 뒤늦게 도착하는 소방차들과 사이렌이 엉킨 화재 현장은 아수라장이었다. 소방관들이 사력을 다해 대형 호수를 하늘로 발사했다. 하지만 누각은 '콰르릉' 소리를 내며 허무하게 무너져 내렸다.

'아-'

주변에서 구경하던 인파들 속에서 탄식이 터져 나왔다. 우주선으로 달나라를 오가는 21세기에, 불타는 국보 1호 앞에서 고작 할 수 있는 일이 불구경뿐이라니! 지켜보던 시민들과 소방대원들은 무기력감과 자괴감에 고개를 숙였다. 개량 한복을 입은 용화가 구경꾼들 사이에서 두 손 모아 기도를 올리고 있었다.

조선을 세우면서 풍수지리상 한양 남쪽 관악산의 드센 화기(火氣)를 막기 위해 세운 숭례문. 임진왜란, 병자호란 심지어 6.25전쟁 때도 불사조처럼 꿋꿋하게 600년간 서울을 지킨 숭례문은 대한민국의 상징이며 서울의 수호신이 아니던가. 그런 숭례문이 무자년 정초부터 전국에 생중계되며 전소됐다는 사실은 예사로울 수 없었다.

기도를 마친 그의 입에서 나지막한 신음이 흘러나왔다.

"아, 수도 서울의 운이 다했단 말인가……."

건장한 사내들이 인파를 뚫고 전진하고 있었다. 검정색 가죽점퍼의 사나이가 그의 어깨를 쳤다.

"용화 선생이시죠?"

용화는 자신의 이름에 반사적으로 뒤를 돌아보았다.

"그런데, 누구..."

채 반응도 마치기 전에 번쩍하며 눈앞에 벼락이 내리쳤다. 괴한의 손에는 묵직한 전기충격기가 들려있었다. 도축장에서 돼지를 몰 때나 쓰는 높은 전압의 산업용 전기 충격기였다.

용화는 맥없이 고꾸라졌다. 사내들이 달려들어 재빨리 용화를 잡지 않았다면 바닥에 나뒹굴었을 것이다. 옆에 있던 아줌마가 너부러진 용화를 부축하고 있는 괴한들을 의아한 눈으로 쳐다보았다. 가죽점퍼의 사내는 슬그머니 전기 충격기를 등 뒤로 숨기고는 순발력을 발휘했다.

"이 친구가 충격이 컸나보네. 평소 심장이 약한데 굳이 온다는 걸 말렸건만. 정신 차려, 이 친구야."

용화의 뺨을 어우르며 깨우는 시늉을 했다. 아주머니는 오지

랑 넓게 걱정해 주었다.

"빨랑 병원에 데려가소. 가믄서 손가락부터 따소. 피를 내야 정신이 돌아 온당께."

괴한들은 용화를 업고 신속하게 인파를 빠져나갔다. 메케한 연기 냄새와 밤하늘에 너울대는 하얀 그을음이 원귀처럼 떠돌 았다.

승합차 속에서 손과 발은 줄로 묶여있고, 청색 테이프로 입이 봉해진 용화는 정신이 혼미했다. 무엇보다도 검은 복면이 씌워져 눈이 가려져 있었기에 밤인지 낮인지, 며칠이 흘렀는지 도무지 짐작할 수 없었다.

괴한들은 승합차에 수일째 용화를 싣고 다녔지만 한마디도 말을 붙이지 않았다. 가끔 고속도로 휴게소에서 들려오는 트로트 음악소리와 휴대폰 벨소리가 반가울 정도였다.

승합차는 덜컹거리며 힘겨운 엔진 소리를 냈다. 아마도 비포장 산길을 오르는 모양이었다. 괴한들은 납치한 용건을 말하지 않았지만, 용화는 짐작이 가는 데가 있었다.

얼마를 달리더니 마침내 차가 멈췄다. 가까운 곳에서 산새소리가 들렸다.

부르릉-

멀리서 다가오던 고급 오토바이 엔진 소리가 승합차 옆에서 멈추었다. 승합차 문이 열리자 차가운 공기가 코를 찔렀다.

용화는 땅바닥에 내동댕이쳐졌다. 그리곤 누군가의 등산화가 용화의 복부를 강타했다. 용화는 신음소리 한마디 내지 못한 채 한동안 그렇게 괴한들의 발길질을 온몸으로 받아냈다.

얼마나 지났을까. 복면이 벗겨지고 청테이프도 제거되었다. 입에서 뭉쳐있던 검붉은 피가 튀어나왔다. 땅거미가 질 무렵이었다. 예상대로 인적이 없는 산중이었다. 용화의 눈앞에 커다란 구덩이가 준비되어 있었다.

가죽점퍼의 사내가 고개를 끄덕이자 3명의 사내는 용화를 구덩이에 밀어 넣었다. 용화는 구덩이 속에서야 괴한들의 얼굴을 확인할 수 있었다. 하지만 괴한들은 눈코만 드러낸 방한용 모자를 뒤집어쓰고 있어서 인상착의를 확인할 수 없었다. 행동대장인 듯한 가죽점퍼의 사내 또한 검정색 코팅이 된 오토바이 안전모를 쓰고 있어 짐작할 수조차 없었다.

사내들은 삽으로 흙을 뜨더니 구덩이를 메우기 시작했다. 용화를 생매장하겠다는 의지였다. 그들은 일사분란하고 능숙했다. 순식간에 무릎까지 흙이 찼다. 그러나 놀란 것은 오히려 괴한들이었다. 이쯤 되면 살려달라고 애원을 할 법도 한데 용화는 오히려 각오한 듯 지그시 눈을 감고 마지막 갈 차비를 하는 게 아닌가.

가죽점퍼의 사나이가 안전모의 고급 선글라스를 올리자 독사처럼 날카로운 눈매가 드러났다. 그는 용화를 내려다보며 짧게 물었다.

"어디 있나?"

용화는 희미하게 미소를 지었다. 예상이 맞았기 때문이다.

"당신들은 받을 자격이 없소. 잘못 전해져 천기누설로 천벌을 받느니, 이렇게 지키다 가는 게 나로선 천운일 게요."

용화의 기개에 사내는 미간을 찡그렸다. 사내의 손가락 지시에 괴한들은 흙을 던져 넣었다. 사내는 조금 떨어진 곳으로 가더니 휴대전화를 걸었다. 어디론가 경과보고를 했다.

"악질입니다. 죽기를 각오한 놈입니다."

"죽이면 안돼. 그것을 손에 넣기 까지는."

이미 용화의 입까지 흙이 차 있었다. 사내는 다가와 흙 한 삽을 크게 뜨더니 용화를 내려다보며 나지막하게 최후의 통첩을 날렸다.

"더는 안 묻겠다. 어디 있나?"

2008년 7월 11일 새벽 5시 10분 북한군 초소가 멀리 보이는 금강산 해변 모래사장. 동 트기 직전 어스름한 모래사장엔 한 줄기 을씨년스런 바람이 스쳤다.

장진항이 바라다 보이는 호텔에 묵은 남측 관광객들은 일출을 보기 위해 삼삼오오 동쪽을 바라보고 있었다. 하지만 남측의 한 여성 관광객은 운동복 차림으로 혼자 산책을 하고 있었다. 여자는 모래 위에 걸쳐진 엉성한 철조망을 넘어 해안 북쪽으로 걸어 올라갔다.

탕, 탕-

날카로운 두 발의 총성이 고요한 새벽을 찢었다. 관광객들은 일제히 총성이 울리는 쪽으로 고개를 돌렸다. 이 총성이 남북한의 극렬한 대립을 알리는 신호로 받아들이는 이는 없었다.

광화문에 위치한 주한미국대사관. 대사관 북쪽으로 신록 푸르른 북한산이 병풍처럼 둘러쳐져 있다. 사무실 창문 너머로 청와대의 파란 기와지붕이 한눈에 보인다. 신임 미국대사가 첫 업무보고를 받는 자리였다.

비서가 최근 남북관계를 설명하고 있었다.

"금강산 피격사건 직후 남북 분위기는 냉랭합니다. 이명박 대통령이 국회 시정연설에서 대북 포용정책을 발표하기로 되어 있던 그날 아침 공교롭게도 사건이 발생했습니다."

북한은 이명박 정권이 들어서자 김대중, 노무현 정권의 10년 간의 햇볕정책이 저물 것을 우려하여 발 빠르게 화해 분위기를 연장시키려 하고 있었다. 플루토늄 생산량 등을 적시한 핵신고서를 제출하고 2008년 6월 27일에는 영변 원자로 냉각탑을 폭파하는 장면을 전 세계에 송출했다. 미국은 대북 테러 지원국 지정 해제 절차에 착수하면서 이에 화답했다.

대북 강경 기조를 선언하려던 이명박 정부도 자의반 타의반으로 화해 무드에 발맞추지 않을 수 없었다. 멈췄던 대북 식량 지원을 재개하고 남북 정상회담도 은밀히 타진을 하면서 정식으로 대북 외교 방향을 천명하려는 직전이었다. 바로 그때 금강산에서 돌발사태가 발생하고만 것이다.

이명박 대통령을 지지했던 수구언론들은 해빙 무드의 연장을 탐탁지 않게 생각하고 있던 차였기에 물을 만난 고기처럼 금강산 피격사건을 '정면도전'이라고 몰아붙였다.

남북한의 언론들은 서로를 겨냥해 가시 돋친 논조를 쏟아내기 시작했다. 남한의 극우 반북세력들은 김정일 정권타도 궐기를 외치며 거리로 뛰어나왔다. 10년간 해빙무드였던 한반도는 급격히 얼어붙었다. 대북 강경론자들의 득세때문에 냉전 잔재를 청산하려던 미국과 동북아 외교라인은 망연자실했다.

금강산 관광은 즉시 중단되었다. 이어 북 외무성 대변인은 '영변 핵시설 원상복구 중'이라는 강경 성명을 냈고, 북한은 장거리 로켓을 동해안에 발사하더니 기어코 6자회담 불참을 선언하고 말았다. 핵시설 원상복구 방침을 천명하고 핵실험을 강행했다. 한반도에는 다시 전운이 감돌기 시작했다.

"그럼 긴장 국면을 조장하기 위한 북측의 고의적 사건인가요?"

"그렇진 않은 것 같습니다. 우발적이라고 예측하고 있습니다. 그러나 결과는 고의적인 쪽으로 흘러가고 있습니다."

"우발 쪽으로 예측한다구요? 총성이 울리고 사람이 죽은 사건인데 예측이라뇨? 예스입니까, 노입니까?"

"그게……. 북한이 워낙 폐쇄적인 집단이라 진상 규명이 쉽지 않습니다."

북한은 남한 관광객이 군사 경계지역을 침범하였다고 주장했고, 남한은 북한이 발표한 시간과 사거리에 이의를 제기하며 진상규명을 요구했다. 남북공동 조사단을 꾸리자고 요구했으나 북한이 이를 거부함에 따라 사건의 실체는 미궁에 빠진 상태였다.

"최고의 정보력을 가진 미국이 그 정도도 파악하지 못한다는 게 말이 됩니까?"

"유감입니다. 하늘에서 첩보 인공위성이 철저하게 감시하고 있지만, 피격 동기까지는……."

“음, 기계의 한계군요. 그럼 우발이란 근거는 뭡니까?”

“북한 김정일은 새로이 선출된 이명박 정권과 해빙 무드를 연장하기 위해 영변 원자로를 폐쇄하는 조치를 실행했습니다. 그런데 이대통령이 대북 긴장완화 방안을 발표하는 날 마침 금강산 사건이 발생했습니다. 서로 모순됩니다.”

“동기가 없었다……”

“물론 화해 무드를 반대하는 북한의 일부 강경파들의 공작 가능성도 검토했습니다만……한국의 믿을 만한 정보통에 의하면 그렇지 않습니다.”

“믿을 만한 정보통이라면?”

“오전 브리핑에서 한국 대통령을 비롯한 한국의 정·재계 VIP들을 소개해 드린바 있습니다만, 그때 빠진 인물이 한명 있습니다.”

비서가 리모컨을 누르자 한 사나이의 사진이 대형 스크린에 올라왔다.

“이 자는 유명한 예언가입니다.”

“예언가? 예언가라고 했나요?”

“네.”

미국도 소련과 냉전 때부터 종종 초능력자들의 힘을 빌려 정보를 얻곤 했다. 비서는 두터운 파일을 대사의 책상 위에 올려놓았다.

“사건 열흘 뒤 그자가 쓴 금강산 피격 관련 칼럼입니다. 그러니 원고 작성은 게재시점보다 훨씬 이전이었을 겁니다.”

“미리 써 놓았다?”

대사는 영문으로 번역된 칼럼을 찬찬이 읽어 내려갔다.

『……금강산 관광객은 뒷골목 불량배처럼 돈을 요구하는 북한군에게 모욕적인 발언을 했다. 이에 격분한 북한군이 우발적으로 방아쇠를 당긴 것이다. 북한군은 정상적인 보급이 끊긴 지 오래 되었다…….』

"금강산 사건이 예언과 무슨 관계가 있나요?"

"그의 예언능력을 말하는 겁니다. 딱히 부를 말이 없어 예언가라고 하겠습니다."

"대체 어느 정도이기에……."

"CIA파일에 의하면 그는 1991년 1월 17일 걸프전 개시 일을 정확히 예언했습니다. 그의 예언 적중이 신문에 소개되고 나서 펜타곤(미국 국방성)은 큰 곤욕을 치렀습니다."

"왜지요?"

"1급 비밀이 외부로 누설됐으니까요. NSA(미국 국가안보국)에서 철저하게 조사를 한 적이 있습니다."

"그 결과는요?"

"정보원에 의한 누설이 아니라고 판명되었습니다."

"그러면……."

"영능력(靈能力)입니다."

"영능력이요?"

"영능력자의 예언능력이라고나 할까요. 아무튼 그는 한국의 박정희 전 대통령이 암살된 1979년 10·26 사건도 정확히 예측했고, 1992년 LA폭동, 동해안 북한 잠수정 침투사건, 서해교전, 한국의 IMF도 정확히 예측했습니다. 최근엔…….""

“최근에는……."

대사는 몸을 앞으로 숙이며 깊은 관심을 표했다.

“그 누구도 예측하지 못한 노무현 후보의 대통령 당선도 맞추었습니다. 지난 7월 금강산 사건의 발발을 암시하는 예언도 언론 기록에 있습니다.”

“음……."

“미래학자인 엘빈 토플러도 방한하여 그에게 자문을 구할 정도입니다. 그래서 가장 요주의 인물입니다.”

“마음만 먹으면 우리의 극비 정보를 마음대로 읽을 수 있기 때문인가요?”

“네, 그렇게 가정하고 있습니다. 이전 대사님은 그와 종종 대화를 나누곤 했습니다.”

“그래요?”

“예, 중요한 정책 결정에 자문을 구했다고나 할까요.”

“그와 연락이 되나요?”

“물론입니다. 핫라인이 연결되어 있습니다.”

대사의 표정은 진지했다.

경기도 용인과 안성의 접경 지역 야산.

산자락 아래엔 몇 대의 순찰차와 자가용이 한적한 농로 주변에 줄 세워져 있고, 산 중턱에서는 굴삭기가 부지런히 땅을 파고 있다.

서울에서 내려온 강력계 특수팀과 이들을 관내에 안내하기 위해 온 경찰서장이 새 흙이 드러날 때마다 신경을 곤두세워

살피고 있다. 형사가 수갑을 찬 초라한 몰골의 청년을 다그쳤
다.

"여기가 맞아? 괜히 헛수고 시키는 거 아냐?"

"이 근방이 맞구먼요. 틀림없어라."

조기자도 느지막이 도착했다.

"수고들 많소!"

후배 기자들이 조기자들 보고 간단하게 말인사로 예우를 올
렸다. 조기자가 기자들을 획 둘러보았다. 처음 보는 얼굴이 꽤
있었다. 사회부에서 첫발을 디딘 앳된 얼굴의 초보기자들은 군
대 신병처럼 티가 나서 한눈에 알아볼 있었다. 속보를 놓칠세
라 아침부터 빈속으로 달려온 초보 기자들은 베테랑 조기자를
알아 볼 수는 없었다.

"나왔다!"

누군가 외치는 소리에, 모두의 시선이 일제히 굴삭기 버킷에
집중됐다. 사람 팔뼈가 흙속에 반쯤 허옇게 드러났다. 모 종교
단체에서 배교자를 살해하고 암매장한지 5년이 넘은 시신은
이미 살점이 녹아 없어지고 머리카락만 듬성하게 박힌 흉측한
해골만 모습을 드러냈다.

기자들의 카메라 플래시가 작렬했다. 갑자기 역겨운 시신 냄
새가 진동했다. 사람들은 마스크며 손수건으로 코를 막느라 분
주했다. 초보 기자들은 경쟁적으로 구토를 시작했다.

조기자는 '억억'대는 신입 기자의 등을 툭툭 두드리며 위로
했다.

"그래도 인류 역사상 최고(最古)의 사건 현장이라 신입 기자

로서 신고식을 제대로 한 게야.”

“……..”

조기자는 넋두리처럼 뇌까렸다.

“기자님은 가장 오래된 범죄를 매춘이라고 배웠지?”

“……..”

“천만에. 매춘 이전에 범죄가 있었어. 종교 범죄.”

“……..”

“남녀상열지사를 죄악으로 선언한 게 종교니까, 훨씬 형님이지. 계율을 만들었으니 이단자가 생기고 마녀도 생기는 거지.”

“……..”

“그뿐인가. 죄책감은커녕 사형을 당해도 순교라면서 오히려 자긍심을 갖는다니까. 이 지역은 옛날 순교 성지가 밀집된 곳인데, 참 우연치고는 묘하지 않나?”

조기자는 주머니에서 손수건을 꺼내 신입 기자에게 건넸다. 신입기자는 입을 닦으며 물었다.

“도대체 이렇게 까지 해서 종교를 믿는 이유가 뭘까요? 왜 이렇게까지 인간들은 종교에 목을 매는 거냐고요?”

조기자는 부패한 시신을 바라보았다.

“글쎄……. 정치인들이 최고 통치권자를 쫓아다니는 심리와 비슷하지 않을까.”

“……..”

“죽음 앞에 나약한 인간이 절대적이고 거대한 힘에 의지하고픈 심리.”

“……”

“아무튼 자네는 오늘 예방주사 확실히 맞은 거네. 2012년 지구 종말이다 뭐다 해서 이런 장면 자주 볼 거야. 예전에 2000년 밀레니엄때 각국에서 전염병처럼 떼죽음을 당했던 때랑 분위기가 비슷하거든.”

서울의 동쪽, 잠실 송파에 자리 잡은 상가 2층의 작은 선원. 그 옛날 한강을 정비하기 전에 송파는 갈대가 숲으로 둘러싸이고 배가 드나들던 나루터였다.

그날은 차진웅법사가 일반인들을 면담하는 날이었다. 60여 명이나 되는 면담 신청자들이 앉아 있었다. 하나같이 삶의 고뇌에 찌든 처절한 표정이었다. 그들은 마지막 한 줄기 희망을 걸고 차법사를 찾은 사람들이었다.

예불 스님이 나오더니 공손하게 양해를 구했다.

“법사님께서 오늘따라 조금 늦으십니다. 죄송한 말씀 드립니다. 곧 도착한다는 전갈이 왔으니 조금만 더 기다려주십시오.”

용화도 그들 사이에 앉아 있었다. 용화의 표정은 밝지 못했다. 오만상을 찌푸린 인생 낙오자 같은 사람들 사이에 끼여 있으니 기분이 좋을 리 없었다.

사실 처음부터 실망이었다. 차법사와 만나기 위해 면담을 신청한 지 몇 주가 지나서야 겨우 기별을 받았고, 몇 달을 기다려 오는 내내 매캐한 자동차 매연으로 목이 컬컬했다. 게다가 이 사람 저 사람 어깨에 부딪히며 길을 헤쳐 도착한 선원의 광경을 보자 기가 차서 말이 나오지 않았다. 고즈넉한 암자는 아니더라도 소나무가 청청한 넓은 마당쯤은 기대했는데, 빌라가 다닥다닥 밀집한 갑갑한 건물상가라니.

도대체 이런 꽉 막힌 도심 한복판에서 차법사란 자는 무얼 하겠다는 말인가. 여느 점집과 뭐가 다르단 말인가. 과연 신성 문자를 받을 만한 인물인가. 용화의 마음이 어지러웠다.

불편한 오른 쪽 다리에 통증이 몰려 왔다. 용화는 법단 위의 비로자나 불상을 물끄러미 올려다보았다. 지난 일들이 주마등처럼 지나갔다.

모악산이 바라보이는 전주 시내에 위치한 종합병원 중환자실. 알코올 냄새가 지릿한 중환자실 복도엔 마치 지리산 청학동에서 내려온 듯한 한복 차림의 사내들 10여명이 초조한 듯 서성대고 있었다.

"비켜주세요."

짙은 오렌지색 제복을 입은 구급 대원이 다급하게 외쳤다. 길을 트자 피투성이가 된 채 의식없이 널브러진 환자를 태운 구급차용 들것이 수술실로 질주했다. 그 뒤를 여자 간호사가 종종거리며 따라갔다.

복도의 전쟁터와는 달리 중환자실은 평온했다. 70세를 한해 앞둔 동곡이 코에는 산소 호흡기를 댄채 누워있었다. 만약을 대비해 심폐 소생기가 준비되어 있었다. 가슴에 연결된 심전도 맥박 그래프가 힘겹게 오르락 내리락 했다. 투명한 링거 줄에서 공급되는 수액 방울이 간신히 그를 연명하고 있었다.

동곡의 피부는 나이를 무색하게도 한 줄 주름이 없이 팽팽하고, 작은 검버섯만 몇 개 보일 정도로 혈색이 좋고, 백발은 숱이 빽빽했다. 그토록 혈기 왕성하던 그가 열흘 전 갑자기 심장을 부여잡고 쓰러졌던 것이다.

동곡은 눈을 가늘게 떴다. 근심스럽게 내려 보고 있는 딸의 얼굴이 아련하게 흔들렸다. 꿈속은 아니었다. 힘겹게 마른 입술을 움직였다. 의식을 회복하고 첫마디였다.

"용…용…화…좀…"

"네, 뭐라구요?"

간호하던 중년의 딸이 귀를 입술에 바짝 갖다 댔다.

"용..화. 용화."

많은 제자들 중에 총명한 그를 특별히 아껴 손수 지어준 제자의 호였다. 용화(龍華)란 용화세계(龍華世界)를 뜻하는 말로 다가올 후천개벽 미륵정토를 뜻한다. 딸이 복도에 모습을 드러냈다. 서성대던 사내들이 일제히 달려들었다.

"스승님께선 차도가 있으신가요?"

"깨어나셨나요?"

딸은 사내들의 질문 공세에 괘념치 않고 할 말만 했다.

"용화라고 계세요, 용화요?"

뒤편에서 용화가 어렵사리 사내들의 어깨를 비집고 나왔다.

"접니다. 왜 그러시죠?"

"아버님께서 찾으세요. 빨리 들어오세요."

중환자실 문을 들어가는 용화의 뒷모습을 바라보는 사내들의 어깨가 축 쳐졌다. 하나같이 실망과 부러움이 교차하는 표정이었다.

동곡은 눈빛으로 용화를 끌어당겼다. 용화의 눈이 반짝였다. 가쁜 숨을 몰아쉬는 동곡은 용화에게 마지막 사명을 전달했다. 사력을 다해 귓속말로 무언가를 한참 속삭였다. 딸조차도 들을 수 없었다. 말을 마친 동곡은 그제야 안심이 된 듯 몸을 뒤로 젖혔다.

"하...하늘의 병풍을....잘 지키게...어...어여가...가서, 세...세상을...구하게."

전북 김제의 모악산이 웅장한 자태를 드러내고 있었다. 드넓은 호남평야가 불쑥 솟은 평지 돌출산 모악. '어미산'이란 뜻의 모악은 예로부터 미륵이라 칭하는 메시아의 땅이었다. 미륵신앙의 메카 금산사가 있으며, 세상이 어지러우면 사람들은 여지없이 모악산에 모여들어 사회변혁의 이상을 충전해 갔다. 진표율사, 후백제의 견훤, 기축옥사의 정여립, 한국 불교 최고의 기승 진묵대사에서부터 근세의 전봉준, 증산 강일순, 보천교 차경석, 원불교 등이 이 지역에서 이상세계를 꿈꿨다.

모악산 기슭의 한옥 강단 벽면엔 글도 아니요 그렇다고 그림도 아닌 증산의 현무경 30장이 액자에 갇혀 병풍처럼 걸려 있다. 이 강당은 생전에 동곡이 증산 연구를 설파하던 곳이다. 평소와 달리 젊은 학도들 대신 백발에 나이가 지긋한 40여명의 선객들이 빼곡히 들어차 있었다. 긴 수염에 도포를 입은 군상이 두드러져 마치 타임머신을 타고 옛 서당에 온 착각이 들 정도였다.

비교적 젊은 용화가 맨 앞자리 중앙에 위치해 있었다. 그 자리는 대종사나 원로들이 앉는 상석 중의 상석이었다. 용화가 오늘 긴급회의의 주인공이란 뜻이었다. 허연 수염에 비취색 도포를 입은 종무원장이 앞으로 나가더니 몇 차례 기침을 하며 목소리를 가다듬었다.

"에, 이 자리는 전국에서 모이신 40개 종단 대표님들의 불같은 요청에 따라 소집된 자리올시다. 대종사님의 위대한 업적을 누가 이을지 결정하기 위한 막중한 자리이외다."

종무원장이 용화를 바라보았다. 모두의 눈이 용화에게 쏠렸다.

증산은 동양 최고의 메시아였으며 근대 민족종교의 원천이었다. 한국사상의 원류인 단군사상, 신라의 화랑도, 고려의 팔관회, 조선의 선비도, 조선 후기의 동학이 증산으로 면면히 이어졌다.

증산은 단순한 전달자 메시아가 아니었다. 1901년 전라북도 모악산 대원사에서 도통하여 하늘과 땅을 뜯어 고쳐 암울했던 일제 강점기에 한민족의 미래를 설계하는 천지공사(天地工事)를 행했다.

하나의 종교이념만으로는 혼란된 세상을 바로잡을 수 없다고 가르쳤고, 모든 종교의 장점을 뽑아 새롭게 통합시켜 후천 세상의 기틀을 마련했다. 증산은 8년 뒤 자신의 죽음을 예고했고, 세상의 모든 질병을 대속한 채 세상을 떠났다.

이후 증산을 교조(敎祖)로 하는 수많은 종단이 우후죽순처럼 생겨났다. 모악산이 후천세계의 중심지이며 이곳에 미륵이 출세할 것이라 하여 증산을 믿는 사람들이 집단 이주했고, 등록된 종단만 40여 개에 이르고 군소 종파까지 더하면 족히 수백 개가 넘었다. 심지어 불교에서는 원불교가, 기독교에서는 통일교가 영향을 받아 신흥종교를 열고 막강한 교세를 떨쳤다.

그들에겐 증산이 절대자 하느님이며 옥황상제였다. 그들은 서로가 증산의 법통을 이었다며 기싸움을 벌여 왔다. 또한 미륵을 자처하는 자가 나타나 세상을 어지럽히기도 했다.

증산이 화천한 지 100년이 넘었지만 증산 연구는 시간이 갈수록 오히려 더 가열되었다. 증산이 세상을 떠나고 17년 후인 1926년에야 목격자들의 진술을 모아 「증산천지공사기」란 이름으로 서적을 발간했다. 이후 개별적인 연구가들이 증산 행적을 채록하여 경쟁적으로 경전을 제작했다.

하지만 그동안은 미래 도수(度數)가 숨어있다는 30여 장의 증산의 현무경(玄武經)을 감히 제대로 해석하는 자가 없었다. 생전에 증산은 부적이나 현무경을 그려서 천지공사를 보았으나, 무슨 이유에선지 공사가 끝나면 그 자리에서 모두 불태워 없애게 했다. 알려지기로는 제자인 차경석에게 남겨진 현무경 묶음은 한 권뿐이고, 이마저도 멸실되고 흩어져 세간에 돌아다니는 30여 장의 현무경은 늘 진위 논란에 휩싸이곤 했다.

동곡(銅谷)은 30여 년간 증산을 연구한 증산의 대가였다. 특히 현무경 속에 도수가 숨어있음을 처음 주장한 장본인이기도 했다. 그의 연구는 종단을 불문하고 초미의 관심사였다. 기존의 구술된 경전은 목격담 채록이기 때문에 임의적인 첨삭의 폐

해가 컸기 때문이다.

특히 미래의 천지공사 도수 부분은 늘 베일에 가려 갈증을 더했었다. 그럴수록 증산의 친필인 현무경의 가치는 더해 갔다. 동곡은 현무경에 매달려 연도, 사건, 이름, 지명 등 숨겨져 있던 미래의 도수 암호를 하나 둘 풀어내기 시작했다.

놀라운 문건이 추가로 발견되었다. 바로 증산의 친필 유서였다. 게다가 수제자였던 김형렬이 대필한 유서도 동시에 발견되었다. 신성문자(神聖文字) 중의 신성문자였다.

증산 유서를 입수한 동곡은 지체 없이 연구에 들어갔다. 두

장의 유서가 현무경 도수와 긴밀하게 연결되어 있음을 발견했
다. 흩어진 퍼즐의 마지막 암호였다. 도수를 해석하는데 사력
을 다했다. 마침내 현무경만으로 미진했던 부분이 드러나기 시
작했다.

어느 날 동곡은 신성문자의 미래 도수가 모두 풀렸다고 공
표했다. 다가올 후천세계를 이끌 미륵불이 이미 출세(出世)해
있다는 것이었다. 도학들은 출현한 미륵이 누구인지 알고 싶어
몸이 달았음을 물론이었다. 하지만 동곡은 천기누설이라며 입
을 굳게 다물었다.

관련 종단들은 뒤숭숭했다. 간접적으로 채록한 경전은 신성
문자 앞에서 초라할 수밖에 없었기 때문이다.

과연 누가 출세한 미륵인가? 만일 그 미륵이 종단을 선포한
다면? 지금까지 종단의 교주들은 졸지에 이단으로 전락하지
않던가. 만약 어느 종단에서 신성문자를 독점한다면 여타 종단
은 존폐의 궁지에 몰릴 것이 뻔했다.

공멸의 위기감을 느낀 일부 종단 대표들은 긴급회의를 열었
다. 격렬한 회의 끝에 동곡에게 회의의 결과를 전달했다. 그 내
용은 신성문자가 해제되어 세상에 드러난다면 기존 종단의 혼
란이 불가피하니, 대승적 차원에서 각 종단의 대표 연구자들에
게 신성문자 해제를 전수하여 통합과 공존의 길을 트자는 것.
나름대로 상생의 묘안이었다.

고심하던 동곡은 무슨 생각에서인지 그 제안을 받아들였다.
천기누설이 마음에 걸리긴 했지만, 종단에서 파견한 연구자들
앞에서 100일간 설법을 약속했다. 동곡은 여러 종단들의 운명

을 걸머지게 되었던 것이다.

설법이 거듭될수록 열기가 더했다. 설법의 내용이 하루하루 종단에 보고될 정도로 종단은 들떠 있었다. 그런데 과거, 현재 도수를 마치고 마지막 미륵불의 출세 도수 부분을 강설할 무렵, 별안간 동곡이 가슴을 부여잡고 쓰러지고 말았다. 만약 동곡이 그대로 절명한다면 신성문자는 신성불가침 영역으로 영원히 묻혀버릴 찰나였다.

주변에서는 천기누설을 막기 위해 하늘에서 내린 천벌이라며 두려움에 떨었다. 하지만 앞에서와는 달리 뒤로는 온전한 해석을 얻기 위해 날선 신경전을 벌였다.

동곡이 병원에 누어있는 동안 급기야 괴한들이 동곡의 거처에 침입하여 세간을 뒤지는 사건까지 벌어졌다. 동곡이 아직 죽지도 않았는데도 벌써부터 극심한 반목의 싹수가 보이기 시작한 것이다.

다행인지 불행인지 쓰러졌던 동곡은 열흘만에 의식을 되찾았다. 그는 의식이 돌아오자마자 용화부터 찾았다. 그리고는 귓속말로 은밀하게 신성문자를 해제의 비밀을 전하고 세상을 떠났다.

용화를 비롯한 도반들에게 스승인 동곡의 갑작스런 죽음은 이루 말할 수 없는 충격이었다. 신성문자 해제의 향방에 종단들은 촉각을 곤두세웠다. 동곡의 탈상을 마치자마자 오늘 관련 종단에서 용화를 세워 부리나케 긴급회의부터 소집했던 것이다.

종무원장은 객석을 향해 위엄 있는 목소리를 높였다.

“잘 아시다시피 그 성물(聖物)엔 곧 다가올 지구의 변란과 이를 구할 미륵의 출세, 그리고 세계통일 도수가 들어있소이다. 혼자서 감당하기엔 너무도 거대한 천지공사 말이외다. 동곡 대종사께서도 그 짐이 너무 무거우셨을 겝니다. 그리하여 100일 해제 설법을 펴신 것이니 그 유지를 받들어 더욱 그 짐을 나누어질 것을 바라마지 않는 바입니다.”

완곡한 표현이었지만 비밀스럽게 전한 신성문자의 해제를 공개하고 공유하자는 것이었다. 긴급회의에 모인 그들에게 신성문자는 종단의 사활이 걸린 살생부나 다름없었다.

용화도 강당에 모인 그들의 눈빛이 무엇을 원하는지 너무도 잘 알고 있었다. 그를 향한 따가운 시선들이 바위 같이 어깨를 짓눌렀지만, 그렇다고 피할 수 있는 자리도 아니었다.

‘정면 돌파!’

결심이 서자 정신이 맑아졌다. 용화는 일어나 예를 갖춘 뒤 무거운 침묵을 깼다.

“스승님의 마지막 유언을 전하겠습니다.”

강당은 물을 끼얹은 듯 조용해졌다. 간혹 들리던 침 삼키는 소리마저 뚝 끊겼다.

“스승님께선 때가 되면 세상에 내 놓으라 하셨습니다. 당신께서도 천기누설 때문에 해를 당했기 때문에 공개되면 세상을 어지럽히고 한민족이 난관에 빠지니 철저하게 봉인하라 하셨습니다.”

봉인이란 말에 여기저기서 실망스런 탄식이 터져 나왔다. 웅성거림이 커져갔지만 누구하나 나서는 이가 없었다. 공개적으로 스승의 유언을 거스를 수는 없는 노릇이었다. 스승의 유언을 전함으로써 아예 논쟁의 싹을 없애겠다는 용화의 의도가 먹히는 듯 했다.

"봉인이 스승님의 진짜 유언인지 어떻게 증명하지요?"

목소리가 나는 쪽으로 일제히 고개가 돌아갔다. 카랑카랑한 목소리의 주인공은 대성거사였다. 그는 평소에도 종말론을 유포하고 신도들을 모아 세력을 불리는데 치중하여 종단에서도 이단시되는 인물이었다. 용꼬리보다 뱀 대가리가 낫다고, 신흥 종단 교주를 꿈꾸는 그에겐 신성문자 해제가 그 누구보다 절실했다. 이미 증산의 경전, 현무경, 성체 묘소를 차지한 종단들의 위세를 능가할 권세는 오직 그것뿐이 없었기 때문이다.

"스승님께서 공개하라고 했는지 봉인하라고 했는지 누가 증명할 수 있습니까! 스승님께서는 최후까지 모든 종도들이 신성문자의 도리를 깨닫기 바라시고 천기누설 과보까지 감수하며 목숨을 바치신 분입니다. 그런 분이 단 한 사람에게만, 그것도 젊은 도학에게만 은밀하게 교지를 내렸다니, 저로서는 도저히 납득하기 힘듭니다."

용화 외엔 누구도 증명할 수 없다는 약점을 교묘하게 물고 늘어졌다. 졸지에 입증의 책임이 용화에게 떠넘겨진 것이다. 다들 고개를 끄덕였다. 암묵적 동의였다. 용화를 불신해서가 아니라 자신들의 이해가 그만큼 절실했기 때문이었다.

대성거사는 아래턱에 힘을 주었다. 반면 용화의 가슴은 턱 막혔다. 예상은 했지만 막상 이렇게 대놓고 파렴치한 취급을 받으니 용화의 억장이 무너졌다. 무슨 말로 변론을 할 것인가.

잠시 생각을 가다듬었지만, 그럴수록 머릿속은 텅 비어갔다.

죽으란 법은 없었다. 무진거사가 일어나 용화를 두둔했다. 그는 용화의 도학 선배로서 용화의 강직한 성품 됨됨이를 누구보다 잘 알고 있는 인물이었다.

"마치 용화거사가 스승님의 유지를 탈취한 것처럼 몰아붙이는 것은 스승님에 대한 모욕이자 종단 전체에 반목을 조장하는 위험천만한 의심입니다. 스승님께서 봉인을 명했습니다. 하지만 이를 받든 용화의 생각이 또 있는 겝니다. 여기 계신 선학들의 열화와 같은 염원을 전하여 용화거사의 마음을 움직이는 것이 더 순리를 아니겠습니까?"

대성거사는 무진거사의 명분론에 움찔했다. 더 이상 반론을 제기했다간 마음속에 품었던 야심이 드러날 것 같아서 입맛을 쩍쩍 다시며 안으로 흥분을 삭일 수밖에 없었다.

회의가 끝난 뒤 용화는 아무 말도 남기지 않고 홀연 어디론가 자취를 감추어 버렸다. 종단은 대혼란에 빠졌다. 용화는 졸지에 시한폭탄이 돼 버린 것이다. 하지만 대성거사는 야심을 포기할 수 없었다. 대성거사는 사람을 풀어 용화의 행방을 뒤쫓기 시작했다.

잠실 선원.

용화가 지난 기억에 잠겨 있던 그 시각, 차법사는 시간에 쫓기며 선원 계단을 오르고 있었다. 서두르고 있는 차법사 눈에 작달막한 키의 50대 아주머니가 눈에 들어왔다. 고급스런 핸드백을 끼고 두리번거리고 있던 아주머니는 차법사를 보자 기다렸다는 듯이 말을 걸었다.

"아저씨, 여기가 선원 맞소?"

아주머니는 차법사를 몰라보고 있었다. 머리를 깍은 것도 아니요, 먹장삼을 입은 것도 아니요, 허연 수염이 휘날리는 것도 아니니 법사란 칭호와는 전혀 관계없는 외모였다.

"네, 여기가 선원입니다."

아주머니는 상대방이 더 말을 건넬 틈도 주지 않고 기관총 쏘듯 불평불만을 갈겨댔다.

"아니, 무슨 선원이 간판도 제대로 안 걸고 장사를 하고 그려. 그래도 절이라면 기와집을 짓던가, 아니면 새 빌딩을 하나 지어서 손님을 끌어야지. 목탁도 두들기고 새끼 중들도 손님을 안내해야 할 거 아냐. 백화점도 안 가보나. 다 쓰러져 가는 건물에 이게 뭐야."

아주머니는 미안스런 표정으로 눈만 끔뻑이는 차법사를 아랑곳하지 않고 떠벌려댔다.

"아예 주차장도 없어. 주차장도 없이 무슨 장사를 한다고 그래. 뚜벅이 손님들한테 뭐가 나온다고. 차진웅법사인가 뭔가, 하도 신통방통하다기에 몇 달을 기다려 찾아왔더니 이 모양일세그려. 손님은 왕인데 이렇게 엉망으로 장사를 해도 되는 거야. 어떻게 할라고 그래. 그런데도 사람들이 줄서는 거 보면 참 신통하긴 하나보네. 그런데 아저씨, 아저씬 여기 뭣 땜에 왔수? 마누라가 바람이라도 났수? 보아하니 신수가 훤하고 빙글빙글 웃는 걸 보니 작은 마누라라도 생겼나? 풍채를 보니까 사채업 자 같기도 하구."

아주머니는 차법사 관상까지 읊어댔다.

차법사는 사람들이 자신을 알아보지 못한 실수에 익숙해 있다. 앞날을 귀신처럼 알아맞히고 영혼과 소통하는 능력을 갖고 있다고 소문을 들은 사람들은 허연 수염을 쓰다듬고 도포자락을 휘날리는 나이 지긋한 노도사가 근엄하게 앉아 있을 거라고들 생각하고 있었다.

한번은 장안동에 살때 지방에서 올라왔다며 한 노인이 찾아왔다가 떠꺼머리총각 차법사를 보고는 '아버님 어디 가셨냐?' 하고 물어서 '출타했다'고 하니, 한참을 기다리다 되돌아간 적도 있었다.

아주머니는 핸드백에서 자신의 명함을 꺼내 차법사에게 건넸다.

'애영실업 대표 최옥자'

"내가 남대문시장에 옷감을 대는 일을 하고 있고, 빌딩도 몇 개 있수. 옷감 싸게 맞추려면 나한테 연락하쇼."

차법사는 그러마 하고 아주머니를 앞세우고 선원 문을 열었다. 기다리던 선원 식구들이 차법사를 보고 공손히 합장을 했다.

아주머니는 웬일인가 싶어 잠시 멍하니 서 있었다. 그제야 사태를 파악한 아주머니는 엉거주춤하게 차법사를 쳐다보았다.

"혹시, 에구머니나! 이러콤 사람을 무안하게 하기요. 처음부터 '여기 주지입니다' 하고 묵직하게 무게를 잡고 목소릴 깔아야지, 그리 히죽히죽 웃어 싸면 어찌 안다요. 그나저나 이걸,

이걸 어째쓰까, 잉.”

“제가 여러 가지 일을 하긴 하는데 사채업은 안합니다, 최 여사님.”

차법사는 안절부절못하는 아주머니를 진정시키고 모인 사람들에게 공손히 인사했다.

“자리가 협소해서 죄송합니다. 보통의 선원은 신도들에게 개방 되어 있지만 이곳은 저의 수행도량이기 때문에 크게 할 필요가 없었습니다. 저만의 도심 속의 암자입니다. 오늘은 단지 면담 신청자들을 위해 한 달에 몇 번만 날을 잡아 개방한 날입니다. 저는 신도들이 모이는 걸 꺼려하는 병이 있으니 양해 바랍니다.”

그는 웃 양복을 벗고 병풍 뒤로 자리를 잡았다.

20평짜리 선원은 속속 도착한 사람들로 얼추 100명쯤 북적거렸다. 넓게 쓰기 위해 벽 없이 탁 트인 원룸이었지만 1백 명이 뿜어내는 탁한 공기 때문에 가슴이 답답했다.

30대 초반의 회사원이 차법사 앞에 주저앉듯 무릎을 꿇었다. 다른 사람처럼 조급하거나 울상으로 사정하지 않았다. 회사원은 한동안 아무 말도 하지 않았다. 차법사의 눈이 매처럼 번뜩였다. 사방이 고요해지더니 벽에 있던 시계의 초침이 멈추었다. 그의 영안(靈眼)이 열린 것이다.

회사원 뒤에 누군가 따라 들어와 있었다. 웬 할머니 영가(靈駕)였다. 할머니 영가는 애가 타서 차법사에게 사정했다.

‘법사님, 제 손자 놈 좀 살려주세요.’

돌아가신 회사원의 할머니였다. 청년은 눈만 끔뻑일 뿐 영가의 존재를 전혀 눈치 채지 못하고 있었다. 오직 차법사에게만 보이는 영가였다. 차법사는 염력으로 할머니와 대화를 나누기 시작했다.

'할머니 손자세요?'

'네. 제 하나밖에 없는 손자 놈이에요.'

'그런데 어쩐 일로 이렇게 손자를 데리고 오셨나요?'

'이 녀석이 글쎄, 빚 때문에 애인도 잃고, 죽을 마음을 먹고 있어요. 약까지 먹으려고 작정을 했어요. 제발 하나밖에 없는 손자를 살려주십시오.'

할머니 영가는 넙죽 무릎을 꿇고 눈물로 하소연했다. 청년을 이 자리까지 오게 한 건 할머니 영가였다. 죽어서도 애지중지 손자의 뒤를 봐주고 있었던 것이다.

"처사님, 이제 안주머니에 있는 약봉지 꺼내시지요."

차법사의 말에 청년은 흠칫 놀랐다. 청년의 얼굴이 벌겋게 달아올랐다.

"어, 어떻게 아셨어요?"

"다 아는 수가 있습니다."

청년은 주섬주섬 수면제 수백 알이 포장된 비닐 주머니를 꺼냈다. 이 약국 저 약국 기웃거리며 사 모은 알약이었다. 오늘 밤 소주와 함께 들이킬 작정이었다. 그는 눈물을 글썽이며 소리 없이 어깨를 들썩였다.

"법사님, 제 월급은 이백만원인데, 빚은 산더미 같습니다. 평생을 일해도 제 능력으로는 도저히 갚을 길이 없어요. 제가 이제 무얼 할 수 있겠습니까?”

차법사의 음성은 부드러웠다.

“인생은 누구나 실패하게 되어 있습니다.”

“실패하게끔 되어 있다구요?”

“그럼요. 아무리 성공한 사업가라도 결국 죽지 않습니까.”

청년은 곱게 자라면서 좋은 학벌에 승승장구했지만 한 번의 실패에 그만 좌절하고만 것이다. 성공의 환상에 사로잡힌 결과였다.

“헤밍웨이의 「노인과 바다」 라는 책을 보세요. 결국엔 뼈만 남은 거대한 물고기를 낚아 올리잖아요. 실패하게 되어 있는 것이 인생의 컨셉이죠. 왜 성공하려고 하는지 생각해보셨어요?”

“떵떵거리며 살려구요.”

“보이려 살지 말고, 나 자신을 위해서 사세요. 성공해도 내 삶이고 실패해도 내 삶이지요. 세상을 살아지지 말고, 인생의 주인공이 되어서 살아가세요.”

“…….”

“부자가 되는 좋은 비방을 하나 가르쳐드릴게요.”

그는 차법사의 비방이란 말에 금세 환한 표정이 되었다.

“저도 실패를 많이 하는데 그때마다 저도 그렇게 합니다.”

“법사님도 실패하는 게 있습니까?”

“물론이지요. 젊은 시절 꿈인 경찰도 못 되었고, 공무원도 퇴사해야 했고……. 제가 이루려는 모든 것은 전부 실패했어요. 오죽했으면 전국을 헤매며 만행을 다녔겠어요.”

“법사님, 그게 뭡니까? 그 비방이란 게?”

차법사는 잠시 간격을 두었다. 그리곤 활짝 웃으며 말했다.

“웃으세요.”

회사원은 실망의 눈으로 차법사를 바라보았다. 차법사는 굳건했다.

“살고 싶지 않다, 죽고 싶다, 인생이 어떻게 이럴 수 있느냐며 괴로워할 때, 그런 자신을 바라보면서 한번 웃어 보세요. ‘이것이 인생이야.’ 하고 크게 외치시구요.”

“웃을 일이 있어야 웃죠.”

“인생을 살면서 웃을 일이 얼마나 되겠어요. 웃을 일이 있어서 웃는 게 아니라, 웃어서 웃을 일이 생기는 겁니다. 내 세상이지 어디 남의 세상입니까? 내가 죽으면 이 세상이 무슨 의미가 있겠어요.”

“그렇긴 하죠.”

“자기가 먼저 웃어야 세상이 밝아지는 겁니다. 내 세상입니다. 억지로라도 웃으세요.”

“하하하, 네 알겠습니다.”

“다시 한 번 조금만 참으면 곧 일이 풀릴 겁니다.”

차법사는 청년의 어깨를 툭툭 도닥였다. 청년은 왠지 마음이 편해지고 의욕이 생겼다. 차법사는 사과를 꾹꾹 눌러 기를 넣어 잘라서 청년에게 전해주며 할머니 영가를 바라보았다.

“그리고 어렵다고 할머니 제사 건너띠지 마세요. 손자가 이런 걸 아시면 얼마나 슬퍼하시겠어요.”

“네 알겠습니다. 저를 참 많이 귀여워하셨는데……”

할머니 영가의 표정이 한결 밝아져 있었다. 몇 번이고 차법사를 향해 허리를 굽혀 감사의 표시를 했다.

뒤쪽에서 용화가 유심히 차법사의 면면을 관찰하고 있었다. 6척이 넘은 키에 떡 벌어진 어깨, 두툼한 손이 천생 무골(武骨)이었다. 약하게 쌍꺼풀진 부드러운 눈매에 주먹코가 우뚝하고 입술은 두툼했다. 선이 굵고 모나지 않는 관상이었기에 언뜻 동네에서 마주치는 쌀집 아저씨 같았다. 단지 목소리가 큰 강물 흐르듯 웅장한 울림이 있고 청명한 쇳소리가 묻어나는 것이 특이하다면 특이했다.

이쯤 되면 용화의 예상은 또 한 번 무참히 빗나간 것이다. 비바람을 부르고 귀신을 부린다는 차법사 명성쯤이라면 초탈한 눈빛으로 흰 수염에 나이 지긋하며 도포자락을 휘날리는 기풍은 갖추어야 하지만 그런 도인은 눈을 씻고 둘러봐도 찾을 수 없었다.

용화는 긴 한숨을 내쉬었다.

'저렇게 평범한 사람에게 대체 무엇이 신통해서 차법사, 차법사 하는 것일까? 차법사에 대한 평판은 모두 사실일까?'

우거지상을 하고 병풍 뒤로 들어간 사람이 불과 몇 분 만에 활짝 웃고 나오거나 펑펑 울면서 눈물을 흘리고 나오다니 저 안에서 무슨 일이 벌어지는지 궁금하지 않을 수 없었다. 드디어 용화의 차례였다. 용화는 조심스레 책 보퉁이와 족자를 가슴에 안고 병풍 뒤로 걸어 들어갔다. 차법사는 범상치 않은 기운을 느꼈다. 아니나 다를까. 선풍(仙風)의 기운이 강렬한 사내가 주저없이 가부좌를 틀었다.

"전생에 증산 공부를 하셨군요?"

차법사의 첫마디에 기세 좋던 용화는 주춤했다. 용화는 정신을 가다듬고 가져온 신성문자 사본부터 내밀었다.

"법사님, 이것 받으십시오."

용화는 차법사 앞에 다짜고짜 책 보퉁이와 족자를 내밀었다.

"이게 뭡니까?"

"상제님의 신성문자를 받으시겠습니까?"

"상제님은 뭐고 신성문자는 뭔가요?"

"저는 모악산 구릿골에서 온 용화라는 도학입니다. 증산 상제님의 뜻을 받들어 미륵불을 호위할 도통군자를 찾아다니고 있습니다. 이 책과 두루마리에는 현무경 석 점과 상제님의 유언 두 점의 사본이 들어 있습니다. 여기에 천지공사의 도수가 다 들어있지요. 천지공사란 하늘과 땅의 운행 질서를 개조하여 바꾼다는 뜻입니다. 천체가 운행하는 질서, 즉 해와 달과 별, 그리고 28숙(宿)이 기존의 운행하는 법도를 따르지 않고, 새로운 길로 변경시켜 운행시킨다는 의미로, 지구상에 다가올 미래 역사의 프로그램도 다시 설계하여 그 도수대로 역사가 진행되도록 공사한 것을 말합니다. 이적 중의 이적이 천지공사지요. 신성문자를 받으시고 푸셔야 합니다."

신성문자 문제지를 전달한 셈이었다. 면담자리에는 참으로 별의별 인간군상이 나타나긴 하지만 이렇게 차법사에게 다짜고짜 숙제를 안겨주는 이는 처음이었다.

"저도 증산 선생님을 존경합니다만, 왜 이렇게 귀한 걸 제 게……."

용화는 가방에서 16절지 크기의 사진을 한 장 꺼냈다. 손상 되지 않게 단단하게 코팅이 되어 있었다. 매우 소중하게 간직 하던 물건임에 틀림없었다. 정읍의 제령봉(帝令峰) 서기가 찍 힌 사진이었다. 우연히 차법사가 방문한 같은 날 찍은 사진이 었다. 용화는 차법사의 반응은 안중에도 없이 사연을 줄줄 말 하기 시작했다.

"법사님이 제령봉을 다녀간 날 저도 거기에 있었습니다. 그 런데 사진에 서기가 내린 장관이 찍혔습니다. 제령봉은 증산의 제자 월곡이 살던 대흥리에 있지요. 보통일은 아닙니다. 법사 님도 법사님의 전생쯤은 훤히 관(觀)하고 계실 테지요? 법사님 께서 전생에 차천자(車天子)였기 때문입니다."

"……."

차천자의 호는 월곡(月谷)이요, 이름은 경석(京石)이다. 차경 석은 증산의 수제자 중 한 명으로, 증산이 화천(化天)한 뒤, 27 년간 일제강점기 600만 교도를 이끌던 보천교의 교주였다. 600 만이면 당시 인구의 절반에 해당되는 엄청난 신도수였다.

"월곡이 전생에 상제님을 보위했듯이 현생에서도 상제님의 천지공사의 일꾼으로 나서야 합니다. 천지개벽이 얼마 남지 않 았습니다. 나중에 다시 와서 신성문자에 대한 도담(道談)을 나 누고자 합니다. 여기엔 미륵 탄생의 비밀이 들어 있습니다."

마치 용화가 스승을 만나 가르침을 내리듯 훈장의 자세였다. 말없이 듣기만 하던 차법사가 입을 떠었다.

“미륵 탄생의 비밀이요?”

용화선인은 대꾸 없이 일어섰다. 등을 돌려 나가려는 순간 차법사가 용화를 불러 세웠다. 그리고 아이 머리통만한 사과를 하나 가져오게 했다. 차법사는 두툼한 손으로 사과를 가로로 쥐었다.

쩍-

사과가 경쾌한 소리를 내며 씨방을 가로질러 두 토막이 났다.

‘저 큰 사과를! 그것도 가로로! 대단한 손힘이군.’

차법사가 손가락 지문을 찍었다는 조약돌 프린팅 사진을 보긴 했지만 막상 눈앞에서 시범을 보니 전율이 흘렀다.

“제 기를 넣은 겁니다. 몸부터 추스르셔야겠습니다.”

용화는 흠칫 놀랐다. 차법사는 천진하게 말했다.

“참 희한한 일이네요. 월곡의 자료가 돌아온 날 하필 증산 선생의 신성문자를 받다니요.”

“월곡의 자료요?”

그랬다. 이날 오전에 차법사에게 소포가 하나 도착했는데 월곡에 관한 자료였다. 전에 절친한 교수 한분이 월곡 차경석에 대한 평전을 쓴다며 차법사에게 많은 자료를 구해간 일이 있었데, 그 교수는 책을 출간했음에도 불구하고, 몇 해 동안 자료를 돌려줄 생각을 하지 않았다가 마침 오늘에야 가져 온 것이었다.

차법사가 한 쪽에서 두툼한 책 보퉁이를 꺼내 보여주었다. 그 위에 빼곡히 메모된 글자와 밑줄 친 원고들이었다. 차법사는 용화에게 책을 한 권을 건네주었다.

"그 교수가 지은 책입니다."

「차천자의 꿈 (부제: 시국(時國)의 한)」

표지를 본 용화는 번개에 맞은 듯 숨이 멈췄다. 등골에 전율이 흘렀다.

'시국……제령봉 서기…….'

차법사의 반응은 예상외로 시큰둥했다. 아직 신성문자의 진가를 알지 못해서일까. 용화를 찬찬히 바라보던 차법사는 근심어린 표정으로 대뜸 이렇게 말했다.

"신성문자에 대한 집착을 버려야 삽니다."

경고의 어조였다. 차법사 눈에 용화의 영(靈)이 떠 있는 까닭이었다. 영이 떴다는 것은 영혼이 육신과 분리된 분명한 죽음의 징조였다. 하지만 용화는 살짝 미소를 지었다. 차법사의 경고를 오히려 신성문자를 지키려는 자신의 사명감을 더욱 자극하는 독려로 받아들였다. 용화는 몸을 일으켰다.

"나중에 다시 올 터이니 부디 성심껏 공부하시기 바랍니다."

그는 이 말을 남기고 총총히 사라졌다. 하지만 차법사의 눈에 용화는 이미 산 사람이 아니었다.

2009년 7월 7일, 서울 동숭동 대학로에 자리 잡은 지하 2층의 소극장. 잠실의 선원을 대학로로 옮긴 뒤 가지는 첫 번째 큰 행사였다.

간밤에 천둥번개가 콩 볶듯 요란하더니, 그날 기어코 장대비가 내렸다. 차법사가 큰 일을 시작할 때면 어김없이 하늘에서 비가 내리곤 했다. 이번에도 차법사가 조용히 모종의 거사를 도모하고 있다는 증거였다.

차법사는 소극장에 제단을 마련하고 나라를 연 13분의 개국(開國) 열성조(列聖朝)영정을 정성스레 점검하고 있었다. 고조선 단군, 고구려 고주몽, 백제 온조, 신라 박혁거세, 가야 김수로, 고려 태조 왕건, 후고구려 궁예, 후백제 견훤, 발해 대조영, 조선 태조 이성계, 청나라 누르하치, 대한제국 고종, 대한민국 이승만. 무대 좌우측에는 황옥으로 조각한 단군 좌상 두 개가 수호신처럼 지키고 있었다.

150여석의 자리를 가득 메운 동참자들은 대부분 선원 회원들이었다. 분위기는 어수선했다. 구명시식은 보통 밀폐된 공간에서 초대된 가족들만 동참해 올리는데, 이렇게 공개된 무대 위에서 하는 구명시식은 처음이었다. 게다가 100일간이나 지속한다니 그 영문을 아는 이는 없었다.

말쑥한 두루마기차림으로 무대에 오른 차법사가 150여명의 동참자들에게 조용히 입을 열었다.

“무대 위의 구명시식은 무엇이고, 또 장장 100일간이나 한다니 그 이유가 무척 궁금들 하시겠지요. 하지만 차차 알게 되실 겁니다. 이왕 여기서 저와 동참하신다면 알아서 믿지 말고, 믿어서 알아가세요.”

차법사의 일은 늘 퍼즐 같았다. 처음엔 불쑥 던져진 한 조각이지만, 시간이 갈수록 서로 긴밀하게 연관을 지으며 모양이 드러나는 퍼즐. 그건 고도로 머릿속에 계산되었다기보다 장애물을 만나도 끊임없이 그리고 유연하게 흘러 결국 물길을 만들어 찾아가는 물과 같은 그만의 독특한 직관적 방식이었다.

"이번 100일 구명시식은 다릅니다. 가족을 중심으로 한 기존의 구명시식이 아닙니다. 국혼을 되살리고자 하는 것입니다. 국혼이 사라지면 우리도 없는 것입니다."

동참자들은 고개를 끄덕였다. 차법사의 뒤를 이어 식을 진행하는 예불 스님이 무대 위에 올라왔다. 장정 두 아름이나 되는 큰 징을 들어올렸다.

부왕, 부왕, 부왕-

극장을 붕괴시킬 듯 세 번의 천둥소리가 쩌렁쩌렁 울려 퍼졌다.

가무단의 살풀이와 요령이 이어졌다. 선구자 노래를 배경으로 대형 스크린에는 그간의 차법사와 회원들이 올린 미국 9 · 11테러 위령제, 일본 북해도 한인 강제 징용자 위령제, 백두산 일송정 위령제 등 크고 작은 위령제 장면이 주마등처럼 비춰졌다.

그때였다.

쿠르릉-

갑자기 무대 쪽에서 땅을 뒤흔드는 소리가 나더니 뭉게뭉게 흰 구름이 몰려왔다. 무대는 없어지고 순식간에 광활한 산맥으로 바뀌어 있었다. 그러나 이 장면은 영안을 가진 차법사의 눈에만 펼쳐지는 광경이었다. 차법사는 긴장했지만 기다렸다는 듯 차분하게 정면을 응시했다.

흰 구름이 걷히더니 갑옷을 입은 6척 거구의 사내가 나타났다. 살집이 있고 얼굴이 붉고 눈이 작은 젊은 사내였다. 엄청난 기운이 뿜어져 나왔다. 마치 태양을 쳐다보았을 때 눈부심처럼 차법사도 정면으로 눈을 가누지 못할 정도였다. 염력을 통한 대화가 오갔다.

'어서 오십시오.'

차법사가 공손히 예를 취했다. 사내는 차법사를 알아보고 부드럽지만 위엄 있는 중저음으로 예를 받았다.

'오랜만이군.'

그 영가는 다름 아닌 단군왕검이었다.

차법사와 단군왕검은 초면이 아니었다. 이미 수십 년 전 구명시식 자리에 초혼(招魂)된 바 있었다. 당시 나타난 단군의 영혼은 차법사에게 다짜고짜 '무릎을 꿇으라'고 호령했다. 차법사가 당황하자 '이런 일하는 것으로 말하면 내가 제일'이라는 것이었다. 이런 일이란 영혼을 부리는 일을 말한다. 제정일치 시대의 지도자로서 상상을 초월한 영능력자였다.

단군의 어원은 몽골에서는 왔다. 몽고어의 탱그리(천신)가 어원이다. '단군'은 영혼을 다스리는 샤먼(무당)을, '왕검'은 육신의 나라를 다스리는 임금을 뜻한다. 즉 단군왕검은 '샤먼과 임금'이란 뜻이다. 지금이야 정치와 종교가 분리되어 있었지만 고대만 해도 정치적 국왕과 종교적 제사장이 한 인물이었던 제정일치 사회였기 때문이다.

차법사도 구명시식을 행할 때마다, 이른바 설치고 힘이 세고 심술 사나운 영가를 만날 때, 그들이 덤비면 영력으로 그들을 제압하곤 했는데 단군은 어린 시절 아버지 차일혁 경무관의 죽음 이후 차법사가 가졌던 영능력을 능가했다. 차법사는 얼떨결에 단군 영가가 시키는 대로 무릎을 꿇을 정도였다.

단군이 예를 마친 차법사에게 물었다.
'어찌 다시 불렀는가?'
'작금에 이르러 당신의 자손들이 더불어 잘 사는 홍익인간 정신을 잃고 약육강식의 파국으로 치닫고 있습니다.'
단군 사이의 대화를 알아챈 동참자는 없었다. 염불이 이어졌다. 하지만 그것도 잠시, 곧이어 무대는 아수라장이 되었다. 말소리와 엔진 소리가 뒤엉키며 지축을 울렸다. 개국 열성조답게 번쩍이는 갑옷을 입고 큰 말에 수백의 군사를 끌고 나타나는 제왕에서부터 고급 차량에 경호원들과 함께 나타난 대통령 영가까지 극장은 그야말로 도깨비 시장터 같았다. 하지만 오직 차법사의 영안에만 보이는 광경이었다. 단지 엄청난 염력이 오간 흔적만 남겼다.
쿵-
갑자기 제상에 차려 둔 과일들이 굴러 떨어졌다.
"어머나, 놀래라!"
팽팽한 긴장감 속에 조용히 기도를 올리면 동참자들이 화들짝 놀랬다. 혹시나 무대가 무너진 것은 아닌지 주변을 두리번거렸다.
가장 골칫덩어리는 좌석 배정이었다. 생전에 제왕이었던 습성들 때문에 자신이 가장 중요한 좌석에 앉아야 한다며 치열한 자리다툼까지 벌이는 게 아닌가. 차법사는 진땀을 흘리며 겨우 연대순으로 정리했다.

가무단의 의식이 진행되는 동안에도 차법사는 잠시도 긴장을 늦출 수 없었다. 한 사람의 외국 국빈이 와도 나라가 들썩이는데 하물며 기라성 같은 13분의 왕조가 처음으로 한자리에 했으니 여간 어려운 자리가 아니었다.

그래도 왠지 모르게 국조들의 심기가 편해 보이지 않았다. 혹시나 의전에 소홀한 것은 없나싶어 차법사는 점검하고 또 점검했다.

그런데, 아뿔사! 차법사는 무릎을 쳤다. 그분들은 서로 상극 중의 상극관계 아닌가.

따지고 보면 국조들 사이의 관계가 좋을 리 없었다. 고구려, 백제는 신라에 의해 멸망했고, 신라는 고려에, 고려는 조선에 의해 막을 내렸기 때문이다. 자신이 목숨을 바쳐 세운 나라를 패망시킨 장본인들이 서로 대면하고 있으니 마음이 편할 리가 없었다. 천하의 원수들이 외나무다리에서 만난 형국이었다.

차법사는 거의 울다시피 부탁했다.

'당신들이 그렇게 아끼는 후손들의 나라를 위해 화해하시고, 후손들의 앞날을 밝혀주십시오.'

서로의 인과를 확인하고 나서야 영단은 조용해졌다. 근대 통치자들은 일단 봉합이 되었지만, 고대 선왕들의 인과는 더욱 복잡하기에 산 너머 산이 아닐 수 없었다.

무대 좌측에 대형 스크린이 올라갔다. 동참자들의 빛바랜 조상의 사진이 스크린에 한 장씩 올라왔다. 13국조들과 개인 조상의 제를 동시에 올리는 기묘한 광경이었다. 내용뿐 아니라 형식에 있어서도 무용, 음악, 영상, 소리, 예불, 조상의 영가가 함께 하는 새로운 시도의 구명시식이 탄생하는 순간이었다.

객석 뒤쪽에서 차법사를 꼼꼼하게 바라보는 사내가 있었다. 간간이 수첩에 무언가를 적기도 했다. 그는 차법사가 특별히 초청한 조기자였다. 물론 그의 눈엔 무수한 영가가 하나도 보이지 않았다.

예식이 모두 끝나고 차법사가 일일이 동참자들의 손을 잡으며 배웅하는 동안 조기자는 7층에 위치한 차법사 사무실에서 기다리고 있었다. 사무실 벽에는 그동안 차법사의 행적을 기록한 30여점의 사진 액자가 가지런히 걸려있었다. 미국 쌍둥이빌딩 9.11테러 위령제, 일본 북해도 강제징용한인 위령제, 백두산 한민족 대동 위령제, 프로야구 구단주 행사…….

'이 양반이 그동안 참으로 많은 일을 했구먼.'

조기자가 차법사를 처음 만난 건 IMF외환위기 직전이었다. 당시로서는 곧 들이닥칠 IMF외환 위기를 실감하는 이가 거의 없었다. 우연히 동석한 저녁 자리에서 차법사는 정초부터 불길한 예언을 했다. 국내 굴지의 자동차 기업인 K사가 부도날 것이라고 던졌다. 그리고 '환란'이 시작됨을 걱정했다. 환란이라고 하자 모인 사람들은 전쟁을 생각했지만 알고 보니 금융위기였다.

"조기자, 미안해. 오래 기다렸지."

문을 열고 들어온 차법사는 오랜 친구처럼 특유의 솥뚜껑 같은 손을 내밀며 조기자의 손을 덥석 잡았다.

"사진을 보니 그동안 엄청난 일들을 하셨네요. 그런데 어째 사업 규모는 별로 늘질 않으신 것 같네요?"

그는 선원의 크기와 신도의 수를 말하고 있었다.

"나야 늘 구멍가게지, 뭐. 불증불감(不增不減:늘거나 줄지 않음). 매일 구조 조정해."

"구조조정이요?"

"하하하. 나를 믿는 자는 남고, 내 말만 믿는 자는 떠나는 게지. 그렇게 해서 쉴 새 없이 구조 조정해 왔어. 그래서 나를 구조 조정의 명수라고들 하더라고."

"에이, 그래도 종교란 게 신도 느는 맛에 장사하는 거 아닙니까?"

"하긴 잠실 송파에서 대학로에 이사 와서 연극 극장 세 개나 붙였으니 가게가 늘긴 는 셈이지."

"법사님 같은 그릇은 적어도 50층 빌딩 하나쯤은 가져야 하는 거 아닌가요? 종교도 사업인데 교세를 늘리셔야지요. 그래야 저한테도 시골 지부의 교무부장 자리라도 하나 떨어질 테고요."

조기자는 비행기를 태우며 차법사를 떠보았다. 차법사는 고개를 저었다.

"허허허. 보이는 건 믿을 게 못돼. 보이지 않는 집을 지어야지. 그리고 나는 체질상 교주는 못해. 교주는 근엄해야 하는데 나는 웃음이 많아서 안 돼. 조기자도 잘 알잖아. 같이 장난 치고 웃길 좋아하는데 어떻게 근엄한 교주가 될 수 있겠어."

“그건 사업하기 나름이죠. 앞에 나서시기가 정 꺼려지시면 얼굴 마담을 내세우고 뒤에서 섭정을 해도 되시고요. 스타 뒤에는 스타를 조종하는 숨은 브레인이 늘 있는 겁니다. 세일즈맨으로 저는 어떠세요?”

“허허, 조기자가 언제부터 그렇게 종교에 관심이 많아졌어?”

“본래 정치, 경제통인데 법사님께서 전향시켰잖아요.”

“내가?”

“그럼요. 법사님께서 말한 대로 K사가 망해가는 꼴을 제가 두 눈으로 똑똑히 보았잖습니까.”

“아, K사. 그때 조기자가 특종 했지.”

“K사 자금난과 그 배후를 보도한 덕분에 저는 그해 상도 많이 받았죠.”

“참 안타까워. 두 번이나 자금난이 닥칠 것이라고 알려주었는데, 더 이상은 안 되더라고. 애를 써도 파도같이 밀려드는 국운을 어떻게 혼자 감당하겠어.”

“법사님도 상처가 크셨겠어요?”

“허탈했지.”

“그래도 절반은 성공하셨잖아요. K사가 외국 기업으로 넘어가지 않고 국내기업이 인수했으니까요.”

“그나마 그게 위안이라면 위안거리지. 하지만 국내 자동차 시장이 독과점이 되었으니 결국 그 폐해는 국내 소비자들이 떠안아야 하는 게 아닐까. 피한 게 아니라 연착륙인 셈이지. 경쟁해야 발전할 수 있는데…….”

“아, 그런 측면도 있었네요. 독과점은 독약인데.”

"아마 그래서 프로야구를 시작했나봐."

조기자는 S사와 프로야구 구단주와는 도무지 연결 지을 수 없었다. 차법사는 조기자가 묻기에 앞서 대답을 했다.

"내가 운영하는 야구단은 재벌 소속이 아니라 민간 구단이야. 인수하니까 다들 2~3년 안에 망한다고 하더라고. 하지만 아직 건재해. 힘없는 시민 구단이 막강한 재벌을 꺾는 카타르시스를 국민들은 원하고 있거든."

"법사님은 참 용하세요. 재벌들 틈새에서 들꽃처럼 피고 있으니 말입니다."

거대한 세력에 맞서 홀로 이리 뛰고 저리 뛰는 행보 때문일까. 어떤 권세가나 재력가 앞에서도 목에 힘을 뺀 적이 없는 조기자였지만 왠지 차법사에겐 알 수 없는 경외감과 연민이 들었다.

간단한 다과가 나왔다. 차법사는 화제를 본론으로 돌렸다.

"그나저나 조기자가 나와 인연은 인연인가 보네. 여러 신문사 기자들을 초청했는데, 달려온 건 조기자뿐이야. 100일 구명시식은 참 중요한 건데……."

"100일 구명시식이란 게 뭡니까?"

"100은 변화의 도수(度數)야. 단군의 탄생도 100일 기도 덕분이었지. 잡혼이 성행하던 시대 웅녀는 쑥과 마늘로 버티며 토굴에서 100일을 기도하여 새로운 사람으로 거듭났어. 단군으로 시작되는 문명국 고조선이 태동하게 된 순간이었지. 근대 의학에서도 뇌의 변화는 100일 동안 반복해야 비로소 뇌의 일부로 습관이 된다고 인정하고 있더라고. 100일은 새로운 판을 짜는 중요한 변화 도수야."

조기자에겐 아리송한 풀이였다.

"법사님, 아까 전에 무대 위에서 가족 중심의 구명시식에서 국혼을 불어넣는 구명시식이라고 하셨는데, 혹시 앞으로 나라에 큰일이라도 생기나요?"

허허실실하면서도 눈치가 빠른 조기자의 근성은 여전했다.

"법사님은 남들 모르게 귀신처럼 일을 하시잖아요. 그런데 이렇게 기자까지 부른 걸 보면 뭔가 대중적으로 경고할 일이 있으신 것 아닌가요?"

"허허, 귀신은 속여도 조기자는 못 속이겠구먼."

"새 정권 시작하고 숭례문 화재 있을 때 국가에 전화(戰火)가 있을 거라 했고, 보도에 보니까 연초에 큰 별이 두 개 떨어진다고 예언하셨습니다. 예언대로 김대중, 노무현 대통령이 떠났는데, 혹시 또 다른 별이 떨어집니까?"

"……."

"혹시 북쪽에서?"

"허허 너무 앞서가지 말게."

"그런데 왜 청나라 황제인 누르하치를 우리 국조로 넣었죠?"

"하하, 그 분도 분명 우리 민족이고 조상일세."

조기자는 멀뚱 멀뚱 눈만 깜빡였다. 생전 처음 들어본 말이었기 때문이다. 차법사는 조근 조근 설명을 했다. 일본 북해도 한인강제징용 위령제를 올릴 때 일본인들이 사죄의 뜻으로 접어준 3800마리의 학을 일송정아래서 소각한 다음날 백두산 천지에 올랐던 때를 떠올리며 말했다.

"누르하치의 성이 본래 경주 김씨야. 백두산에서 대동위령제를 지낼 때 천지에 나타난 누르하치가 분명히 그랬어. 후금을 세우고 나서 신라를 사랑하고 잊지 않는다는 뜻으로 애신각라(愛新覺羅)란 성씨를 붙였지. 나중에 확인하니 분명 문헌에도 그렇게 되어 있더구만."

조기자는 놓칠세라 부지런히 수첩에 적었다.

차법사가 잠시 뜸을 들이다 말을 꺼냈다.

"이번에도 특종을 주지요. 지성이면 감천이라고, 유일하게 달려온 기자인데 그냥 돌려보낼 수는 없지 않겠나."

조기자의 눈빛이 매처럼 번뜩였다. 특종이란 미끼때문이 아니었다. 쥐도 새도 모르게 처리하는 지금까지의 차법사 스타일과 사뭇 달랐기 때문이다. 뭔가 크게 떠벌려주길 원하고 있었다. 조기자는 의도가 무얼까 궁금하지 않을 수 없었다.

"제 알기로 법사님 구명시식은 가족들을 불러놓고 은밀하게 진행하는 것으로 알고 있는데 이렇게 단군을 비롯해 13분의 개국 열성조를 붙여놓고 공개적으로 하는 이유가 혹시 구명시식을 대중 부흥회로 업그레이드 시키려는 건가요?"

차법사는 허허 웃더니 할 말만 했다.

"8월 중순경에 경천동지(驚天動地)할 일이 터질 걸세."

"경천동지라 하면……."

"하늘이 울리고 땅이 울린다는 뜻이지."

"하늘이 울리고 땅이 울릴 만한 사건이라……. 자세히 좀 설명해주세요."

산전수전 다 겪은 베테랑 기자였지만 조급함을 감추지 못했다. 차법사는 잠시 눈을 지그시 감더니, 무언가 결심한 듯 입을 열었다.

"2012년이 되면 남북통일이 시작될 거야."

조기자는 수첩에 '2012년'이라고 적고는 몇 번이나 밑줄을 쳤다.

"영계에서는 이미 통일이 되었지만, 현상계의 통일은 시간과 계기가 필요하지. 분단 반세기는 짧은 기간이 아닐세. 부모자식도 서로 못 보면 서먹한데, 하물며 남북이 으르렁대다가 하루아침에 어깨동무할 수는 없지."

"어떤 사건이죠? 혹시 전쟁이라도 터집니까? 핵미사일이 발사된다거나 하는……."

"나뭇잎 한 잎이 눈앞을 가려서 태산을 보지 못하는 게 인간이야. 통일이라고 하면 사람들은 베를린 장벽 붕괴처럼 38선 철책 붕괴 통일만을 통일이라고 생각하는 데, 그건 아니지. 내가 왜 고조선, 고구려, 거기다 청나라 국조까지 모시겠나?"

조기자는 도무지 짐작되는 바가 없었다. 이럴 때 기자는 가장 난감하다. 답답한 조기자의 심정을 꿰뚫은 듯 차법사가 조근 조근 설명을 붙였다.

"지금은 한·중·일·몽고·러시아로 나뉘어져 있고 그 옛날 고조선, 고구려, 신라, 백제, 왜 등으로 국명을 달리 했지만, 거슬러 올라가면 우리는 한 핏줄의 형제였네. 단군의 자손들이지. 그러니 서로 아옹다옹 싸우지."

"웬수가 아니라 형제였다고요?"

"싸움도 인연이 있어야 하는 게야. 사람도 그렇지만 국가도 인연이 없으면 어떻게 서로 얼굴을 마주대고 밀고 당기고 그러겠나. 주고받는 과보가 얽혀서 그런 게지.”

“…….”

“본래 대륙의 주인은 우리 조상인 동이족이었지. 단군의 후예. 100일 구명시식은 국조 단군왕검을 비롯하여 나라를 세운 분들을 기리며 새롭게 열리는 시대에 국운을 받기 위한 국혼 불어넣기라고 할 수 있네.”

“국운이라고 하셨는데, 동아시아에 큰 변화가 예견됩니까?”

“지금 대륙은 중국이 차지하고 있지만, 그 중국의 국운이 얼마나 갈 것 같은가?”

“중국은 미국을 대체할 떠오르는 슈퍼 파워 아니겠습니까. 이제 막 떠오르는 태양이라고나 할까…….”

“내가 보기에 떠오르는 해가 아니라 지는 해 같은데.”

“예에? 지는 해라고요?”

내로라하는 전문가들은 하나 같이 중국이 아시아의 맹주가 될 것이며 미국과 어깨를 나란히 할 것임을 예상하고 있지 않던가.

“조기자가 나보다 중국의 역사를 더 잘 알거야. 중국은 대륙에서 통일된 나라의 평균 지속기간이 얼마나 된다고 보는가?”

“글쎄요? 한 100년?”

조기자는 자신 없다는 표정이었다.

“진시황도 20년을 못 넘겼어. 춘추전국시대, 수나라, 당나라 등 수많은 제국이 꽃처럼 피고 졌네. 그런데 그 평균 유지 기간이 60년도 못 넘겼네.”

"생각보다 짧군요."

"쌍둥이도 세대 차이가 난다는 요즘 아닌가. 중화인민공화국은 올해로 60년이 되었네. 꽤 장수한 셈이야. 모였으니 이제 흩어지는 게 자연의 이치, 즉 도리가 아닐까. 이제 중국은 옛 소련처럼 통일에서 분열의 길로 들어선 거야."

"60년이란 건 평균치 통계수치일 뿐이고, 그렇다고 중화인민공화국이 그처럼 된다는 보장은 없지 않습니까."

"한번 보자구. 예전에 법륜공 수련자가 중국 공안으로부터 대대적인 탄압을 당한 거 기억하지?"

법륜공은 1992년 중국 리훙즈가 창시한 기 수련법 또는 수련단체인데 법륜공 수련자 수가 공산당원의 수보다 많은 1억 명이 넘어가자 외신은 중국 정부가 법륜공 수련자 수십만 명을 36개 이상의 노동수용소에 보냈고, 고문으로 3000명 이상의 목숨을 빼앗았으며, 2000년부터 2005년까지 4만여 건에 달하는 장기를 법륜공 수련자로부터 적출하기도 했다.

"뿐만 아니야. 2008년 베이징 올림픽을 전후해서 티벳트 사태, 최근의 위구르 사태가 발생하여 독립을 요구하는 소수민족 수천여명 이상이 암암리에 목숨을 잃었네. 이제 독립이란 말만 나와도 중국 군대와 공안이 출동하네. 이렇게 첩첩이 원한이 쌓이면 별 수 없지 않겠나. 중국의 변화가 한반도의 변화지."

"그러면 남북통일은 바로 중국의 변화와 맞물려 있다는 뜻입니까?"

"그렇지."

"그럼 통일은 어떤 그림이 될 것 같습니까?"

"연방제나 연합을 생각해볼 수 있지."

"연방제요? 북한이 주장하는 고려연방제 말입니까?"

"그건 우물 안 개구리에 불과하고. 더 큰 연방 말일세."

"더 큰 연방이요?"

"연해주, 간도, 몽골, 일본, 러시아까지 아우르는 동아시아 연방 말일세."

조기자는 망치로 머리를 얻어맞은 듯 한동안 멍했다.

"각기 독립된 자치구를 가지면서 경제, 군사적으로 긴밀하게 연동하는 일종의 한민족연방이지. EC처럼 화폐도 통일하고. 이제는 통일이란 말보다 '연합'이란 말이 좋을 것 같아. 통일은 꼭 누가 누구를 지배하는 느낌이거든. 천문학적인 통일비용 때문에라도 흡수통일은 불가능한 게 현실 아닌가, 조기자?"

"그런 통일, 아니 연합이 2012년부터 일어난다는 겁니까?"

"눈 깜짝할 사이지. 그런데 가만히 있는다고 되는 게 아닐세. 이명박 대통령이 통일 대통령이 되려면 큰마음을 가져야 해. 인심이 천심이라고 했어. 사람 하기에 따라 일자는 늘거나 줄 수 있네. 만약 경직된 마음으로 넓고 유연하지 못하면 더 큰 위기가 닥치지. 늘어지게 되어 있어. 그래도 대세는 거스르지 못하겠지만."

"통일 대통령이라...청와대에서 좋아하겠는데요."

차법사는 피식 웃었다.

"올 9월 4일부로 간도협약이 딱 100주년이 되네. 우리 땅을 되돌려 놓을 때가 되었지."

간도협약이란 1909년 9월 이루어진 청나라와 일본간의 밀약이다. 일제는 1905년(광무 9) 대한제국의 외교권을 박탈한 뒤 청나라와 간도문제에 관한 교섭을 벌여오다가 남만주 철도 부설권과 푸순 탄광 채굴권을 얻는 대가로 한국 영토인 간도를 청나라에 넘겨주는 협약을 체결하고 말았다.

조기자는 생각했다. 차법사란 사람 참으로 엉뚱하다. 간도협약이라니. 이런 생각에 조기자의 머릿속이 다시 한 번 엉킨 실타래가 되었다.

"간도요? 간도를 되돌린다구요?"

"허허 좀 놀랬지. 내가 운영하고 있는 연구소에서 올 9월 안에 네덜란드 헤이그 국제사법재판소에 간도협약 무효소송을 제기할 걸세. 때가 왔으니 우리도 열심히 쪼아야 하지 않는가."

"그게 가능한가요? 100년이 지났는데 안타깝긴 하지만, 중국 눈치 보느라고 국가도 나서지 못하는데 어떻게 일개 민간인이……."

"허허, 두고 보면 알겠지, 뭐."

조기자가 메모한 수첩을 넘기며 곤란한 표정을 지었다.

"8월에 간도협약 무효소송을 제기하고 경천동지할 일이 터진다. 2012년 남북통일이 시작되고, 이명박 대통령은 통일 대통령이 될 수 있다. 이렇게 말씀하셨는데……."

"왜 잘못된 거라도 있나?"

"이것이 기사로 나갔는데 만약 실현되지 않는다면 법사님 입장이 매우 난처해질 수 있습니다. 예언가로서 매장당할 수도 있다는 뜻입니다. 그런 위험을 감수하시겠습니까?"

지금까지 조기자의 표정 중에서 가장 심각한 얼굴이었다.

"그럴 수도 있겠지. 하지만 영계로부터 메시지도 있고, 내가 관조해 봐도 그럴 것 같아 전하는 거야. 예언이 맞아도 내 운명이고, 틀려서 엉터리 법사라고 매장당해도 내 운명 아니겠나. 맞으면 조기자 특종이고, 틀리면 내 위신만 땅에 떨어지니, 이거야말로 조기자가 손해 보지 않는 장사가 아닌가?"

조기자는 고개만 끄덕였다.

"조기자가 관심을 끌만한 일이 하나 더 있지. 기자 복이 있는 사람은 달라. 특종까지는 아니더라도 심심하진 않을 게야."

조기자는 표시나지 않게 마른 침을 삼키며 몸을 바짝 끌어당겼다.

"얼마 전 증산을 연구하는 용화라는 분이 귀한 문서를 가져왔네. 신성문자라고 하더구만."

"신성문자이요? 그건 뭡니까?"

"증산의 현무경과 유서를 신성문자라 하네. 그 신성문자가 도착했어, 얼마 전에."

차법사는 용화가 한 말을 그대로 전했다.

"그 분 말인 즉, 신성문자 도수 안에 우리나라의 미래가 설계되어 있고, 이를 이끌 미륵이 출세해 있다고 하네."

조기자의 기자 본색이 꿈틀거렸다. 조기자는 호기심을 들키지 않으려고 애써 무관심한 듯 응수했다.

"그래요? 그럼 일종의 비결서네. 증산 비결서."

"비결서? 그렇지. 신성문자를 전해 준 사람이 증산의 마지막 유언에 답이 있다는구먼. 그 분이 얼마 뒤에 다시 온다고 했으니, 같이 만나보는 건 어떻겠어? 아마도 신성문자를 직접 해설할 요량인 듯한데……."

"물론이죠."

조기자는 벌써부터 흥미진진했다.

8월 26일 저녁. 밖에는 가을을 재촉하는 비가 내리고 있었다. 100일 구명시식이 벌어지고 있는 극장에 용화도 동참하고 있었다. 용화는 열세 분의 열성조 영정 옆에 붙어 있는 익숙한 그림을 보고는 화들짝 놀랐다. 자신이 건네준 현무경과 증산 유서가 나란히 붙어 있었기 때문이다. 증산 화천 100년 만에 이렇게 100일기도에 등장한 광경을 보니 마치 증산이 살아온 듯 감개무량했다.

용화는 가슴이 뭉클해졌다. 식이 진행되는 내내 가슴이 벅찼다. 출정식도 출정식이지만 증산 이후 사라진 '납향제(臘享祭)'를 두 눈으로 생생하게 목격했기 때문이다.

납(臘)이란 '연박에 천지신명들에게 제사지내는 것'을 뜻한다. 옛날 중국 하나라 때는 청사, 은나라 때는 가평, 주나라 때는 석사라 하였고, 한나라 때는 납이라 했다.

납향제는 본래 나라 임금이 제주가 되어, 나라의 종묘와 사직에 제사 지내는 행사이다. 국조 단군이래 반만년 역사 동안 피고 진 나라가 많았는데, 각 건국조들에게 제사 지내는 국가적 중요 행사였다. 예로부터 동지 후 제삼 술일(第三戌日)에 납향제를 지내던 것을, 조선국 이태조는 동지 후 제삼 말일(第三未日)로 고쳐서 지냈다.

증산도 납향제에 공을 들였다. 책에는 증산이 무신년(1908

년) 동짓달에 무신납월(戊申臘月) 공사를 본 기록이 나온다. 이 납월공사는 천지를 바로잡는 대공사라고 하였고, 이 식을 올리면서 글 쓴 종이가 무수히 많았다는 기록이 있다. 대부분의 제문과 부적은 그 자리에서 불태워 없어졌고, 현존하는 그림들은 그중의 일부가 현무경이라 불리고 있는 형편이었다.

면면이 이어오던 납향제의 명(名)이 끊긴 때는 일제 강점기였다. 그러나 진짜 문제는 그게 아니었다. 나라를 빼앗겼으니 그렇다 치고, 해방 후는 어떠한가. 대한민국 정부가 수립되었음에도 불구하고 어느 대통령도 납향제를 지낸 기록이 없었다.

단군 이래 수천 년 동안 지내온 납향제가 우리 손에 절멸된 것이다. 용화는 국가 지도자들이 현충사에는 참배하면서 납향제를 외면하는 것에 늘 안타까움이 큰 터였다.

그런데 이번에 차법사가 국조 단군을 비롯하여 열세 분의 열성조님을 위한 구명시식을 올리는 장면을 눈으로 확인하니 놀라움과 반가움을 금치 못한 건 당연했다.

특이한 점은 열성조 위패 옆에 일반인 조상의 위패도 빼곡히 붙여져 있다는 것이었다. 어림잡아도 1천여 개가 넘었다. 이렇게 대대적인 제는 듣도 보도 못한 광경이었다. 게다가 장장 100일간이나 제를 올린다니, 용화는 십년 묵은 체증이 뻥 뚫리는 기분이었다.

하지만 용화에게 약간 못마땅한 점이 있었다. 잠시 기다리는 시간때문이 아니었다. 식이 끝난 후 차법사가 가는 사람들을 문까지 나와 일일이 손을 잡고 배웅을 하는 장면 때문이었다. 식을 집전하는 제사장이 권위가 있어야 하는데, 그렇게까지 할 필요가 있을까 싶어서였다.

　호남의 제령봉 기슭.
　제령봉은 황제가 되어 세상을 호령한다는 뜻이었다. 제령봉 아래 한옥도 양옥도 아닌 2층 건물의 마당에 오색 줄이 거미줄처럼 쳐져 펄럭이고 있다. 건물 곳곳은 마감이 덜 끝나 콘크리트가 그대로 노출되어 흉물스러웠다. 조경은 시작도 하지 않아 마당 여기저기가 파헤쳐진 그대로였다. 뒷산은 뻘건 흙이 그대로 속살을 드러내어 언제 무너져 내릴지 위태로웠다. 서둘러 완공한 흔적이 뚜렷했다.
　황금빛 찬란한 거창한 예복을 차려입은 대성거사가 험악한 인상의 호위무사에 둘러싸여 신당 안으로 들어갔다. 대기하고 있던 100명의 신도들이 일제히 허리를 숙여 배례 했다. 신흥 종단을 꾸린 대성거사가 신궁 완공 기념과 아울러 ‘신도교’를 선포하는 날이었다. 대성거사가 정식으로 교주가 되는 날이기도 했다.
　신당 중앙엔 하얀 비단으로 가려진 액자가 걸려 있었다. 식순에 따라 배례와 주문을 마친 교주는 액자로 향했다. 오늘 행사의 절정인 신도교 최고의 성물(聖物)을 공개하는 순서였다. 교주가 신도들을 향해 외쳤다.
　“하늘과 땅을 주관하시는 증산 옥황상제님의 어진을 알현할 차례다. 마침내 상제님의 진본 어안이 이곳에 도착했도다. 이제부터 상제님께서 이곳에서 후천세계를 주관하시노라. 신도교가 세계 모든 종단의 본가임을 온 천하에 선포하노라. 모두 경외하라.”

거대한 징이 세 번 울렸다.

부왕-부왕-부왕-

교주가 비단 천을 잡아당겼다. 천을 걷어낸 자리에 거대한 흑백 초상 사진이 드러났다. 증산의 용안이었다. 신도들은 마룻바닥에 찧을 정도로 머리를 격하게 숙여 엎드렸다.

그러나 이 사진은 진본이 아니었다. 문헌에 고증된 증산의 용모를 합성하여 만든 조작된 사진이었다. 대성거사는 목청을 높였다.

“2012년 지구 종말이 목전이다. 인류는 절멸할 것이며, 오직 상제님의 가호를 받는 3300 도통군자들만이 살아남아 후천세계를 지배하게 될 것이다. 충직한 3300도통군자들이 모이는 날 상제님께서 저 사진에서 걸어 나오실 것이다.”

대학로 선원.

그날 100일 기도가 끝나고 밤 10시가 넘어가고 있었다. 선원 가운데 10여 명은 앉을 수 있게 넓은 찻상과 방석이 가지런히 준비되어 있었다. 일종의 뒤풀이였다. 언제 나타났는지 예불스님이 방금 올라온 용화를 친절하게 자리로 안내했다.

“오신 손님들 배웅하는 대로 법사님이 오실 겁니다. 잠시 기다리십시오.”

용화는 큰 가방 꾸러미를 소중하게 옆에 내려놓고 도포자락을 정리하며 정갈하게 자리를 잡았다. 잠시 후 문이 열리면서 차법사가 들어왔다.

"아이고, 오래 기다리게 해서 죄송합니다. 손님들 보내느라 구요."

차법사는 신도라는 말을 쓰지 않았다. 용화가 겸손하게 고개를 숙여 맞인사를 했다.

"별말씀을요."

그런데 차법사는 혼자가 아니었다. 뒤이어 용화 또래의 중년의 사내 두 명이 따라 들어왔다. 자리에 앉자 차법사가 소개했다.

"이 분은 오랫동안 증산을 연구하신 용화 선인이십니다. 오늘 중요한 설명을 하기 위해 먼 길을 오셨습니다."

용화는 일어서서 정중히 인사를 나누었다. 차법사가 다른 두 사람을 소개했다.

"조 편집국장, 아니 편하게 조기자라고 하겠습니다. 이번에 크게 난 기사를 쓰신 분입니다. 조기자는 의병처럼 멀리서 저를 도와주고 계십니다. 지천태 선생은 미국에서 만났는데 심지가 깊은 분입니다."

지천태(地天泰). 이름부터 범상치 않았다. 지천태는 주역의 11번째 괘로 총 64괘중 가장 이상적인 괘에서 딴 일종의 호였다. 지천태란 땅이 위에 있고 하늘이 아래에 있는 모양으로 천지교태 소왕태래(天地交泰 小往泰來: 하늘과 땅이 합심하여 천지간에 있는 만물을 양육하니, 땅에는 백곡이 풍성하여 온 백성이 배불리 먹고 행복하게 살아간다)에서 나온 말이다.

"저와 지 선생이 만났던 인연을 말씀해주세요. 그 땐 참 재미 있었죠?”

차법사가 지천태를 바라보았다.

“아, 그때요. 지금 생각해도 등골이 오싹합니다.”

차법사와 지천태는 그때를 생각하며 아이처럼 마주보며 껄껄 웃었다. 지천태와 차법사의 인연은 미국 서부의 세도나 가는 길을 안내하면서 비롯되었다.

90년대 초 지천태는 국내 재벌그룹에 근무하는 엘리트였다. 당시 서른을 넘긴 그는 결혼도 마다하고 도를 닦는데 열중했다. 국내에서 유명한 기수련 과정을 모두 이수하여 세간에 '도인' 호칭을 듣던 그가 결국 휴직계를 내고 미국에 온 이유도 세도나에서의 기수련 때문이었다.

세도나는 영험하기로 소문난 기수련의 성지다. 미국 애리조나 주에 위치한 세도나는 과거에는 원주민인 나바호, 아파치, 야바파이 등 인디언 부족들의 성지이기도 했다. 세도나에는 반경 8Km안에 무려 5개의 거대 ‘볼텍스’가 몰려 있는 것으로 유명하다.

볼텍스란 바로 극을 말하는데, 묘하게도 세도나(Sedona)를 거꾸로 읽으면 전류가 흐르는 표면 양극(Anodes)을 뜻하는 영어단어가 된다. 북극과 남극 이외의 지구 곳곳에는 기를 분출하는 21개의 강한 ‘볼텍스’가 산재해 있는데, 그중 5개나 이곳 세도나에 몰려 있었다. 강력한 에너지 장 때문에 나침반을 놓으면 N극(북극), S극(남극)이 제멋대로 움직이고 전자 장비들이 제 기능을 발휘하지 못해 근처 숙소의 모든 잠금장치는 구식열쇠가 대신하고 있을 정도였다.

그날 지천태는 우연히 뉴욕에서 만난 차법사 일행을 데리고 세도나 안내를 맡게 되었다. 차법사를 포함한 4명의 일행은 미니 밴을 몰고 애리조나 주의 세도나를 향해 거침없이 질주하고 있었다.

미니 밴엔 차법사를 비롯해 3명이 타고 있었다. 운전석에 지천태, 조수석에 미스 김, 운전석 뒤에 미스 리와 차법사가 자리를 잡았다. 그러나 뉴저지 출발부터 난관에 봉착했다. 근래 보기 힘든 폭우가 쏟아진 것이다.

콰르릉-콰쾅-

벼락과 천둥이 허공을 가르고, 화살처럼 내리 쏘는 폭우때문에 한 치 앞도 보이지 않았다. 마치 세도나는 꿈도 꾸지 말라는 누군가의 경고 같았다.

"자, 저만 믿고 갑니다."

주저하는 일행을 향한 차법사의 이 한마디에 밴은 장장 2,700마일로 예상되는 거리를 망설임 없이 내달렸다.

뉴저지를 떠나 펜실베이니아, 오하이오, 인디애나, 일리노이, 미주리, 오클라호마, 텍사스 주를 지나 그야말로 끝없는 사막인 뉴멕시코 주의 40번 고속도로 서쪽으로 서쪽으로 내달렸다. 세도나에 간다는 흥분감에 축지법이라도 쓴 듯 자지 않고 번갈아가며 운전하며 달리고 또 달린 결과, 이틀 만에 애리조나 주 경계선이 보이기 시작했다.

사건은 애리조나 주를 120마일쯤 남겨 놓은 지점에서 벌어졌다.

차법사는 불쑥 일행에게 알 수 없는 말을 던졌다.

"딱 10분만 입정 상태에 들겠습니다. 죽은 게 아니니까 걱정하지 마세요. 그리고 무슨 일이 있더라도 절대로 브레이크를 밟지 말고 달리세요. 잊지 마세요. 그냥 달리기만 해요."

다들 무슨 뜻인지 몰라 어리둥절했다. 차법사는 그 말이 끝나자마자 죽은 듯 수면상태에 빠져 들어갔다. 다들 피곤해서 쪽잠이 들었거니 생각했다. 그리고 1분 뒤.

펑, 펑-

끼이익-

날카롭게 아스팔트를 긁는 굉음이 귀청을 찢었다. 앞에 달리고 있던 거대한 트레일러의 앞바퀴 2개가 커다란 굉음을 내며 연달아 터진 것이었다. 그 파편이 차 유리창 쪽으로 날아왔다.

악!

세 명의 일행은 일제히 외마디 비명을 질렀다. 앞 유리가 박살나며 파편이 누군가의 얼굴에 박힐 찰나였다. 그런데 아무 소리도 나지 않았다. 일행은 어리둥절했다. 다행히 파편은 유리창 바로 위쪽 천장을 스치며 튕겨나간 것이다. 그러나 위기는 시작에 불과했다. 날아오는 파편에 놀라 지천태가 급브레이크를 밟고만 것이다. 차는 기우뚱거리며 차선을 바꾸고 말았다. 돌발 상황에 어떤 상황에도 멈추지 말라는 차법사의 경고를 까맣게 잊고만 것이다.

끼이익-

급정거하려는 순간, 밴을 미처 발견하지 못하고 뒤따르던 육중한 버스가 굉음소리를 내며 달려들었다. 흰색 버스가 허연 악마처럼 밴을 덮치는 순간이었다. 지천태는 실내 뒷거울로 그 상황을 생생하게 바라보았다.

'아, 늦었어. 내가 신이라도 저 차를 정지시키기엔 너무 늦었어.'

세 명은 모든 걸 포기한 상태였다. 하지만 차법사는 여전히 미동도 없이 죽은 듯 의자에 기대 있었다.

그때였다. 지천태는 믿을 수 없는 광경을 목격했다. 하얀 악마처럼 덮치는 그 버스가 눈에 들어왔는데, 차안엔 아무도 없었다. 앞좌석에 있어야 할 운전자도, 승객도 그 무엇도 볼 수 없는 텅 빈 차였다.

그 순간, 밴에서 무언가 흰 그림자가 그 하얀 버스로 달려들었다. 하얀 버스는 사뿐히, 깃털이 바람을 타고 떠오르듯 밴과 트레일러 사이를 미끄럼 타듯 빠져나갔다. 믿기지 않는 광경을 목격한 일행들은 넋이 나간 듯 멍한 상태였다.

그때 또 한 번 차가 휘청했다. 앞서 펑크 난 트레일러가 휘청거리며 밴을 막아서는 순간 앞으로 빠져나간 하얀 버스가 어느새 앞을 가로막고 있었다. 연쇄충돌 순간이었다.

세 일행은 이제 악 소리도 나오지 않았다. 하얀 버스에 그대로 들이 받치는 순간, 일행은 눈을 질끈 감았다. 그런데 웬일인지 아무 소리도 나지 않고 충격도 없었다. 죽은 것일까. 세상이 너무나 고요했다.

지천태가 눈을 떠보니 밴이 차선을 바꾸어 트레일러를 지나쳐 달리고 있었다.

'어떻게 된 거지? 하얀 버스가 순간이동을 한 것일까?'

순식간에 벌어진 일이었지만 몇 시간이 흘러간 듯 모든 것이 천천히 그리고 생생하게 느껴졌다.

세 번의 죽을 고비를 넘긴 일행은 아주 정말 짧은 순간이었지만 사색이 된 채 그저 횡한 동공만 희번덕거리고 있었다.

"법사님!"

그제야 생각난 듯 미스 리가 차법사를 흔들어 깨웠다.

"법사님, 일어나세요!"

그제야 정신을 차린 지천태가 뒷좌석을 돌아보았다. 차법사 몸에 냉기가 돌았다. 언뜻 보기에 죽은 사람이었다.

"법사님, 법사님!"

놀란 미스 리가 다급하게 차법사를 흔들었다. 지천태가 뒤를 돌아 손가락을 차법사 코에 대보았다. 숨결이 느껴지지 않았다. 얼른 손목을 잡아보았다. 다행히 맥은 뛰고 있었다. 그때 차법사 얼굴에 생기가 돌기 시작했다. 천천히 차법사가 깊은 잠에서 깨어나듯 눈을 떴다.

"오랜만에 한 유체이탈이었네."

차법사는 마치 막 낮잠을 깬 사람처럼 천연덕스럽게 말했다. 지천태는 등골이 오싹했다. 그의 상식으로는 차법사의 상태는 도저히 이해할 수 없는 현상이었다. 심령과학이나 기의 세계를 다룬 책에서 유체이탈을 한 육신은 의식만 없을 뿐 숨을 쉬고 맥박은 그대로였는데 숨도 쉬지 않았기 때문이다.

'밴에서 빠져나가 하얀 버스를 밀어낸 게 차법사의 영혼이었단 말인가? 아무도 타고 있지 않은 하얀 버스는 무엇이란 말인가?'

정차된 밴에서 멀리 고속도로를 바라보았다. 하얀 버스는 흔적도 없었다. 지천태는 혹시 백일몽을 꾼 건 아닌지 확인하고 싶어졌다.

"미스 김과 미스 리도 하얀 버스 보셨죠?"

"물론이죠. 그 차하고 충돌하는 줄 알았는데……."

그녀는 미처 버스 안 까지 살피진 못한 모양이었다. 어디까지 현실이고 어디까지가 환상인지 도무지 감이 잡히질 않았다.

차법사가 보는 사건의 전말은 일행과는 달랐다. 차법사는 애리조나 주에 들어서자 이미 유체이탈을 준비하고 있었다. 살기가 느껴졌기 때문이다. 아니나 다를까 어디선가 낯선 영가가 일행의 차안으로 쑥 밀고 들어왔다. 생전에 엄청난 교통사고를 당해 최후를 맞이한 듯 눈알 하나는 없고 온 몸은 피투성이인 히스패닉계 영가였다. 차법사가 염력으로 외쳤다.

'썩 물러가라!'

'키키키, 여긴 내 자리야. 니들 잡으러온 저승사자지.'

말 그대로 영가는 영계를 탈영해 저승사자가 되었다. 원한이 서린 채 교통사고로 죽은 히스패닉계 영가는 지나가는 자동차에 올라타 교통사고를 일으켰던 것이고, 그 자리는 악명 높은 사고 다발지역이 된 것이다. 축축한 음기에 밖을 보니 그 자리에서 죽은 수백 명의 영가들이 좀비처럼 고속도로를 떠돌고 있었다.

차법사는 히스패닉 영가에게 강력한 염력을 보냈다. 히스패닉 영가는 움찔하며 어디론가 휙 사라졌다. 하지만 위기를 넘긴 것이 아니었다.

평, 평-

순간 거대한 트레일러의 앞바퀴 2개가 커다란 굉음을 내며 연달아 터지고 그 파편이 차 유리창 쪽으로 날아왔다. 트레일러에는 수십 명의 영가가 달라붙어 있었다. 트레일러 운전자는 영문도 모른 채 정신이 혼미해져 영가들이 조종하는 데로 차법사 일행의 차로 돌진했던 것이다.

유체이탈한 차법사가 엄청난 염파를 발산하자 가까스로 파편이 앞 유리를 비켜갔다. 하지만 이번엔 버스였다. 펑크 난 트레일러가 휘청거리자 하얀색 버스가 어느새 앞을 가로막고 있었다. 연쇄충돌 순간 차법사는 조금 전보다 더욱 강력한 염력으로 하얀색 버스를 밀어냈다.

사실 하얀 버스는 실체가 아니었다. 유령들이 만들어낸 유령버스였다. 그래서 승객이 한명도 보이지 않았던 것이다. 상대 운전자를 교란하여 급정거시켜 뒤이어오는 차들과 연쇄 추돌시키기 위한 일종의 눈속임이었다. 차법사의 염력에 유령버스는 수증기처럼 스르륵 사라졌던 것이다. 위기를 넘긴 차법사가 영가들을 꾸짖었다.

'이승과 저승이 엄연히 구분되거늘 당신들은 왜 이승에서 떠도는가?'

'나만 죽기는 억울해. 같이 죽어서 우리와 함께 있자고.'

영가들은 능글거리며 다음에 다가오는 자동차에 올라탈 준비를 했다. 차법사는 더욱 강력한 염력으로 영가들을 옴짝달싹 하지 못하게 붙잡았다.

‘그대들은 고통 속에서 헤매지 않고 새 몸으로 태어나서 행복하게 살고 싶지 않은가?’

‘그러고 싶지. 그러나 그 누구도 우리를 돌봐주지 않았어. 부서진 자동차와 너덜너덜해진 시신만 끌고 가고, 우리 영혼들은 그대로 방치했어. 우린 영원히 이곳을 떠나지 못해. 우리의 존재를 알려야 해. 그래서 사고를 내는 거라구. 제발 우리를 천도시켜줘.’

‘세상에 우연은 없소. 여러분들의 사고는 우연이 아니오. 전생을 거슬러 여러분이 분명히 가해자가 된 사건이 있었고, 이생에서 그런 과보를 받은 것이오. 상대방을 원망하지 말고 스스로 원망하는 마음을 거두시오.’

여러 차례 설득이 이어졌다. 영가들도 서서히 차법사의 말에 귀를 기울였다. 그리고 하나 둘씩 어디론가 사라지기 시작했던 것이다. 일종의 간단한 천도의식이 진행되었던 셈이다.

걱정하는 일행에게 차법사가 덤덤하게 말했다.

“지 선생, 이제 세도나가 얼마 안 남았으니 달립시다. 세도나 수호신들의 시험도 무사히 통과했으니, 이제 안심해도 되겠어요. 역시 공짜는 없군요. 다시 달립시다.”

지천태는 꿈을 꾼 것인지 도무지 믿기지 않았다. 단지 트레일러 파편이 운전석 위를 때려 긁힌 자국을 손가락으로 만져보고야 생시라는 확신이 들었다. 파편이 조금만 아래로 날아와 운전석을 때렸다면……

“휴-”

절로 한숨이 터져 나왔다.

세도나에서 헤어진 뒤, 그렇게 세월이 흘러 서로는 소식이 멀어져 갔다. 하지만 차법사가 남긴 마지막 말만은 또렷하게 기억하고 있었다.

"지 선생, 언젠가 다시 만날 겁니다."

이후 지천태는 결국 회사를 그만두고 명리학, 심령학을 두루 섭렵하였다. 이마저도 성이 차지 않아 도인들을 찾아 인도, 티벳, 인도 등 전 세계를 유랑하였다.

세월이 흘러 지천태는 다시 차법사를 찾았다. 아이처럼 천진하게 깔깔대며 웃는 지천태의 모습은 여전했다. 차법사가 그의 근황을 묻자 장난스럽게 대답했다.

"차를 팔고 있어요."

"네? 차요? 자동차 세일즈? 영원한 자유인이 뜻밖인데."

"하하하, 자동차할 때 차가 아니라 우려먹는 차(茶)입니다."

지천태는 차 전문점의 사장이 되어 있었다. 차를 달여 손님에게 정성스럽게 대접하는 팽주(烹主: 차를 다려내는 사람)로 돌아온 것이다.

지천태는 네모난 붉은 벽돌 모양의 전차(煎茶) 포장을 뜯어 코에 대고 냄새를 맡았다.

"오늘은 희귀 보이차를 음미하시겠습니다. 감정해보니 30년 이상 된 귀한 차입니다."

그는 전차를 손가락만 하게 쪼개서 차호에 넣더니 능숙한 손놀림으로 물을 붓고 진하게 올라오는 구수한 차 향기를 음미했다. 붉은 빛이 도는 차호에 모락모락 김이 올랐다. 동지섣달

화로 곁에 둘러앉은 사랑방 같았다.

하지만 용화는 난처했다. 은밀하게 차법사에게만 신성문자를 전하려던 계획에 차질이 생긴 것이다. 불청객들이 함께 하면 천기누설이 되어 말문을 열 수가 없었다.

차법사는 일행을 소개했다.

"오늘 서로 초면인 분들도 계시지만, 알고 보면 이 자리에 있는 분들은 다 같은 고향사람이니 친하게 지냅시다."

"동향이라고요? 나는 서울인데……."

조기자는 좌중을 둘러보았다. 차법사는 천연덕스러웠다.

"허허허, 태어나기 전에 어디 있었겠어요."

"……."

"모두 저 세상에서 왔잖아요. 영혼이 어디서 왔겠어요. 그러니 같은 고향사람이라는 겁니다."

하하하-

차법사의 넌센스 퀴즈에 목젖이 보이도록 한바탕 웃어젖혔다. 그러나 차법사로선 그저 농담만은 아니었다.

"아마도 이 자리에 동석하게 된 인연이 있을 겝니다. 중요한 목격자들이 될 수 있으니까요."

차법사의 말을 듣고 보니 용화도 고개가 끄덕여졌다.

증산도 남녀평등시대가 도래하는 천지공사를 보면서 '지천태의 운수로 후천 세상을 열어간다'고 했다. 차법사와 지천태의 인연 이야기를 듣던 용화는 후천세계가 도래했다는 신성문자를 전하러 온 자리에 지천태가 동석한 인연 또한 우연이 아니란 생각이 들면서, 마음의 경계가 허물어지기 시작했다.

□ 하늘의 병풍

　지천태는 자사(紫砂)라는 붉은 색이 도는 돌가루를 갈아서 반죽하여 빚은 자사차호를 기울여 능숙하게 잔에 따랐다. 용화는 한입 머금고 혀를 한 바퀴 돌려 맛을 음미했다. 목구멍을 넘어가고 조금 지나자 단전에서 어떤 뜨거운 기운이 응어리지더니 곧 활화산처럼 용솟음쳤다.

　용화도 다선일미(茶禪一味)라 하여 도담(道談)을 나눌 때 자주 마셔보았지만, 이처럼 기운을 돋우는 차는 처음이었다. 차 때문이었을까. 용화의 기분은 약간 들떠 있었다.

　"여러 모로 오늘은 뜻 깊은 날입니다. 오늘이 바로 음력 칠월칠석이지요. 북두칠성의 기운이 내려오는 날이지요. 이런 날 간도 출정식을 했으니 북두칠성의 가호 아래 모든 일이 잘될 것입니다. 신기한 건 제가 법사님 처음 뵌 날도 양력 7월 7일이라는 겁니다. 양력 칠월칠석에 신성문자를 처음 보여드렸고, 음력 칠월칠석에 신성문자를 해설하게 되었으니 이는 알게 모르게 천지도수에 이끌려 하는 일일 겁니다."

　용화는 감격스러운 듯 오늘의 감회를 털어놓았다.

"법사님의 100일 구명시식을 보면서 경탄한 일이 한두 개가 아닙니다만, 가장 크게 놀랬던 건 13이란 숫자입니다. 13분의 열성조를 칠월칠석에 제를 시작한 사실입니다."

지천태가 눈을 동그랗게 떴다.

"그게 놀랄 일입니까?"

"13열성조의 13수는 신성문자를 의미합니다. 신성문자를 받는 것도 예정되어 있었던 거지요. 2012년 통일은 병겁의 시작 년도이구요."

"통일과도 연결되나요?"

"선천은 여름의 기운으로 달려가기 때문에 모든 것이 여름의 나뭇가지처럼 분화하지만, 후천엔 혹독한 겨울을 날 준비에 들어가는 거지요. 종교는 머지않아 통일될 겁니다. 그동안의 종교는 유럽, 이슬람, 동양으로 나뉘는 지역적인 종교였습니다. 이제 범지구적인 종교로 통합될 때가 도래한 것이지요."

오랜만에 조기자가 입을 띠었다.

"그럼 불교, 기독교, 이슬람도 아닌 범지구적 종교가 뭡니까?"

"책에 보면 상제님께서 백양사에 가서 불상들의 머리를 담뱃대로 톡톡 치시면서 '속세에 나가서 장가들어 자식 낳아 즐겁게 살라'고 하셨다는 기록이 있습니다. 신불교는 모든 승려들은 후천이 되면 결혼하게 될 정도로 파격적인 공사를 보아두셨지요. 상제님도 결혼하였고 미륵불도 결혼할 것이니 모든 승려들도 결혼하여 자식 낳고 살게 될 것입니다. 신성문자에 '미륵은 불가(佛家)의 형체를 하고, 선가(仙家)의 도통줄 조화,

유가(儒家)의 범절을 받는다'고 했지요. 외형은 불가겠지만 내용은 더욱 포괄된 신불교가 아닐까 합니다. 신앙 형태도 기존과는 다른 생활종교가 될 것으로 추측해봅니다.”

지천태는 고개를 끄덕였다.

“법사님 책에서도 미래의 종교에 대해 언급한 구절이 기억납니다. 자기철학, 명상, 자연이 어우러진 동호회 형태라고 했거든요. 놀라운 일치네요.”

종교가 탐탁지 않은 조기자는 반골 기질을 드러냈다.

“글쎄요, 아무리 미륵불이지만 서양 사람들이 과연 믿을 수 있겠습니까? 특히 이슬람인들이나 기독교인들은 죽었으면 죽었지 오로지 알라, 예수님만 찾게 될 텐데. 순교를 최고의 영광으로 치는데…….”

“그것도 신성문자에 쓰여 있었지요. 불도가 가장 왕성할 때 서양의 금(金)세력이 가라앉느니라.”

조기자는 용화를 몰아붙였다.

“합리적이기 보다 용화선생의 신념이 아닐까요? 자칫하면 맹목적이 될 수 있습니다.”

조기자의 부정적인 의견에 용화는 초연했다. 용화는 가방 꾸러미에서 비단으로 싼 뭉치를 소중하게 꺼냈다. 제단에 붙어 있었던 다섯 장의 신성문자와 같은 사본이었다. 조기자와 지천태는 호기심어린 눈으로 지켜보았다. 지천태가 먼저 해박한 지식을 동원해 감상을 말했다.

“혁필(革筆)이로군요?”

혁필이란 오색물감으로 한자에 사군자나 꽃, 곤충의 그림을 더한 그림이었다. 사군자에 비해 보다 서민적인 조선말기의 그림 기법이었다.

용화는 신성문자가 적힌 종이의 귀퉁이가 접히지 않게 소중하게 펼쳤다. 지천태가 고개를 갸우뚱 했다.

"보통 혁필은 오색이지만 여긴 색이 없네요. 검은 먹만을 사용했군요. 그래서 검을 '현(玄)'자 현무경인가 보죠?"

용화는 자세를 고쳐 잡았다. 성물(聖物)을 대하듯 매우 경건한 자세였다.

"이것이 신성문자입니다. 그림 석 점은 현무경(玄武經)이라 합니다. 고구려 벽화에도 그려져 있는 동이족 고유의 우주관이 사신도인데, 현무란 좌청룡, 우백호, 남주작, 북현무에서 북방의 '현무'를 이릅니다. 나침반을 볼 때 북방을 중심으로 하듯 천지공사의 중심 되는 경(經)이란 뜻이지요. 상제님이 남기신 현무경이 30여 점 있지만 이 석장과 두 장의 유훈이 가장 핵심 되는 장입니다. 과거, 현재 뿐 아니라 미래의 천지공사 도수가 모두 들어있기 때문이지요."

"일종의 핵심 요약본이란 거네요?"

용화는 설명을 이었다.

"본래 이름이 없지만, 성장공사도, 예장공사도, 신장공사도라 붙였습니다. 천간지지(天干地支)의 도수가 성경신(誠敬信) 세 글자 그림에 들어 있다는 뜻이지요."

"그런데 혁필에는 경자는 안 보이는 것 같은데?"

지천태가 예리하게 지적했다.

"잘 보셨습니다. 경은 예(禮)와 같으므로 경대신 예로 바꾸

시어, 천지공사의 아주 중요한 도수를 음양도참법으로 그림에
설계하신 것입니다. 그림에는 천지공사의 아주 핵심적인 기밀
이 들어 있습니다. 언젠가 기회가 되면 법사님과 아주 중요한
도담을 나누고 싶은데, 그럴 기회가 반드시 오리라 기다리고
있습니다. 오늘이 칠월칠석이니 이미 지난 도수를 한번 풀어보
겠습니다.”

처음과 달리 분위기는 점점 진지하게 변하고 있었다.

“증산은 동학의 인물 중 한 분 아닙니까? 동학의 정수는 수
운 최제우 선생이 설파하지 않았나요?”

조기자의 질문에 용화의 얼굴이 일그러졌다. 그는 평정심을
잃지 않으려고 몇 번 목소리를 가다듬었다.

“보통 증산 상제님을 동학의 한 지류라고 아는 분들이 계십
니다. 하지만, 정말 잘못 알고 계시는 거지요. 천지공사(天地公
事)라는 것은 해와 달, 별과 같은 우주 천지의 운행질서를 개조
하여 바꾼다는 뜻입니다. 몇 가지 예언이나 이적을 행한 인물
과는 비교할 바가 아니지요. 증산은 절대 하나님, 즉 상제님이
십니다.”

용화는 단호했다. 용화는 증산이 행한 이적을 줄줄이 늘어놓
았다.

1908년 겨울 어느 날, 증산의 동곡 약방에 종도들이 모여 있
을 때였다. 증산은 이른 아침에 해가 앞산 봉우리에 반쯤 떠오
르는 것을 보고는 종도들에게 말했다.

“이제 계절이 바뀌는 난국이 도래하였다. 이를 제도하는데

해를 멈추는 권능을 갖지 못한다면 어찌 세태를 안정시킬 뜻을 품겠느냐. 내 이제 시험하여 보겠노라.”

증산은 긴 담뱃대를 물에 축여서 연달아 세 대를 피웠다.

와 ~

여기저기서 종도들이 탄성이 터졌다. 떠오르던 해가 산머리를 솟지못하고 멈춰 있었기 때문이다. 증산은 웃으며 담뱃대를 마당에 던졌다. 그제야 멈췄던 해가 움직이며 잃었던 시간까지 훌쩍 산머리를 넘어 달아났다.

한번은 증산이 청도원에서 동곡으로 돌아와 있을 때였다. 종도들이 보는 앞에서 이렇게 말했다.

“풍·운·우·로·상·설·뇌·전(風雲雨露霜雪雷電)을 이루기는 쉬우나 오직 눈이 내린 뒤에 비를 내리고, 비를 내린 뒤에 서리를 오게 하기는 천지의 조화로써도 어려운 법이다.”

종도들은 눈을 끔뻑이며 증산을 바라보았다.

“돌아가거든 오늘 밤 문을 열고 잘들 살펴보도록 해라. 내가 오늘밤에 이와 같이 행할 것이다.”

그리고는 먹으로 글을 써서 불살랐다. 과연 그날 밤 눈이 내린 뒤에 번개가 치며 비가 오고, 비가 개이자 서리가 내리는 기이한 일기가 연속되었다.

한번은 증산이 종도인 김형렬의 집에 머물 때였다.

“강감찬은 벼락 칼을 잇느라 욕보는구나. 어디 시험하여 보오 그라.”

증산이 좌우 손으로 좌우 무릎을 번갈아 쳤다. 갑자기 제비봉에서 번개가 일더니 수리개봉에 떨어지고 또 수리개봉에서 번개가 일어나 제비봉에 떨어지는 게 아닌가. 흥이 난 증산은 '좋다, 좋다'를 연발했다.

이렇게 여러 번 되풀이 된 후, '그만하면 쓰겠다' 하고 좌우 손을 멈추니 신기하게도 번개도 따라 그쳤다.

이튿날 종도들이 김형렬로부터 이 말을 전해 듣고는 진짜인지 제령봉과 수리개봉에 올라가서 살펴보았다. 두 눈을 믿지 못할 광경이 펼쳐 있었다. 번개가 떨어진 곳곳에 초목들이 껍질이 벗겨진 채로 검게 그을려 타 재가 되어 있었다.

일행은 사랑방에서 듣는 옛날이야기처럼 용화의 입담에 푹 빠져들었다.

"상제님께서 불치병을 고치고 죽은 사람을 살린 사례들은 차라리 그냥 넘어가겠습니다. 아마 다른 자리에서 제가 이런 말을 하면 다들 저를 미쳤다고 할 것입니다. 그러나 여러분도 잘 알다시피, 여기 계시는 차법사님도 비풍우를 부리고, 죽은 자의 명을 잇고, 불치병을 고치고, 앞날을 내다보고, 천리 밖의 일을 훤히 들여다보는 능력이 있다는 사실을 잘 알지 않습니까. 법사님을 믿는다면 증산 상제님도 또한 그러한 것이지요."

용화의 눈은 초롱초롱 빛나고 있었다.

"신장공사도를 보면 재미있는 도수가 나옵니다. 을유(乙酉)년 해방공사와 남북 분단공사가 달력처럼 선명하게 표시되어 있습니다. 여기 도수가 보이십니까?"

조기자와 지천태는 용화가 손가락으로 가리키는 곳을 유심히 살폈다. 지천태는 턱을 쓰다듬었다.

“글쎄요. 새 두 마리가 입에 뭔가를 물고 날아가는 것밖에
는…….”

“두 눈으로 보아도 보이지 않게 가려져 있는 것이 바로 신성
문자의 도수입니다. 이는 하늘의 병풍이 쳐있기 때문입니다."

"하늘의 병풍이요?”

“천기누설을 막기 위해 하늘에서 허락한 자만이 볼 수 있게
막아놓은 신성한 가리개입니다.”

조기자는 어안이 벙벙했다. 무협지에나 나올 법한 용어들 아
닌가.

“8·15해방과 분단을 만들었다고요? 해방은 연합군이 일본
에 원자폭탄을 떨어뜨려서 일제의 항복을 받은 것이고, 분단은
미국과 소련이 얄타회담에서 정한 거 아닙니까?”

“하하하, 그건 눈에 보이는 것이고, 모두 천지신명을 시켜서
그리하게 만든 것입니다. 조선을 일본에게 위탁했으니 당연히
8월 15일 되찾아온 것이지요.”

조기자와 지천태는 눈이 커다래졌다.

“아니, 위탁이요? 지금 조선을 일제에 넘겨 고의적으로 식민
지로 만들었다는 겁니까?”

조기자는 금방이라도 달려들어 멱살이라도 잡을 태세였다.
용화는 바위처럼 미동도 않았다.

“차근차근 설명해 드리겠습니다. 신성문자에 등장하는 숫자
는 평상시 쓰는 자연수와는 다릅니다. 우주의 운행인 사계절을
오행으로 나누어 붙인 숫자입니다. 그 오행의 숫자마다 방위와
색상이 배정되어 있지요.”

차법사나 명리학을 공부한 지천태는 단번에 알아들었지만, 조기자는 난감했다. 일행의 눈동자가 일제히 용화의 손가락을 따랐다.

<신장공사도(信章公事圖)>

"우측에 '청조전어 백안공서(靑鳥傳語 白雁貢書)'라 쓰여 있지요. 청조와 백안 새 두 마리가 그려져 있는데 모두 쪽지를 물고 있고, 그 쪽지는 세상에 소식을 전한다는 뜻입니다. 무슨 소

식이겠습니까?”

“…….”

“현무경의 모든 표식은 음양이 한 짝을 이루고 있습니다. 큰 새 ‘청조’는 양으로서 10천간(天干)을, 작은 새 ‘백안’은 음으로서 12지지(地支)를 뜻합니다. 청조의 푸를 청은 천간에서 갑을(甲乙)로서 봄의 삼팔·목(三八·木)의 고유 색상입니다. 작은 새 ‘백안’은 흰 새, 즉 기러기입니다. 12지지의 사구·금(四九·金) 가을 유(酉)지요. 그래서 을유(乙酉)년이 나옵니다. 1945년은 바로 을유년이었습니다.”

하나씩 드러나는 오행수가 마냥 신기했다.

“앞서 말했듯 청조는 갑을로서 삼팔·목으로 양력 8월, 날개는 7개의 깃털, 꼬리는 8개 깃털, 합이 15입니다. 그래서 15일, 즉 을유년 8월 15일입니다.”

“백안은요?”

“꼬리에는 7개의 점이 찍혀 있지요. 백안은 가을 새로서 음력 7월을 뜻합니다. 백안의 좌우 날개 깃털수를 세어볼까요. 18개에 18개를 더하면 모두 36개입니다. 일제 36년을 말하지요. 을유 1945년 음력7월 7일은 달력에서 확인해 보면 알겠지만 양력 8월 14일입니다. 일본은 8월 15일 항복했지만 일본 항복문서 작성일은 하루 전인 14일입니다. 백안이 물고 있는 쪽지가 바로 일본 항복문서입니다. 일본 항복 문서의 글자 수가 815자인데 제가 보여드린 신성문자의 글자 수를 모두 합하면 815자입니다.”

“…….”

"정리하자면, 신장공사도는 을유년 7월 7석날(양력 8월14일)에 일본이 815자의 항복문서를 작성하고, 15일에 항복 선언을 하여 36년만에 일제 강점이 끝나고 조선은 광복을 맞는다는 소식을 도수로 표시한 겁니다. 이렇게 치밀하게 음양 천간지지의 이치로 도수공사를 보신 겁니다."

"허, 참!"

좌중에서 감탄사가 터져나왔다.

"상제님께서는 일찍이 1900년에 조일합방공사를 보셨지요."

조기자는 더 이상 의문을 참지 못했다.

"그렇다면 말입니다. 왜 하필 일제로부터 침탈당하는 천지공사를 했습니까? 인류를 구할 정도의 능력이었다면, 일제 침탈을 막아도 시원치 않을 텐데?"

"다 이유가 있지요."

"어떤 이유입니까?"

"눈앞의 것만 보는 우리 같은 범인들은 도저히 알 수 없는 이유이지요."

"뭡니까, 대체 그 이유란 게?"

조기자는 물고 늘어졌다.

"가을의 실한 씨앗을 거두기 위해서지요."

"가을, 씨앗?"

"흔한 말로 아픈 만큼 성숙해지는 겁니다."

조기자는 믿음이 가지 않는다는 듯 코를 찡그렸다.

"거 참, 더욱 모를 소린데……."

"교과서에는 일본이 제국주의 침략을 벌여 동양 전체를 삼키려는 대동아전쟁을 일으키다가 패망해서 조선이 8·15광복을 맞이한 것으로 적혀 있습니다만……."

"그런데요?"

"내막은 따로 있지요."

"내막이라……."

"당시 제정 러시아는 동진을 계속하여 마침내 블라디보스토크까지 도달했습니다. 태평양까지 진출할 수 있는 부동항을 갖게 되었지요. 이로써 러시아는 5대양에 모두 접하는 막강한 제국이 된 겁니다. 당시 상황을 종합해 보면 동양이 최강의 발틱함대를 거느린 러시아의 식민지로 전락되는 건 시간문제였습니다. 이를 안 상제님께서 미국과 영국의 지원 하에 일본이 동양을 지키게 도수를 정하셨습니다. 러시아가 조선을 점령하면 조선족의 씨가 마를 것이고, 중국은 외침으로부터 조선을 지킬 능력이 없었기에 일본을 택한 겁니다. 일본이 조선을 합병 형식으로 지키게 한 것이죠."

이번엔 지천태가 품고 있던 의문을 털어놓았다.

"굳이 일본을 끌어들일 필요가 있었을까요? 조선이 직접 나서게 지키면 되는데."

"당시 조선은 사대주의에 빠져 정쟁과 대립으로 주체적으로 개화하지 못했고, 국력이 약했기 때문에 굳이 일본을 불러들이게 된 것입니다. 결국 광복이 돼서 일본은 빈손으로 돌아가지 않았습니까. 객들이 장기를 두고 주인은 구경을 하지만 소가 나가면 판을 거두게 되고 장기가 끝나면 판은 그대로 주인 것이 되지요. 근본적으론 결자해지라고 봐도 되지요."

"결자해지?"

"우주의 1년으로 치면 상극의 시대가 가고 가을이 해원의 시대가 시작되지요. 해원의 시작을 단주로부터 풀었습니다. 그것이 분열의 시대에서 화합의 세계로 가는 세계통일공사입니다."

조기자와 지천태는 용화의 설명을 못미더워하는 눈치였다. 차법사는 온화한 표정으로 초지일관 건성건성 고개만 끄덕였다. 그렇다는 건지 아니라는 건지 가늠이 안 되는 표정이었다. 조기자는 증거를 요구했다.

"말씀하신 건 지난 일이고, 아직 실현되지 않은 미래의 일도 표시되어 있습니까? 물샐틈없는 도수라고 하셨으니 미래 일도 정확할 텐데요."

"물론이지요. 사실 지난 일은 소용이 없지요. 제가 법사님을 찾은 이유도 미래 때문입니다. 몇 년 이내에 다가올 엄청난 후천개벽 때문이지요."

조기자가 질색을 했다. 얼마 전 종말론 종단 신도의 시신을 직접 확인하지 않았던가.

"후천개벽이요? 그건 허망한 종말론으로 끝나지 않았습니까. 밀레니엄을 전후해서 지축이 바로 서고 대륙과 해양이 요동친다는 종말론 말입니다."

"그건 이 현무경과 증산의 유훈을 완전하게 해석하지 못한 사람들의 과오였습니다. 노스트라다무스의 예언에 편승한 것이지요. 여기 두 장의 유훈엔 연월일 이름의 도수가 정확히 명시되어 있습니다. 물론 현무경 3장에도 나누어서 숨겨져 있구요. 그래서 유일무이한 신성문자라고 하는 겁니다."

"이름의 도수라뇨?"

"후천개벽의 시작과 후천을 이끌 미륵의 출세를 말하는 겁니다."

"그래요? 그 미륵이 누구죠? 언제 후천개벽이 있답디까?"

용화는 입을 다물었다. 목숨을 걸고 봉인한 신성문자의 핵심 아니던가. 그런 사정도 모르고 아이처럼 보채는 조기자가 야속하기 까지 했다.

"지금 여러분 앞에 펼쳐져 있습니다. 보세요."

용화는 보란 듯이 단주수명서를 가리켰지만 좌중은 어리둥절했다. 한자로 빼곡한 글 어디에도 숫자는 보이지 않았다. 용화는 당연하다는 듯 여유 있게 미소까지 지었다.

"신성문자는 봐도 모르게 되어 있습니다. 그렇게 천기누설이 되도록 허술하게 설계되어 있지 않아요. 그러니 신성문자이지요. 하늘의 평풍으로 가려져 있으니 열심히 공부하지 않은 사람은 알 길이 없지요. 후천이 언제고 누가 난세를 구할 미륵인지 매우 궁금하실 테지만, 제 입으로 말씀드릴 수 없습니다. 아는 사람만이 알게 되어 있습니다."

일행은 기운이 빠졌다. 하지만 가만히 있을 조기자가 아니었다.

"이 5장은 최근 처음 발견된 것입니까?"

"아닙니다. 여기저기 흩어져 있던 것을 제가 한 자리에 모은 것입니다. 신장공사도, 미륵탄생공사서, 단주수명서에 일치하는 도수가 있습니다. 모두 모으니 비로소 온전한 뜻이 된 것이지요."

조기자가 한마디 하려는 순간 차법사가 자리를 정리했다.

"허허, 때가 되면 차차 밝혀지겠지요."

네덜란드의 암스테르담 공항.

용화가 신성문자 해석에 기염을 토하는 시각, 차법사가 이준 열사의 심정으로 가라며 징표로 준 '위법망구' 4글자를 품고 박 대표와 김국장이 네덜란드 암스테르담 공항에 도착했다. 박 대표는 간도협약무효 소송을 위해 같이한 민족운동가였다.

하지만 박 대표와 김국장은 공항 로비에 우두커니 서 있었다. 동참하기로 했던 민족회의 간부들, 간도 찾기에 뜻있는 분들과 제소장 초안을 작성한 미국동포를 비롯하여 많은 단체들이 어찌 된 연유에서인지 모두 불참하였고, 공항엔 달랑 두 사람만 서 있었다. 목숨을 바칠 듯 입에 게거품을 물고 비장하게 간도 반환을 부르짖던 사람들은 대체 어디에 있단 말인가. 출발부터 처음 예상과는 많이 빗나가 있었다.

아무도 마중 나와 있지 않는 이역만리 낯선 곳에 떨어진 두 사람은 막막했다. 통역없이 헤이그에 위치한 숙소를 찾아가는 일부터 문제였다. 두 사람은 이준 열사 또한 이러한 심정으로 헤이그로 달려갔을 것이라고 마음을 다잡았다. 손짓발짓 영어로 1시간을 더듬더듬 수화한 끝에 헤이그행 기차를 탈 수 있었다.

그런데 이때부터 불가사의한 일이 이어지기 시작했다. 헤이그 시내 지리를 전혀 몰라 두리번거리던 일행은 번화가에서 한인 간판이 걸린 식당으로 무작정 들어갔다. 다행히 주인은 한인이었다. 식당 주인은 친절하게 이준열사 박물관의 약도와 연락처를 알려주었다.

호텔에 짐을 풀자마자 이준열사 기념관부터 찾았다. 걸어서 1시간 거리 기념관은 이준 열사가 순국한 호텔을 개조한 오래된 건물이었다. 입구에서 나부끼는 태극기가 인상적이었다. 기념관 관장 부부가 반갑게 맞아주었다.

두 사람은 이준열사가 순국한 침대 앞에 섰다. 묵념을 올렸다. 일행은 헤이그에 온 목적을 설명했다. 하지만 진지하게 듣고 있던 부부는 고개를 절레절레 저었다.

"두 분의 뜻은 훌륭합니다만, 국제사법재판소에서는 민간인의 서류를 받지 않아요."

우회적인 표현이었지만 부질없는 행동이라는 뜻이었다. 또한 논리적으로도 맞는 말이었다. 하지만 그런 현실적 장벽 앞에서 굴복했더라면 헤이그까지 오지도 않았을 일행이었다. 부부는 오히려 두 일행을 단념시키려고 설득하려 하자 김국장은 결연했다.

"이준열사 역시 당시 국제법상으론 되지도 않는 특사로 여기에 오셨습니다. 결국 만국평화회의장에 들어가지도 못했죠. 그럼 그것이 실패를 한 겁니까? 하지 말았어야 할 행동이었을까요?"

관장 부부는 잠시 주춤거렸다. 박 대표는 한 술 더 떴다.

"우린 여기 죽으러 왔습니다. 접수가 안 되면 석유라도 끼얹어 분신이라도 해서 세계만방에 우리의 의지를 알릴 겁니다."

관장 부부는 분신이란 말에 얼굴이 하얗게 질렸다.

"여긴 법과 평화의 도시입니다. 그런 과격한 행동은 한국의 이미지만 나빠지게 합니다. 법이란 게 의지만 있다고 되는 건 아닙니다. 한국처럼 데모하고 떼를 쓴다고 되는 곳이 아닙니다.”

한동안 싸늘한 정적이 흘렀다. 그때였다. 기념관 전화벨이 울렸다.

“이곳 동포인데 김국장님을 찾는 전화입니다.”

김국장은 어리둥절했다. 네덜란드에 전혀 연고가 없는데 현지인 전화라니.

알고 보니 작년에 차법사에게 구명시식을 올린 한 교민이었다. 차법사의 열렬한 팬이었던 그녀가 차법사 일행이 네덜란드에 온다는 신문을 읽고 긴급히 연락을 해온 것이었다. 자초지종을 들은 그녀는 이렇게 말했다.

“법사님이 오신 것으로 생각하고, 제가 최선을 다해 돕겠습니다.”

지리를 몰라 걸어 다니던 차에 현지인이 손수 운전까지 하며 기꺼이 발 노릇을 자청했다. 더욱이 가장 아쉬웠던 통역 문제를 해결할 수 있어 천군만마를 얻은 느낌이었다. 게다가 그녀의 남편은 UN산하 국제기구에 근무한 경력이 있어 접수 과정을 안내하기에 충분했다.

마치 약속이라도 한 듯 어쩌면 그렇게 콕 집어 적재적소에 도움을 주는 인물이 나타나는지 아무리 생각해도 불가사의한 일이 아닐 수 없었다. 그렇더라도 가장 큰 난제는 역시나 제소장 접수였다.

4일째 되던 9월 1일, 네덜란드 헤이그의 한국대사관.

한국 대사가 무겁게 입을 열었다.

"그들이 오고 있다구요?"

젊은 참사관이 긴장한 목소리로 대답했다.

"네, 우리 측으로부터 방금 연락이 왔습니다."

"우리가 뭘 해줄 수 있겠어요?"

"글쎄요? 민간단체에서 국제사법재판소에 서류를 접수하는 게 애초부터 불가능하다는 걸 주지시켜줘야지요."

"그게 문제가 아니죠. 기념관장의 말로는 접수가 안 되면 극단적인 방법을 써서라도 기록에 남길 일을 저지를 사람들이라고 했잖습니까? 신문에 날 일이 벌어지기 전에 손을 써야죠."

"말은 그렇게 했지만, 조사를 해보니 두 사람을 보낸 차법사란 분이 그렇게 막무가내인 사람이 아니라 안심하셔도 될 겁니다. 공식적인 외교 조치만 빼고, 우리가 민간 차원에서 할 수 있는 것은 모두 지원하겠습니다. 그래도 결국 정문 경비실을 통과할 순 없겠지만요."

일행은 현지 교민 부부의 차를 타고 한국 대사관으로 향했다. 그들은 절망상태였다. 박 대표가 알고 있다는 현지 한국인 국제변호사 사무실에 어렵사리 전화가 연결되었지만 스케줄을 핑계 삼아 접촉을 회피하는 바람에 마지막 희망마저 사라진 것이다.

기념관에서 알려준 브뤼셀 소재 유럽연합(EU)본부에 상주하는 한국 특파원은 출장 중이라 올 수 없다는 기별을 받았다. 어떻게 해서든 한국에서 100년이 되기 전에 소송 접수 시도를 했다는 흔적이 필요했으나 상황은 나락으로 떨어지고 있었다.

대사관으로 가는 일행은 호랑이 굴로 걸어 들어가는 심정이었다. 정부에서 중국의 압력을 우려해 공식적으로 문제 제기를 꺼린 상황에서 현지 대사관의 태도 또한 정부 태도의 연장선일 것이 뻔했다.

헤이그 소재 네덜란드 한국 대사관은 국제사법재판소와 채 2Km도 떨어져 있지 않았다. 신기하게도 한국 대사관 옆에서 중국 대사관이 담장을 맞대고 이웃하고 있었다. 펄럭이는 태극기와 중화인민공화국기가 동시에 눈에 들어왔다. 어른 키 정도 높이의 담장은 마치 압록강을 사이에 두고 대립하고 있는 국경선의 축소판 같았다. 일행은 묘한 기분이 들었다. 간도문제 또한 중국과 영토분쟁 아닌가.

중국 대사관 쪽에는 경비가 삼엄했다. 바리케이드는 물론이고 무장한 경비원도 여럿이 보였다. 최근 파룬궁 사건과 티베트 사건으로 부쩍 시위가 잦았기 때문이라고 했다. 김국장이 사진을 찍으려하자 경비원이 멀리서 위협적인 경고의 수신호를 보냈다. 일행은 쫓기듯 대사관으로 향했다.

"들어오세요."

한국 대사관 인터폰에서 다행히 들어오라는 신호가 왔다.

가이드를 자처한 현지 교민과 함께 3명의 일행이 대사관 안으로 들어갔다.

"어서 오십시오. 전 여기 대사입니다."

일행은 깜짝 놀랐다. 대사가 미리 기다리다가 직접 웃으며 맞아줄 줄이야. 어리둥절한 일행은 귀빈실로 안내되었다.

일행은 헤이그에 온 자초지종을 이야기했다. 대사는 이미 여기에 온 목적을 알고 있는 듯 건성으로 고개만 끄덕였다. 대사의 표정은 온화했지만 말하는 내용은 단도직입적이었다.

"좋은 일 하시는데, 저희는 국가의 훈령을 받는 공무원이라 직접 도울 수는 없습니다. 이해해 주십시오. 하지만 교민의 민원이라 생각하고 도울 수 있는 데까지 돕겠습니다. 이보게, 참사관!"

"네."

군기가 바짝 든 참사관이 대사의 지시를 기다렸다.

"이분들 도울 수 있는 데까지 잘 도와드리라고."

대사는 몇 마디 덕담을 하고는 자리를 떠났다. 예상했던 반응이었지만 예상치 못한 소득이 있었다. 덕분에 국제사법재판소에 맞는 양식으로 소송접수 서류를 다시 작성할 수 있었다.

서류를 고치는데 서너 시간이 걸렸다. 오후 3시가 넘어 일행이 국제사법재판소로 출발하려는데 대사관측에서 연락이 왔다. 일단 정문 앞까지 동행하겠다는 것이었다. 공무 차원이 아닌 교민을 보호 차원에서 내린 최선의 특단의 조치였다.

검은 색 바리케이드가 가로막은 국제사법재판소 경비실이 보였다. 대사관 직원을 뒤로한 채, 일행은 접수 서류를 가슴에 안고 경비실로 걸어 들어갔다. 각오한대로 경비원들의 반응은 냉랭했다. 권총을 찬 경비가 위압적으로 물었다.

"대사관 직원입니까?"

"아니요?"

“대사관 일입니까?”

“그렇기도 하고 아니기도 합니다.”

경비는 일행이 입장할 때부터 매우 혼란스러워했다. 접수하려는 서류의 양식이 정확했기 때문이다. 공무 서류임에 틀림없었다.

“약속이 되어 있습니까?”

“약속은 없지만 매우 중요한 서류입니다.”

“여긴 직접적으로 서류 접수는 안합니다. 우편으로 하세요.”

“우린 민족국가 연합체 대표입니다. 우편으로 할 수 있지만 중요한 서류라서 비행기를 타고 온 겁니다. 직접 접수해야 합니다.”

“대사관을 통해서 오세요.”

통역을 하는 교민은 주부였기에 정치, 법률 용어에 서툴렀다. 일행이 설명하는 민족주권과 국가주권의 개념을 통역하는 데 한계가 있었다. 하지만 그것이 오히려 결정적인 도움이 될 줄이야!

물러서지 않고 ‘very important document(매우 중요한 서류입니다).’만 끈질기게 되풀이하는 결연한 기세에 당황한 경비원은 어디론가 전화 통화를 했다. 마침 퇴근 시간이 다 되어서 직원들은 조급했다. 경비원은 자기 책임은 다 했다는 듯 퉁명스럽게 손짓했다.

“오케이. 그럼 안으로 들어오랍니다.”

붉은 장미가 만발한 넓은 정원을 지나 국제사법재판소 행정실로 가는 길은 천리만리처럼 멀게 느껴졌다.

행정처 여직원이 날카롭게 물었다.

"왜 한국 대사관에서 오지 않고, 직접 왔습니까? 이곳은 소송 주체가 국가여야만 상대합니다. 돌아가세요."

법규를 내세우는 행정사무원의 차가운 목소리에도 일행은 물러서지 않았다.

"우리는 국가의 대표가 아니라 남북한과 해외 동포들이 구성한 민족연합체의 대표입니다. 민족회의에서 구성한 통일준비정부 대표요. 그래서 한국 대사관과는 별개입니다."

"민족회의? 그 단체는 유엔에 가입되어 있습니까?"

"민족회의 구성원인 남한과 북한은 이미 유엔에 가입되어 있습니다. 우리는 국가주권이 아닌, 하나의 민족에 두 개의 국가로 나뉜 남북의 민족주권을 행사하러 온 것입니다."

행정처 직원은 고개를 끄덕였다. 그리곤 일행이 미리 만든 양식의 접수증에 접수서명을 했다. 100년 동안 그 누구도 하지 못했던 한 장의 서류였다.

잠시 후 서울.

차법사의 휴대전화 벨이 요란하게 울렸다. 국제전화 번호가 찍혀 있었다. 김국장의 전화였다.

"법사님, 접수에 성공했습니다!"

"수고했네."

김국장의 흥분된 목소리와는 달리 차법사는 이미 예상했다는 듯 차분했다.

"박 대표 바꿔드리겠습니다."

박 대표의 목소리가 떨렸다.

"법사님, 접수했습니다! 기적입니다. 100년만의 쾌거입니다! 모두 법사님과 100일 기도를 올리신 분들의 정성 덕입니다. 하늘이 돕지 않았다면 절대 접수할 수 없었을 겁니다. 법사님의 강력한 염력과 기도하신 여러분들의 진지하고 열정적인 기도의 덕택입니다."

"고생들 하셨어요."

차법사는 이미 성공을 예감하고 있었지만 막상 현지에서 생생한 감격을 전해 들으니 갑자기 긴장이 풀린 탓인지 피곤이 몰려왔다.

귀국 당일. 큰 일이 있을 적마다 비가 내리더니 이번에도 역시 그 징크스를 깨진 못했다. 비의 나라 네덜란드엔 6일 동안 한 방울도 비가 없다가 마지막 떠나는 날에 몰아친 것이었다.

비행기가 암스테르담 공항을 힘차게 이륙하자 신기한 현상이 벌어졌다. 석양에 비친 비행기가 축하 꽃다발처럼 둥근 무지개에 둘러싸여 있었던 것이다. 마치 하늘이 반기는 듯 했다. 그러나 귀국한 고국에서는 환영일색만은 아니었다.

선원.

네 사람이 차호를 중심으로 둥글게 모여 있었다. 화제는 온통 간도 소송 접수였다. 지천태는 덕담을 아끼지 않았다.

"참 대단한 일을 하신 겁니다. 남들은 법사님을 영능력자다 뭐다하지만 가장 다른 점이 있다면 바로 행동가란 겁니다. 말만 앞세우는 다른 유명 인사들과는 차원이 다르지요.”

차법사는 태연하게 말했다.

“오늘 아침에 전화 두 통이 더 왔어요.”

조기자는 흥분을 감추지 못했다.

“어디요? 축하 전화인가요?”

“하나는 중화권의 우리 대사관이고, 하나는 국내 모처에서 왔어요.”

“뭐랍디까?”

“통쾌하고 매우 잘한 일이지만 조용히 해달라는 거지요. 기록은 남게 되었으니 충분히 소기의 목적을 달성했으니 당장 소송을 못할 바에는 잠자는 사자를 깨우지 말라는 겁니다.”

“이거 원. 국가를 대신해 큰일 했으면 훈장을 못줄망정 재갈을 물리려하다니. 내가 정부에 가서 따질 겁니다.”

지천태는 앞날을 상상했다.

“그럼 이제 간도소송이 본격화 되겠군요?”

차법사의 답은 예상과는 달랐다.

“그렇진 않아요. 이제 다른 시작일 뿐이죠.”

“시작이라면?”

조기자가 재빨리 말을 잘랐다.

“간도재판은 열리지 못할 겁니다.”

“접수했다고 하지 않으셨나요?”

“접수는 했죠. 그러나 접수했다고 다 재판하는 건 아닙니다.”

“…….”

조기자가 해박한 지식을 뽐냈다.

"국제사법재판소의 법률체계는 우리나라 소송 절차와는 다릅니다. 원고가 원한다고 바로 소송이 시작되는 것이 아니라, 원고가 소송을 제기하면 재판부가 피고와 상의하여 소송을 받아들일 것인지 심사를 해야 합니다. 이번 접수는 바로 이 심사 과정에서 접수였던 겁니다. 영토분쟁은 상대국가인 중국이 받아 줘야 소송이 시작됩니다."

"물론 중국이 받아줄 리가 없겠군요."

"맞습니다. 설사 우리 정부가 소를 제기했다고 해도 지금과 마찬가지로 절차를 밟아야 합니다. 국가의 소송도 불확실한데, 더욱이 민족회의는 접수 심사과정에서 폐기처분 당할 확률이 높습니다."

"이차 저차해서 소송이 진행되지 않는다면, 그럼 헛일이란 말씀인가요? 해프닝인가요?"

지천태의 얼굴에는 실망한 기색이 역력했다. 조기자는 고개를 절레절레 저었다.

"해프닝이라뇨. 큰 의미가 있습니다. 간도협약 100년 동안 피해자인 우리가 공식적으로 문제를 제기한 때가 한 번도 없다는데 문제가 있었습니다. 100년이 가기 전에 문제를 제기했다는 표시를 한 것에 의의가 있다는 겁니다. 만약 나중에 본격적으로 영토분쟁이 생겨 국제사법재판소에 정식으로 섰을 때, 우리가 아무 저항의 표시도 안했다면 스스로 간도를 포기했음을 시인한 꼴이 되는 겁니다. 우리에게 매우 불리한 증거죠."

"그럼 왜 국가는 그동안 가만히 있었죠? 국가가 나서서 해야

할 일 아닌가요?”

“만국평화회의에 간 이준열사도 법으로 따지자면 불법이게요. 그런데 지금 후손들에겐 어떤 의미입니까. 우리 독립 의지의 표상이 되었잖아요. 적어도 이번 건은 그런 시각에서 봐야 하는 거 아닌가요?”

“……”

차법사가 거들었다.

“기도 안 찬건 영토분쟁 시한 100년은 법적 근거가 없다고 애써 의의를 폄하하는 국내 인사들입니다.”

“그런 사람들도 있어요?”

“소위 지식인이란 사람들이 법적 효력이 없다느니, 시효 100년은 무의미하다느니……”

조기자 목소리는 흥분되어 있었다.

“저, 저, 저런 불한당들. 본인들은 행동하지 못하고 배 아프니 뒤에서 트집 잡는구먼. 정작 국제소송이 벌어져 봐요. 100년 동안 뭐했냐 하는 증거가 얼마나 중요한 증거가 되는데……”

“적은 안에 있다니까요.”

돌아가며 한동안 성토가 이어졌다.

가만히 듣고 있던 용화가 입을 열었다.

“앞으로 일어날 한반도 지형은 모두 신성문자에 예정되어 있지요. 특히 ‘축부도(丑附圖)’에요.”

조기자가 어리둥절했다. 훈훈한 덕담에 초를 친게 아닌가 싶었다.

"예정이요? 미래의 일도 도수에 있습니까?"

용화는 아무렇지도 않다는 듯 설명했다.

"물론이지요. 축부도 정사부는 남북통일공사와 깊이 관련되어 있습니다. 예전에 보여드린 5장의 신성문자에도 도수가 조금씩 나눠 표시되어 있고, 천기누설을 막기 위해서 '축부도 정사부(政事符)'에도 구체적으로 13번째 지도자가 명시되어 있습니다."

처음 듣는 말을 쏟아내자, 조기자는 궁금증을 참지 못했다.

"축부도 정사부는 뭡니까? 남북통일공사는요? 법사님께선 2012년부터 통일이 시작된다고 하셨는데, 이것도 신성문자 어디에 나와 있습니까?"

“신장공사도와 단주수명서에 해방 후 분단이 암시되어 있습니다. 축부도에는 매우 구체적으로 남북통일의 지도자들이 설계되어 있습니다. 남북통일은 후천세계 통일정부를 위한 첫 단추이기 때문에 천지공사에서 빠질 수 없지요. 상제님께서 13명의 지도자가 출현할 공사를 본 흔적입니다. 미륵 출세도 암시되어 있습니다.”

지천태가 용화에게 물었다.

“제가 알기로는 증산께서 생전에 ‘내가 열석자로 오리라’ 하고 남긴 유언이 있는데, 13명의 지도자가 바로 그 13이 열석자인가요?”

“깊은 관계가 있습니다. 13은 인간의 수가 아니니까요.”

참으로 신기했다. 차법사가 말한 동북아연방제나 통일 대통령과 묘하게 연결되어 있기 때문이다. 신성문자 말만 나와도 용화는 평소와 달리 매우 활기찼다.

“상제님의 주문 ‘시천주조화정영세불망만사지’ 13자에 의거 13명의 정치 지도자가 설계되어 있지요. 현재 이명박 대통령까지 남북한을 합하여 총 11명이 출현하였는데, 나머지 2명은 아직 깊이 숨어 있습니다.”

만약 용화의 말이 사실이라면 마치 타임머신을 타고 미래를 방문하는 바와 다르지 않기 때문에 흥미진진한 대목이 아닐 수 없었다. 지천태가 깊은 관심을 보였다.

“미륵의 출현도 표시되어 있다고 말씀하셨는데, 혹시 맨 나중에 출현하는 13번째 지도자가 곧 미륵불이 되는 것인가요?”

신성문자의 가장 핵심적인 대목이었다. 용화는 대꾸하지 않고 가방에서 책을 한권 꺼냈다. 검지에 침을 바르며 넘겨 펼쳤다. 책 모서리는 둥글게 닳아 있고 거뭇한 손때가 묻어 있어 얼마나 닳도록 공부를 했는지 한눈에 알 수 있었다. 군데군데 페이지마다 알 수 없는 작은 글씨가 메모되어 있었다.

"여길 보세요. 이것이 정사부입니다."

언뜻 보면 한반도 형상의 간단한 현무경이었다. 지천태가 신기한 듯 두 눈을 반짝였다.

"이건 혁필이 아니네요?"

"상제님께서 한반도 모양인 한자 축(丑)자에 도수를 정하셨습니다. 12지신을 상징하는 글자 중의 하나로 소를 상징합니다. 해방 후 한반도 남북한에 출현할 정치 지도자의 성씨 수리가 설계되어 있습니다. 저는 처음에 팔궤 구궁(八卦 九宮)수리에 의해서 8명이나 9명이 설계되어 있는 줄 알았는데, 나중에 영감이 떠올라 문득 그림을 살펴보니 13명의 이름이 적혀 있었지요. 열석자의 비밀이 풀린 셈이지요."

용화는 감격이 가시지 않은 듯 은근히 자랑을 늘어놓았다.

"이렇게 작은 그림에 13명의 이름이……어째서 13명이 됩니까?"

조기자는 또다시 용화가 천기누설 운운할까봐 슬쩍 미끼를 던졌다.

"해방 후 남북한 정치지도자(12명)의 성함은 차례로 이승만, 김일성, 윤보선, 박정희, 최규하, 전두환, 노태우, 김영삼, 김대중, 노무현, 이명박입니다. 성씨의 도수를 보면 윤(尹)씨는 4수, 박(朴)씨와 전(全)씨는 6수, 이(李)씨는 7수, 김(金)씨는 8수, 최

(崔)씨는 11수, 노(盧)씨는 16수입니다."

"자, 잠깐만요. 천천히."

순식간에 축부도의 획수를 세 버리자, 지천태가 다시 한 번 설명을 요청했다. 용화는 흔쾌히 손가락을 짚어가며 다시 도수를 셌다.

"아카시아 잎은 3개와 8개 즉 38선을 뜻하고, 반원 8수는 김씨, 동그라미 7수는 이씨, 기초동량 점 4수는 윤씨, 좌측 남쪽 점 6수는 박씨, 나뭇잎 형 11수는 최씨, 쌍엽형 6수는 전씨, 아카시아 잎 16수는 노(노태우)씨, 아카시아 중간 대 종선 8수는 김씨(김영삼) 이렇게 쭉 나갑니다."

지천태는 어린아이처럼 용화를 졸랐다.

"참 재미있는 발상이네요. 나중에 도수를 한 번 확인해 보도록 하고, 지금의 이명박 대통령은 11번째가 된다는 것인데, 12번째 대통령의 성씨는 어떻게 되나요?"

"허허허. 하늘의 병풍이 가리고 있는 내용이라 저도 입을 닫을 수밖에 없습니다."

조기자는 실망하여 오만상을 찌푸렸다.

"정말 이러깁니까?"

"송구스럽습니다. 때가 되면 아실 것이고 아실 분만 아실 겁니다. 아무튼 열 석자 이 분이 출현하면 대시국의 국호를 내세우며 초대 대통령이 되도록 설계해 두셨지요."

지천태가 끈기를 발휘했다.

"남북통일은 언제 되는 건가요? 법사님 말대로 2012년인가요?"

"정사부에는 13번째로 출현하는 지도자가 통일 대통령으로 설계되어 있으므로 아무래도 이명박 대통령의 임기동안에는 통일보다는 통일의 계기가 되는 일이 이루어질 것으로 예상합니다."

"열 석자가 되는 13번째 출현하는 지도자가 곧 금산사 미륵불이 되는 것인가요? 그러면 금산사 미륵불은 언제쯤 세상에 출현하게 되지요?"

"13번째 지도자의 임기가 '2013년부터 2017년'까지이므로, 통일년도는 여러분이 한번 추리해 보도록 하세요."

조기자가 퉁명스럽게 끼어들었다.

"2017년이란 뜻이란 말입니까? 그런데 13명의 지도자 중에 왜 김정일은 제외 되었습니까? 김정일을 넣으면 이명박 대통령이 12번째 지도자가 되는데."

"도수에 없기 때문입니다."

"네?"

"세습 허수아비라고 보는 것이지요. 북한은 김일성체제의 연장이지요."

"엄연히 지금 북한의 통치자는 김정일인데……. 도수에 없다고 아니라는 건 너무한 거 아닙니까?"

순간 용화의 미간이 일그러졌다. 신성문자 해독에 이의를 다는 것은 용납하기 힘들었다.

"13번째 지도자의 성씨가 바로 단주수명서의 '소만부'에 들어 있습니다. 제가 간신히 풀어냈습니다. 천기누설이라 더 이상은 말하지 않겠습니다."

110

용화는 단단히 화가 난듯 냉랭했다. 하지만 조기자도 작정을
한듯 한 번 더 후벼 팠다.

"아까 잠깐 보니까 설명하신 획수가 어떤 것은 중복하고 어
떤 것은 안하고....귀에 걸면 귀걸이, 코에 걸면 코걸이란 얘기
죠."

용화도 밀리지 않았다.

"조금 전 말씀 드렸다시피 그건 증산 상제님의 말씀을 온전
히 모두 공부하지 못해서입니다. 이 유서만 해도 그 진위를 의
심하는 사람들이 좀 많습니까."

"눈으로 직접 봐도 못보는 게 도수입니다. 하늘에서 그렇게
장치한 겁니다. 제가 굳이 부연설명은 붙이지 않겠습니다."

차법사가 나서서 말렸다.

"용화선생 말씀도 일리가 있고 조기자도 기자로서 의문을
같는 건 당연한 겁니다. 때가 되면 알겠지요."

쓴 입맛을 다시던 조기자가 이번엔 차법사에게 날을 세웠다.

"법사님, 경천동지할 일이란 게 이번 간도서류를 접수한 겁
니까?"

"왜?"

"9월이 가기 전에 일어난다고 했잖아요. 그런데 휴전선은 조
용하잖습니까. 편집부에서 독자들이 항의 전화 받느라고 애먹
었어요. 법사님 예언만 믿고 주식을 팔았다가 손해를 보았다나
뭐라나. 제가 보기엔 H그룹 회장이 금강산 피격 사건이 나고서
8월 16일 청와대 다녀온 일밖에 없잖습니까."

H그룹은 대북 관광사업을 하던 대기업이었다.

“경천동지가 꼭 요란해야 되나. 모 회장이 가져온 보따리는 판도라 상자야. 거기엔 북한 최고 통치자의 어마어마한 메시지가 들어 있어. 정상회담을 비롯해 차마 공개하지 못할 획기적인……."

차법사는 말꼬리를 흐렸다. 조기자는 그 꼬투리를 놓치지 않았다.

“그래서 청와대 대변인은 기자들에게 남북교류설을 강하게 부정했군요. 그 메시지란 게 대체 뭡니까?”

“차차 밝혀지겠지, 뭐.”

차법사가 얼버무리려 하자, 조기자는 싸움 개처럼 물고 늘어졌다.

“아이 참, 법사님 이러깁니까? 누구도 천기누설이라 중간에 입을 꽉 닫더니만, 법사님도 합죽이 행세를 하시네. 속 시원히 털어놔 보세요, 좀.”

조기자의 닦달에 차법사는 마지못해 입을 열었다.

“내가 할 말은 아니고……정말로 경천동지할 일이야.......만약 북한의 제안을 남한이 거절할 경우……."

“거절? 거절하면 놈들이 전쟁이라도 벌이겠다는 겁니까?”

“궁지에 몰린 북한이 자존심 상해가며 마지막으로 손을 내밀었는데, 냉정히 거절한다면 북한의 선택은 좁아지는 거지.”

“선택?”

“북한의 경제는 어딘가에 의지하지 않으면 유지가 어려울 정도야. 그동안 남한의 햇볕정책이 봄날이었지. 그런데 이를 갑자기 끊으면 어떻게 되겠어.”

"중국만 바라보겠죠."

"맞아. 문제는 중국이 단순원조에 그치지 않는다는 게야. 욕심을 내겠지."

"그 떼놈들은 진작부터 북한을 지네 땅이라고 우기더니. 동북공정 때부터 알아봤어."

"중국만 그런가. 미국은 전쟁무기 재고를 털어야 경제가 돌아가는 군산(軍産)복합체 국가야. 중국이 더 크기 전에 미국은 자웅을 겨뤄야 하는 입장이지."

"설마, 미국이 전쟁을……."

"미국은 중국을 견제할 때를 더 이상 늦추고 싶지 않을 거야. 역사는 돌고 도는 게지. 60년 전 미소강대국의 대리전을 벌인 6·25가 한 갑자 되는 해가 내년 경인년(庚寅年) 아닌가."

"미·중이 싸우면 3차 세계대전으로 비약될 거라는 게 전문가들 중론인데."

"그렇게 안 되도록 해야지……. 남북문제는 지구 운명의 문제가 걸려 있어. 그런 면에서 한반도가 지축이라는 거야. 땅이 울리는 소리가 들려……."

"……."

"소리없는 경천동지는 이미 시작됐어. 이제부터 한반도에서는 살얼음판 걷는 위태위태한 남북대결과 강대국들의 대리 힘겨루기가 펼쳐질 것 같아."

차법사는 허공에 혼잣말처럼 중얼거렸다.

"그럼 간도소송은 진짜 경천동지가 아닌가요?"

"……."

차법사는 더 이상 말이 없었다. 사실 간도 소송은 영토 욕심이 목적이 아니었다. 새롭게 펼쳐질 세계에 대한 새로운 국가 개념의 발상이었다. 정치의 국경선이 아닌 문화 자치의 연방제. 차법사 눈에는 향후 펼쳐질 엄청난 격변이 펼쳐져 있었다.

용화는 옆에서 조용히 들으며 묘한 기분에 사로잡혔다. 한반도 정세와 미래가 이렇게까지 피부에 와 닿게 긴박하게 돌아갈 줄은 몰랐기 때문이다.

'100일 구명시식은 하늘과 땅의 도수를 뜯어고치는 천지공사란 말인가?'

서울의 불광동 주택가.

택배기사 복장을 한 용화가 상자 한 꾸러미를 들고 주변을 두리번거렸다. 사방은 의심되는 인적도 없이 조용했다. 안심이 된 듯 2층 빌라로 올라갔다. 그리고 조심스럽게 초인종을 눌렀다. 잠시 후 문이 열렸다. 30살쯤 돼 보이는 청년이 반갑게 인사를 한다.

"종사님 오셨어요?"

"별고 없으신지요?"

용화가 허리를 깊숙이 숙이며 정중하게 인사를 했다. 인사라가보다 알현하는 듯한 경건한 태도였다.

청년은 뒷목을 긁으며 불편해 했다.

"이렇게 매번……."

"이렇게 누추한데 모셔서 황송할 따름입니다."

꾸러미를 건넨 용화는 다시 한 번 깊숙이 인사를 하더니 등을 돌렸다.

"종사님, 종사님!"

청년이 애타게 불렀지만 용화는 달아나듯 계단을 내려갔다.

제령봉.

회의실에 높은 교주석을 중심으로 9명의 임원들이 빙 둘러
앉아 있었다. 대성거사는 몹시 심기가 불편해 보였다. 그는 호
위무사를 노려보았다.

"신성문자는 어떻게 되가는가?"

호위무사가 진땀을 흘리며 더듬거렸다.

"용, 용화가 또 집을 옮겨서 차, 찾고 있습니다."

대성거사가 탁상을 두 손으로 내리쳤다.

"당장 불지옥에 떨어지고 싶은가! 아직도 3보가 갖춰지질 않
았잖아. 가장 중요한 신성문자가 없으니 천지공사를 행할 수가
없지 않은가!"

신흥 종단을 만들기 위해 기존 종단과 차별되는 성물이 절
실했다. 대성거사가 계획한 3가지 성물은 증산의 초상, 신성문
자 경전, 후천 생미륵불이었다. 생미륵불이란 신성문자에 명시
된 생년월일 성씨의 인물을 지칭하는 것이었다.

그러나 신성문자 해제가 없기에 경전도 생미륵불도 미완성
상태였다. 본래 개원 선포식에서 3보를 모두 공개하려 했으나
부득이 초상만 공개하게 된 것이다. 초상은 조작이 가능했지만
신성문자 해제는 이미 많은 도학들이 알고 있는 내용이라 조작
할 수가 없었다. 신성문자 해제만 입수한다면 만천하에 증산의

법통을 선포하고, 여타의 종도들까지 손쉽게 끌어 모을 수 있기에 대성거사에겐 절체절명의 성물이었다.

격노한 대성거사는 도자기 물 컵을 집어 들더니 호위무사를 향해 던졌다. 물 컵은 호위무사의 머리통을 강타한 뒤 바닥에 떨어져 산산조각 났다. 호위무사의 머리에 붉은 선혈이 흘러내렸다.

"주, 죽을죄를 지었습니다. 바, 반드시 찾아오겠습니다. 한, 한번만 기회를 주십시오."

호위무사는 엎드려 용서를 빌었다.

"당장 나가. 가서 찾아와.'"

호위무사가 피를 흘리면서 문을 열고 나갔다. 교주는 호위무사의 뒤에 소리쳤다.

"만약 얻지 못하고 영원히 봉인된다면, 네 놈도 지하에 봉인될 것이야."

안국동의 한식집.

옛날 한옥을 리모델링해서 겉으로 봐선 음식집인지 모를 정도로 세련된 한옥 분위기가 물씬 풍겼다. 마당 연못엔 연꽃이 두둥실 피어있고, 툇마루엔 희귀한 란(蘭) 화분이 가지런히 줄 세워져 있었다. 주말에는 예약 없이는 어림도 없는 음식점이지만, 이날은 평일 오후라 한가한 편이었다.

조기자가 외교통상부 최사무관을 만나고 있었다. 최사무관은 대학 후배로서 호형호제하는 사이였다. 최사무관은 정부의 목소리를 전하고, 조기자는 정보를 얻을 수 있어서 서로 등을 긁어주는 공생관계였다.

조기자가 호탕하게 인사를 대신했다.

"대통령 수행하고 미국 갔다 오더니 신수가 훤해졌어."

"가장 큰 통과의례를 마쳐서 속이 다 시원합니다."

외교통상부의 가장 큰 행사가 한·미간 국가 원수의 방미, 방한이었다. 외교가에서는 대통령 취임 후, 첫 방미 행사를 마치면 5년 동안 절반의 일을 끝냈다고 농담할 정도였다.

이때 저녁 만찬 상이 들어왔다. 한복을 입은 두 여종업이 중앙에 거창한 한 상을 내려놓았다. 한우 떡갈비, 조기 구이, 삭힌 홍어, 송이 등 평소 먹기 힘들었던 산해진미들이 상바닥이 보이지 않을 정도로 빼곡하게 차린 한식이었다. 종업원은 인삼주 한잔씩을 올리고 나가버렸다. 두 사람은 망설임 없이 술잔을 비웠다.

"저번 기사 잘 써주셔서 고맙습니다. 광우병때문에 신임 대통령이 허니문도 없었는데 그나마 국가 원수 체면치레하는 기사가 나가니 청와대도 좋아하더라고요."

"국민들이 뽑아놓은 대통령인데 시작도 하기 전에 물어뜯는 건 너무하지. 옛날 같으면 전부 안기부행인데 세월 좋아졌어."

조기자가 최사무관에게 잔을 받으며 물었다.

"아, 잊기 전에 하나 물어봄세."

"……."

"이번에 간도소송 접수한 거 알지?"

"아, 간도. 선배님 기사죠?"

"그래. 그거 막 떠벌려야 하는 거 아냐? 외통부에서 앞장서

서 말이야. 얼마나 의미가 있는 거사인데. 현대판 이준열사잖
아.”

이 사무관의 안색이 돌변해 손 사레를 쳤다.

“아이고 선배님, 저 좀 살려주세요. 그거 막느라고 중국 팀들
얼마나 고생했는지 아세요?”

“뭐, 막았다고?”

“그럼요. 청와대가 중국 대사관 직통 전화 받고 발칵 뒤집혔
잖아요. 어휴, 잠자는 호랑이 코털을 왜 건드립니까?”

그 말은 차법사도 했던 말이었다.

“그일 때문에 네덜란드 대사 박살났잖아요. 그거 하나 못 막
았냐고요.”

“중국이 그렇게 무서운 존재야?”

“국민들이 누가 호랑이구, 여우고, 토끼인 줄 구별을 못한다
니까요. 이 대통령님 취임하자마자 촛불 시위하면서 반미 외쳤
잖아요. 군부정권에서부터 민주화 과정까지 반미가 애국이 되
어버렸어요. 그러나 천만에 만만에 콩떡이에요. 남북한 모두
명실공히 중국의 손바닥 안에 있다는 사실을 알면 까무러칠 걸
요.”

“그래?”

“예를 하나들까요. 2005년도에 중국산 김치에서 기생충 알
이 발견된 사건이 있었죠.”

“잘 알지.”

“온 국민이 중국 김치에서 기생충 알이 발견된 사실에 분노
했어요. 네티즌들은 짝퉁 저질 중국이라고 빈정댔고요. 그런데

결과는 어떻게 된 줄 아십니까?”

“글쎄, 그 이후론 조용하던데…….”

최사무관은 간장계장을 입안에 후루룩 쓸어 넣고는 우물거렸다.

“에, 우리 정부가 중국 농산물에 대해 대대적인 검역을 실시한다고 발표하자, 중국은 자체 검역을 강화한다고 발표했죠.”

“당연한 조치 아닌가?”

“자체 검역을 핑계 삼아 항구에 자국 농수산 수출품을 잡아 놓은 거죠.”

“…….”

“농산물은 모두 썩어 수출을 못했고, 그렇게 한 달이 흐르자 안달이 난 건 우리나라였습니다.”

“수출 못한 중국이 아니고?”

“천만에요. 우리 먹을거리 물가가 폭등했어요. 중국 김치를 쓰던 대부분의 식당들은 난리가 났고, 양념값도 폭등했죠. 우리 식량 자급률은 25%도 안 돼요. 대부분 중국에 의존하고 있어요.”

“음.”

조기자의 입에서 탄식이 새어나왔다.

“그래서 어떻게 한 줄 아세요?”

“…….”

“우리 정부 관리가 중국 대사관에 가서 손이 발이 되도록 싹싹 빌었어요. 그리고는 겨우 겨우 없던 일로 유야무야 됐죠.”

조기자의 얼굴이 일그러졌다.

“비참한 현실이군.”

“북한은 더합니다. 식량, 석유에서 손 떼면 북한은 당장 식물인간이 됩니다. 북한 석유 소비량의 절반을 중국이 거의 무상으로 원조하고 있잖아요.”

조기자가 혀를 끌끌 찼다.

“참담 그 자체네. 남북이 모두 중국에게 그토록 휘둘리고 있다니.”

“차법사란 분 조심하라고 그러세요.”

조기자가 귀를 쫑긋 세웠다.

“왜?”

“신문에 보니 연방제를 들먹이던데, 지금 청와대 기류와는 전혀 안 맞아요. 금강산 사건으로 지금 살얼음판인데.”

“말이 나온 김에 묻자고. 금강산 피격사건 어떻게 된 거야? H그룹 회장이 가져 온 북한 메시지는 대체 뭐야? 우리 정부가 수용할 수 없는 거야, 아니면 못하는 거야?”

조기자는 마치 다 알고 있는 냥 넘겨짚어 유도 심문했다.

“선배님도 많이 아시네요. 내용인 즉 남북 경제협력을 대폭 늘리고 평화 군축을 하자는 거였죠. 이전 정권보다도 훨씬 더 나간 제의였어요.”

“그런데?”

“청와대는 전혀 생각이 없어요. 김대중, 노무현 정권의 햇볕정책이 종말을 고한 셈이죠. 이번에 미국 가서 사실상 6.15선언을 폐기했으니까요. 이 대통령께서 그렇게 북한에 강경한 줄 몰랐어요. 실용주의라 남북협력을 강화할 줄 알았는데.”

“정권 초기라 이전의 진보정권과 차별화하기 위한 과장된 퍼포먼스일 수도 있지.”

“그럴까요…….”

최사무관이 뒷맛 개운치 않게 꼬리를 끌었다.

“금강산 사건으로 북한은 울고 싶은 데 뺨맞은 꼴이 되겁니다.”

“미국에서 통일은 꼴을 못 보겠다는 거야?”

“아녜요. 통일부 친구들 말 들면 정말 기가 막히더라고요.”

“통일부? 거기선에선 뭐래?”

조기자가 추임새를 넣었다.

“본래 통일부는 남북관계 개선이 주업무잖아요. 북한이 원자력 냉각탑도 폭파하고 6자회담 분위기가 좋은 듯 해서 노무현 정권의 햇볕정책 어떻게 될까요 하고 물었더니……”

“……”

“담당비서관 왈, 개나 주세요. 우린 십자군전쟁 하고 있는 겁니다, 이랬다는 겁니다.”

“십자군전쟁?”

“선과 악의 대결로 본다니까요. 부시 대통령이 악의 축이라며 중동전쟁을 일으켰듯이, 악의 무리와는 절대 손잡을 수 없다는 거예요. 기가 막혀서. 대통령이 취임하자마자 예배당에 가서 교주 앞에 무릎 꿇은 게 그냥 해프닝이 아니라니까요.”

“맞는 말이야. 민주헌법 공화국 대통령이. 교황이 있는 유럽도 그러지 않는데.”

최사무관이 술잔을 들이켰다.

“술이 왜 이렇게 싱거워.”

종업원을 부르더니 고량주를 시켰다.

“인터넷 누리꾼들 난리가 났잖아요. ‘서울시장 땐 하느님에게 서울을 바치더니, 이젠 나라를 바치느냐.’, ‘ 대통령을 뽑은 거지 교주를 뽑은 거냐.’ 그래서 촛불 시위도 더욱 거세진 겁니다. 종북 세력들은 얼씨구나 했겠죠. 주말마다 목사들이 청와대에 들어간다니까요.”

조기자가 홍어를 붉은 고추장에 찍어 질겅질겅 씹으며 말했다.

“보통일이 아니군. 대통령에게 충고하는 국사(國師)가 얼마나 중요한데, 하필 십자군전쟁 하자는 국사가…….”

“남북 관계가 험난할 겁니다.”

조기자도 독한 고량주를 단숨에 삼켰다. 목구멍에서부터 뜨거운 불길이 올라왔다.

“종교의 폐해가 이만저만이 아니야. 길거리엔 사이비 종말론자들이 들끓고, 정치판에서는 십자군전쟁 타령이나 하고. 종교란 게 백해무익이야.”

이때 문득 조기자의 뇌리를 스치는 게 있었다.

‘차법사 이 양반 혹시 청와대의 강경기류에 맞서 온건하게 연착륙시키려고 이명박을 통일대통령이라고 부추겼던 건 아닐까?’

서울 불암산 자락의 일명 ‘백사마을’.

빛바랜 슬레이트와 쪽이 떨어진 시멘트 기와 지붕이 게딱지처럼 펼쳐져, 마치 70년대 드라마 세트장을 연상케 하는 서울의 마지막 달동네였다.

군데군데 전봇대 백열 가로등이 어둠속에서 보초를 서고 있었다. 용화가 입에 풀칠을 하기 위해 잔일을 마치고 뱀처럼 구불구불한 골목길을 절룩절룩 올라가고 있었다.

괴한들의 추격을 피해 얼마 전에 옮긴 집이었다. 백사마을은 어릴적 용화의 고향이었다. 지금은 아는 사람이 거의 없지만 그래도 고향이라고 발길이 이곳에 이른 것이다.

끼익- 녹슨 철문을 밀고 방문 앞에 멈췄다. 주머니에서 열쇠를 꺼내 자물통을 잡았다.

'응?'

자물쇠 고리가 절단되어 경첩에 간신히 매달려 있었다. 순간 콧등에 식은땀이 맺혔다. 두리번거리다가 벽에 기댄 낡은 우산부터 집어 들었다. 살이 나간 우산을 검처럼 앞세우고 문을 당겼다. 어둠속의 방에선 아무 기척이 없었다. 조심스럽게 팔을 뻗어 벽면의 스위치를 올렸다.

형광등 아래 펼쳐진 장면은 가관이 아니었다. 한쪽 벽에 쌓였던 서적들이 모두 흩어져 있고, 5단짜리 낡은 미닫이 옷장은 모두 빠져 있었다. 이불은 속까지 뒤진 듯 칼질로 뜯어져 솜이 부풀어 있었다. 부엌도 마찬가지였다. 문서를 숨길만한 크기의 그릇과 옹기들은 모두 깨져 나뒹굴고 있었다. 신성문자를 찾기 위해 괴한들이 침입한 게 틀림없었다.

용화는 그날 가재도구를 정돈하며 잠을 설치다가 새벽에 간신히 눈을 붙였다. 그 잠깐의 꿈속에서조차 용화는 쫓기고 있었다.

용화가 흙구덩이에 목만 남긴 채 묻혀 있고 괴한들이 둘러싸고 있었다. 오토바이 안전모를 쓴 괴한이 흙 한 삽을 떠서 용화를 겨냥해 던졌다. 흙이 용화의 입과 눈에 튀어 들어갔다. 이미 목까지 찬 흙더미 때문에 숨쉬기가 어려웠는데 이번에 코까지 막은 것이다.

'이제 마지막이구나.'

용화는 눈을 질끈 감았다. 주변이 조용해졌다. 용화는 이미 죽은 것인가 싶었다. 그때 별안간 몸이 붕 떴다. 괴한들이 끌어 올린 것이다. 짜증석인 괴한의 목소리가 들렸다.

"자비롭게도 말이야, 선택을 주겠어. 신성문자를 내 놓으면 종사 자리를 보장하지. 도학들을 가르치는 종사 말이야. 만약 입을 다문다면....오늘처럼 영원히 봉인될 거야. 생각할 시간을 주겠어. 그때까지 잠시만 살려두겠어. 그러나 잊지말라구."

괴한이 구둣발로 용화의 오른 무릎을 짓이겼다. 악- 용화는 극심한 고통에 외마디 소리를 질렀다.

"다리에 고통을 느낄 때마다 이 순간을 생각해."

불암산 쪽방에서 악몽을 꾸는 용화는 식은땀을 흘리며 헛소리를 해댔다.

'안돼-'

불타는 숭례문 현장에서 납치되어 간신히 목숨을 구한 용화였지만, 오른쪽 다리를 절게 되었다. 이후 괴한들은 지속적으로 용화를 감시하며 신성문자 해제의 행방을 쫓았다. 거처를

몰래 옮겼지만 귀신처럼 알아내 오늘 한바탕 살림을 뒤집은 것
이었다. 용화에게 그들은 저승사자였다.

　제령봉 신도교 본당.
　호위무사가 대성거사에게 보고를 하고 있었다.
　"뒤졌지만 아무것도 나오지 않았습니다."
　"음, 분명 다른 곳에 감춘 게야."
　대성거사는 합죽선을 능숙하게 죽 펴더니 탁자 주위를 서성
거렸다. 탁자 위에는 조기자가 쓴 기사가 펼쳐져 있었다.
　"차법사, 그자가 누군지 당장 알아봐."
　"예."
　합죽선을 흔드는 손이 빨라졌다. 포거페이스에 능한 대성거
사였지만 이번만은 초조함을 숨기지 못했다.
　의자에 앉아 눈을 감았다. 만약 용화가 신성문자를 다른 자
에게 넘겨 신흥종단을 꾸린다면 모든 계획은 한 순간에 물거품
이 되지 않던가. 그는 용수철처럼 벌떡 일어났다.

　대학로 사무실.
　차법사 전화를 받은 조기자가 사무실에 들어섰다. 차법사가
누군가 만나고 있었다. 차법사가 손님을 인사를 시켰다.
　"인사하세요. M방송국 송정욱 다큐멘터리 PD십니다. 이쪽
은 금요신문 조 국장입니다."
　조기자가 손을 내밀며 악수를 청했다.
　"반갑습니다. M방송국이라면 혹시 오철중 국장님 아세요?"

“아, 그럼요. 제 직속상관입니다. 두 분이서 잘 아십니까?”

“저랑 언론사 입사 동기 아닙니까. 같이 시작해서 그놈은, 아니 오 국장은 방송국으로, 나는 신문사로 갈렸지만. 1년에 한두 번은 프레스센터에서 마주치죠.”

차법사가 신기해했다.

“우연은 없다니까. 방송 일자가 잡혀서 오셨어요.”

“법사님 방송 출현하십니까?”

“그렇게 됐어.”

“이야기 차법사라고, 법사님 영능력을 다룬 특종 다큐입니다.”

“그럼 이제 법사님께서 스타가 되는 겁니까? 이렇게 마주 볼 날도 멀지 않았구먼요.”

“별소릴. 방송되어 봐야 아는 거지. 방송 타는 순간 도망가야지.”

볼일을 다 마쳤는지 송PD는 인사를 하고 나갔다. 그 문으로 용화와 지천태가 들어왔다. 엇비슷한 시간에 약속을 잡은 모양이었다.

대학로 사무실.

4명의 일행이 모여 있었다. 지천태가 보이차를 우려내기 시작했다. 은근하면서 진한 향기가 사무실에 가득 찼다. 조기자가 연거푸 몇 잔을 들이켰다.

“이 차가 해장에 좋지요?”

지천태가 차호를 기울여 따랐다.

"물론이죠. 콩나물 해장국은 비교할 바가 아니지요. 땀 한번 쪽 내면 멀쩡해집니다. 하하."

"조기자 또 어제 한참 달렸구먼."

"외교부 공무원 좀 만났어요. 법사님은 예나 지금이나 혼자 사부작사부작 나라일 꾸리느라 노고가 많으십디다."

"왜 갑자기 뚱딴지같은 소리야."

조기자는 이 사무관과 나눈 대화를 침을 튀겨가며 재생했다. 듣고 있던 차법사가 한마디 했다.

"남북 관계를 어머니 같은 마음으로 대해야지. 못되게 굴면 회초리를 들 수 있지만, 범죄자 취급하면 자존심만 남은 북한이 막나가기까지 더 하겠어. 위정자들이 당대가 좀 괴로워도 후손들을 생각하는 긴 안목이 필요한데……."

고개를 끄덕이던 조기자가 한숨을 지었다.

"네, 맞아요. 그나저나 법사님은 곤란하게 됐어요. 법사님께서는 8월 경천동지설 빗나갔잖아요. 남북관계 급진전이 아니라 완전히 거꾸로 달리고 있잖아요. 잘못하면 전쟁으로 경천동지하겠으니, 원. 법사님 방송도 예정되어 있는데, 질투하는 사람들이 얼씨구나 하고 예언이 틀렸다고 달려들어 물어뜯을 텐데……."

"예언자는 돌 맞을 각오를 해야 해. 틀려야 예언이야."

차법사의 말에 지천태가 눈을 휘둥그렇게 떴다.

"그건 또 무슨 말씀입니까?"

차법사는 차분하게 이야기했다.

"옛날 일본에 이런 이야기가 전해집니다. 산에 사는 한 도인이 관(觀)하여 보니 멀리서 거대한 해일이 몰려왔어요. 지금으로 치면 쓰나미쯤 될겁니다. 마을에 내려가 해일이 몰려오니 피하라고 하자 사람들은 코웃음을 쳤어요. 바다가 저렇게 잔잔한데 무슨 해일이냐고. 그래서 노인은 자기 집에 불을 붙였지요. 그리고 '불이야' 하며 소리를 쳤어요. 마을사람들은 산중턱에서 검은 연기가 치솟자 불을 끄기 위해 몰려 들었구요. 마을사람들은 산 전체가 불탈 뻔했다며 화가 나서 불을 지른 노인에게 돌을 던졌어요. 이때 거대한 해일이 밀려와 마을을 덮쳤고, 순식간에 폐허로 만들었지요. 불 끄러 온 사람들은 모두 살았지요. 예언가라면 이 정도 돌 맞을 각오는 해야 합니다."

역설적인 이야기에 좌중은 조용했다. 이번엔 차법사가 되물었다.

"한번 물어봅시다. 전쟁이나 전염병이 돌아서 죽음이 인류를 휩쓴다는 예언이 딱 들어맞았으면 좋겠어요?"

"그렇진 않지만……."

"예언자가 뭐 하러 천기누설의 과보까지 감수하며 세상에 예언을 하겠어요?"

"……."

"허허, 어렵게 생각할 것 없어요. 저를 찾아오는 사람들 내가 틀리길 바라고 찾아오는 게 아닌가요?"

"네? 신통하게 잘 맞으니까 찾아오겠죠?"

"잘못 생각하고 있는 걸세. 보라구, 사람들이 나를 왜 찾겠나. 사업에 망하고 불치병에 걸려서 나를 찾아오지 않은가?"

"그렇지요."

"망했으면 어려울 것이고, 불치병에 걸렸으면 죽을 것이고, 무엇보다 그런 사실은 이미 당사자가 더 잘 알고 있을 텐데, 내가 '당신, 망해!', '죽을 거야!' 이렇게 말하는 게 무슨 소용이 되겠어."

"……."

"바꾸려고 찾아오는 게 아닌가. 망했는데 빚 갚고, 불치병인데 낫게 해달라고. 앞날을 바꾸러 오는 거잖나. 결국 정해진 앞날인 예언이 빗나가게 해달라고 오는 거 아닌가."

"듣고 보니 그러네!"

"한 사람의 앞날도 예언이고, 한 국가의 앞날도 예언이지. 결국 예언은 틀려야 하는 거 아니겠는가."

지천태는 걱정스런 표정이었다.

"그래도 자칫하면 오해를 사기 딱 좋은 말이네요. 그런 논리라면 누구든지 예언을 할 수 있으니까요. 맞으면 맞았다고 할 것이고, 틀리면 자기가 바꾸었다고 둘러대면 되니까. 남들 보기엔 틀릴 때 비난을 비켜가기 위해 도망갈 구멍을 마련한 거잖아요."

"그런 오해를 많이 받는 게 사실입니다. 예언의 예(豫)자는 미리 안다는 뜻이라기보다 준비한다는 뜻입니다. 미래를 전혀 바꿀 수 없다면 준비할 필요도 없지요. 일기예보를 왜 합니까. 천재지변을 막진 못하지만 대비하려고 하는 거잖아요. 사람들은 오보율이 40%가 넘는 일기예보가 틀려도 기상대를 폐지하지 않습니다. 그러나 예언가가 한번 틀리면 사이비로 매장하려 합니다. 인생의 일기예보가 얼마나 중요한데……."

차법사는 섭섭함과 함께 비난을 피할 수 없는 예언자의 운명에 복잡한 만감이 교차했다.

"빗나가길 바라면서 하는 게 예언입니다. 군대에서 상대방에게 누설된 작전은 수행하지 못하고 폐기됩니다. 예언자는 그런 심정으로 예언해야 하지 않을까요. 그래서 저 나름대로 방편을 쓰고 있어요."

"방편?"

"작은 예언은 맞추고 큰 예언은 틀리는 게 테크닉이라면 테크닉이죠."

"허 참. 알다가도 모르겠네요."

용화는 말없이 듣기만 했지만 고개를 끄덕였다. 남의 앞날을 알아맞히는 건 점쟁이에 불과했다. 바꾸고 설계할 수 있어야 천지공사할 자격이 있는데, 차법사의 그런 면면을 관찰하고 있었다. 차법사가 다기를 내려놓으며 말했다.

"예전에 엘빈 토플러를 만난 이야기 했던가요?"

지천태가 화들짝 놀라며 눈을 동그랗게 뜨고 물었다.

"미래학자 엘빈 토플러 말씀이세요? 그렇게 유명한 사람과 만나셨어요?"

"말은 바로 합시다. 내가 만나려 한 게 아니라, 그가 제 발로 찾아왔어요."

2005년 9월. 엘빈 토플러와 차법사 가 서울의 최고급 호텔에서 만나고 있었다. 세기적인 자리인 만큼 국내 주요 언론사 주필과 편집장, 그리고 전문 통역사가 합석하고 있었다.

엘빈 토플러가 여유 있게 분위기를 이끌었다. 그는 이런 자리가 매우 익숙한 베테랑이었다.

"차법사님 말씀 많이 들었습니다. 저희 연구원들이 종교와 영혼에 대해 가장 권위 있는 인물 중 한 사람으로 차법사를 꼽아 제가 만나게 되었습니다."

들떠서 배석한 주변 언론인들과 달리 차법사는 엘빈 토플러를 유심히 살폈다. 통역사를 통해 번역된 말은 매우 공손했지만 그의 속마음은 그렇지 않았다. '나 같은 석학을 만나 질문을 받은 것을 영광으로 알라'는 거만함이 풍겼다.

그도 그럴 것이 그가 한국에 도착하자마자 세간에 내로라하는 정·재계 국내 유명 인사들은 그를 만나기 위해 줄을 대느라 혈안이었다. 미래에 대한 그의 말 한마디를 듣기 위해 극진한 대접을 마다하지 않았다.

엘빈 토플러가 차법사에게 첫 질문을 던졌다.

"앞으로 종교는 어떤 방향으로 갈 것 같습니까?"

배석자들의 눈이 일제히 차법사에게 쏠렸다. 그런데 차법사는 미동도 않고 그저 미소만 지었다.

"……."

혹시나 싶어 당황한 통역사가 다시 한 번 질문을 반복해 전했다.

그러나 여전히 차법사는 온화한 표정으로 아무 말도 없었다. 배석자들이 오히려 당황하여 손수건으로 땀을 닦았다. 정적이 흐르자 엘빈 토플러가 두번째 질문을 던졌다.

"앞으로 영혼의 DNA가 밝혀지겠습니까?"

첫 질문보다 더욱 어려운 문제였다. 다시 차법사에게 이목이 쏠렸다.

“…….”

이번에도 차법사는 미소를 지은 채 아무런 대답이 없었다. 당황한 것은 엘빈 토플러였다. 차법사란 자가 명성과 달리 별로 아는 것이 없는 자인가 하는 의심을 품고 더욱 난해한 질문을 던졌는데, 쩔쩔매는 기색도 없이 여유 있게 미소를 짓고 있었기 때문이다. 이미 만나 본 다른 국내 인사들과 전혀 다른 당당한 태도였다. 그렇게 인터뷰는 싱겁게 끝나고 말았다.

다들 돌아가고 난 뒤 박 편집국장이 핀잔을 해댔다.

“아니, 차법사, 차법사답지 않게 이게 웬 결례요. 얼마나 중요한 자리인데.”

차법사의 어조는 단호했다.

“박 국장님, 국장은 배알도 없어요?”

“배알이 없다니? 다들 그 사람의 입만 바라보는데.”

“그 사람이 정녕 미래를 안다면, 왜 이 사람 저 사람에게 물으러 다니겠습니까?”

“…….”

“그 사람은 일개 학자일 뿐입니다. 미래가 책에 쓰여 있답디까? 미래를 쓴 책이 없으니 정보를 구걸하러 다니는 거 아닙니까? 일개 용한 점쟁이보다도 더 앞날을 모르지 않습니까.”

“그래도 세계적인 석학인데…….”

“국장님, 산업의 미래, 문명의 미래가 중요한 게 아니라 인간의 미래, 아니 자신의 미래가 더 중요한 거 아닌가요. 현재의 자신을 모르는데 어찌 세상의 미래를 운운하겠어요. 왜 한국의 미래를 이방인에게 물어봐야 하는 거지요?"

"그래도 그런 자리에서 한 마디도 안하는 건……."

"자신이 이미 영혼인데 어떤 증명을 해야 하겠습니까. 눈앞에 가장 가까운 눈썹을 자신이 못 보는 거와 같지요. 영혼은 믿음의 문제입니다."

"……."

차법사는 차 한 잔을 마시고 목을 축였다. 할 얘기가 길다는 뜻이었다.

"만약 신대륙을 발견한 콜럼버스의 영체와 대화를 나누게 된다면 어떤 결과가 나올까요?"

"……."

"당대의 지식과 신념을 갖춘 콜럼버스 영가는 여전히 자신이 다녀온 아메리카 대륙을 인도라고 말할 겁니다. 그러한 그의 주장을 현세에 그대로 전한다면 오류가 생길 수밖에 없지요. 내가 만난 일제강점기 때 영가들이 우리나라의 분단 사실을 모르고 있던 것과 같은 맥락이라 할 수 있어요."

"영혼이나 상념체의 말이라고 모두 옳은 게 아니군요."

"내가 수천 년 전에 죽은 단군과 대화하는 건 영혼이 아닙니다."

"네? 영혼이 아니라구요? 그럼 누구와 대화하는 겁니까?"

"단군은 벌써 여러 번 환생했으니 수천 년 전 영혼이 아니죠. 상념체지요."

"상념체요?"

“네. 이 눈앞의 허공에 수천 년 전의 흔적이 남아있고, 그때의 상념의 흔적과 대화하는 거지요. 한강에서 백제 군사들이 훈련하는 모습이라든지, 궁예를 만났다든지 하는 게 바로 그 상념체지요.”

“영혼이 아닌 상념체와 이야기가 가능합니까?”

지천태의 입이 다물어지지 않았다. 하지만 차법사는 더 이상 나가고 싶지 않았다.

“물론이죠. 그러니 영혼과 상념체를 잘 구분해야지요.”

일행은 놀라운 비밀에 잠시 충격에 빠져 입을 열지 못했다.

“이런 이야기는 그만 합시다. 비밀은 지켜져야 비밀이 아니겠습니까? 내가 말하기보단 각자가 스스로 깨쳐서 알아야지요.”

일행은 아쉽기만 했다. 조기자가 입술을 삐쭉 내밀고 투덜거렸다.

“법사님까지도 천기누설 묵비권을 행사하는 겁니까. 나도 어디 가서 이런 수법 자주 써먹어야겠어요. 난처하면 ‘천기누설이요’하면서 입을 꽉 다물면 되겠어요.”

차법사가 다음 말로 대답을 대신했다.

“인간의 눈물은 과학적으로 분석해 봐야 물과 나트륨 밖에 안돼요. 무릇 학자란 늘 ‘왜’만 이야기하고 ‘어떻게’는 알 수 없어요. 만약 내 말을 인용해 엘빈 토플러가 자신이 이해한 수준으로 자신의 권위를 빌어 세상에 발표한다면 어떤 일이 벌어지겠어요. 가뜩이나 그의 말 한 마디를 맹목적으로 추종하는 사람이 많은데.”

지천태가 무릎을 쳤다.

"아, 침묵은 단순히 자존심만을 세우겠다는 뜻은 아니었군요."

"그가 이런 침묵의 말을 알아들 수 있었을까요? 후일담이 더 재미있어요."

그 일이 있은 뒤, 놀라운 일이 벌어졌다. 엘빈 토플러로부터 한통의 편지가 도착한 것이다. 차법사는 그 편지를 박 국장에게 보여주었다. 편지에는 이렇게 쓰여 있다.

—별로 많은 말씀을 하지 않으셨다는 점에서 큰 감흥을 받았습니다. 내가 만난 한국 유명 인사들과는 사뭇 다른 태도에 적잖이 놀랐습니다. 다들 제 앞에서 아는 체하지 못해서 안달인데, 차법사님은 달랐습니다. 제가 알 수는 없지만 모든 걸 꿰뚫어 보는 듯한 느낌을 받았습니다. 앞으로 차법사님의 구명시식에 대해서 다시 한 번 연구해 보겠습니다. 기회가 닿는다면 꼭 다시 뵙고 싶습니다.—

좌중은 통쾌한 듯 한바탕 웃음이 휩쓸고 지나갔다. 조기자가 어깨를 으쓱했다.

"하하하, 천하의 엘빈 토플러가 동양의 작은 나라에 와서 한 방 먹었네."

용화도 오랜만에 화통해 하며 입을 열었다.

"통쾌합니다. 우리나라에도 얼마나 걸출한 예언가들이 많은지 알지 못하고, 외제라면 그저 사족을 못 쓰는 지도층들의 단면이 아니고 뭐겠습니까. 신성문자만 연구해도 앞날이 훤한데.”

용화는 조용히 듣고만 있었다. 하지만 내내 떨떠름한 표정이었다. 숨통을 조여 오는 괴한들의 위협 속에서 하루속히 신성문자의 핵심을 차법사에게 은밀히 전하길 고대하고 있는데, 차법사는 이상하게도 독대를 회피하고 꼭 4명이 함께 모이기 때문이다. 오늘도 이러다간 기회를 놓칠까 싶어 조바심이 났다. 차법사가 얼른 용화의 마음을 간파했다.

“사실 오늘 용화 선생께서 신성문자를 해설하시겠다고 해서 이 자리에 모신 겁니다.”

조기자가 어깃장을 쳤다.

“저번에 천기누설이라고 하지 않으셨나요? 오늘 그 선을 넘은 겁니까?”

차법사가 분위기를 다독였다.

“사무실은 어수선하니 간단한 요기를 하고 아래 선원에서 차 한 잔 하십시다.”

방음장치가 완벽하게 되어있는 선원은 도심 속에서도 사랑방처럼 아늑했다. 차호를 앞에 놓은 일행의 시선은 용화에게 집중되어 있었다. 용화는 신성문자 한 장을 반듯하게 펴고 네 모서리를 책으로 단단히 고정했다.

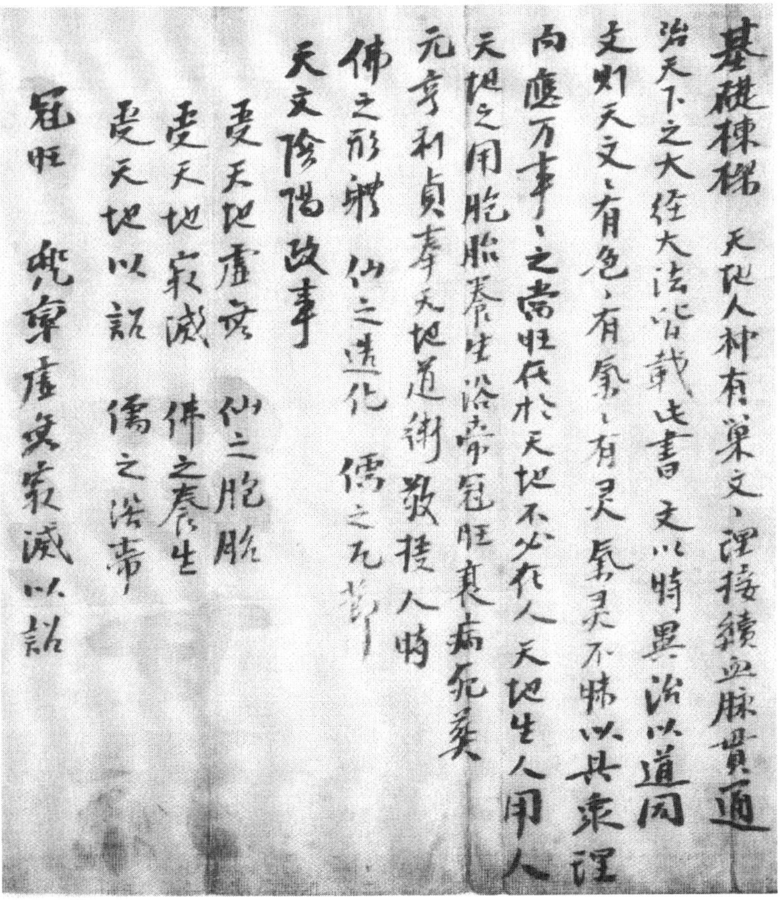
基礎棟樑 天地人神有巢文、理接續血脈貫通
治天下之大經大法皆載此書 先以時異治以道同
先則天文、有色、有氣、有靈 氣靈不歸以兵乘理
向應萬事、、之當旺在於天地不必在人天地生人用人
天地之用胞胎養生浴帶冠旺衰病死葬
元亨利貞奉天地道術敎授人時
佛之形體 仙之造化 儒之凡節
天文陰陽政事
受天地虛無 仙之胞胎
受天地寂滅 佛之養生
受天地以詔 儒之浴帶
冠旺 兜率虛無寂滅以詔

"'기초동량(基礎棟梁)'으로 시작하는 이 유서는 일명 '감결문(甘結文)' 또는 '미륵탄생 공사서'라고 합니다. '미륵탄생 공사서'는 유일한 상제님 친필 유서입니다. 조금 뒤에 설명드릴 '단주수명서(丹朱受命書)'와 같은 날 작성되었지요. 단주수명서 끝줄에 쓰여 있듯이 갑진(1904)년 10월 8일에 증산 상제, 수제자 김형렬, 김형렬의 셋째 딸 말순, 세 사람이 함께 수행하고 공중하는 형식의 공사였습니다. 이 공사를 보았다는 것은 이미 여러 책자에 기록되어 있기에 의심할 바가 없지요. 말순의 14세 초경의 기운을 받아 천지공사의 음양조화를 맞추고 유·불·선이 하나 된 미륵을 포태시켰고, 19개 중요한 글자에 혈을 찍어 감초처럼 중화시켰습니다. 그래서 미륵탄생 공사서를 일명 '감결문'이라 하는 겁니다."

용화는 물 만난 고기처럼 미륵탄생 공사서를 한 자 한 자 짚어가며 파죽지세로 해설해 나갔다. 증산의 행적을 기록한 경은 많았지만, 이렇게 증산이 직접 작성했다는 문서는 처음이었기에 좌중은 놀이동산에 간 어린이처럼 설렌 마음으로 용화의 말에 귀를 기울였다.

"하늘, 땅, 사람, 신이 세 둥지를 만드는 나뭇가지처럼 문장을 이루니, 그 문의 이치를 서로 접속하면 혈맥을 관통하여 흐른다."

"……."

"여기 분명히 신성문자를 서로 접속해야 한다고 명시되어 있지요. 신성문자 5장이 모두 합해야 온전한 뜻이 나옵니다. 상제님께서 때가 오기 전까지 신성문자를 숨기려고 퍼즐처럼 여러 장에 찢어 놓은 것입니다. 이것을 전체로 통합해서 해석하지 못하고 낱장으로 부분적 해석하면 헛수고일 뿐입니다."

한동안 지루한 해설이 계속되었다.

"……가장 왕성한 관왕의 운세로 도술 기운, 선도 허무 기운, 불도 적멸 기운, 유도 이조 기운을 하나로 모아 이 공사를 결재한다."

조기자와 지천태의 눈과 귀는 용화의 일거수일투족을 따라다녔다. 그런데 차법사의 태도는 달라지지 않았다. 여전히 이방인처럼 혼자 차를 마시며 때론 눈을 지그시 감고 유유자적하게 앉아 있었다. 반면 용화의 해설은 말을 달리고 있었다.

"다음은 단주수명서입니다."

"단주가 무슨 뜻입니까? 단전과 비슷한 건가요? 아참, 아까 사람이라고 했던가요?"

조기자가 아는 체했다.

"네, 단주는 사람 이름입니다. 단주는 인류 최초로 원한 맺혀 죽은 영혼이지요."

"인류 최초의 원한 맺힌 영혼이요?"

"최초의 귀신이구만……."

조기자의 말에 용화의 미간에 주름이 잡혔다.

"증산 상제께서는 지상에 선경세계를 건설하시기 위하여 맨 먼저 하셨던 일이, 바로 인류 최초로 원한 맺혀 죽은 요임금의 아들 단주를 현세에 해원상생시켜 전생에서 못다한 일을 성취시키고자 하신 것입니다. 단주가 왜 원한이 맺혔는지 아시나요?"

"글쎄요? 제가 알기로는 천하의 패륜아라는 것뿐이……."

"그래서 원한이 사무쳐 있는 겁니다. 사실과는 완전히 다르기 때문이죠. 단주는 대동세계를 만들려는 큰 꿈을 가지고 있었는데, 기득권을 지키기 위한 간신배들의 모략으로 왕위를 농부인 순에게 빼앗기고는 천추의 한을 품고 죽은 역사상 실존인물입니다. 그 모함이 풀리지 않고 수천 년간 후세에 이어지자,

상제께서는 단주의 원한을 풀게 함으로써 이로부터 맺힌 원한의 마디를 풀게 하시려는 계획을 가지시고, 맨 먼저 단주를 비롯하여 수많은 신명들을 현세에 상생시켜 해원토록 하신 것입니다. 그래서 현재 단주의 신명은 사람으로 태어나서 우리나라에 숨어서 때를 기다리고 있는 것이지요.”

“그 때가 언제인가가 문제인가요?”

“맞습니다. 상제님께서는 이 분을 가장 먼저 해원하셨습니다. 그래서 현세의 미륵으로 환생하게 했습니다.”

“그럼 현생의 미륵이 전생의 단주란 말입니까?”

“그렇습니다. 단주가 미륵이지요. 앞으로 우리나라가 천하의 대중화국이 되므로 우리나라에 태어나서 천하를 다스리는 일을 성취하도록 거대한 해원공사를 보신 겁니다. 책에 보면 하루는 종도인 박공우가 도통을 간절히 원하자, 상제님께서 ‘때가 오면 내가 도통을 먼저 대두목(大頭目)에게 주어서 그 두목이 천하의 도통군자를 거느리고 각기 닦은 덕목의 대소에 따라 모두 도통케 하리라’고 하셨습니다. 그 대두목이 미륵입니다. 장차 그 분이 금산사 미륵불로 출세하여 한반도에 출현하게 될 대시국(大時國)의 초대 대통령으로 등극하게 될 터인데, 그렇게 함으로써 단주의 해원이 되는 것입니다.”

조기자는 수첩에 ‘단주’라고 적었다.

“결론을 너무 일찍 말했군요. 처음이라 믿기지 않으실 테니 차근하게 증산선생유서(甑山先生遺書)의 도수를 풀어보겠습니다.”

용화는 거침이 없었다.

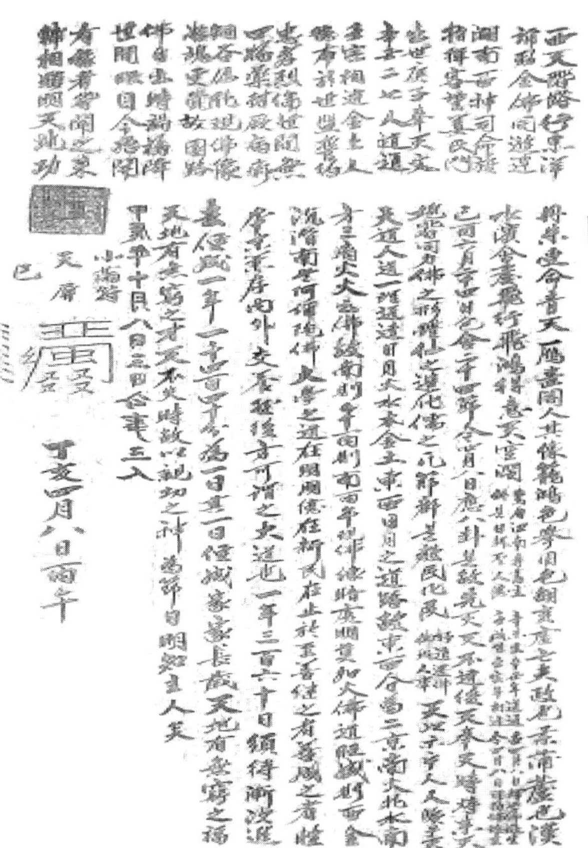

"단주수명서라고 불리는 이 유서는 같은 자리에서 수제자인 김형렬이 쓴 겁니다. 그래서 증산선생 유서라고 쓴 것입니다."

지천태가 호기심 가득 찬 눈으로 물었다.

"한 날 한 시 한 곳에서 쓴 것치곤 문장 길이에서 차이가 크네요?"

"해설을 모두 듣고 나면 알겠지만 문장 길이만 차이가 있지 핵심 내용은 같습니다. 단지 차이가 있다면 상제님 이력이 앞에 더 붙고, 결정적으로 각각 천지도수가 다릅니다.”

“천지도수요?”

“보이지 않게 두 장에 나누어 천기를 숨긴 것이지요.”

“당시에는 증산을 상제님으로 부르지 않고 선생이라고 했네요?”

“당시 종도들은 상제님의 진면목을 제대로 알지 못했던 것지요.”

“그렇다면 지금 나와 있는 수십 종의 증산 계열의 경들은 당시에 쓰인 게 아닙니까?”

“네. 화천하시고 수십 년 뒤에 종도들을 찾아 구술을 정리한 게 지금 시중의 경서들이지요.”

“음, 그것 참 모순이네요. 상제님을 알아보지 못한 종도들, 또 그 종도들의 구술을 채록한 경전....정확성이 현저히 떨어지지 않나요?”

“그럴 가능성이 높습니다. 사람마다 틀리거든요. 그래서 저마다 해석한 경이 수십 종이나 되는 겁니다. 그래서 저는 구술된 경이 아닌 상제님 친필과 유언을 직접 해석하게 된 것이지요.”

“그럼 이 신성문자도 각자 해석 차가 생길 가능성이 있겠네요?”

조기자의 질문에 용화는 불쾌한 표정을 숨기지 못했다.

“제 스승이 30년, 제가 10년을 연구하였고, 5장의 신성문자 도수가 한 치의 어김도 없습니다.”

용화는 단호한 자세로 곧바로 해석에 들어갔다.

"내가 서천 서역 대법국 천계탑에서 동양을 향하다가 금산사 미륵불에 깃들어 있게 되었다……미륵불이 세상에 나타나면 화와 복을 내려주고, 비로소 그때야 세상을 보는 안목이 열리게 되리라. 인연 있는 사람들은 모두 듣고 찾아와 모여, 그 뜻을 도와 세상을 밝히며 천지에 공덕을 닦는다. 단주의 명령은 신장공사도의 푸른 하늘을 날아가는 푸른 기러기이며, 장신궁 누각에 사람이 그 뜻을 받드는데, 그 형상이 대롱에 갇힌 큰 기러기이니라. 에, 여기에서 보듯이 유서가 신장공사도에 미륵을 숨기고 있다는 암시를 하고 있지요."

용화는 의기양양했다. 지천태와 조기자는 그저 학생처럼 수강하는 수밖에 없었다. 용화의 설명은 어느새 중반을 넘어가고 있었다.

"설명하고 있는 마지막 문단이 특히 중요합니다. 신장공사도는 해방 전후의 천지공사 도수뿐 아니라 미륵 출세의 도수가 숨겨져 있으니까요. 계속하겠습니다. 신미년(1871년)에 태어나 신축년(1901.7.7) 대원사에서 도통을 하고 임술생 김형렬을 임인년(1902)에 만났다. 고대엔 4월 8일에 석가불이 탄생하고, 금세 4월 8일엔 미륵불이 탄생하느니라. 에, 이 부분은 기유년(1909년) 6월 24일 24절기에 맞추어 돌아가시고, 금세 미륵불이 4월 8일에 태어난 것은 8궤의 기운에 응해 맞춘 것이다. 그런고로 선천에 일어났던 일은 어김이 없었으니, 앞으로 후천에 일어날 일도 천시를 받들라. 시(때)란 하늘과 땅이 함께 작용해서 오느니라. 상제님께서 철저하게 천지도수에 맞추어 공사를 보신 것이지요."

용화는 입이 말라 들어가자 차 한 잔을 들이키고 지체없이 해설을 이었다.

조기자와 지천태는 귀를 쫑긋 세우고 열심이었다. 지천태는 메모지에 뭔가 열심히 받아 적고 있었다. 용화는 간간히 차법사를 힐끗 쳐다보았다. 이상하게 차법사는 화장실을 드나들고 휴대전화 통화를 위해 종종 자리를 뜨기까지 했다. 용화는 심드렁한 차법사의 반응이 무엇을 의미하는지 알 수 없었다.

'신성문자의 풀이가 틀렸다는 뜻일까? 아니면 잘 이해하지 못하는 것일까? 침묵은 뭘 뜻하지?'

잠깐이지만 별별 생각이 다 스쳤다. 용화는 차를 입안에 머금었다. 차법사의 눈동자는 먼 곳을 응시하고 있었다. 몸만 그곳에 있지 눈동자의 초점은 멀리 어딘가에 맞춰져 있었다.

차법사는 갑자기 일행에게 양해를 구했다.

"미안한 말씀을 드려야겠어요. 오늘 몸이 많이 안 좋습니다. 제가 며칠간 통 잠을 못 자서요. 저쪽에서 잠시 눈을 붙여도 되겠습니까?"

차법사의 안색이 심상치 않았다. 멍이 든 듯 눈 주위가 검고 피부는 누렇게 떠 있었다. 조기자가 미안한 듯 엉덩이를 들썩였다.

"아까부터 많이 피곤해 보이시더만, 가서 쉬세요. 이거 우리가 눈치없이 앉아 있는 게 아닌지 모르겠어요?"

"아니, 아니, 여기 병풍 뒤에서 한숨 붙이면 곧 회복돼. 내가 날 잘 알잖아. 곧 합석할 테니 차 한 잔들 하고 이야기 나누세요."

차법사는 병풍을 치고는 그 뒤로 쑥 들어가 버렸다. 용화는 힘이 쭉 빠졌다. 작심하고 신성문자의 핵심을 전달하길 별렀는데 정작 차법사가 빠지니 이건 팥소가 빠진 찐빵 꼴이었다. 그래도 곧 합석하리란 언질에 좀 위안이 되었다. 이런저런 잡담으로 시간을 보낼 작정이었다. 그러나 조기자와 지천태는 그럴 마음이 아니었다.

"말 나온 김에 마저 해석을 하셔야죠?"

용화는 다 식은 차 한 잔을 마시더니 마지막 부분 해석에 박차를 가했다.

"……천지에는 무궁한 복, 무궁한 재주가 있으니 하늘은 그 때를 놓치지 않으리. 그러므로 친절한 신명(미륵)은 절기를 분명히 알아보는 이가 주인이 되게 하였느니라. 여기엔 평시에 꾸준히 도를 닦으라고 되어 있습니다. 책에 보면 예전엔 도인은 산에 났으나 천지도수가 바뀌면서 민중들 속에 도를 닦는 시대가 왔다고 하셨습니다. 그래서 상제님께서도 친히 백성들 속에서 천지공사를 보신 것입니다."

『갑진년 10월 8일 3일 공사 3인(甲辰年 十月 八日 三日公事 三人)

소만부(小滿符)

천병(天屛)

사(巳)

부적: 하늘의 병풍

정해 4월 8일 병오(丁亥 四月 八日 丙午)』

"갑진년(1904년) 수제자 김형렬의 딸 김말순이 만 14세가 되

는 해 10월 8일에 세 사람이 함께 공사를 보다. 하늘의 병풍을 쳐서 미륵 출세를 가린다. 에, 여기에도 도수가 숨어 있습니다. 가장 중요한 도수입니다. 그래서 하늘의 병풍이 단단하게 쳐 있는 겁니다.”

일방적으로 듣기만 하던 지천태의 눈이 반짝였다.

“출세한 미륵이 정해년 4월 8일 생이란 뜻입니까?”

조기자와 지천태의 눈이 일제히 용화 쪽으로 향했다.

“소만부는 소만절 탄생일인데……제가 더 이상은 밝힐 수 없습니다.”

그리고는 용화의 입이 굳게 닫혔다. 가장 중요한 도수 대목에서 또 못하겠다니 좌중은 실망하는 빛이 역력했다.

“여기에 미륵에 대한 모든 도수가 요약되어 있지요. 하지만 천기누설입니다. 스스로 알 수 있는 사람만 알아야 합니다. 그래서 분명히 하늘의 병풍을 친다고 되어 있지 않습니까.”

조기자는 쓴 입맛을 다셨다.

“연속극을 잘 보고 있다가 마지막 회 못 보는 거와 다를 게 없네. 괜스레 변죽만 올리시깁니까?”

“신장공사도에 더 구체적인 미륵 도수가 나와 있지요. 출세할 미륵의 생년월일과 성씨까지 명시해 두셨으니까요.”

146

“그래요? 그럼 이미 미륵이 출세해 있다는 뜻입니까?”

용화는 아무 말 없이 눈을 지그시 감았지만, 분명 긍정의 표시였다.

“모든 천지도수는 결국 미륵의 출세를 위한 것이지요. ‘미륵탄생공사서’에 분명 ‘사람을 써서 천지공사를 이룬다’고 되어 있었지요. 유서에는 단주의 명령을 전하는 기러기의 뜻을 받드는 인물이 성장공사도의 장신궁에 있다고 했구요. 그러면 장신궁의 비밀을 잠시 풀어볼까요.”

용화는 이번에는 신장공사도를 펼쳤다. 일행은 점점 깊은 늪 속으로 빠져 들어 가는 느낌이었다.

“신장공사도 우측 서문에는 ‘청조전어 백안공서’라고 쓰여 있습니다. 청조와 백안이 전하는 소식이란 뜻입니다. 이에 대해선 이미 서두에 을유년 해방공사에서 해설을 드렸고……. 이제 백안의 미륵탄생공사 차례군요”

조기자가 조바심을 드러냈다.

"설마 여기서도 천기누설이라면서 스톱하기 없깁니다."

용화는 빙긋이 알 수 없는 미소를 지었다.

"신장공사도에는 오로봉 안에 장신궁(長信宮)이란 글씨가 쓰

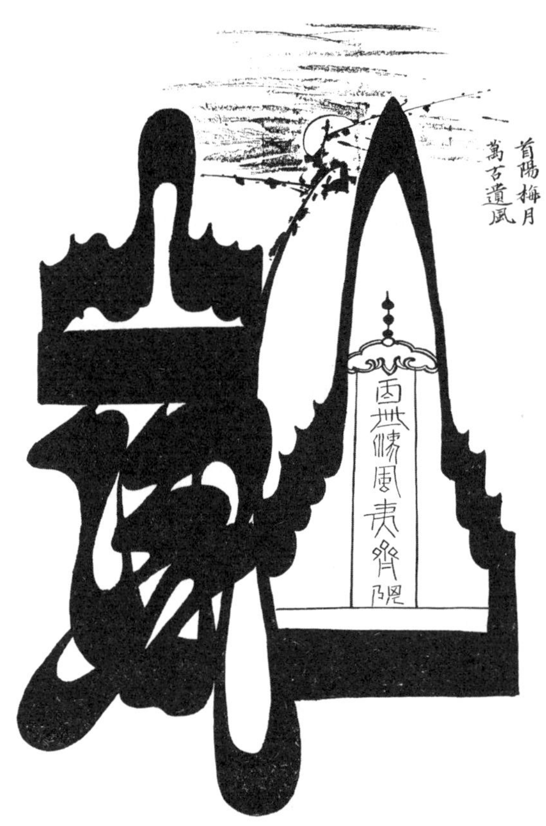

여 있고 그 안에 불상이 서 있으며, 그 몸체에 21수리(數理)로
추정되는 21개의 점이 찍혀져 있습니다. 장신궁의 글씨는 33획
수, 즉 33수리로 구성되어 있지요. 이것은 33천(天) 도솔천을
의미합니다.

장신궁 안에 서 있는 사람 형태의 불상은 도솔천의 주인인 곧 미륵불임을 추정할 수 있지요. 좌우 도합 12개의 갈대가 펼쳐진 이곳은 금산의 금곡 저수지를 말하는 것입니다. 불상이 서 있는 구조물은 여러 가지 수리로 구성되어 있는데, 자세히 살펴보면 4그루의 소나무와 9개의 가지로 구성되어 있으며, 전체적으로는 21로 설계되어 있음을 알게 됩니다. 시천주 주문 21자와도 일치합니다.”

“미륵이 거처한다는 장신궁은 구체적으로 어디를 말합니까?”

“생전 상제께서 동곡약방 주인 김형렬에게 하시는 말씀이 ‘자네는 나보다 나은 사람일세. 자네를 먼저 찾아야 나를 알게 될 것이니 말일세.’ 라는 기록이 있습니다. 상제께서 큰 뜻을 일부러 이 집 깊숙이 감추시는 것으로 판단됩니다.”

“출세한 미륵의 이름이라도 나와 있다는 겁니까?”

넘겨짚는 조기자의 예측에 용화가 흠칫했다. 몇 번 헛기침을 하고 해설을 이었다.

“생년월일이 나와 있지요. 성장공사도 우측 서문에 수양매월 만고유풍이라 쓰여 있습니다. 수양(首陽)년 매화 월 생(生)에게 만고로부터 전하여 내려온 도맥을 전한다는 뜻입니다. 이 8개의 글자에도 역시 도수가 설계되어 있지요. 글씨 전체의 획수는 79획이고, 앞의 4자는 36획이 나오는데 신장도 그림 백안의 양 날개에 찍힌 36개의 점과 일치하지요.”

“이 획수를 일일이 세어보셨다는 겁니까?”

“물론이지요. 상제님 한 획 한 획에 따라 천지도수가 좌우되니 한 점이라도 소홀히 할 수 있나요.”

“그 말씀은 만약 해석에서 한 획이라도 틀린다면 천문 해석이 틀린다는 뜻도 되겠네요?”

“물론이지요. 한 획도 어긋나지 않게 치밀하게 설계된 것이 천문입니다. 여기 연도와 월일을 한번 찾아들 보시겠습니까?”

지천태가 몇 번을 훑어보았지만 고개만 절레절레 흔들었다.

“아무리 보아도 숫자는 안 보이는데요?”

“눈앞에서 보아도 보이지 않게 하늘의 병풍을 쳐놓았다고 했지 않습니까. 때가 되어야 세상에 드러나는 것입니다.”

조기자는 손등으로 이마를 슥슥 문질렀다. 용화는 의기양양하게 해설을 늘어놓았다.

“수양은 양기운, 즉 천간의 머리라는 뜻으로 왼쪽과 오른쪽 그림의 요철 돌출 부분에 7개와 9개가 나오므로 천간지지로 계산하면 곧 경신년(庚申年) 도수가 산출됩니다. 즉 미륵불은 경신년생이라는 뜻이지요. 그리고 수양에 핀 매화와 반달은 월과 일입니다.”

“몇 월 며칠인가요?”

“매화는 4월이고 반달은 7.5일, 즉 8일이 됩니다. 경신년 4월 8일생이지요.”

“그래요? 혹시 증산 선생 유서 말미에 등장하는 4월 8일 그 일자와 같은 건가요?”

“유서 말미에는 정해년생이라 되어 있지요.”

“경신년인가요, 아니면 정해년이란 건가요? 들을수록 헛갈리네.”

“허허허, 미륵탄생공사서에 뭐라 되어 있었습니까. ‘천지인 신 유소문, 문리접속 혈맥관통’이라. 그 문의 이치를 서로 접속 하면 혈맥이 관통하여 흐른다. 모든 천문이 한 장이나 다름없 다는 걸 사람들이 그동안 몰랐던 게지요. 일 단편만 해석하면 장님 코끼리 만지기일 뿐이지요.”

지천태는 붙임성 있게 질문을 이어 갔다.

“성장공사도 안에 비석과 글자는 무슨 뜻입니까?”

“그 비석에는 천지사풍이제원(天地使風夷齊院)이라 쓰여 있 지요.”

“이제원이 뭡니까?”

“그건 일종의 암호문자입니다.”

“그래요?”

암호란 말에 지천태는 가늘게 한숨을 내쉬었다. 또 건너 뛰 겠다는 심사가 아닌가. 그러나 이번엔 무슨 일인지 용화가 천 기누설 운운하며 빼지 않고 선선히 풀이를 했다.

“이제원의 이제(夷齊)는 ‘사람의 목을 베어 끊고, 멸하여 없 애는 집’으로 귀신을 제도하는 곳으로서 멸살당함을 건지는 집 이기도 합니다. 해원공사, 적멸공사를 보시는 곳이지요. 상제 께서 천지공사를 행하시며 인류 선악을 심판하는 집이기도 했 고, 장차 미륵불이 출세하여 억조창생들의 생사를 점고하는 옥 황후비님의 거소라는 뜻이 됩니다.”

“땅위의 집은 아닌갑네.”

조기자가 퉁명스럽게 추임새를 넣었다.

“천지사풍이제원에도 도수가 설계되어 있습니다. 옥편이 아니라 신장공사도에 표시된 일곱 글자를 파자한 절문(節文)의 수리를 분석하여 종합하면 天, 地, 使, 風, 夷, 齊, 院 모두 105 수리라는 것을 알게 됩니다.”

“105도수도 의미가 있나요?”

“상제님께선 ‘천지는 사람을 내서 쓰게 한다’고 했습니다. 미륵탄생공사서가 작성된 1904년 이후 105년이 된 해가 1904 +105=2009년 올해입니다. 법사님이 신성문자를 받고 ‘13’ 열성조(列聖朝)를 모신 해가 올해니 모두 설계된 대로 실현되고 있는 것이지요.”

딱딱 들어맞는 용화의 해설에 지천태와 조기자는 점점 빨려 들어갔다.

“천지사풍이제원 7개의 암호 문자에는 미륵이 천명을 받는 시기가 들어 있습니다. 천명을 받는 연도, 날짜, 시간 등이 설계되어 있지요. 그러나……아직 시기가 도래하지 않았으므로 밝힐 수는 없습니다. 하지만 깊이 생각해보면 알 수가 있지요.”

“결국 본인이 풀어보라는 말씀이군요.”

용화는 말없이 고개만 끄덕였다.

“그럼 장신궁과 이제원은 같은 장소를 말합니까?”

“맞습니다. 그렇게 해석하고 있습니다. 여기에서 ‘이제’의 절문 수리의 합은 33이 되는데, 신장도의 장신궁 절문 33수리와 서로 일치하고 있지요. 말하자면 장신궁과 이제원은 같은 장소가 되는 것이지요. 현재 이곳에는 많은 의통, 인패가 보관되어 있는데, 장차 병겁이 올 때 사용하려고 하늘에서 준비해 두셨을 것으로 생각합니다. 궁금하시겠지만, 그 장소 또한 말씀드릴 수 없습니다.”

“무슨 천기누설이 이다지 많은 겁니까?”

조기자가 참다 참다 마침내 불만을 터뜨렸다. 지천태는 좀 더 끈기가 있었다. 조기자는 심드렁해 하는 반면 지천태는 흠뻑 빠져 있었다.

“예장공사도는 또 무엇이지요?”

“천지 성경신 가운데 경에 해당하는 규범인데, 경은 예와 같아 예자가 되었지요. 우측에는 ‘낙출신귀 천지절문’이라 되어 있습니다. 천간지지 24절기의 역리법칙이 들어 있지요. 예장공사도는 일명 귀마일도(龜馬一圖)라 합니다. 그림 안에는 북현무를 상징하는 신귀(神龜)와 용마를 하나의 역상(易象)으로 만드는 법도가 계시되어 있지요. 그런데 귀마일도의 거북 등에 그려진 낙서도(洛書圖)와 그 아래 하도(河圖)는 기존의 것과는 다르게 배치되어 있어요. 낙서의 동방 3.8목이 3.6으로, 하도의의 3.8목이 4.8로 변경되어 있지요.”

“그게 무슨 의미입니까?”

“이러한 문을 천지절문이라고도 하는데 역리의 이치를 그린 것입니다. 역리가 변경되었다는 것이지요. 상제님께서 새로운 천지공사를 보았다는 겁니다. 지금까지 설명드린 천지공사가 바로 그것인데, 귀마일도는 천문을 요약한 개론쯤 된다고 할 수 있지요.”

“왜 변경했을까요?”

“우주의 가을로 들어서는 후천이 시작되었기 때문이지요. 후천 우주운행 도수가 선천과 같을 수는 없는 겁니다. 그래서 다시 절후를 바꾼 것이지요.”

“우리 같은 범부들은 아예 접근도 못하게 꽉꽉 잠가놓았군.”

“그러니 천문이지요. 인간이 하늘의 말을 그렇게 쉽게 알 수 있나요. 아무리 눈앞에 보여줘도 믿고 안 믿고는 여러분의 판단이지요. 같은 글이지만, 그래서 천문이라고 하는 겁니다. 하늘과 파장이 맞아 공명해야 통하는 법이지요.”

그날은 그렇게 의문만 별처럼 드러난 채 밤이 저물고 있었다.

M방송국 편집실.

송 PD가 촬영기사와 함께 녹화한 영상을 되돌려 보고 있었다. 촬영기사가 문제의 화면을 손가락으로 가리켰다. 몹시 떨리는 목소리였다.

“여, 여기, 여기 이 부분.”

차법사가 행하는 구명시식 현장을 적외선 카메라로 찍은 영상이었다. 어둠 속에서 영단을 배경으로 춤추는 여자 가무단을 찍던 카메라가 화면이 갑자기 깜빡거리기 시작했다. 촬영기사가 당황하여 화면이 심하게 흔들리고 몇 번 점멸을 반복되더니, 다시 정상적으로 녹화되기 시작했다.

“처음엔 카메라가 고장난 줄 알고 깜짝 놀랐어요.”

“혹시 배터리 이상이나 녹화 테이프 이상은 아니고?”

“만약 그렇다면 녹화 테이프도 멈추고 녹화 타이머도 동시에 멈췄어야죠. 타이머가 이렇게 멈추지 않고 돌아가는 건 계속 녹화되고 있다는 겁니다. 테이프 불량이면 화면에 노이즈가 떠야 하는 데 화면은 멀쩡하고 타이머는 멈추지 않고 계속 돌아가잖아요. 녹화가 멈춘 게 아니라 화면이 검게 녹화된 거죠.”

송 PD가 뒷머리를 긁적거렸다.

“허허, 그것 참.”

“보통 카메라라면 피사체가 잠시 렌즈를 가려 그럴 수도 있다고 치지만, 적외선 카메라 아닙니까.”

적외선은 빛(복사열)이다. 적외선 카메라는 물체의 열을 감지하여 야간에도 생물체를 선명하게 포착할 수 있다. 야간에 야생동물을 촬영할 때 많이 쓰인다. 피사체는 끊임없이 적외선을 방출시키기 때문에 카메라가 멈추지 않는 한 피사체에서 적외선이 끊어지는 현상은 물리적으로는 도저히 있을 수 없다. 굳이 설명하자면, 태양에서 방출된 빛이 지면에 도달하기 전에 중간에서 증발하는 것과 동일한 ‘블랙홀’ 이론을 끌어들일 수밖에 없다. 적외선이 영혼에 닿는 순간 빛이 흡수될 만한 강력한 중력장이 만들어졌다는 것이다.

“우리가 정말 귀신을 찍은 거야?”

두 사람은 약속이나 한 듯 서로 눈을 마주쳤다. 등골이 오싹해졌다.

“차법사가 죽은 사람 살렸다는 대학병원 의사의 증언만 특종인줄 알았는데……."
　"자자, 혹시 모르니 다른 나라에서도 이런 현상이 있었는지
더 찾아보자고."

□ 저승에서 온 사람들

경봉산 신도교 접견실.

금빛 문양의 법복을 입은 대성거사가 한 젊은이와 단 둘이서 만나고 있었다.

"그러니까 너는 내가 시키는 대로만 하면 돼."

"삼촌, 소가 웃을 일이구먼유. 돼지 키우는 촌놈이 뭘 알것시유."

젊은이는 두 손을 내 저으며 곤란한 표정을 지었다.

"이보다 더 식은 죽 먹기가 어디 있냐. 넌 옷 입고 그냥 앉아 있기만 해. 이 삼촌이 다 한다니까."

젊은이는 대성거사의 조카였다. 그를 교주로 내세우려고 설득하고 있었다. 시골에서 돼지 농장을 하는 순진한 조카를 불러올린 이유는 그가 경신년(1980)생이기 때문이었다.

동곡은 생전에 도학들 앞에서 출현한 미륵불이 경신년 생임을 살짝 언급한 적이 있었다. 대성거사는 경신년 조카를 얼굴마담으로 내세워 섭정할 계획이었다. 하지만 조카는 완강하게 거절을 했다. 종교에 전혀 관심이 없고 대중들 앞에서는 공포증이 있었다. 무엇보다도 들판을 뛰어다니던 농사꾼이 이런 건물에 답답하게 갇혀 있는 다는 게 숨통을 조였다. 하지만 대성거사도 만만치 않았다. 그에겐 사활이 걸린 문제였다. 조카는 통사정을 했다.

"지는 81년생이지 80년생이 아니잖어유."

1981년 2월생이었지만 음력으로 쳐서 간신히 80년 12월생이었다.

"이보게 조카님. 그럼 이건 어때. 3년만 합시다. 도시에 아파트 한 채하고 중매결혼을 약하지."

조카는 결혼이란 말에 눈이 번쩍 뜨였다. 농촌 총각이 결혼하기란 여간 힘든 일이 아니었다.

"신도들 중에 맘에 있는 여자를 찍으라고. 교주가 무언들 못하겠나."

조카의 표정이 확 변했다. 조금 전까지만 해도 도축장에 끌려가는 소 표정이었지만 지금은 입이 함지박만하게 벌어졌다.

"삼촌, 거짓부렁 아니지유? 참말이지유?"

입장은 역전이 되었다. 오히려 조카가 매달렸다. 대성거사는 음흉한 미소를 지었다. 그에게는 이제 한 가지만 처리하면 만사가 일사처리였다.

선원에 네 명이 다시 모였다. 조기자는 주간지를 들고 왔다. 차법사가 이상한 느낌이 들어 물었다.

"무슨 기사 났어?"

"재미로 증산의 친필유서가 발견되었다는 내용을 실었어요."

"뭐라고?"

차법사가 화들짝 놀라 신문을 빼앗아 펼쳤다.

'증산 친필유서 발견. 차법사와의 신비한 인연'

"왜요? 사실이잖아요. 잘못됐나요?"

차법사 안색이 좋지 않았다. 차법사는 앓듯이 나지막하게 탄식을 터뜨렸다.

"음. 다 운명이지."

띠리링 띠리링-

이때 차법사 휴대전화 벨이 요란하게 울렸다. 액정에 표시된 발신자를 확인한 차법사가 양해를 구했다.

"죄송합니다. 급한데서 온 전화라 잠시 받고 오겠습니다."

차법사가 몸을 일으키며 지천태를 보며 지나가듯 말했다.

"그리고 살살하세요."

지천태는 그게 무슨 말인지 짐작할 수 없었다.

차를 담은 차호에서 김이 뿜어 올랐다. 사실 지천태는 오늘 단단히 벼르고 왔다. 그동안 용화의 해석을 복기하면 나름대로 검증을 했던 것이다.

"저번 해설을 듣고 나름대로 공부해 보았습니다. 저는 원론적인 문제를 제기를 하고 싶습니다. 천지도수가 과연 획수냐 하는 겁니다. 아니 과연 도수가 있느냐는 것입니다."

"……."

　너무나 기본적인 토대를 의심하고 있기에 용화는 아무 말도 할 수 없었다. 지천태는 신장공사도 사본을 폈다.

　"가령 이 현무경의 청조의 날개 숫자만 해도 그렇습니다. 제가 자세히 확대된 그림을 보니 획이 한두 개 더 들어 있습디다. 세는 바에 따라 8개가 아니라 7개도 9개도 될 수 있습니다. 양 날개 총합이 14나 16이 될 수 있다는 겁니다. 21개의 점이 찍힌 불상 아래 좌우로 뻗은 갈대 숫자 또한 얼마든지 두세 개를 넣고 뺄 수 있구요."

　"……."

　당황한 용화의 표정을 아랑곳하지 않고 지천태는 나름대로 해석을 계속했다.

　"성장공사도에서도 그렇습니다. 매화 가짓수가 4개라 4월이고, 반달은 7.5라 8일이라고 했고, 그래서 출세한 미륵이 경신년 4월 8일 생이라며 증산 선생 유서 말미에 쓰여 있는 4월 8일과 같다고 했는데, 매화 나뭇가지 수는 크게는 5가지, 안쪽으로 꺾여 감긴 3개를 합하면 8개가 됩니다. 보통 매화는 초봄을 상징하고 3-4월에 꽃이 피긴 하지만 그림 획수에 있어서는 분명 4수리는 아닙니다."

　"……."

　"그뿐인가요. 어떤 글자는 옥편 획수로 세고, 어떤 글자는 임의로 파자(破字)한 절문으로 세고 하니 일관성이 없는 거 아닌가요?"

　조기자는 단서를 잡았다는 듯 고개를 끄덕였다. 이에 고무된 지천태는 더욱 목소리를 높였다.

"그야말로 귀에 걸면 귀걸이, 코에 걸면 코걸이가 될 수 있
다는 뜻입니다. 이렇게 여러 개의 자의적 변수를 두어 획수를
센다면 자기가 원하는 획수를 얼마든지 만들어 낼 수도 있다는
의심을 피할 수 없지요. 한 획 한 도수가 사람에 따라 달리 해
석된다면 과연 획수가 도수인지 의심할 수밖에 없습니다."

"……."

여전히 용화는 입술을 굳게 닫고 있었다.

"그래서 신성문자에 도수가 있기나 한 건지 아니면 해석이
잘못된 건지 의심이 됩니다. 확실한 숫자는 유서 말미의 정해
년 4월 8일 밖에는 없지 않나요?"

지천태의 날카로운 논리에 용화는 몇 번 헛기침을 하며 목
소리를 가다듬었다.

"도수를 세는 사람마다 다르긴 하지요. '천지사풍이제원'도
세기에 따라 105가 되기도 하고 106수가 되기도 하지요. 그러
니 여러 장의 신성문자를 전체적인 맥락을 본 뒤에 선택을 해
야 합니다. 문의 이치를 서로 접속하여 혈맥이 관통하도록 해
석하라고 되어 있으니까요."

지천태는 물러서지 않았다.

"하지만 도수는 한 치도 어김없이 치밀하게 설계되어 있다
고 하지 않았나요? 말 그대로라면 하나만 틀려도 모두 틀린 것
이 되지 않습니까?"

"상제님의 도수는 분명히 있습니다. 다만 공부하는 우리들
이 아직도 연구가 모자라 제대로 찾아내지 못했기 때문일 것입
니다. 스승님이 놓친 부분을 찾기도 했지만, 저에게도 분명 미

비한 부분이 있을 겁니다. 상제님의 유서를 전체적 의미에서 큰 뜻을 이해하는 게 중요하지요.”

초반부터 지천태의 예리한 문제 제기에 용화는 방어적인 태도를 취했다. 지천태의 날선 질문은 거기서 그치지 않았다.

“신성문자에 예언한 미륵이 과연 누구인가 하는 겁니다. 물론 천기누설이라며 말씀은 안 하셨지만요.”

용화가 물었다.

“지 선생께선 누구라고 생각하시는지요?”

“사실 유훈 두 점에 대해 저는 처음부터 다른 해석을 내렸습니다. 용화선인께서 신장공사도, 미륵탄생공사서, 단주수명서를 설명하실 때, 머릿속에 내내 차법사님이 미륵이 아닌가 생각해 보았습니다.”

차법사란 이름이 튀어나오자 용화뿐 아니라 조기자도 놀란 기색을 숨기지 못했다.

“…….”

“현무경을 처음 볼 때 용화선생과는 달리 나름대로 직관적으로 느낀 점이 있습니다. 성경신의 경을 굳이 예자로 바꾸었다는 말씀이 석연치 않았습니다. 감결문의 유불선이 그대로 석장의 공사도란 것이지요. 다시 말해 성장공사도는 선도(禪道), 신장공사도는 불교, 예장공사도는 유교를 그린 것이라고 봅니다. 또한 저는 공사도를 도수의 해석보다는 눈에 보이는 글자 그대로 보았습니다.”

“글자 그대로라면…….”

“가령, 혁필인 신장공사도 신(信)자의 인(人)자는 사람이니까 증산 이후 천지공사를 할 인물을 가리키며, 그 인물이란 두 마리 학으로 묘사했다고 생각합니다. 언(言)자는 증산 선생이 전하고자 하는 말로 보았습니다. 즉 신(信)이란 21년간 불교식으로 설법하고 해원을 하는 인물을 말하고자 한 것입니다. 마찬가지로 성장공사도 성(誠)자의 언(言)자 역시 증산 선생이 전하고자 하는 말이고, 이룰 성(成)자는 무언가 이루는 것을 의미하는데, 장신궁에 위패를 모시고 해원하여 이룬다고 생각했습니다. 예장공사도 예(禮)자 또한 보일 시(示)를 써서 '역(易)을 보여준다'라는 뜻으로 생각했습니다."

조기자는 지천태의 해석에 고개를 끄덕이며 추임새를 넣었다.

"그렇게 말씀하니 또 그럴듯하네."

"저는 경전이나 책을 정식으로 본 적은 없습니다. 다만 제가 보이는 대로 즉석에서 해석했을 뿐입니다. 너무 허무맹랑한가요?"

지천태가 용화의 눈치를 살폈다. 용화는 굳은 표정에 이렇다 저렇다 말이 없었다. 지천태가 목소리를 가다듬었다.

"이왕 말 나온 김에 제 생각을 툭 털어놓겠습니다."

지천태는 작심한 듯 차 한 모금을 물었다.

"불상이 21수리에 맞게 출세한 미륵이고 그 위치가 금산의 오류봉 아래 금곡 저수지를 말하는 것이라 설명하셨는데, 순간 저는 법사님이 작년까지 계셨던 잠실 송파선원이 떠올랐습니다. 법사님께선 21년간 잠실 송파에서 구명시식을 하셨으니까요."

“······.”

용화의 얼굴은 점점 굳어갔다.

“선원이 위치한 잠실 송파는 백제 근초고왕릉을 비롯해 초기 백제 왕릉이 위치한 곳이고, 인도의 승려 마라난타가 처음으로 한반도에 불교를 전한 의미심장한 터입니다. 또한 북쪽에 올림픽 공원이 있는 오륜동에 위치하고, 그 아래 송파나루 습지가 펼쳐 있다는 사실도 일치합니다. 오류봉은 오륜동, 습지는 송파를 뜻한다는 게 아닐까요?”

“······.”

“불상 형태의 사람 몸에 찍힌 21개의 점이 법사님이 한 21년간의 구명시식을 뜻하고요.”

지천태는 출세한 미륵이 차법사란 심증을 조목조목 열거하자 용화는 어이가 없다는 듯 헛웃음을 지었다. 용화는 당장이라도 하늘의 병풍 속에 들어있는 생년월일과 성씨를 말하면 간단하게 정리할 수 있었지만 이를 악물고 간신히 그 충동을 이겨냈다. 반면 조기자는 고개를 끄덕이며 지천태를 부추겼다.

“계속해 보세요.”

지천태는 이제 눈치를 보지 않고 될대로 되라는 식이었다.

“성장공사도의 위패도 그렇습니다. 천지사풍이제원이라 쓰인 비석 또한 귀신들을 제도한다는 뜻으로 법사님의 구명시식과 일치합니다. 구명시식이란 게 바로 귀신들을 제도하는 해원공사잖아요. 최초 불교 전래지에서 21년간 해원공사를 보신 겁니다. 단주수명서가 인류의 원한을 푸는 해원상생을 골자로 하는 증산 선생의 유언이었다면, 당연히 출세할 미륵은 원한을 달래는 일을 해야 합니다. 단주도 해원이라고 하셨으니까요. 거기다 후천의 세계 단일종교는 불교 외형이라고 했으니 더욱 부합하는 것입니다.”

미간을 잔뜩 찌푸린 용화는 여전히 아무 말도 하지 않았다. 지천태는 이제 막 생각났다는 듯 단주수명서도 펼쳐보였다.

“생각난 김에 단주수명서의 마지막 구절도 말씀드리겠습니다.”

『천병(天屏)
사(巳)
그림: 미륵탄생일
정해 4월 8일 병오(丁亥 四月 八日 丙午)』

이 해석은 ‘하늘의 병풍으로 가려진 이 단주수명서는 뱀띠 인물에 의해 걷혀서(해석되어) 정해년 4월 8일생에게 전달된다.’

“…….”

바위 같이 묵직한 침묵이 흘렀다.

“제가 알기로 법사님 생일이 47년 정해년 4월 8일이지 않습니까? 그러니 정해년 4월 8일생인 법사님 앞에서 신성문자가 전달되고 드러났다고 봅니다. 증산의 예언대로 2009년 올해 105년만에 정해년 4월 8일생에 도착한 것이지요.”

잠시 정적이 흘렀다. 조기자는 고개를 끄덕이며 무릎을 쳤다.

“그러니까 지금 지 선생 말씀인즉, 증산 유언에 ‘오늘 이렇게 이 자리에 법사님께서 단주수명서를 받는다’ 이렇게 이미 점지했다는 그런 뜻 아닙니까?”

“그렇게 되는 셈이지요.”

“거참 신기하네. 증산 선생이 용하긴 용하네. 105년 뒤에 신성문자가 전달되는 날을 이미 점지하시다니.”

더 이상 못 참겠다는 듯 용화가 고개를 가로저으며 막아섰다.

“난생 처음 듣는 풀이군요. 신성문자가 그렇게 식은 죽 먹기일 리가 있나요. 하늘의 병풍을 치고 소만부는 때가 되어야만 벗겨지도록 설계되어 있지요. 수십 년간 연구해도 다 못 푼 것을……”

심기가 불편한 용화의 격정에 잠시 침묵이 흘렀다. 조기자가 어색한 듯 나섰다.

“그럼 용화 선생께선 누가 미륵이라고 생각하십니까? 법사님을 전생에 차천자라고 하셨잖아요?”

용화가 옷매무새를 가다듬고 몇 번 잔기침을 하였다. 긴 해설을 예고하는 그만의 습관이었다.

“법사님께서 9월부터 시작되는 중국대륙의 분열과 동아시아의 변화를 말씀하시기에 당연한 일이라고 생각했습니다. 차법사님은 분명 전생에 차천자셨으니까요.”

“용화 선생께선 전생도 보실 줄 아십니까?”

조기자가 왕성한 호기심을 드러냈다.

“도수가 그것을 말하지요.”

"아, 도수……."

조기자는 입을 쭉 내밀며 한숨을 쉬었다.

"어찌 들으면 억지로 꿰어 맞춘 듯싶고, 어찌 들으면 묘하게 일맥상통하는 것 같고……들을수록 헷갈려."

"해원은 앞으로 벌어질 천지공사의 핵심 키워드입니다. 해원 없이는 세계통일은 불가능하니까요. 상제께서 전생에서 차경석에게, 그리고 현생에서 차법사에게 해원시킬 수 있는 영적인 능력을 부여하신 것은 반드시 까닭이 있겠지요. 그 이유를 어렴풋이 짐작은 하지만 아직 밝힐 시기는 아니라고 봅니다. 다만 말씀드릴 수 있는 것은……."

잠시 그러나 깊은 정적만이 흘렀다.

"하지만 법사님께선 경신생은 아니지요."

조기자가 눈을 크게 뜨며 목소리를 높였다.

"이것도 아니다 저것도 아니다. 그러면 왜 신성문자를 들고 와서 해설하시는 겁니까? 이유가 뭐지요?"

조바심이 난 조기자는 이제 아예 따지는 기세였다.

"제가 여러분들과 이야기를 하면서 신성문자를 빨리 전하려는 욕심에 너무 서둘렀나 봅니다. 스스로 공부해서 알아야 하는데 말입니다. 누가 미륵이냐에 앞서 왜 미륵이 출세하지 않을 수 없는가 하는 배경부터 알아야 할 것입니다."

"좋습니다. 그럼 왜 미륵이 출세해야 하는 겁니까?"

"인류의 종말을 막기 위해서지요."

"예? 인류의 종말?"

조기자는 용화의 인류종말 언급에 터무니없다는 듯 포문을 열었다.

“지난 1999년에도 밀레니엄 종말론이 극성이지 않았습니까? 노스트라다무스의 예언때문에 너도나도 지구가 멸망할지 모른다며, 그땐 정말 지구멸망설이 겁나게 극성이었습니다. 그런데 지나고 나니 모두 사기였습니다. 1998년 IMF까지 터지자 경제적 패배감, 늘어나는 노숙자, 고위층의 자살이 속출하면서 밀레니엄의 컴퓨터 제어 오작동 공포설까지 겹쳐 지구멸망설은 종교처럼 번졌던 겝니다.”

조기자의 반론에도 불구하고 용화는 흔들림이 없었다.

“상제님의 천지공사에 있어서 가장 핵심적인 것 중의 하나가 바로 괴질병으로 인한 인류 선악심판의 문제입니다.”

“…….”

“이 문제는 많은 사람들이 궁금해 하고 있으며 그 발병 시기를 각 종교단체에서 나름대로 해석하여 혹세무민한 바도 있지요. 증산 상제를 공부하는 대부분의 학인들도 한때 1996년도에 병겁이 시발하는 것으로 해석했었지요.”

“항간에 분분한 2012년 지구멸망설을 말씀하는 겁니까?”

때마침 영화관에서는 인류멸망을 다룬 〈2012〉라는 영화까지 개봉되어 흥행되면서 지구멸망설은 일파만파 퍼지고 있었다. 2012년 지구멸망설의 기원은 전통이 깊다.

먼저 노스트라다무스의 지구와 행성충돌설이 있다. 일본 신성문자 학자들은 태양계 10번째 행성인 ‘플래닛X’가 2012년 지구와 충돌할 것이라며 그의 예언에 힘을 실었다.

두번째 멸망설은 고대 마야인들이 사용하던 마야력에 근거

한다. 마야력은 기원전 3114년 마야인들이 만든 달력인데 정확히 2012년 12월 21일까지만 만들어져 있다. 게다가 2012년에는 무려 2만 6000년만에 지구와 태양계 행성, 우리 은하가 일직선이 되면서 이때 발생하는 강력한 자기장이 지구 멸망을 초래한다는 것이다. 최근 지구 자기장의 심각한 감소 소식도 불안감을 부추겼다. 하지만 용화는 증산의 기록에 근거를 두고 해석했다.

"1996년과 1997년도 양해에 병겁 소동이 있었습니다. 그러나 이는 도수를 잘못 본 것입니다."

"……."

"상제께서 종도인 김보경의 집에서 공사를 보실 때 그 집에 있는 들보에 짚으로 만든 큰 북을 매어달으시고 '병자정축(丙子丁丑)'을 계속하여 외치며 밤새도록 북을 치게 하시면서 '이 북소리가 멀리 서양까지 울려 들리리라' 하신 일이 있습니다. 병자 정축년도에 관한 공사에서 병자 정축의 네 글자를 병정(丙丁)으로 맞추면 병정(兵丁)이 되고 병자(丙子)는 병자(病者)가 되므로, 전쟁과 병겁을 이 연도에 공사 보셨다고 해석합니다. 그러한 해석으로 1936년와 1937년도에는 전쟁이 일어났고, 그로부터 60년 후인 같은 천간지지에 해당하는 1996년도(丙子年)와 1997년도(丁丑年)에는 병겁이 오리라고 착각했던 것입니다."

"……."

"그렇게 해석한 이유에 한몫을 더하는 것은 1999년도에 인류 절멸에 관한 노스트라다무스의 예언과 서기 2000년도에 천지공사 100년 도수가 모두 마무리가 될 것이라고 해석했던 것도 그 이유의 하나입니다. 하지만 현무경 도수에는 미륵 출세가 80년의 경신년 4월 8일생이라고 되어 있습니다. 저는 성씨도 알고 있지만 천기누설이라 입을 다물겠습니다.”

또 다시 천기누설이란 말에 조기자는 쓴 입맛을 다셨다. 하지만 용화는 진지했다.

“이런 것을 살펴볼 때 천지공사 도수에 관한 아전인수 해석이 얼마나 무섭다는 것을 깨닫게 해주는 중요한 경험인 것입니다.”

“해프닝으로 끝난 종말론이 지금도 여전히 유효하다는 겁니까?”

“온전한 도수를 보지 못한 교훈이었지요. 책에는 병겁에 많은 기록이 전해지고 있으며, 상제 친필인 유훈에도 역시 괴질병에 대한 말씀을 남겨 두셨지요. 이러한 병겁 심판은 인류가 생겨난 이후 처음 있는 절대자 하느님이 행하시는 대역사인데, 선천의 모든 모순과 비리와 죄악을 말끔히 청소하시는 상제님의 결단에 해당하는 것입니다. 새 술은 새 부대에 담아야 하듯이 지상에 후천의 선경세계를 건설하여 새로운 세상을 만들려면, 모든 불의한 사람은 제거되고 그야말로 선남선녀들이 살아남아야 하므로 상식적으로 생각해 보아도 병겁 심판은 반드시 거쳐야만 하는 과정임에는 틀림없습니다.”

“상식적이라……그러면 괴질병이란 요즘 유행하는 신종 플루같은 겁니까?”

“그건 일종의 경고이겠지요. 광우병처럼 자연계의 순환질서에 어긋나는 사료를 써서 생긴 발병의 일종인데, 이 괴질은 하늘에서 괴질신장이 내려와서 인간들에게 병을 전하는 것이므로 기존의 의술로는 도저히 치료할 수 없는 것입니다. 특히 괴질은 초스피드로 발병이 되므로 자다가도 죽고 밥을 먹다가도 죽고 길을 걸어가다가도 죽는데, 그야말로 자식이 죽어가도 손목 잡아 이끌 겨를이 없을 정도로 빠르게 전파된다고 기록되어 있습니다. 물질문명의 종말이 병겁으로 인해 막을 내리게 될 것으로 생각하고 있습니다.”

“……”

“책에는 이 괴질병이 대한민국에서 최초로 발병하여 전 세계로 퍼진다고 되어 있습니다. 호남지방에서 처음 시발하는데 정읍, 군산, 나주에서 동시에 발병한다고 하지요.”

조기자는 어이없다는 듯 따져 물었다.

“우리나라가 선경세계의 중심부라고 했는데 그 중심부에서 병이 창궐한다는 것은 비상식적인데요?”

“우리나라에서 처음 발병하는 이유는 병을 고치는 법도가 우리나라에 있기 때문이지요.”

“고치는 법도요?”

“그 법도가 의통(醫統)입니다.”

“의통이요? 그건 또 뭡니까?”

“도통할 때처럼 고치는 의업에 통달한다는 뜻입니다.”

“아, 도통, 영통, 의통……”

“상제께서는 모든 기사묘법(奇事妙法: 기이하고 묘한 법)을 다 버리고 의통을 알아 두라고 하셨지요. 그런데 의통에는 두

가지 종류가 있습니다. 하나는 허리에 차는 것인데 이 주머니를 차고 다니면 괴질병 소굴에 들어가도 병에 안 걸린다고 하였고, 또 하나는 대문에 붙이는 것인데 괴질신병들이 그 집안에는 침범하지 않는다고 하였습니다. 그런데 책에 의하면 '상제님 말을 믿는 자는 병이 몸에 침범하지 아니한다고 했으며, 만일 잘못되어 침범하였더라도 태을주 세 번을 읽으면 병이 스스로 물러가며, 주문을 읽을 틈이 없을 때는 상제님을 세 번 불러도 병이 물러간다'고 기록되어 있습니다. 이것을 볼 때 상제님 말씀을 믿는 사람은 괴질신병들이 알아보고 병을 전하지 않게 됨을 엿볼 수 있는 것입니다."

조기자가 퉁명스럽게 받아쳤다.

"그렇다고 칩시다. 그럼 병겁으로 인류가 멸망한다면 미륵이 무슨 소용입니까?"

"병겁 중에 중책을 수행하실 분이 바로 미륵입니다."

"병겁에서 인류를 구할 메시아란 말이죠?"

"세계 통일정부는 바로 병겁으로 세워집니다. 온 세상이 병겁으로 휩쓸고 혼란에 빠지자 모든 민족들은 병겁을 물리치는 우리나라에 몰리게 되는 것입니다. 우리는 저절로 상등국이 되어 섬김을 받게 됩니다. 이때 출세한 미륵께서 총지휘하여 난관을 수습하고 자발적으로 추대된 초대 통일대통령이 되는 거지요. 선거운동해서 뽑은 대통령이 아니구요."

"세계정부, 통일대통령, 미륵……너무 황당한데요. 실감이 나지 않아요."

"허황되게 들리십니까? 그건 신성문자에 대한 신념이 없기 때문입니다.”

분위기는 점점 험악하게 바뀌고 있었다.

이때 차법사가 들어왔다. 슬며시 자리를 하면서 달아올랐던 자리는 잠시 주춤해졌다. 조기자가 핀잔을 주듯 차법사에게 말했다.

“에이, 재미있는 이야기 다 놓치셨네. 누가 미륵인지 두 분에서 설전이 치열했는데.”

“허허, 저도 대충 들었어요. 경신년이냐, 정해년이냐.”

좌중은 화들짝 놀랐다. 자리에 없으면서도 정확히 핵심을 짚고 있다니. 또한 자리를 비우면서 살살하라는 충고 또한 바로 앞에 벌어질 일을 예견한 것이 아니던가. 조기자가 혀를 내둘렀다.

“법사님, 정말 귀신같네요.”

“허허허.”

지천태가 따지듯 물었다.

“이미 다 알고 계시다면 법사님 생각은 어떻습니까. 누가 미륵 같나요?”

차법사는 즉답을 피했다.

“예전에 한 중년 신사가 면담을 한 적이 있었어요. 20년 이상 불교를 믿던 그분이 심각하게 물었지요.”

신사는 이렇게 물었다.

“법사님, 제가 불교를 버리고 기독교로 개종했는데 옳은 일을 한 걸까요?”

“그럼요. 잘 하신 일이죠.”

1년 뒤 그 신사분이 다시 찾았다.

“법사님, 제가 최근에 다시 불교로 왔습니다. 정말 잘한 일일까요?”

“물론이죠. 잘한 선택입니다.”

신사는 강하게 따졌다.

“아니, 법사님. 법사님은 왜 늘 옳다고만 하세요? 처음부터에 틀렸다고 하면 시간 낭비 안했을 텐데요.”

그때 차법사는 허허 웃으며 이렇게 대답했다.

“선택하든 바꾸든 당신이 선택하는 것은 언제든 옳지요. 저는 당신의 자율 의사를 옳다고 한 것입니다. 즉, 자기 선택과 변경의 책임이 자기에게 막중하다는 뜻입니다. 더 나아가 외부의 기준에서 찾지 말라는 뜻이기도 하지요.”

그렇게 신사는 한참을 말없이 생각하다가 큰절을 하고 물러간 적이 있었다.

“아무튼 난 이 사람 말을 들으면 이 말이 옳고, 저 사람 말을 들으면 저 말이 옳은 것 같은데…….”

차법사의 답에 선명한 지침을 원하던 일행은 맥이 빠진 듯 한숨을 내쉬었다.

“법사님이 무슨 황희 정승도 아니고 이 말 저 말 다 맞는다고 그러세요. 정말 거시기하네. 영혼과 대화하고, 산 사람 생각도 훤히 읽는 분이 그 정도도 모르시는 겝니까? 2012년에 병겁이 휩쓸어 인류가 종말에 처한다는데.”

차법사는 따스한 온기가 나오는 다기를 두 손으로 감싸 쥐었다.

"미륵이란 말의 유래도 그렇더라구요. 부처의 제자가 부처에게 '부처님은 미래에 어떻게 오십니까?' 묻자, 부처는 질문자의 대중속의 평범한 수행자 청년을 가리키며 '미륵으로 온다'고 했어요. 이 말은 특정한 성인이 우상이 되는 시대에서 누구나 부처가 될 수 있다는 시대가 왔을 때를 말하는 게 아닐까요. 다시 말해 미래에 미륵이 오는 게 아니라, 모두가 미륵 부처가 되었을 때 비로소 진정한 '미래'가 온다는 뜻이 아닐까합니다."

조기자는 아예 대못을 박을 기세였다.

"그럼 결론적으론 부처가 하나가 아니니 미륵도 하나가 아니다?"

"성인은 특정시대, 특정 지역, 특정 인물이 아니라 늘상 우리 주위에 있는데 혹시 우리가 제대로 못 알아보는 게 아닐까?"

차법사는 자기 주장을 세우지 않고 각자의 판단에 맡겨 버렸다. 지천태가 진지하게 고개를 끄덕였다.

"그럴지도 모르지요."

미래의 미륵을 주장하던 용화의 얼굴은 일그러져 있었다. 차법사는 던지듯 말했다.

"부처의 눈에는 온통 부처만 보이고, 중생의 눈에는 온통 중생만 보이는 거지요. 쿨럭, 쿨럭."

갑자기 차법사가 발작적으로 기침을 해댔다. 차법사는 조금 전보다 더욱 안색이 초췌해져 있었다. 눈두덩이 주위엔 검은 테가 둘러싸여 있고 입까지 부르터 있었다. 지천태가 걱정스럽게 말했다.

"많이 편찮으신데요."

“쿨럭, 쿨럭, 아, 감기가 조금 들었나봅니다.”

“병원에 가보셨어요?”

“병원은 뭐. 그냥 지어놓은 약 먹었는데 괜찮겠죠.”

“매우 피로해 보이세요. 어제 밤 새셨죠?”

“그런가? 생각해보니 일하다 그냥 나온 것 같아.”

“법사님은 하루 두, 세 시간도 안 주무시니까 그렇죠. 잠 안 자고 버틸 장사 없어요. 제가 잘 아는 병원이 있는데 영양제 한 대 맞으세요.”

“나는 주사바늘이 제일 무서워.”

“네? 귀신도 한방에 쓰러뜨리면서 엄살은……. 예쁜 간호사가 손도 잡아줄지 몰라요.”

일행은 차법사가 체면상 완곡하게 거절하는 것이라 여겨 여러 차례 권유했다. 하지만 차법사는 덕담으로 받아넘길 뿐, 평소 이래도 좋고 저래도 좋다는 모습과는 전혀 다르게 완고하게 거절했다.

“내 병은 내가 잘 압니다.”

불덩이 같이 열이 올랐다 내렸다 하고, 입안에서 쓴 물이 돌았다. 온 몸이 물에 젖은 솜처럼 천근만근 무거웠다. 구명시식을 앞두고 흔히 있는 현상이지만 이번엔 그 정도가 심했다. 특히 배가 뒤틀리도록 복통이 심했다. 제대로 된 식사를 한 지가 이틀 전이었다. 그나마 어제 밤부터는 먹은 건 물 뿐이었다. 이럴 때 병원에 간 적은 없었다. 일행들의 끈질긴 재촉이 이어지자 차법사는 화제를 돌렸다.

“뜨끈한 차나 한 잔 마시자고. 몸이 확 풀릴 겁니다. 구명시식 끝나면 말끔할 텐데 뭐.”

차법사의 병환은 이번 구명시식도 만만치 않으리란 예고였다.

“그것도 좋은 방법입니다. 차에는 약리작용도 있으니까요.”

차호를 다시 데우고 물을 붓는 지천태의 손놀림이 능숙했다. 차법사는 마치 소가 쓰러지듯 힘겹게 몸을 뉘였다. 두 사람이 달려들어 그를 부축했다.

“그리고 이번 주말에 구명시식이 있는데 다들 참관하셔도 됩니다.”

조기자가 반색을 했다.

“그 구명시식은 아무나 안 해준다면서요? 저희가 참관해도 되나요?”

말은 안 했지만 누구보다도 제일 반겼던 건 용화였다. 애초부터 해원공사 현장을 가까이서 보고 싶어 벼르고 있었다.

차법사는 미소를 지었다. 차법사 눈에는 수십 명의 환자 영가들이 어른거렸다. 머리카락이 없고, 온 몸에 칼 수술 자국이 선명한 앙상한 영가들이 고통을 호소하고 있었다. 인민군 복장을 하고 피투성이가 된 영가도 있었다. 비릿한 역겨운 냄새에 구역질이 치밀었다. 고통을 호소하는 신음소리에 차법사는 마치 지옥의 한가운데 떨어진 것 같았다.

불광동 주택가.

용화가 초인종을 눌렀다. 청년이 문을 열고 나왔다.

“종사님 오늘은 꼭 드릴 말씀이 있습니다. 중요한 결정입니다. 들어오세요.”

　23평 빌라에는 청년과 노모가 살고 있었다. 노모는 기력이 쇠하여 사람을 알아보지 못하고 송장처럼 누워 있었다. 용화가 눈물을 글썽였다.

　“송구스럽습니다. 제가 넉넉했다면…….”

　“별 말씀을요. 종사님께서 도와주신 거 감사하게 생각하고 있습니다. 그런데 아무리 생각해도 저는 아닌 거 같습니다.”

　용화는 고개를 저었다.

　“별 말씀을요.”

　“아무래도 종사님께서 잘못 짚으신 듯 합니다. 저는 그냥 평범한 사람에 불과해요. 아무 신통력도 없어요.”

　“아닙니다. 아직 때가 되지 않아서입니다. 정해년 생을 찾았으니 곧 시작될 겁니다.”

　“생년월일 성씨만 같을 뿐, 저에겐 전혀 영통한 힘이 없어요.”

　“아닙니다. 벼락같이 명을 받으실 겁니다. 신성문자에 그렇게 되어 있으니까요.”

　“종사님께서 이 집을 얻어주셔서 정말 감사하게 어머니랑 잘 살고 있지만, 어머니 돌아가시면 제 갈 길을 가겠습니다.”

　그 청년은 용화가 신도의 자제 중에서 은밀하게 선택한 인물이었다. 스승이 해제한 생년월일, 성씨가 같았기 때문이다. 가난한 그를 남몰래 숨겨두고 생계를 책임지며 몇년째 때를 기다렸지만, 청년은 그저 평범한 젊은이일 뿐 아무 신통력을 보이지 못했다. 하지만 용화는 추호도 의심이 없었다. 스승의 지엄한 유언이 아니던가.

그러나 청년은 이미 결심이 서 있었다. 노모가 돌아가시면 미련없이 떠날 작정이었다.

동숭동 대학로.

거리엔 어둠이 내렸다. 구명시식을 올리는 선원의 밤은 더욱 짙었다. 법단 중앙엔 검지를 손으로 쥐어 가린 비로자나 불상, 좌측엔 소박한 지장보살 석상, 우측엔 영가 위패를 모신 영단이 자리하고 있다.

양쪽의 촛불은 미동도 없이 고요히 타올랐다. 방음벽으로 둘러싸인 선원은 깊은 동굴처럼 고즈넉했다. 이 모두가 영가들이 좋아하는 음기를 모으기 위한 조치였다.

본래 구명시식(救命施食)은 고승들이 중생들의 병을 치유하려는 의식인 구병시식(救病施食)에서 따온 말이었지만 차법사가 영혼을 천도하여 생명을 구하는 의식으로 발전해서 구명시식이란 고유명사로 자리잡게 되었다. 형식은 여느 천도제와 크게 다르지 않지만 내용면에서는 그렇지 않았다.

용화, 조기자, 지천태는 20여명의 동참자와 함께 나란히 뒷자리에서 본식이 시작되길 기다리고 있었다. 10가족을 모신 영단 위패는 말이 없었다. 마치 시간이 정지된 듯 30분 가량의 묵상의 침묵이 흘렀다.

간단한 독경이 끝나자 차법사가 성큼성큼 걸어 나왔다. 세 사람은 법복을 입은 차법사를 그때 처음 보았다. 변신한 외모처럼 평소 차법사와는 딴판이었다. 거대한 산맥 같은 중압감이

랄까.

순간 용화의 숨이 턱 막혔다. 누가 어깨를 짓누르는 듯했다. 용화는 무슨 일인가 싶어 아득해지는 정신을 가다듬었다. 차법사에게 뿜어져 나오는 엄청난 기 때문일까. 알 수 없었다. 갑자기 지천태도 등골이 써늘해졌다. 뭔가가 시작된 듯한 직감이 들자 바짝 긴장했다. 구명시식에 등장한 차법사는 더 이상 수더분한 이웃집 쌀집 아저씨가 아니었다. 먹이를 노리는 호랑이 눈빛이 번득거렸다.

영단 앞에 잠시 머물던 차법사가 붉은 방석 위에 정좌했다. 어둠속에 등대가 강한 불빛 기둥으로 암흑을 가르듯 그의 눈빛은 참석자들의 마음을 빠짐없이 꿰뚫어보고 있었다.

기에 둔감한 조기자 조차 차법사의 알 수 없는 강력한 기운에 오금이 저렸다. 좌중은 차법사의 아우라에 완전히 압도되었다.

용화는 머리가 혼란스러웠다.

'이렇게 가만히 앉아 있으면 되는 건가?'

책을 통해 구명시식 이야기를 접했지만 막상 현장에 있으니, 할 일 없이 이렇게 앉아 있어도 되는 것인가 싶어 약간 당혹스러웠다. 차법사가 동참자들을 향해 입을 열었다.

"파도와 맞서지 말고 물결치는 대로 같이 하면 됩니다."

용화는 차법사의 말에 아랑곳 않고 머릿속으로 혼자 생각했다.

'영가는 어디 있는 거지?'

"가장 가까이 있는 속눈썹은 안 보입니다. 영가도 마찬가지입니다. 스스로가 영가이기 때문입니다. 안 보인다고 없는 게 아닙니다."

용화는 차법사의 응답에 소스라치게 놀랐다.

'어라, 마치 내 생각을 읽는 것처럼 말을 하네? 우연의 일치인가?'

"큰 눈으로 보면 세상에 우연은 없습니다. 모든 게 필연이지요. 단지 모두 알 수 없기에 불가사의라고 합니다. 까마귀가 모두 검지 않다는 것을 증명하기 위해, 흰 까마귀 하나면 족하지 모든 까마귀를 다 확인할 필요는 없습니다."

차기자는 참관자들의 마음을 꿰뚫고 있었다. 한편 조기자는 영단 쪽을 뚫어져라 쳐다보았다. 영가가 눈에 보일까 싶어서였다.

'차법사는 대체 어떻게 영가를 본다는 거지? 안 보이는데……. 그의 말을 어떻게 믿으란 말인가?'

이때 차법사의 음성이 들렸다.

"그렇다 그렇다 하면 그런 것이요, 아니다 아니다 하면 만사가 허사로다."

용화는 머릿속을 뒤져 영혼에 대한 지식을 떠올리고 있었다. 경전에는 사람이 죽으면 혼(魂)과 백(魄:넋)으로 분리되어, 혼은 하늘로 올라가 신이 되어 제사를 받다가 4대가 되면 영(靈)도 되고 선(仙)도 되며. 백은 땅으로 돌아가 4대가 되면 귀(鬼)가 된다고 되어 있었다. 구명시식에 등장하는 영가는 영인지 귀인지 궁금했다.

이에 차법사는 선시(禪詩)로 답을 대신하고 있었다.

- 달의 사진은 달이 아니다.
신이라는 단어는 신이 아니다.
사랑이라는 언어는 사랑이 아니다.
어떠한 언어에도
생(生)의 신비가 내포될 수는 없다.
지식이라는 것은 언어,
언어 이외에 아무 것도 아닌 것이다.
지식이란 커다란 환상일 뿐이다. -

'누가 쓴 시지? 이런 자리에선 차라리 염불이 적격 아닌가?
다른 사찰의 초혼의식은 이러지 않는데…….'
이런 용화의 생각에 차법사가 응답했다.
"귀로 듣지 말고 마음으로 들으세요."
차법사는 또 다른 선시를 읊었다.

- 고요한 달밤에 거문고를 안고 오는 벗이나,
단소를 손에 쥐고 오는 이가 있다면
굳이 줄을 골라 곡조를 아니 들어도 좋다.
구름을 찾아가다 바랑을 베개 삼아,
바위에 기대어 잠든 스님을 보거든
굳이 도에 대한 이야기를 하지 않아도 좋다. -

'그나저나, 책에는 4대가 지나야 초혼이 된다고 되어 있는데,

4대가 안 지난 동곡 스승의 영가가 찾아올까? 상제님이 나타나시면 좋을 텐데…….'

"거짓 위(僞)자는 사람 인(亻) 변에 위할 위(爲)자로 되어 있습니다. 누구를 위한다는 것은 거짓이라는 거지요. 오늘 이 자리 부모를 위해서, 친구를 위해서, 자식을 위해서, 스승을 위해 하지 말고 자기 자신을 위해서 한다고 생각하세요. 이 자리만큼은 자신을 위해 구명시식을 올리세요."

'음, 마치 나를 두고 하는 말 같네.'

"오늘같은 자리는 알아서 믿지 말고, 믿어서 알도록 하세요."

벌써 여러 번 당부하던 말이었다. 용화는 차법사가 염력으로 소통을 하고 있는지 여전히 알아채지 못하고 있었다.

10명의 제주(祭主) 마음가짐을 하나하나 점검한 차법사는 두 주먹을 불끈 쥐고 허공에 외쳤다.

"이리하여도 옳지 아니하고, 저리하여도 옳지 아니 하니, 동가숙 서가식이로다. 넓고 넓으니 조금도 구애받음이 없고, 높고 높아 걸림이 없으니, 칠흑보다 더 어둡고 햇빛보다 더 밝도다. 얍!"

마지막 외마디 사자후에 좌중은 움찔했다. 움찔한 가슴을 쓸어내리는 이도 있었다.

"과연 이렇게 이승과 저승을 잇는 구명시식을 하는 게 옳으냐. 그렇지 않습니다. 그러면 구명시식을 하지 않는 게 옳으냐. 더더욱 옳지 않습니다. 그래서 나는 동쪽에 가서 잠을 자고, 서쪽에 가서 밥을 먹는 신세입니다."

그랬다. 동전의 양면처럼 육계는 영계를 볼 수 없고, 영계는 육계를 인지할 수 없다. 구명시식처럼 이승과 저승을 넘나드는 일은 차원(次元)의 질서를 거스르는 금기 중의 금기다.

그러나 예외 없는 법칙은 없다. 원한이 깊은 저승의 죽은 자는 침묵하지 않았다. 육신이 머물던 세계를 향해 처절하게 외쳐댔다. 이승과 저승을 넘나드는 일은 영계의 용인이 필요했다.

예불 스님은 어른 팔로 한 아름이 넘는 거대한 징을 들어올렸다. 차법사는 징채를 들고 말했다.

"영혼은 맑은 쇳소리를 좋아합니다. 마음으로 그대로 받아들이세요."

차법사는 힘껏 징을 세 번 쳤다.

부왕-부왕-부왕-

구명시식은 그 어느 법례집에 명시된 종교 절차와도 무관했다. 오직 당일 초혼된 영가들의 마음과 정서에 따라 형식은 급변하기 때문이다.

살풀이를 비롯한 영무(靈舞)가 추어졌다. 구슬프면서도 요염한 춤사위가 허공을 수놓았다.

소복을 입은 가무단의 처녀가 등장했다. 절제된 동작으로 손을 허공에 애타게 뻗치며 외쳤다.

'지장보살 땡그랑 땡그랑 땡그랑 땡그랑
어 너엄 어허 넘차 어가리 넘차 너화너……'

차법사는 모든 감각의 문을 열어젖혔다. 우주에 가득 찬 세상의 모든 영기의 진동이 파도처럼 밀려왔다.

번쩍- 강열한 섬광이 조명탄처럼 폭발했다. 무대 위의 검은 장막이 걷히듯, 순간 앞이 훤해졌다. 차법사의 영안이 열린 것이다.

하늘하늘 흔들리던 촛불이 둔해지기 시작하더니, 이윽고 불꽃은 밀랍처럼 단단하게 굳어버렸다. 느리게 움직이던 벽시계의 초침도 멈췄다. 동참자들은 방석에 가부좌한 채 혹은 기도하는 자세로 나한이 되었다.

대학로 거리를 달리던 자동차들은 신호 대기에 걸린 듯 정지해 있고, 장터처럼 붐비던 주말의 대학로 인파들은 거리의 청동 군상으로 변해 있었다. 보름달빛은 고드름처럼 얼어 창창했다.

선원에 하나 둘 낯선 그림자들이 나타나기 시작했다. 영가였다. 이승과 저승의 문이 열린 것이다. 어디선가 영가들이 등장하기 시작했다. 차법사 옆에는 시중을 드는 신장 영들이 버티고 있었다. 제례를 담당하는 영가가 제단 명부의 영가들을 제단 앞으로 안내했다.

영단 밖에는 처참한 몰골을 한 영가들이 아우성쳤다. 지옥이 있다면 이 장면이 바로 지옥이었다. 차법사를 본 저승의 영가들은 자신들도 구명시식을 통해 후손들에게 알릴 것이 있다며 앞 다투어 구명시식을 올리게 해달라고 하소연했다. 사천왕상을 연상시키는 건장한 신장 영들이 무서운 얼굴로 살기를 뿜으며 순식간에 질서를 잡았다.

가무단의 예악에 흥이 난 영가 몇은 가운데로 나와 몸짓을 같이 하며 춤꾼과 함께 춤사위를 즐겼다. 오직 차법사의 눈에만 보이는 광경이었다. 다만 촛불이 간간이 흔들릴 뿐이었다.

차법사는 초혼한 영가들의 면면을 살펴보았다. 국혼을 불어넣는 100일간의 구명시식 중간에 올리는 구명시식이어서 그런지 국가적인 사건에 얽힌 영가들이 많았다. 영가들의 마음이 시차없이 그대로 차법사에게 전달되었다.

차법사는 제주의 명단 중 한명을 호명했다.

"정 박사님."

"네. 접니다."

반 민머리의 남자가 가라앉은 목소리로 대답했다. 그는 대기업 의학회사 연구실에서 근무하고 있는 분자생물학 연구원으로 근무하다가 이전 해 퇴직한 상태였다.

영단 앞에 한 영가가 두리번거리고 있었다. 남루한 군복차림의 사내는 6·25때 전사한 빨치산임을 추측케 했다. 빨치산 영가는 몸을 낮추어 수색병처럼 선원을 샅샅이 둘러보았다. 그는 여전히 전쟁 중이었다.

차법사가 차분하게 영가를 불렀다.

'영가시여, 어서 오시오.'

'넌 누구냐? 여긴 어디냐? 저 자들은 누구냐?'

빨치산 영가는 차법사를 향해 심문하듯 다그쳤다. 염력으로 나누는 대화는 산 사람의 귀에는 전혀 들리지 않았다.

'전쟁은 60년 전에 끝났소. 남북은 휴전하고, 지리산 남부군들은 모두 평정되었소.'

'거짓말, 새빨간 거짓말! 지금 나를 우롱하는 거냐? 그 말을 믿으라고?'

분노에 찬 영가는 당장이라도 달려들 것 같았다.

'당신은 산 몸이 아니오. 생각 안 나시오? 군경과 전투 중에 총탄 맞은 일을.'

불현듯 그때가 떠오르는 듯 영가는 복부를 움켜잡았다. 갑자기 영가의 복부에서 붉은 피가 배어 나왔다. 영가는 옷을 찢어 허둥지둥 지혈을 했다.

'부상당했을 뿐이야. 나는 죽지 않았어. 우리 동지들이 나를 구하러 올 거야.'

'그때 당신은 죽었소.'

'귀신 씨나락 까먹는 소리 말라우. 이렇게 멀쩡한 나는 뭐냐!'

참으로 기가 막혔다. 구천을 떠도는 귀신이 자기 보고 귀신이 아니라니! 그러나 죽은 자가 죽지 않았다고 우기는 일은 흔한 장면이었다. 그래서 마지막 최후나 장례식을 상기시켜 주기도 하지만, 이 빨치산 영가처럼 살아생전 영혼의 세계를 부정하는 생각을 가진 영가들은 사후를 이해시키데 애를 먹는다.

'아가리 닥치라우! 그럼 지금 나는 뭐야. 이렇게 고통이 생생한데. 인민을 현혹하는 무당짓거리는 걷어 치라우!'

'당신의 아들 영우가 와 있소.'

아들이란 말에 빨치산 영가의 태도가 돌변했다.

'영우가?'

차법사는 영단 앞에 앉아 있는 남자를 가리켰다. 머리가 반도 안 남은 늙다리 중년부부가 영단을 응시하고 있었다. 영가 사이의 대화를 전혀 들을 수 없는 정 박사에겐 지루한 침묵만

흐를 뿐이었다. 정 박사 눈에는 그저 빈 허공뿐이었다. 하지만 영가에게는 정 박사의 생각이 똑똑히 들려왔다.

'영가가 어디 있다고 그러지? 마누라가 오자고 해서 왔지만, 이건 사이비야.'

정 박사를 바라보는 영가는 믿기지 않았다. 세살 때 헤어진 어린애가 저런 늙은이가 되어 있다니. 영가와 대화가 지속되었다.

'영가시여. 저 남자를 잘 보시오. 당신이 구천을 헤매고 있는 사이, 아이는 저렇게 늙어버렸소.'

순간 정 박사의 모습이 진흙처럼 일그러지더니 변하기 시작했다. 중년, 청년, 소년, 그리고 3살 아이로. 영가는 털썩 힘없이 주저앉았다. 영가는 손을 뻗어 정 박사를 어루만졌다.

'영우야, 니가 영우란 말인가. 이 자석, 죽지 않고 살아 있었구나.'

하지만 홀로그램처럼 빈 허공을 휘저을 뿐 영우는 만져지지 않았다. 산 자가 영혼을 만질 수 없듯, 영가도 산 자를 마음대로 만질 수 없었다. 영가의 눈에는 눈물이 고여 있었다. 완강하던 영가의 태도는 완연히 수그러져 있었다.

'이보시오, 법사. 내가 죽었으면서도 죽었다는 사실을 어떻게 이토록 까맣게 모를 수 있단 말이오?'

'살아 있을 때 생각이 그대로 가는 겁니다. 생전에 사후세계를 인정하지 않았으니 죽어서도 그대로였던 거지요.'

영가는 지그시 눈을 감았다. 제사상을 발로 걷어차고, 마을 성황당, 사찰을 불태운 일이 주마등처럼 스쳐 지나갔다. 죽으면 끝이 아니라니……. 후회가 해일처럼 밀려 왔다.

'영가시여. 어머니, 그러니까 당신의 부인은 작년에 유명을 달리했소. 정 박사는 열심히 공부해서 대기업에 들어가 정년퇴직을 했소. 내일이 부인의 기일이니 가시면 만날 수 있을 겁니다.'

부인이란 말에 그제야 생각이 났는지 빨치산 영가는 허둥지둥 부인의 안부를 물었다.

'저 여자가 내 마누라입니까?'

'아닙니다. 아드님의 부인입니다. 며느리지요.'

작년에 죽었다는 설명을 듣자 사내의 눈에서 굵은 눈물방울이 뚝뚝 떨어졌다. 평생 그렇게 드러내서 눈물을 보인 적이 없던 그였다. 화석처럼 굳었던 분화구가 터지듯 용암처럼 뜨거운 눈물이 쏟아져 내렸다. 영가가 되어서야 펑펑 울다니……. 그 자신이 그렇게 더욱 서러움에 복받쳐 씻어 내리는 눈물이었다.

눈물은 마음의 치료제라고 했던가. 이상하게도 영가의 복부 상처가 서서히 아물기 시작했다. 현실을 인식하자 비로소 영체(靈體)로 갈아입는 현상이었다.

하지만 그것으로 끝이 아니었다. 정 박사가 더 문제였다. 부전자전이라 했던가. 정 박사도 영혼이나 사후세계는 미신이라고 믿는 과학자 중 하나였다.

"열심히 관찰하시는데, 그래서 지금 오신 영가를 보셨나요?"

"네?"

멍하니 영단을 두리번거리던 정 박사는 차법사의 말에 화들짝 놀라 우물쭈물했다.

그는 아내의 채근때문에 온 자리였다. 만성복통으로 이 약 저 약 안 써본 약이 없지만 병명을 모르고 시름시름 앓다가 아내의 성화에 못이겨 아내의 소원이라도 들어준다는 셈치고 무당굿이나 구경하자고 온 참이었다.

정 박사는 영혼 운운하는 사람들에 대해 정신이 나약한 사람들이 환영을 보거나 정신질환을 앓는 것으로 생각했었다. 소위 과학자인 자신이 이런 곳에 참석했다는 사실이 알려질까 조심하고 있던 터였다.

혹시나 영가가 있는가 열심히 주변을 두리번거리고 있었지만 그의 눈에는 그저 차법사가 허공을 보며 고개를 끄덕이는 동작도 일종의 '쇼'라고 생각하고 있었다.

갑자기 차법사가 정 박사에게 물었다.

"정 박사님 이름이 틀리시네요. 정문호가 아니네요? 본래 성함이 정영우 아닙니까?"

정 박사는 화들짝 놀랐다.

"네? 그걸 어떻게 알았습니까? 오래 전에 개명했는데."

"영가분이 죽고 난 다음에 개명한 이름은 알 수가 없지요. 영가와 확인해 본 겁니다."

정 박사는 머리를 방망이를 한 대 맞은 것처럼 얼떨떨했다. 정말 영가가 있단 말인가. 영가가 와있단 말인가.

"이 자리에선 알아서 믿으려 말고 믿어서 알도록 하세요."

"예, 알겠습니다!"

얼이 빠진 듯 당황하던 정 박사의 태도가 한결 부드러워졌다.

“앞에 아버님 영가가 와 계십니다. 인사드리세요.”

정 박사는 자리에서 벌떡 일어나 ‘아버지’를 외치며 허공에 큰절을 하며 대성통곡을 했다.

차법사는 정 박사 내외를 가까이 불렀다. 종이 위에 아버지 영가의 말을 글로 쓰는 교령문(交靈文)을 시작했다.

‘못난 애비다, 영우야. 산에서 늘 니 생각만 했다. 이렇게 늦게 찾아서 미안하다.’

정 박사는 황소 우는 소리를 내며 대성통곡했다.

“아버지.”

“자 진정 하시고. 아버지님께 하고 싶은 말씀 하세요.”

정 박사는 마음에 담아둔 말을 전했다. 대성통곡이 이어졌다. 그러는 동안 차법사의 병을 대속한 복통도 거짓말 같이 사라졌다. 천도(遷度)가 잘 되었다는 증거였다. 이렇게 이날 4가족이 공교롭게도 6·25관련 희생자 후손으로서 한을 풀었다.

땡그랑, 땡그랑, 땡그랑.

낭랑한 요령소리가 다음 막을 알렸다.

40대 김씨는 영단 앞에 고개를 숙였다. 영단에 오른 김씨의 형은 정씨 성을 가진 청년에게 돈 5백만 원을 빼앗기고 살해당하고 말았던 것이다.

“형님은 꽃다운 나이에 가족을 두고 무참히 피살 되었습니다. 사람 목숨이 겨우 5백만 원밖에 안되다니요. 형님께서 얼마나 한스러웠겠습니까. 형님을 죽인 살인자는 지옥에 떨어졌겠지요? 불쌍한 저희 형, 극락왕생했는지 알고 싶습니다.”

어린 남매를 놔두고 생을 마감하다니 참으로 딱한 사정이었다.

이때 영단에서 해쓱한 표정의 영가가 스르륵 걸어 나왔다. 김씨의 형이었다. 김씨 걱정대로 형은 편안해 보이지 않았다. 그런데 이상했다. 누군가에게 감시당하는 듯 제대로 말문을 열지 못하고 눈치만 살폈다.

차법사가 그 주위를 응시했다. 순간 검은 그림자 하나가 쏜살같이 숨는 게 아니가.

'뭐지?'

차법사는 잔뜩 긴장했다.

그때였다. 그날 구명시식 동참가족으로 따라온 할머니 한 분이 갑자기 큰 소리를 지르면서 양팔을 휘두르는 게 아닌가!

"그래 너도 죽어보니 그 맛이 어떠냐. 무슨 낯짝이 있어 이런 자릴 오는 게냐, 이놈아."

차마 입에 담지 못할 욕지거리를 쏟아냈다. 같이 온 가족과 주위 사람들은 혼비백산 당황해서 어찌할 줄 몰랐다. 얼마나 완강하게 뿌리치고 고함을 치는지 건장한 남자들이 만류해도 막무가내였다.

차법사는 할머니의 눈동자를 응시했다. 역시 그랬다. 할머니 안에 웬 사내 영혼이 깃들어 있었다. 다른 영가가 할머니 몸에 덧씌워지는 빙의현상이 나타난 것이다.

'그대는 누구인가! 누군데 이런 엄정한 자리에 나타나서 횡포를 부리는가!'

차법사의 엄중한 경고에 빙의영가는 한풀 기세가 꺾였다. 동시에 할머니도 조금 진정의 기미를 보였다.

'나는 저 놈의 저승사자요. 내가 저 놈을 칼로 찔러 죽였지.'

빙의영가는 다름아닌 가해자였던 바로 그 살인자였다. 그는 목에 굵은 밧줄을 감고 핏발 선 눈으로 비열한 웃음을 짓고 있었다.

'나는 사형선고를 받고 형장의 이슬로 사라졌지.'

이때 김씨의 형 영가가 고함쳤다.

'여기까지 니가 왜 따라와! 여긴 내 형제 가족이 오는 자리야.'

'왜, 나도 함께 얻어먹으러 왔는데 뭣이 어떠냐!'

남을 해코지하는 영가는 죽어서 후회하고 죄책감에 머리 조아리는 게 보통인데, 이상하게도 이 영가는 당당했다. 가해자로서의 죄책감이라든가 미안해 하는 기색은 조금도 없었다.

'내가 저 놈을 죽인 대가로 교수형을 당했고, 그래서 가해자가 되고 말았지. 하지만 그 전전생(前前生)에서는 저 놈이 나를 죽인 가해자였소.'

그랬다. 그의 말대로 그 둘은 벌써 몇생째 죽이고 죽임을 당하는 악연의 사슬에 얽혀 있었다.

'그러니 이놈을 부르는 자리에 내가 못 갈 이유가 없지.'

그의 당당한 주장에 차법사는 기가 막혔다. 과연 누가 죄인일까. 현생에서는 분명 가해자가 사형까지 받아 법적으로 죄인이 분명하지만, 전생에 남을 살해해서 이에 원한을 가진 영가가 결국 세대를 건너뛰어 복수를 한 것이니 가해자와 피해자가 세대를 두고 서로 자리바꿈한 인과응보였던 것이다.

차법사는 두 영가를 불러 서로 얽히고설킨 악연의 고리를 확인시켜 주었다. 그들을 위해 법문을 지어 정성껏 위로하며 화해를 권했다.

"서로 주고받았으니 이제는 화해하시는 게 좋지 않겠습니까?"

그러자 고함치던 노파가 제 정신을 되찾고 조용해졌다. 언제 그랬느냐 싶게…….

자리가 겨우 진정되자 차법사가 불안해하는 김씨를 불렀다.

"법사님 뭐가 잘못 됐나요? 형님에게 무슨 일이 있나요? 저승에서도 고통을 받으시나요? 혹시 그 살인자가 나타났나요?"

상세한 이야기를 할 수 없었다. 형님이 전생에 살인자였기에 형이 전생의 과보를 받아 죽었다는 이야기를 어떻게 하겠는가.

이번 가족은 시작부터 심상치 않았다. 영단이 고함소리로 시끌벅적했다. 물론 차법사의 귀에만 들리는 영음(靈音)이었다.

이번 제주(祭主)는 극심한 가정불화로 고통을 겪는 부인이었다. 부부는 부부대로, 자식은 자식대로, 집안 형제들은 형제들대로 반목에 반목을 거듭하고 있었다. 시어머니 영가가 영단에 다짜고짜 소리부터 질러댔다.

'제사 지내지 말라는데 아직도 제사를 지내느냐!'

생전에 고부 갈등이 심각했던 사이였다. 불교를 믿는 며느리에게 호통을 치는 이 시어머니는 살아생전 말년에 독실한 기독교 신자가 되었다. 전통적인 대갓집 제사를 반대하고 있었다.

하지만 시아버지 영가는 며느리가 올리는 구명시식을 매우 흡족해 하고 있었다.

시아버지는 며느리의 남편, 즉 아들에게 불만이 많았다. 남편은 부인과 종교가 달라 오늘 구명시식을 극구 반대하기에 부인만 몰래 빠져나온 형국이었다. 그러니 할아버지는 제삿밥도 못 차리게 하는 장손인 아들이 얼마나 미웠을까.

시아버지와 시어머니는 서로 며느리 아들 편을 들며 영가의 몸으로 싸우고 있는 게 아닌가. 조상도 후손도 서로 얽히고설켜 집안에 바람 잘 날이 없었다.

한 명씩 힘겨운 설득이 시작되었다. 먼저 영가들의 불만부터 어루만져 주어야 했다. 생전에 영혼이나 사후세계를 믿지 않는 시아버지 영가에게 물었다.

'영감님, 제사를 안 지내는 후손에게 단단히 화가 나 계시네요.'

'지들은 세끼 배불리 먹으면서 이렇게 버젓이 눈앞에 있는 나는 밥을 굶겨! 불효막심한 것들. 후손의 도리를 모르는 배은망덕한 것은 자식도 아니야.'

다음은 기독교신자였던 시어머니 영가였다.

'왜 제사를 못 지내게 하시죠?'

'제사는 미신이오. 귀신이 어디 있다고 그래요.'

'할머니, 할머니는 지금 귀신이 아니신가요. 할머니가 영혼이잖아요.'

'귀신하고 영혼하고 같다고?'

'육신이 이미 죽은 지금 할머니는 그럼 누구시겠어요?'

‘나? 나는 지금 천국에 천사들과 같이 있지.’

‘그럼 영감님과는 같은 천국에 안 계신가요?’

‘영감은 지옥에 있다가 온 거겠지.’

할머니 영가는 퉁명스럽게 이유를 붙였다. 이를 듣고 있던 할아버지 영가가 소리를 쳤다.

‘뭐라고, 이 할망구야! 내가 지옥에 있다구. 제사를 안 지내 배가 고플 뿐이지, 지옥은 무슨 지옥이야!’

차법사가 나서서 말렸다.

‘자, 자 두분 진정하세요. 여기까지 와서 후손 보기에 부끄럽 지도 않으세요.’

‘글쎄, 이 할망구가 자긴 천국이고 나는 지옥에 떨어졌다잖 아. 생전에도 나만 죄인이라고 하더니, 이번엔 죽어서도 같은 하늘나라에 있으면서 자기만 천국에 있대. 괘씸한 할망구 같으 니라고.’

차법사가 영가에게 물었다.

‘할머니, 거기서도 종교가 있나요? 하느님이나 부처님을 만 나보셨어요?’

‘그건……아직 못 만나봤지만……분명 목사님이 그러셨어. 죽으면 하느님 계신 천국에 간다고.’

‘그럼 스님이 저승에는 부처님도 있다고 하면 있게 되는 건 가요?’

‘하느님하고 부처님하고 어떻게 같이 있어? 말도 안 되지!’

‘할머니, 그럼 거긴 누가 사나요?’

‘이승에서 온 영혼들이 있지.’

'천국과 지옥이 따로 있나요?'

'그게, 글쎄, 아직 못본 건가? 혹시 내가 천국에 못 가고 지옥에 와 있는 거 아니야. 저 영감탱이와 같이 있는 게 좀 수상해. 내가 지옥에 떨어진 겐가?'

'할머니, 하늘나라에 종교가 있다면 이 구명시식은 어떠한 종교이겠어요?'

'글쎄…….'

'이렇게 종교가 서로 다른 여러 영가들이 한꺼번에 모여 이승과 저승에서 의사교환을 할 수 있는 이 자리가 무슨 종교겠냐구요?'

'그러게? 구명시식은 하느님이 하는 거요, 부처님이 하는 거요?'

할머니영가가 천진하게 물었다.

'할머니, 직접 계시고 경험해 보시구서도 모르시겠어요?'

'그럴 리 없어. 분명 내가 벌을 받고 있는 게야.'

할아버지 영가가 가슴을 치며 나무랬다.

'이 할망구가 아직도 똥고집이야.'

도무지 끝이 보이지 않았다. 사후세계가 있는지, 영혼이 있는지, 천당과 지옥이 있는지 하늘나라에 간 영가들이 직접 확인하면 될 터인데, 죽어서도 영가들은 살아생전 습관 그대로 고집하고 있었다.

죽음에 대해 가르쳐야 할 종교에서 오히려 잘못된 정보를 제공하여 영계를 혼동으로 만들고 있었다. 종교는 오랜 전통문화이기에 하루아침에 바꿀 수는 없지만, 매번 부딪혀야 하는 차법사로서는 그때마다 답답한 심정으로 씁쓸한 입맛을 다실 수밖에 없었다. 차법사는 무슨 일이 벌어지는지 궁금해 하는 부인을 불러 조용히 타일렀다.

"부인, 제 말을 잘 들으세요. 종교는 사랑이고 자비이고 배려인데, 지금 온 집안이 종교때문에 불화가 생겨 있습니다. 종교란 게 있을까요?"

"……."

"종교적인 삶이나 삶의 과정만 있는 게 아닐까요?"

"그런가요? 어려운 말씀이신데요."

"좋아요. 쉽게 말해서 편지에 주소만 정확히 쓰면 가는 것이지 꼭 정해진 우체통에 넣어야 가는 건 아닙니다. 무엇을 믿건 그 믿음으로 이뤄지는 것이란 뜻입니다. 그런데 죽으면서 자기가 믿는 신이 자신을 구원해 줄 거라는 집착, 생전에 얻은 사후지식을 고집하는 집착 때문에 구천을 헤매는 겁니다. 이렇게 하면 천국에 가고 저렇게 하면 지옥에 가고, 사후의 세계는 이렇고, 신은 저렇고, 육신은 이렇고 영혼은 저렇고……. 이것이 문제지요. 자기가 쌓은 수억 윤회와 업보 공부는 하지 않아 새까맣게 모르면서 남의 지식만 걸치려하니 맞는 옷이 없는 거지요. 그래서 종교나 사후세계 지식이 없는 사람이 오히려 집착이 없어 잘 죽습니다. 잘 살아야 잘 죽고, 잘 죽어야 잘 태어나고, 잘 태어나야 잘 사는데 말이죠."

"그럼 지금은 어떻게 해야 하죠?"

"절충을 해야죠. 할머니 제사에는 꽃만 바치고 묵상하고, 배고픈 할아버지 제사엔 음식을 차리고. 부인께선 번거롭지만 명절 차례엔 두 분 상을 따로 마련하세요.”

“네? 제사상을 따로 보라구요.”

“번거롭지만 그렇게 해야 할 것 같습니다.”

차례 때마다 망자의 상마다 차림이 다른 희귀한 장면이 연출되어야 하다니 부인은 썩 내키지 않았다. 하지만 그것도 후손이 피할 수 없는 조상의 업보였다.

“제사는 그렇다 치고, 추석과 설 차례는 어떻게 하죠?”

차법사는 부인을 타일렀다.

“제사도 돌아가신 분들을 위한 것이니, 당사자들이 좋아하는 데로 올리는 게 제사의 뜻을 받드는 거지요. 할아버지 할머니의 뜻이 각각 다르니 절차예식을 고집할 게 아니라 당사자들이 원하는 형식에 따르면 문제없을 겁니다. 남편분도 그래요. 자기가 믿는 대로 믿게 하세요. 종교란 마루 종(宗)에 가르칠 교(敎)입니다. 가장 으뜸 되는 가르침이란 뜻이죠. 어차피 정상으로 가는 길은 많으니까요.”

산 정상에는 아무것도 없다. 정상을 향한 등산로는 많아도 결국 하나의 정상으로 통하게 되어 있다. 편견이 없는 곳에 도달하게 하는 게 종교의 궁극적 가르침이었지만 산 자나 죽은 자나 자기가 걸어온 등산로만 유일한 길로 생각하는 데서 분쟁이 발생하고 있었다.

차법사는 가무악단에게 영가를 위로하는 노래를 신청했다. 할머니에겐 찬송가를, 할아버지에겐 농부가 타령을 들려주며 마음을 달랬다. 서로 종교가 다른 집안에서 벌어지는 한편의 코믹 시트콤이었다. 찬송가, 염불, 타령이 함께하는 이 구명시식 자리만 잘 봐도 인간에게 종교의 의미가 무엇인지 충분히 알 수 있는 터인데. 아쉬움을 떨어내듯 차법사는 요령을 힘차게 흔들었다.

모든 구명시식을 마친 차법사는 긴장을 풀지 않고 허공을 응시하고 있었다. 촛불이 가늘게 흔들렸다. 차법사는 영단에 명부에 없는 영가와 염력으로 대화하고 있었다. 그 영가는 다름 아닌 동곡이었다.

초췌한 몰골의 동곡 영가는 다른 영가와 다름없이 불안에 떨며 주위를 살폈다. 차법사가 호령했다.

'영가여, 그동안 무슨 일이 있었는지 소상하게 아뢰시오.'

밤새 무슨 도깨비 잔치가 있었냐는 듯 구명시식 뒤 선원은 연극이 끝난 무대처럼 정적만이 감돌았다. 동참자들은 모두 돌아갔고 다만 차법사와 용화, 지천태, 조기자가 찻상을 앞에 두고 뒤풀이를 하고 있었다. 붉은 빛깔이 도는 매화문양 차호에 뭉실뭉실 뜨거운 김이 올라왔다.

차법사는 조금 전까지의 카리스마 넘치는 위엄은 어디 가고 다시 수더분한 동네 쌀집아저씨로 돌아와 있었다.

"법사님, 밤새 엄청난 기를 쏟아 붓고도 안 피곤하세요?"

"나는 구명시식을 하면 오히려 말끔해져요. 그 맛에 구명시식을 하는 거지요."

어릴 적부터 차법사의 치유력은 남달랐다. 찰과상은 불과 몇십분이면 아물었고, 골절도 남들이 3개월 걸릴 때 3주면 뼈가 붙었다. 각종 불치병은 며칠이면 완치되었다.

"다들 구명시식에 참관해 본 소감들이 어때요?"

지천태의 호기심이 들썩거렸다.

"이런 구경은 난생 처음입니다. 충격이죠. 말 그대로 충격. 제가 책에서 보고 이른바 초능력자들에게서 들은바와 너무도 다르네요."

차법사가 재미있다는 듯 넌지시 물었다.

"뭐가 차이가 있나요?"

"무엇보다 천사나 악마가 죽은 자의 영혼을 인도하는 게 아닌가요? 아니면 저승사자나?"

"하하, 그런 게 궁금하군요. 내가 본대로 알려드리지요."

"누가나 죽음을 마중 나오는 영가들이 있어요. 동양에선 저승사자라 하고, 서양에선 천사라고 하는데, 그 저승사자와 천사의 정체는 바로 생전에 혹은 전생에 죽은 자와 가장 관계 깊었던 영가들입니다."

"아, 그래요."

"죄를 많이 지은 사람 주위에 원한이 서린 영가들이 가해자가 죽기를 기다리면서 복수를 벼르지요. 이생에서는 완전범죄라며 희희낙락할지 모르지만 저승에서는 숨을 곳이 없어요. 그러니 죽음 직전에 원한 맺힌 영혼들이 자신을 기다리는 광경을 본 자는 죽지 않으려고 발버둥 치죠. 악마나 저승사자로 보이겠죠. 반대로 생전에 덕을 많이 쌓고 가는 영가는 주변에 좋은 영가들이 마중을 나오는 거지요. 이를 흔히 천사라고 부르는 거죠. 하지만 영가의 심판을 위해 영계에서 흔히 저승사자라고 부르는 안내자를 보내기도 합니다. 우리가 죄수를 호송할 때

경찰이나 교도관이 호송하는 것처럼요.”

“그래서 착하게 살라는 거군요.”

지천태의 호기심은 끝이 없었다.

“법사님, 뭐 하나 여쭤 봐도 될까요?”

“그러시죠.”

평소 같으면 아무리 누가 물어도 구명시식에 관한 이야기는 일절 삼가는 차법사였다. 하지만 이날은 흔쾌히 받아들였다.

"영혼이 환생해서 인간으로 다시 태어나는 것이 사실이라면, 지구의 인구가 일정해야지 왜 계속해서 늘어납니까? 동물의 영혼이 인간으로 환생하는 건가요?"

“허허허, 재미있는 질문입니다. 저도 구명시식 초기에 동물이 사람으로, 혹은 사람이 죄를 받아 동물로 환생하는지 매우 궁금했어요. 그런데 인간이 동물에게, 동물이 인간에게 잠시 빙의하긴 해도 환생은 아니더라고요. 아마 중생들에게 선악을 가르치기 위해 교육 차원에서 과장되게 전해진 게 아닌가 싶어요.”

“그럼 세포 증식처럼 영혼의 숫자도 증식하는 건가요, 인구가 자꾸 늘어나는데?”

“그렇지 않아요. 영혼은 영혼이죠.”

“…….”

“이 넓은 우주 속에 과연 지구라는 별에만 생명체가 존재하고 있을까요?”

“…….”

“학계에서도 이 우주에 지구와 같은 별들이 셀수없이 널려 있다고 하잖아요. 그뿐인가요. 보이지 않는 차원의 세계가 바로 우리 코앞에서 변화무쌍하게 펼쳐지고 있어요. 지구인도 우주시민의 일원이기에 크게 봐서는 영혼의 숫자 역시 불증불감인 것이죠.”

“음, 신기하구만…….”

“우리가 우주인이라고 생각하면 머리가 크고 문어처럼 생긴 것을 상상하는데, 생명이 꼭 육체를 가질 필요는 없어요. 미래의 우주여행은 육신을 태워 나르는 여행이 아니라 육신을 벗고 영혼이 차원이동을 하는 우주여행 시대가 도래할 겁니다.”

“유체이탈 같은 것 말이죠?”

“그렇죠. 어떻게 보면 지구나 육신을 우주선으로 봐도 돼요. 잠시 머물다 떠나는 거니까.”

참으로 상상하기 어려운 발상이었다.

“과학이 종교이고, 외계인이 신이라고 믿는 사람들이 있더라구요. 영혼을 DNA가 발견되기 전에 개념으로 이해하더라고요. 과학이 고도로 발달하면 종교나 영혼이 없어질 미신으로 생각하는 것이죠. 외계인이라고 영혼이 없는 게 아닌데. 지금의 종교와 영혼을 같은 것으로 생각하는 오류지요. 종교가 없어도 영혼은 존재하고 과학이 없어도 영혼은 존재하고, 육신의 세계가 없어도 영혼은 존재하는 데 말이죠.”

조기자의 눈이 놀란 토끼눈이 되었다.

“외계인도 영혼이 있어요? 만나보셨어요, 외계인을?”

“그럼. 뉴욕을 가니까 바글거리더라고. 영화 〈맨인블랙〉이 완전 허구가 아닙디다.”

일행의 눈이 반짝였다. 신기해 하는 어린이 같은 일행의 호기심어린 눈빛에 차법사는 재미있다는 듯 경험담을 털어놓았다.

"예전에 미국에서 구명시식을 했는데. 척 보니 인간이 내 뿜는 오라가 확연히 다르더라고요."

"예, 외계인 구명시식이요?"

"외계인이 뭐가 아쉬워 구명시식을 해요? 어떤 문제로 왔던가요?"

질문이 쏟아졌다. 차법사는 잠시 뜸을 들였다.

"수명이 1천년이 넘으니 100년도 못 사는 인간과는 좀 다르더라고요. 그래도 역시 결국은 자기 행복입디다. 천년, 2천년을 살고 우주를 다 가졌으면 뭘 하겠어요. 자기가 행복해야죠. 과학문명이 발달했다고 정신도 덩달아 발전하는 건 아니에요. 유럽 개척민들이 앞선 무기로 아메리카 인디언들에게 한 짓을 봐요. 500년 전에 비해 인간의 수명이 비약적으로 늘고, 문명이 천지개벽할 정도로 발달했어도 '영혼의 성숙'이란 인간의 과제는 변함이 없잖아요. 악한 외계인도 선한 외계인도 존재하는 겁니다. 외계인에 맹종하는 것은 신에게 맹종하듯 같은 오류지요."

일행은 고개를 끄덕였다. 차법사는 일행의 반응이 즐겁다는 듯 무용담을 늘어놓았다.

"구명시식을 하면서 신청자의 전생(前生)을 쭉 거슬러 올라가다보면 외계인과 딱 마주할 때가 있어요."

조기자가 입을 떡 벌렸다.

"그럼 전생이 외계인이란 뜻이네."

지천태도 넋이 나간 듯 감탄사를 연발했다.

"히야, 그럼 지구인도 외계인 잡종이네요. 그거 참."

"하하, 그렇죠. 우주에서 보면 지구도 일개의 지구공화국이죠. 외계인을 공식적으로 인정하지 못하는 건 종교때문이기도 해요. 외계인의 존재는 아는 사람은 다 알잖아요."

지천태가 물었다.

"그럼 구명시식도 일종의 우주여행이겠네요. 법사님께서 이 차원 저 차원 넘나드시잖아요."

"허허허, 너무 나가지 맙시다. 우주는 우리가 상상할 수 없을 정도로 무변광대하고, 그래서 섣불리 상상하고 결론을 내지 말자는 교훈을 얻는 데서 그치자구요. 영혼은 그저 3차원적인 우주 공간의 문제가 아니라 수많은 차원의 문제지요. 그래서 안다고 하는 자는 아는 바가 없고, 무엇을 모르는지 아는 자가 가장 많이 아는 자라고 했어요."

차는 식어갔지만 지천태의 호기심은 식을 줄 몰랐다.

"법사님, 제 전생은 뭐였을까요?"

"음, 다들 자기 전생이 궁금하시죠?"

"그렇다마다요. 법사님께서 말 안 해주시니 알 수가 있나요."

"그럼, 내가 천기누설을 각오하고 전생을 아는 방법을 알려드리지요."

자기 전생을 알 수 있는 방법이라니! 일행의 눈이 휘동그래졌다. 특히 지천태는 정신이 번쩍 들었다. 그런 비기를 전수받

길 평생을 고대하며 전 세계를 방황하지 않았던가. 그런데 차 법사의 표정은 별로 진지하지 않았다. 아이처럼 장난기가 가득했다.

"한번 잘 생각해보세요, 전생이 무엇인지. 전생이 무얼까요?"

잠시 침묵이 흘렀다. 골똘히 생각하던 지천태는 당연한듯 답했다.

"태어나기 전의 생이 전생 아닌가요?"

"사람들은 전생이라면 죽기 전을 생각하는데, 그건 백과사전에 나온 지식일 뿐이에요."

"……."

"간단해요. 보이세요? 지금 이 순간 전생이 지나가고 있잖아요."

"……."

"전생이란 지금 바로 앞전을 말하는 겁니다. 10분전, 1분전, 1초전."

일시에 야유가 쏟아졌다. 조기자가 푸념을 늘어놓았다.

"에이……어쩐지 선선이 말씀하신다 했어."

"농담이 아니야. 하루가 한 생(生)이 아닐까?"

"……."

어쩐지 일리 있는 말에 일행은 웃어야할지 울어야할지 난감해졌다.

"아침에 일어나면 태어나는 연습, 출근하면 헤어지는 연습, 퇴근하면 만나는 연습, 밤에 자면 죽는 연습."

“……”

“그렇게 지금을 살아가는 자신을 볼 줄 알면 어느 순간 더 깊은 시간과 공간을 초월한 자신을 보게 될 수 있어요.”

지천태가 턱을 쓰다듬었다.

“중요한 말씀이네요. 하루가 한 생이라…정말 그런 것 같네요.”

지천태가 진지하게 물었다.

“사람 팔자는 바꿀 수 없나요?”

숙명론(宿命論)에 관한 의문이었다. 조기자가 나서서 자기 생각을 말했다.

“정해져 있다면 무슨 재미로 살겠습니까. 자기 운명을 개척하니 인간이 위대한 거 아닙니까?”

조기자는 동의를 바라는 눈빛으로 차법사를 바라보았다. 그러나 차법사는 선뜻 동의할 기색이 아니었다. 침묵은 부정을 의미했다. 차법사는 조심스럽게 말을 꺼냈다.

“그렇기도 하고, 아니기도 합니다.”

조기자가 펄쩍 뛰었다.

“그런 애매한 대답이 어디 있습니까.”

“정말이야.”

“……”

“한번 생각해 보자고요. 누가 자기 인생을 프로그램하고 있다면 이를 인정하고 싶지 않을 겁니다. 그런데 이미 현생은 프로그램이 되어 있어요.”

눈을 끔뻑이던 지천태가 생각을 앞질러갔다.

"그 프로그램은 신이 주관하는 겁니까?"

지천태의 추가 질문이 채 끝나기도 전에 조기자가 정색을 하며 말을 끊고 들어왔다.

"숙명론은 위험합니다. 숙명론의 절정이 종말론 아닙니까."

용화는 자기 의견을 내지는 않았지만 모든 것이 천지공사에 의해 치밀하게 계획되어 있다는 쪽이기에 당연히 지천태의 의견에 업혀가고 있었다. 하지만 차법사의 대답은 세 사람과는 또 다른 틈을 파고들었다.

"그 말도 맞아."

"그건 또 무슨 논린가요? 이 말도 맞다니?"

"못 받아들이겠다는 거."

"……."

"프로그램이 되어 있느냐, 아니냐 보다는 누가 프로그램을 하느냐가 문제가 아닐까?"

"……."

"운명이 있고 숙명이 있어요. 운명(運命)은 변화시킬 수 있는 것이고 숙명(宿命)은 변화시키지 못하죠. 부모, 태어난 지역 같은 것이 숙명이죠. 기도와 노력으로 성격을 변화하면 운명은 변하지만, 숙명은 그렇지 않아요. 큰 눈으로 보면 아까 말한 분들의 비극적인 사고는 이미 전생의 그들이 선택한 프로그램입니다."

"네? 비극을 프로그램 한다구요? 행복이면 몰라도 어떻게 자기 인생을 비극적으로 프로그램 합니까?"

"과보를 아는 영가라면, 그들은 전생에 지은 두터운 업보를 소멸하기 위해 스스로 극단의 프로그램을 짠 것이죠. 스스로에게 벌을 주어 업장을 강도 높게 소멸하는 겁니다.”

“하늘이 벌을 주는 게 아니고요?”

“그럴 때도 있지요. 자기 안의 신이 제대로 작동하지 못하면 전체 프로그램 즉, 하늘에서 직접 때릴 때가 그런 경우지요. 예를 들어, 현실에서도 선도가 불가능한 범죄자를 경찰이 감옥에 가두거나 극단적인 형벌인 사형에 처해버리는 것처럼 천벌을 내리는 거죠. 거대한 지진이나 해일같은 천재지변, 혹은 질병, 전쟁으로도요.”

조기자가 쓴 입맛을 다시며 얼굴을 찡그렸다.

“쩝, 그렇게 프로그램 되어 있다면 사는 재미가 없잖소? 인생이란 게 바꿀 수 있으니 사는 거 아니겠습니까. 기적이라든가 하는 것도 논리를 뛰어넘는 것 아닌가?”

“한 번 더 생각해보자고. 프로그램이 되어 있으니까 바뀔 수 있는 거 아닐까?”

“예? 그렇게 되나?”

“숙명도 변할 수 있어.”

조기자가 펄쩍 뛰었다.

“형님, 앞뒤가 안 맞잖소. 안 변해서 숙명이라며?”

“자기 숙명을 아는 것을 ‘숙명통(宿命通)’이라 하는데, 당장의 숙명을 바꾸진 못해도 자기 가는 길은 잘 아는 것이지. 말하자면 알면서도 당하는 거지. 이걸 ‘숙명에 밝다’라고 하는 겁니다.”

지천태가 물었다.

“숙명에 밝아도 결과가 같으면 숙명통은 쓸모가 없지 않나요?”

“천만에요. 숙명을 알면 다음번 숙명을 설계할 수 있지요.”

“음, 어렵네요. 전 감이 안 옵니다.”

“숙명을 모르고 남에게 사고를 당하면 어떻게 되겠어요. 당신이 내 인생을 망쳤다며 상대방을 원망하는 마음이 생기겠지요. 하지만 과보를 알고 받아들이면 소멸되지요. 숙명을 알지 못하고 원망을 거듭하면 어찌되겠어요?”

조기자는 멋쩍었다.

“그런가?”

“그런데 그 숙명통이 문제가 될 때가 있어요. 본인이 직접 숙명통하지도 않고, ‘모두 전생의 업보다’, ‘그러려니’ 하고 맹목적으로 받아들이는 것이 더 문제예요. 너무 종교에 심취한 사람들이 그런 것에 빠지죠. 인과응보, 천벌, 신의 부림이라며 맹목적으로 그냥 받아들여요. 자신에게 일어난 그것들이 무엇인지 구체적으로 알지 못하면서요.”

일행 모두 눈을 반짝이며 차법사 입만 바라보았다.

“어쨌거나 중요한 건 그 인과응보의 프로그램을 주로 결정하는 건 본인이라는 겁니다.”

조기자가 콧등에서 느슨해진 검은 안경테를 밀어 올렸다.

“본인의 인생은 본인이 결정한다…….”

“굳이 결론을 짓자면 자신의 주인공이 누구인지 발견하자는 겁니다. 자신을 모르면서 무턱대고 자기 밖의 외부의 신에게 매달리는 기도는 번지수가 틀린 거지요.”

"그럼 모든 외부의 신은 우상인가요?"

지천태는 어린아이처럼 궁금해 했다.

"자꾸 그렇게 법칙화 하려들지 맙시다. 지식으로 디지털화 하는 순간 의미가 없어져요."

조기자가 쓴 입맛을 쩍쩍 다셨다.

"참 쉽고도 어려운 이야기네."

"인간을 초월하려는 노력이 아니라 그 주어진 유한한 인간이란 조건 속에서 자신의 신적 요소를 알아야지요. 그래서 주어진 운명보다 자신의 영혼이 더 위대한 겁니다. 말하자면 인간은 유한한 신인데, 무한한 신을 흉내내지 말고 인간답게 살아야지요."

새벽 여명을 향해 달리는 선원에서는 이따금 스치는 향 연기가 정신을 맑게 했다.

"법사님, 천국이 있습니까? 종교마다 천국이다 극락이다 저마다 이상향을 제시하고 있는데……."

"많은 사람들이 궁금해 합니다. 보이지 않는 세계가 정말 있냐는 거지요. 이런 이야기가 있어요."

차법사의 이야기는 이랬다.

목사님이 아이들에게 설교를 하고 있었다.

"여러분, 천국은 정말 좋은 곳이에요. 행복이 영원히 흘러넘치니까요. 그럼 천국에 가려면 착한 일을 많이 해야 할까요, 나쁜 일을 많이 해야 할까요?"

한 아이가 손을 번쩍 들었다.

"천국에 가려면, 먼저 죽어야 되요."

우하하-

　모두 한바탕 웃음을 쏟아냈다. 차법사는 웃음을 거두며 말했다.

　"우리가 흔히 하는 착각이 있어요. 죽어서 영혼이 가는 곳이 천국과 지옥이라는 것이에요. 그러나 그렇지 않아요. 제가 구명시식을 통해 안 사실은 인간은 살아서도 영혼이요, 죽어도 영혼이란 거예요. 지구 대기권 밖에 우주가 있다고 생각하지만, 우주에서 보면 지구도 우주의 일부인 사실과 마찬가지입니다. 믿음, 그리고 안목이 열쇠지요. 버려야 비로소 보이죠."

　신도교 교주실.

　대성거사는 상기되어 있었다. 대성거사가 무릎을 꿇고 있는 호위무사에게 엄중하게 명했다.

　'용화를 봉인하라!'

　호위무사가 귀를 의심하며 다소 당황했다. 엄중한 명이지만 그래도 다시 한번 확인하고 싶었다.

　"아직 신성문자 해제를 찾지 못했는데……."

　"계시를 받았도다. 그리고 차법사도. 조용하게 이단은 모두 제거하라는 계시야."

　"옙. 명을 받들겠습니다."

　100일 구명시식 종료를 앞둔 이틀 전 밤이었다. 벽에 걸린 시계바늘이 정확히 자정을 가리켰다. 다음 날 강화도 회향을 앞둔 차법사는 행사를 점검하며 조용히 선정에 들어있었다. 그

때였다. 천장에서 영롱한 둥근 빛 덩어리가 나타났다. 점점 밝아지더니 온 방안을 가득 채웠다. 매우 강렬했지만 이상하게도 눈이 부시지 않는 신비한 빛이었다. 차법사는 이것이 어떤 징조인지 잘 알고 있었다. 영계로부터 온 메시지였다.

둥근 섬광 중심에 한 여래의 모습이 선명하게 드러나기 시작했다. 그 부처가 뿜어내는 비취색 후광은 너무도 황홀했다. 차법사는 합장을 했다. 남자인지 여자인지 모를 중성적이고 부드러운 음성이 들렸다.

"차법사, 많이 애쓰고 계시군요."

"어서 오십시오."

"100일 기도를 빠짐없이 지켜보고 있었습니다."

"송구스럽습니다."

"그런데 차법사의 가피를 이쯤에서 거두길 바라는 신명(神明)들이 있습니다. 차법사가 하는 일을 더 이상 방관할 수 없다는 것입니다."

"……."

"구명시식이 인간의 명줄을 변경하고, 운을 바꾸어 길흉화복을 어긋나게 하고, 천지신명공사로 도수를 바꾸기 때문입니다."

"잘 알고 있습니다. 허나 애초에 영계에서 구명시식을 인정하면서 각오한 일이지 않습니까. 천지도수를 부득이 바꾸는 것은 원한을 품은 영가들이 영계를 탈영하여 육계인 인간세계를 교란하고 윤회를 어지럽히는 범죄를 바로잡는 천도과정에서 불가피한 일입니다."

“옳으신 말씀입니다. 그러나 지나친 경우가 너무 많다는 지적입니다. 너무나 인과가 당연한 인간들에게 과보에 넘치는 소원을 들어주고, 운을 주고, 명을 늘린다는 것이지요. 너무 정에 이끌린다는 것이지요. 이렇게 인간에게 명을 양보한 차법사의 명도 이미 끝난 것도 잘 알고 계시지요?”

차법사는 할 말이 없었다. 너무도 잘 알고 있는 사실이었다. 다정도 병이라고 차법사에겐 찾아온 사람의 부탁을 냉정히 뿌리치지 못하고 다시 한 번 삶의 기회를 주곤 했다.

“부정하지 않겠습니다. 가엾은 마음에 나도 모르게 그만 기회를 더 줄 때가 있습니다. 하지만 그 이유가 구명시식을 거둘 이유라면 다시 한 번 깊이 사려해 주십시오. 육계의 존재가 심판을 하기 위해 존재하는 것은 아니지 않습니까?”

“그건 무슨 뜻이지요?”

“사후 심판이 궁극적인 목적이라면 인과에 한 치의 오차도 없는 세상이 될 것이고, 그렇다면 다람쥐 쳇바퀴 도는 영육(靈肉)의 인과(因果) 순환만 있을 뿐 영혼의 진화는 요원하겠지요.”

“그건 그렇지요.”

“육계는 육신을 통한 영혼의 성숙을 궁극적인 목적으로 합니다. 영혼의 성숙, 영혼의 진화란 곧 인과에서 한 차원 높게 벗어나는 것입니다. 상승이 있기에 추락이 있는 것이고, 그 인과응보를 벗어난 경우 때문에 영혼을 제도하는 저 같은 역할이 있는 것 아니겠습니까.”

“그렇지요.”

“자신이 왜 죽는지도 모르고 죽는 인간이 대다수입니다. 자신의 인과(因果)와 명(命)을 알지 못하는 자는 죽으면서 오히려 남을 원망하게 됩니다. 죽고 나서야 삶을 후회합니다. 후회가 곧 깨달음이라고는 할 수 없습니다. 다시 태어날 땐 죽음의 기억을 모두 잊어버리니 그 습관을 또 반복하여 수억 겁이 지나도 제자리를 면치 못하고 죄연(罪緣)만 쌓아 영적으로 퇴화하는 일이 너무도 많습니다. 예상치 못한 사후 심판의 부작용이지요.”

“그건 그렇지요.”

“반드시 죽어 심판을 통하지 않고서라도 살아생전에 자신의 인과를 관조할 기회를 갖는다면 이 또한 우주의 큰 도리에 어긋나는 처사는 아닐 것입니다. 그래서 구명시식에서 굳이 명을 늘려 삶의 기회를 한 번 더 주는 것입니다. 육신이 살아생전에도 영적으로 다시 태어날 기회를 주는 것이지요. 하나가 전체이고, 전체가 하나입니다.”

물론 구명시식의 부작용도 있었다. 동참자 중에는 죽다 살아난 줄 까맣게 망각하고 구명시식에서 받은 운을 자신이 쌓은 복으로 착각하여 기고만장하다가 더욱 비참한 최후를 맞이하는 자들도 많았다. 하지만 차법사는 열에 하나라도 영혼이 진화하는 자를 기대하고 있었고, 실패하더라도 이 또한 영혼이 진화하는 강렬한 동기로 작용하여 내세에 인연의 고리가 되기 때문에, 만에 하나를 기다리며 기꺼이 미필적(未必的) 고의를 감수하는 것이었다. 이것이 남들이 말하는 해원공사(解冤公事)라면 해원공사였다.

"그 마음을 잘 알았습니다. 돌아가서 신명들을 잘 설득해 보겠습니다. 부디 사사로운 정에 얽매이지 말고 대의를 잘 살리도록 하십시오. 좋은 기도의 응답이 있길 바랍니다."

멀어져 가는 영롱한 비취색 빛을 향해 차법사는 깊이 합장을 올렸다.

강화도.

참성단에서 100일간의 구명시식 회향(廻向)식을 올린 차법사와 3명은 333명 회원들과 함께 전세 버스를 대절하여 강화도 다리 위를 질주하고 있었다. 다리 아래 펼쳐진 바다는 마침 썰물이 한창이었다. 물이 걷히자 여인네 속살처럼 갯벌이 드러났다. 차법사가 회향지를 강화도로 택한 데는 이유가 있었다.

강화 참성단은 북으로는 백두산 천지, 남으로는 한라산 백록담 중간지점에 위치한다. 전 국토의 기가 한 곳에 모여 있는 혈(穴)자리였다. 뿐만 아니라 강화 바다는 밀물과 썰물의 차이가 지구상에서 손꼽히는 곳으로 한강, 예성강, 임진강 3개의 강이 만나는 엄연히 삼합수(三合水)가 맥동 치고 있어, 음양오행설에 의하면 지구상에서 음기(陰氣)가 가장 센 곳의 하나다. 사람으로 비유하자면 생명을 잉태하는 여자의 배꼽인 셈이죠. 강화는 세계의 배꼽자리였다.

차법사 눈에 강화는 남북교류가 시작되면 사실상 남북의 완충지가 될 지역이었다. 분쟁지역인 서해를 평화의 지역으로 변화시킴은 물론이요 수도권과 영종도 공항과 이어져 전 세계로 뻗어나갈 수 있는 남북의 관문이었다.

석양에 비친 강화 바다 빛깔은 오묘했다. 얼른 보기에 잿빛이었지만 끈적끈적한 잿빛 속엔 붉은 색이 내재되어 있었다.

차법사가 눈길을 돌리더니 옆자리 일행에게 엉뚱한 제안을 하는 게 아닌가.

"이번에 이탈리아에 갈 예정입니다. 제가 초청할 테니 함께 갑시다."

조기자가 눈을 휘둥그렇게 떴다.

"옛? 어디요? 이탈리아라고 그랬습니까?"

"네, 이탈리아."

"거긴 왜요? 본래 법사님이 뜬금없긴 하지만."

"이번에 창작 오페라 '카르마'를 갈라 콘서트 형식으로 초연합니다. 그 쪽에서 초청받았어요."

오페라 카르마는 차법사의 선친인 차일혁 경무관의 일대기를 그린 작품이었다. 작시자로써 작곡가와 함께 초청받아 선원 회원들과 함께 참석하기로 예정되어 있었다. 차법사는 용화를 바라보며 당부했다.

"용화 선생께선 경비는 걱정마시고, 바람도 쏘일 겸 꼭 같이 가십시다. 유익한 여행이 될겝니다."

"허허, 아닙니다. 저는 괜찮습니다. 다녀오십시오."

용화는 겉치레 권유쯤으로 생각하고 정중히 거절했다. 그러나 차법사는 사정하다시피 했다.

"유람이나 가자는 것이 아니라 신성문자 도수와도 관계가 있기에 그렇습니다."

용화는 도수란 말에 귀가 번쩍 뜨였다. 차법사는 눈을 껌벅

거리는 조기자를 바라보았다.

"조기자도 특종 하나 줄 테니 신문사에 잘 말해보세요. 취재
차 가는 거니까."

지천태는 벌써부터 기분이 들떠 있었다. 그는 종교의 성지라
면 예루살렘, 보드가야, 바티칸, 보드가야 등 안 가본 곳이 없
었다. 이탈리아도 이번이 4번째였다.

"모든 길은 로마로 통한다. 서구의 종교와 문화를 알려면 로
마를 통해야지요."

□ 미스테리아

차법사를 따르는 회원까지 40여 명을 실은 버스는 물의 도시 베네치아를 지나 한적한 시골 도로를 달리고 있었다. 대개의 관광객들은 베네치아가 최종 목적지이지만 일행은 그대로 지나쳐버렸다.

간간히 포도밭이 펼쳐졌다. 간혹 이탈리아어로 된 이정표가 아니었다면 국내의 한 시골 도로로 착각할 정도로 평이했다.

여성 가이드가 마이크를 잡았다. 이진숙 가이드는 짙은 눈썹에 이목구비가 뚜렷하고 목소리가 쩌렁쩌렁한 여장부 스타일이었다.

"지금 가는 곳이 '피에베 디 솔리고'시입니다. 이탈리아의 북동부에 위치합니다. 그런데 솔직히 말씀드려서 명색이 가이드인 저로선 뭘 가이드 해야 할지 참 당혹스럽네요. 저도 처음 가는 곳이니까요. 제가 유학시절부터 20년간 여기에 눌러앉았지만 이런 코스의 가이드는 완전 처음입니다. 보통은 로마, 나폴리, 베네치아, 바티칸, 마가 교회 같은 성지순례인데 말이에요. 아마 한국 단체 관광객이 이 도시를 방문하는 건 처음이 아닌가 싶어요.”

피에베 디 솔리고는 베니스에서 1시간 떨어진 평온한 도시다. 하지만 심심한 전원도시가 아니었다. 베니스가 상업의 도시라면 피에베 디 솔리고는 알려지지 않은 예술의 도시였다.

차법사가 피에베 디 솔리고를 찾은 이유는 겉으론 창작 오페라 ‘카르마’의 갈라 콘서트 공연계획 때문이었다. 차법사가 작시한 아리아 몇 곡이 우연히 이곳 국립음악대 교수에게 알려졌고, 그들은 동양의 해탈적 사랑과 한국의 전통적인 정서인 정(情), 한(恨)에 매료되어 자발적으로 작시의 해설서를 만들고 한국어로 노래를 부르는 갈라 콘서트 형식의 음악회를 준비해 시립극장에 초청했던 것이다. 오페라의 종주국에서 콧대 높은 이탈리아 성악가들이 한국어로 노래 부르는 일은 희귀한 일이었다.

현지 관광 가이드들은 처음에 차법사 일행의 코스를 확인했을 때 무척이나 황당했다. 여행 목적이 관광인지, 성지순례인지 분명하지 않을 뿐더러, 처음 가는 도시가 포함되어 있었기 때문이다. 낭패를 당하지 않으려면 현지 의사소통에 능통하고 순발력이 필요한 베테랑 가이드가 필요했다. 결국 이진숙 가이드가 낙점되었다. 하지만 아무리 노련하고 배짱 좋은 그녀도 당황하지 않을 수 없었다.

“저도 산전수전 다 겪어 여간해선 놀라지 않는데, 오늘 하루도 안지나 벌써 몇 번이나 놀랐는지 몰라요, 호호호. 한국의 창작 오페라를 이탈리아에서 공연하러 온다고 해서 제 귀를 의심했다니까요. 있을 수 없는 일이거든요. 오페라는 이탈리아의 자존심인데. 게다가 이탈리아 성악가가 한국어로 부른다면서요? 정말 맞아요?”

가이드는 여전히 설마 하는 표정이었다. 차법사는 빙긋이 미소를 지었다.

하늘은 지중해처럼 푸르고 날씨는 화창했다. 거침없이 달리던 버스가 멈췄다. 그런데 내린 곳은 공연이 열리는 시립극장이 아니었다. 엉뚱하게도 피에베 디 솔리고 시의 참전용사 묘지였다.

차법사 자신도 왜 그곳으로 발길이 향하는지 궁금하지 않을 수 없었다. 조용한 묘지에 들어선 차법사의 눈길을 사로잡은 건 깃발들이었다. 둥근 원통으로 조성된 하나의 석상 묘지 위에 이탈리아뿐 아니라 헝가리, 독일, 체코, 슬로베니아, 크로아티아, 벨기에 등 전쟁 당시 적국이 포함된 10여 개의 깃발이 나란히 나부끼고 있었다. 아군과 적군, 이념을 가리지 않고 참전자 모두를 함께 묻어 추모하고 있었던 것이다.

이곳은 예술의 도시이기도 하지만 1, 2차 대전 중에 가장 참혹했던 격전지 중의 하나였다. 시의 중심가를 흐르는 강 전체가 붉은 피로 물들어 ‘피의 강’이라 불리기도 했었다. 헤밍웨이가 전쟁에 참전하여 쓴 불멸의 작품 「무기여 잘 있거라」의 무대이기도 했다.

미국의 9·11 위령제, 일본 북해도의 일제 강제징용 한인희생자 위령제, 백두산 대동위령제를 지낸 적이 있던 차법사였지만 음악회로 피에베 디 솔리고에 온 것 자체가 의외였다. 그러나 묘한 인연의 고리가 드러나는데 오래 걸리지 않았다.

차법사가 묵념을 마치고 뒤돌아 나가려는 순간 번개를 맞은 듯 한동안 꼼짝할 수 없었다. 묘지 입구에 서 있는 낯익은 인물 때문이었다. 그는 다름 아닌 차법사의 선친인 고(故) 차 경무관이었다. 말끔한 군복에 비스듬하게 철모를 쓴 차 경무관은 빙긋이 미소를 지었다. 차법사는 깜짝 놀랐다. 영가로서 종종 대화를 나누기는 했지만 이처럼 이탈리아에서 만날 줄은 몰랐다.

'위대한 예술은 가슴 아픈 시간과 현장의 뒤안길에서 탄생한다.'

허공에서 차 경무관의 음성이 울렸다. 물론 차법사에게만 들리는 영음(靈音)이었다. 영가는 그 말만 남기고 신기루처럼 사라졌다.

사사건건 남북이 첨예하게 대립하고 있는 한반도 상황에서 죽어서는 아군과 적군이 없다는 피에베 디 솔리고의 참전용사 묘지는 심오한 교훈을 일갈하고 있었다. 차법사는 남북통일이 되려면 먼저 영혼부터 적군과 아군이 구별없는 국립묘지부터 만들어야겠다고 생각했다.

차법사는 모든 의문이 풀렸다. 이탈리아의 피에베 디 솔리고가 왜 예술의 도시가 되었는지, 왜 이곳에까지 오게 되었는지. 피비린내 나는 전쟁 중에서도 가극을 공연하고 영화를 만들고 천년고찰(古刹)을 수호했던 문화경찰인 선친은 어느새 보이지 않는 가이드가 되어 차법사 일행을 미래의 한반도 청사진이 될 만한 곳에 안내하고 있었던 것이다.

조기자가 수첩을 꺼내 열심히 적었다. 남북이 서로 못 잡아 먹어 으르렁 대고 있는 현실과 격세지감이었다. 조기자는 참배를 마치고 나오면서 감회를 질문으로 대신했다.

"혹시 이거 아십니까? 만약 서울 사람이 평양의 애국열사능을 참배하고, 평양 사람이 남한의 현충원을 참배하면 반역죄가 된다는 사실요?"

지천태가 놀라며 반응했다.

"그래요? 그런 법이 있어요?"

"네, 실정법이 그래요. 저쪽 전쟁 영웅에 머리 숙이는 행위는 곧 반역이란 겁니다. 아군과 적군이 함께 묻힌 이곳 묘지를 보니 얼굴을 들 수가 없네요. 차 경무관 오페라가 여기서 초연되는 건 우연이 아닌 것 같습니다."

차법사가 용화를 보며 말이었다.

"선친께선 경신년인 1920년 7월 7일 태어나셨죠. 1958년 8월 9일, 그러니까 음력 6월 24일 39세의 나이로 세상을 떠나셨어요. 너무나 짧은 생애셨어요."

지천태가 무심코 말을 받았다.

"차 경무관님도 경신년 생이세요? 미륵도 경신년 생이라고 하더니, 경신년 생들이 큰일을 많이 하시는 운명이신가 보네요."

용화는 그저 듣는 둥 마는 둥 흘려듣고 있었다. 여전히 낯선 이국의 멀미에 시달리고 있었다.

제령봉 아래 신도교 교주실.

대성거사가 호위무사에게 소리쳤다. 차법사와 용화가 해외로 출국했다는 보고를 받은 직후였다.

"에이, 그거 하나 못 처리하나!"

"송구스럽습니다. 어떻게 알았고 도망갔는지 모르겠습니다."

"음, 차법사 그 작자 보통이 아니군. 그자들 아예 해외로 도망간 건가, 아니면 다시 들어올 건가?"

"공연차 갔다고 하니, 돌아올 겁니다."

"돌아오는 날짜 확인해."

이튿날. 성공리에 공연을 마친 일행은 드디어 로마에 들어섰다. 홀가분한 마음으로 이탈리아 관광에 나선 것이다. 로마시내 입구 길 양옆에 들어선 아름드리 소나무가 이방인을 맞이했다. 야자수처럼 시원스레 하늘로 쭉쭉 뻗어 마치 대륙을 평정한 철의 군단 로마병정들이 늠름하게 도열해 있었다. 불청객처럼 맴돌다가 마이크를 잡은 가이드는 이제 물 만난 물고기처럼 활기찼다.

"어제 오페라 공연 대단했습니다. 오페라 종주국 이탈리아 성악가들이 한국말로 그것도 창작 오페라를 노래를 하다니, 이건 언빌리버블 어메이징이예요, 언빌리버블. 속이 다 후련했다니까요."

차법사가 조기자에게 말했다.

"내가 분명히 특종 준다고 했지. 이번에도 약속 지켰어."

"알았어요. 헤리라인 보자....오페라라 종주국에 한국의 토종 오페라를 수출하다. 이탈리아 심장부에서 클래식의 한류 시작."

가이드가 차법사에게 말했다.

"회장님, 사실 저도 한때 프리마돈나를 꿈꾸던 성악도였거든요. 갑자기 다시 노래가 부르고 싶어지네요. 회장님, 저에게 늙은 하녀 역할이라도 주시는 거죠?"

가이드는 차법사를 문화기획하는 사업가로 알고 있어서 '회장님'이라고 불렀다. 농담조의 청탁에 차법사가 맞장구를 쳤다.

"하하, 물론이지요. 하녀가 주인공인 오페라로 리메이크 합시다."

"호호, 정말요? 몸매 관리 좀 해야겠네."

"하하, 그 전에 목소리 점검 좀 합시다."

지천태가 추임새를 넣었다.

"시원하게 한 곡조 뽑아보세요."

가이드는 입을 막으며 쑥스러움도 잠시, '오 솔레미오'를 멋들어지게 부르기 시작했다.

"께벨라꼬사 나유르나따에솔레 나리아세레나도 뽀나뗌뻬소따……."

노래가 끝나자 버스 안에 우레와 같은 박수소리가 울렸다. 일행들은 앙코르를 연호했다.

"감사합니다. 앙코르는 나중에 받을게요. 지금 시내로 들어서서 설명 드릴게 많습니다."

차창 너머로 로마 시내가 펼쳐져 있었다. 일률적인 높이의 건물이 빼곡히 차 있고, 시내 중앙에 백악관을 연상케 하는 둥근 지붕의 뾰족탑이 솟아있는 건물이 눈에 확 들어왔다.

"로마 시내의 건물은 7층을 넘지 않아서 높이가 일정합니다.

시내 중심부에 우뚝 솟은 저 건물 보이시죠. 저곳이 바로 바티칸(교황청)입니다. 모든 건물이 바티칸보다 낮게 지어야 한다는 원칙에 따라 그렇게 된 것입니다. 사방 어디에서도 바티칸이 우러러 보여야 한다는 고대의 규칙을 여전히 지금도 따르고 있는 것이지요. 이는 신아래 인간이 존재한다는 신본주의(神本主義) 원칙에 복종하고 있는 것입니다. 신도시 밀라노를 제외하고는 모든 도시가 성당이나 종탑아래 인간의 집이 존재하도록 설계된 신 중심의 나라입니다. 이탈리아 전체가 고대 유물이기에 그대로 유지하고 있습니다.”

일행들은 차창 너머의 이국적 풍경에 넋을 빼앗겼다.

“저는 로마제국을 본 딴 것이 미합중국이라고 생각하고 있습니다.”

일행의 눈과 귀가 가이드에게 집중되었다. 고대 최강 제국 로마와 현대 최강 국가인 미국이 닮은꼴이라니.

“미국과 로마는 연방공화국을 기초로 삼고 있습니다. 로마와 미국의 번영은 중앙 집권과 연방 자율이 적절하게 잘 어우러진 탓이라고 생각됩니다. 최강 로마군단의 상징이 독수리이죠. 미국의 대표 상징도 바로 하늘의 제왕 독수리입니다. 미군은 현재 지구상의 최강군으로써 세계의 경찰을 자처하고 있습니다.”

돌고 도는 역사의 순환이 놀라웠다.

“연방말고 공통점이 또 하나 있습니다. 매우 중요한 포인트인데...혹시 아시는 분?”

좌중을 둘러보았지만 조용했다. 가이드가 지천태를 바라보았다. 지천태도 이번엔 모른다는 표시로 어깨를 으쓱해보였다.

"종교겠지요."

차법사였다. 가이드가 박수를 치며 호들갑을 떨었다.

"오우, 빙고. 이번 팀은 뭔가 확실히 남다르네요. 보통 보스는 근엄하게 무게만 잡는데 차 회장님은 뭔가 다른 포스가 있어요. 아, 어디까지 했더라....아, 종교. 일개의 작은 로마가 거대 제국으로 성장하게 된 결정적인 계기가 종교의 통일이었습니다. 미국도 청교도를 기반으로하는 연방공화국이죠."

종교의 통일이란 말에 용화의 귀가 솔깃했다. 그에게 다른 설명은 잡다한 지식 조각에 불과했지만 종교의 통일은 절체절명의 과제 중에 하나였기 때문이다.

"군사적 정복을 통한 세력 확장은 한계가 있습니다. 지배력이 떨어지면 다른 세력이 쳐들어와 늘 이합집산이었죠. 4세기에 들어서 서방 정제 콘스탄티누스 1세는 기존의 종교들로는 로마제국을 하나로 뭉치지는 못하다는 것을 깨달은 후, 황제의 권위를 강화시키는데 기독교가 적합하다는 것을 알고 동방 정제 리키니우스와 함께 밀라노칙령을 반포하였습니다. 테오도시우스 1세는 탄압하던 기독교를 국교로 공인함으로써, 다신교적 다양성을 기반으로 한 로마 종교관과 세계관은 근본적으로 붕괴되고 단일 신으로 통합되었습니다."

버스가 주차장에 멈추었다.

"다 오셨습니다. 이곳이 바로 그 종교의 본산 바티칸입니다. 바티칸 시국은 세계에서 가장 작은 독립국가입니다. 여러분들은 지금 서양 세계사의 중심에 와 계십니다."

　높은 벽과 웅장한 회색 빛 석조 건축물이 올려다보는 이를 압도했다. 어떤 팀들은 단체로 무릎을 꿇고 경건하게 기도를 올렸다. 성지순례자들인 것 같았다.

　"바티칸은 불교, 이슬람교, 힌두교와 함께 세계 최대의 종교인 기독교 성지입니다. 신자들은 이 곳 순례를 평생의 소원이자 영광으로 여깁니다."

　그런데 이어지는 설명은 뜻밖이었다.

　"혹시 바티칸이 무슨 뜻인지 아시는 분?"

　조기자가 당연한 듯 답했다.

　"교황청이겠죠. 기사에선 그렇게 번역해요. 아닌가요?"

　"네 그 해석도 맞긴 맞는 데, 저는 어원을 말하는 겁니다."

　"……."

　"바티칸은 베드로의 무덤이 있는 자리에 세워졌는데, 그 이전에는 바티카누스 언덕이라고 해서 과거 샤먼(무당)들이 살던 곳입니다. '바티'는 샤먼이란 뜻으로 바티칸은 샤먼들의 언덕이란 뜻이에요. 칸을 왕으로 해석하는 이들은 '샤먼의 왕'이라고도 하죠."

　일행은 화들짝 놀랐다. 샤먼의 왕이 교황청이라니. 조기자가 나섰다.

　"기독교에서는 샤먼이라면 악마 취급하는데 참 묘하네."

　"호호호, 그게 바로 바티칸의 두 얼굴이죠. 가장 숭고한 신을 추앙한다면서도 역사상 가장 많은 사람을 죽인 마녀사냥과 종교전쟁을 벌인 이중성."

　"……."

바티칸 박물관.

일행은 박물관 안으로 들어섰다. 세계 각국에서 온 관광객과 순례자들이 뒤엉켜 뒷골목 시장을 방불케 했다. 가이드는 일행을 모아 목청을 높였다.

"여기가 세계 3대 박물관의 하나입니다. 총 24개의 미술관이 있는데도 다 전시를 못하고 예술품이 창고에 가득합니다. 기원전 그리스 로마신화에서부터 르네상스까지 천재 예술가들의 손길을 감상할 수 있는데, 제대로 보려면 족히 몇 개월은 필요하죠. 종교적 안목이 있다면 이곳이야말로 신과 인간과의 변천사 도서관이죠."

회화관-피냐의 안뜰을 지나 복도에 들어서자 살아 움직일 것 같은 생생한 조각들이 복도 양옆에 정렬해 있었다. 학창시절 데생 석고 석상에서나 보던 두상과 전신상들이 대리석 광채를 빛내며 끝없이 늘어선 장관이란. 아폴로 상에서부터 콘스탄티누스 대제의 어머니 헬레나의 석관 부조에 이르기까지 모두 석신(石神)이 되어 현세의 관광객들을 호령하고 있었다. 그 석상 하나 하나엔 이야기가 전하고 있었다.

"다신교였던 그리스, 로마는 각종 신을 조각으로 만들어 우상화 했습니다. 신을 인간의 형상으로 만들었다는데 그 의의가 큽니다. 위대한 인간이 죽으면 신이 된다는 믿음 때문이었습니다. 인간이 신이 될 수 있다는 모티브(동기)는 18세기 르네상스의 기폭제가 되었습니다. 그렇다고 인간이 곧 신이란 뜻으로 받아들이면 완전히 오산입니다."

차법사 일행이 눈을 반짝였다. 가이드는 진지하게 설명했다.

“여기서 인간이란 보편적인 인간이 아니라 황제, 귀족 같은 특권층 신분에만 해당됩니다. 노예나 낮은 신분은 사람도 아니었죠.”

“……..”

“제 생각에 종교가 근본적으로 인간을 해방한 적은 없습니다. 종교가 노예해방을 선언한 적이 있나요?”

성지에서는 도통 어울리지 않는 질문이었다.

“……..”

“통치권을 놓고 신권인 교황과 통치권인 황제가 싸운 적은 많지만 인권을 위해 앞장서지는 않았지요. 종교란 특히 국교는 그 나라의 신분통치 체계를 강화하는 방편이었습니다. 종교의 가장 큰 원죄가 바로 그거지요. 인간을 신분으로 차별한 권력인 것입니다.”

성지 바티칸의 심장부에서 상당히 도발적인 발언이 아닐 수 없었다. 용화는 가이드의 한마디 한마디에 귀를 기울였다. 가이드를 바라보던 차법사의 눈이 번쩍였다. 아무도 모르게 그의 영안이 열린 것이다. 눈앞에 있는 가이드의 이탈리아에서의 행적이 영화 예고편처럼 휘리릭 순식간에 지나갔다. 차법사가 가이드에게 웃으며 말했다.

“우리 가이드님은 아무리 봐도 본래 전공이 성악이 아니 신 것 같네요.”

“호호호, 그러세요? 그럼 뭘로 생각하세요?”

“음, 여사제. 여성 성직자.”

“……..”

"아, 엄숙하고 금욕적인 그런 중세의 사제가 아니라 자유분
망하고 예술을 사랑했던…… 일종의 고급 무녀(巫女) 같은 거
죠."

조기자가 질색을 했다.

"에이, 아무리 농담이라도 숙녀분께 무녀라니. 너무하시는
거 아닙니까?"

"아, 그런가."

차법사는 머쓱해 했다. 하지만 가이드는 의미심장한 미소를
지었다.

시스티나 소성당으로 가는 길 천장에 그리진 120m 너비 6m
의 거대한 '지도의 방' 천장화는 황금빛 찬란하게 채색이 되어
보는 이들의 감탄을 자아냈다.

"천장화는 기본적으로 아래서 위를 우러러 보게 되어 있습
니다. 천장화에는 신과 역대 교황이 주로 그려져 있으니, 자연
스럽게 우러러 추앙의 대상이 될 수밖에 없지요."

곧이어 낯익은 그림이 눈에 들어왔다. 바로 라파엘로의 '아
테네 학당(1510)'이었다. 신학, 철학, 수학, 예술 등 각 학문을
대표하는 54명의 학자가 모여 토론하는 모습을 그린 불후의
대작이었다.

"제가 이탈리아에 와서 가장 많은 시간을 보낸 그림이 바로
이 그림입니다."

가이드의 표정은 어딘가 모르게 비장했다.

"정중앙에 플라톤과 아리스토텔레스가 자리 잡고 있습니다. 사실상 이 그림의 주제라고 할 수 있죠. 한 손가락으로 하늘을 가리킨 플라톤과 한 손엔 윤리학 책을 들고 있는 아리스토텔레스는 여러모로 대조적입니다. 학자들은 붉은 옷의 플라톤은 이데아를, 푸른 옷의 아리스토텔레스는 현실을 상징한다고 합니다. 플라톤은 천상의 신을, 아리스토텔레스는 지상의 인간을 상징합니다. 인간은 이성을 가졌지만 신아래 복종해야하고 인간은 윤리로 무장해야 한다는 것입니다. 신과 인간이 별개인 이원론이죠. 그래서 저는 이 그림은 인류 역사상 최고의 사기극이라고 생각합니다."

최고의 명화를 사기라니. 일행은 어리둥절했다. 하지만 지천태는 무언가 알고 있다는 듯 고개를 끄덕였다. 가이드는 침을 튀겨가며 그림을 설명했다.

"좌측 아래 반 민머리의 소크라테스가, 그 아래 피타고라스가 책에 열심히 피타고라스 정리를 계산하고 있지요. 피타고라스를 천재 수학자쯤으로 묘사하고 있어요. 플라톤의 스승 소크라테스는 남루한 차림의 못생긴 얼굴로 시민들을 선동하는 산파술 철학자로 묘사되어 있구요. 우리가 교과서에서 배운 서양 철학사 그대로지요."

조기자가 고개를 갸우뚱했다.

"그게 뭐 잘못됐나요?"

"그럼 한번 살펴볼까요. 결정적으로 천구를 들고 있는 프톨레마이오스가 이 그림의 수준과 시각을 대변하고 있습니다. 고급의상을 입은 프톨레마이오스는 태양을 비롯한 행성이 지구를 중심으로 돈다는 천동설(天動說)을 주장한 인물입니다. 갈릴레이는 지구가 태양을 돈다는 코페르니쿠스의 지동설을 인용했다가 종교재판을 받지 않았습니까. 이 그림은 기본적으로 바로 그 천동설을 가치관으로 삼고 있는 것이지요. 신 중심의 세계관. 이 아테네 학당 그림이 기하 수학자 유클리드, 헤라크리투스 등 천재 과학자, 철학자들을 추앙한 듯 하지만 결국 신 아래 복종해야하는 재능에 불과하다는 중세 종교관의 하수인으로서 들러리서게 한 것이지요.”

조기자가 고개를 끄덕였다.

“전 세계 교과서가 21세기인 지금도 여전히 이 아테네 학당을 교본으로 하는 철학을 공부하고 있으니 얼마나 기막힌 편견을 양산하고 있는 걸까요. 바티칸은 무언가 중대한 사실을 숨기고 싶은 거지요.”

조기자가 참을성 없이 물었다.

“그게 뭡니까, 숨기고 싶은 게?”

가이드는 주위를 둘러보았다. 혹시 한국에서 온 열혈 순례자들이 엿듣기라도 한다면 무슨 봉변을 당할지 모를 일이기 때문이다. 다행히 한국말을 알아듣는 관계자들이 없다는 사실을 확인하고는 마음 놓고 목청을 높였다.

“힌트를 하나 드릴게요. 맞추시면 제가 오늘 한잔 사겠습니다. 피타고라스, 소크라테스, 예수의 공통점이 무얼까요?”

조기자가 자신 있게 답했다.

“성인(聖人) 아닙니까? 피타고라스만 빼고.”

가이드가 고개를 가로 저었다. 일행이 웅성거렸다. 하지만 누구하나 자신 있게 나서지 못했다. 4대 성인이라면 피타고라스가 문제였다.

"미스테리아를 말하는 겁니까?"

지천태였다. 일행의 눈길이 그에게 집중되었다. 그리고 다시 가이드를 바라보았다. 누구도 지천태의 답이 정답인지 알 수 없었기에 가이드의 반응을 살피기 위해서였다.

가이드는 매우 놀라 한동안 입을 다물지 못했다. 일행은 영문을 몰라 어리둥절했다. 갑자기 가이드가 지천태에게 달려들었다. 그리고는 볼에 사정없이 키스를 해대는 게 아닌가. 지천태의 볼에 립스틱 자욱이 두서없이 낙인 찍혔다.

"오, 세상에. 이걸 맞춘 관광객은 지금까지 단 한명도 없었거든요."

조기자가 툴툴거렸다.

"아따, 당첨 상품이 미녀의 키스였다면 내가 잽싸게 답했을 텐데 말이여."

차법사가 웃으며 말했다.

"조기자는 지금 답을 알고 있기나 한 거야."

"그럼요."

"그럼 지금이라도 말해 봐. 또 알아, 가이드께서 입술을 선물할지."

처음 듣는 단어였기에 들었어도 기억이 가물가물했다.

"에, 그게 뭐냐, 미스터…에, 미스터리인가?"

성 베드로 성당.

딸랑딸랑-

엄숙한 침묵을 깨는 쇠 종소리가 울렸다. 미사를 올리는 사제들이 중세의 제복을 입고 등장했다. 경전에 나오는 성인들의 묘지와 일화를 참배하던 관광객들이 종소리를 듣고 순식간에 몰려들었다. 사제들이 십자가를 앞세우고 행진하자 수백 명이 두 손을 모으고 뒤따랐다. 그 행렬은 점점 길어졌다. 수백년간 하루도 빠진 적 없이 이어온 장중한 미사 행렬이었다.

성당을 나온 일행은 미켈란젤로의 '최후의 심판'(1541)'과 '천지창조'(1512), 성 베드로 성당을 감상한 뒤, 바티칸의 중앙에 있는 거대한 성 베드로 광장(1667)에 나와 잠시 휴식을 취하고 있었다.

열쇠 모양의 타원 꼴이 가운데서 반원씩 갈라져 대칭을 이룬 좌우 너비 240m의 거대한 회랑이었다. 교황이 수십만 명이 운집한 가운데 미사를 집전하는 광장이었다. 그 정점엔 성 베드로 성당이 위치하고 광장 중앙엔 특이하게도 로마의 황제 갈리쿨라가 이집트에서 전리품으로 가져 온 오벨리스크가 우뚝 솟아 있었다. 회랑의 테라스 위에는 140명의 교황과 순교 성인상이 하늘을 배경으로 천사처럼 떠있듯이 조각되어 있었다.

분수대를 바라보는 회랑 한쪽에 사람들이 웅성웅성 모여 있었다. 군중 사이에 지천태도 끼어 있었다. 군중 중앙에 한 사내가 열변을 토하고 있었다. 그는 갈색 곱슬머리에 턱수염이 구레나룻까지 덥수룩하게 덮고 있었다. 청바지 차림의 그는 흡사 거리의 성자와 같은 풍모였다. 그는 손가락을 자신의 심장을 가리켰다.

"그노티 세아우튼(Gnothi Seauton: 너 자신을 알라)!"

이번에는 광장을 둘러싼 140개의 동상을 양팔을 펼치며 가리켰다.

"인간은 영혼의 존재입니다. 신의 노예가 되지 마세요. 인간의 신성을 외부에서 찾지 말고, 자신의 내면에서 찾으세요. 나 이외에 다른 신을 섬기지 말라!"

선글라스를 낀 금발의 여성 여행자가 의문을 제기했다.

"나 이외에 다른 신을 섬기지 말란 말은 예수님 이외의 다른 신을 섬기지 말라는 뜻이 아닌가요?"

사내의 답은 반어적이었다.

"과연 예수가 당신을 우상으로 받들고 섬기라고 했을까요? 교주가 되고 싶었을까요? 수십억 명의 추앙을 받는 스타가 되고 싶어 했을까요?"

군중들이 술렁였다. 듣고 있던 한 남자 관광객이 성난 목소리로 따졌다.

"예수님은 하늘이 보낸 유일한 독생자이십니다. 당신의 그런 궤변은 시간낭비일 뿐이요."

사내는 망설임이 없었다.

"혹시 당신은 고유명사와 보통명사를 혼동하고 있는 건 아닐까요? 예수가 말한 '나'는 당신 예수(고유명사)가 아니라 각자의 영혼을 가진 한 사람 한 사람(보통명사)이 아닐까요? 내가 신의 아들이란 구절 또한 인간이 신의 아들이란 뜻이 아닐까요?"

사람들이 얼굴을 마주보며 웅성거렸다.

　"누가복음(17:20)에서 예수 왈, '하나님 나라는 너희 안에 있다'고 했으며, 요한복음(10:34)엔 '예수께서 가라사대 너희 율법에 기록한 바, 내가 너희를 신이라 하였노라 하지 아니하였느냐'라고 되어 있습니다. 요한복음(4:23~24)엔 '하나님은 영이시니 예배하는 자가 영과 진리로 예배할지니라'고 했고 시편(82)에는 '내가 말하길 너희는 신들이며 지존(至尊)자의 아들들이라 하였다'라고 했습니다. 통치자들에 의해 조작된 성경에서 조차 그 흔적에도 그렇게 선명하게 남아있습니다."

　누군가 소리쳤다.

　"당장 집어치워! 당장!"

　하지만 사내는 전혀 그럴 생각이 없었다.

　"베드로는 가장 우매했습니다. 예수가 호수 위를 걸을 때 다른 이들은 유령이라고 놀랐지만 베드로는 자신도 물을 걷게 해 달라고 부탁했습니다. 예수처럼 되고 싶었던 욕망을 숨길 수 없었던 인물이 바로 베드로입니다. 결국 그의 소원대로 지금 우상이 되어있지 않습니까."

　분노의 목소리들이 창처럼 날아들었다.

　"성전 앞에서 신성모독이다!"

　"더 이상 불경스런 언사를 중지해라!"

　이때 다른 한 사람이 나서서 성난 군중을 다독였다.

　"더 들어봅시다. 표현의 자유는 누구도 침해해선 안됩니다. 듣기 싫으면 안 들으면 되지 남의 입을 막아서는 곤란합니다."

　두둔해 주는 사람 때문일까. 한껏 고무된 사내가 바티칸과 성 베드로 광장을 가리키며 말했다.

"이런 거대한 건물은 바벨탑에 불과합니다. 로마제국 통치자들의 야망을 계승하는 것뿐입니다. 신을 독점하려는 파렴치한 세력들의 악의적인 신성 왜곡인 것입니다."

로마국교 이전의 교회는 성령이 인도하는 성도들이 모인 가정이나 예배공동체였다. 콘스탄티누스 황제가 기독교를 합법화 시킨 후 그는 로마에 황제의 궁전 왕좌 구조를 그대로 옮긴 성 요한 라테란 교회를 건립했다. 이와 같은 교회 건물은 로마 전역에 건립되었고 콘스탄티누스는 개별적인 '기도의 집'을 폐지시키고 가정 예배도 금지시키는 법률을 제정 시행했다. 교회의 개념이 예배 중심에서 건물 중심으로 바뀐 것이다. 사내는 예수가 개인의 성령 스승에서 국가 통치의 우상 신으로 변절시켰음을 성토하고 있었다.

한편 가이드는 멀리서 아이스크림을 먹으며 더위를 식히고 있었다. 그런데 군중 속에서 들리는 낯익은 목소리에 고개를 돌렸다. 잠시 응시하던 그녀는 화들짝 놀랐다. 아이스크림이 바닥에 떨어져 뭉개졌다.

"소크라테스? 설마……."

그녀가 군중들이 모인 곳으로 달려갔다. 심상치 않은 기운에 차법사가 반사적으로 그녀의 뒤를 따라갔다. 사내는 손가락 하나를 펴고 하늘을 가리켰다.

"어느 성인도 가르침은 똑같이 하나입니다. 외부의 신, 우상을 섬기지 말고 자기 영혼을 발견하라. 너 자신을 알라."

"저 녀석을 쫓아내!"

일단의 건장한 청년들이 들이닥쳤다. 연설하던 사내의 목덜

미를 잡고 사지들 끌어 내렸다. 사내는 순식간에 돌 광장 위에 내동댕이쳐졌다. 발길질에 코와 입에서 붉은 피가 터져 나왔다. 이때였다. 가이드의 날카로운 음성이 청년들을 멈칫거리게 했다.

"안 돼! 저리가."

가이드는 몸을 날려 쓰러져 웅크린 사내를 덮쳐 감쌌다. 청년들은 잠시 당황했다. 관광객들 앞에서 차마 여성을 어찌할 수는 없었다. 차법사 일행이 허겁지겁 당도했다. 차법사가 버럭 소리를 질렀다.

"뭐하는 거야!"

주변 사람들이 깜짝 놀라 돌아보았다. 마치 호랑이가 포효하는 듯 우렁차고 위압적인 목소리였기 때문이다. 한국말이라 해석은 안됐지만 그 공포스러운 위력은 충분히 청년들은 주춤주춤 뒷걸음질 치게 했다.

"다시는 나타나지마. 그땐 죽는다."

청년들은 소크라테스에게 침을 뱉고는 건물 속으로 사라졌다. 소크라테스는 간신히 얼굴을 돌려 가이드 얼굴을 확인했다.

"오, 마리아! 맞지, 마리아?"

"오, 소크라테스!"

가이드와 사내는 부둥켜안고 서로 볼을 비벼대며 눈물을 뚝뚝 흘렸다. 차법사 일행은 서로 얼굴을 쳐다보며 눈만 껌뻑였다.

베네치아.

차법사 일행은 산 마르코성당이 정면으로 마주 보이는 노천

카페에 자리잡고 있었다. 가이드가 지천태에게 비엔나커피 한 잔을 사며 약속을 지켰다. 덩달아 나머지 일행도 커피를 시켰다. 달달하면서도 짙고 깊은 향의 이탈리아 커피는 꽤나 인상적이었다. 가이드는 의자 깊숙이 눌러 앉아 산마르코 대성당을 한 동안 바라보았다.

"저는 본래 신학대 유학생이었어요."

커피 한 모금으로 입안을 씻은 그녀가 고해성사처럼 자신의 과거를 털어놓기 시작했다. 일행은 탁자 앞으로 몸을 끌어당겼다.

천재 소리를 듣던 그녀는 모태 신앙 집안의 권유로 로마의 신학대학에 진학했었다. 성지에 가서 수녀가 되길 바란 것이다. 하지만 독실한 믿음은 유리잔처럼 한순간에 깨지고 말았다. 캠퍼스에서 열정적으로 토론을 벌이는 한 남학생을 만나고서부터였다. '진실'이라는 모임의 리더였던 그 남학생은 소크라테스라 불렸다. 바로 광장에서 만났던 바로 그 사내였다.

진실에서는 종교에 관한 모든 문제를 가감 없이 적나라하게 토론했다. 그녀의 편견은 바벨탑처럼 허물어졌다. 신천지를 발견한 것이다.

그녀는 진실의 일원으로 가입하였고, 세례명도 '마리아'로 개명했다. 성모 마리아가 아니라 예수의 아내 막달라 마리아였다.

소크라테스는 교황청의 해산을 공공연하게 주장했다. 더 이상 개인의 영성을 구속하지 말고 해방시키라는 것이었다. 한번은 학교 축제 기간 중에 초청된 교황청 간부가 보는 앞에서 영혼의 노예를 만드는 교황을 빗댄 퍼포먼스를 벌이는 바람에 학교 측을 격분케 하고 말았다. 그 일로 소크라테스는 즉시 퇴학을 당했다.

한국에서 그녀의 부모는 난리가 났다. 이튿날 바로 날아와 학장에게 사정사정하여 자퇴를 조건으로 일단락 지었다. 부모는 함께 귀국할 것을 종용했지만 그녀는 전공을 성악으로 바꾸겠다고 설득하여 음악학교에 들어갔다. 물론 말로만 음악이지 대부분의 시간을 소크라테스와 함께 보내며 진실 활동을 이어갔다.

하지만 계속되지 못했다. 소크라테스가 괴한들에게 테러를 당하는 사건이 벌어졌다. 간신히 목숨을 건진 그는 로마를 떠나 이집트, 인도를 떠돌기 시작했다. 마리아는 종적을 감췄던 소크라테스와 어제 비로소 성 베드로 광장에서 재회하게 된 것이었다.

베네치아의 물길에 비친 가로등불이 출렁거렸다. 가이드는 은색 담배 케이스를 꺼내 열더니 가느다란 담배 한대를 꺼내 불을 붙였다. 다리를 꼰 그녀는 베네치아의 허공에 회색 연기를 한 모금 길게 내뿜었다. 지금까지 일행이 본 가이드와는 눈빛이 달랐다. 그녀는 식은 커피로 목을 축였다.

"구속받기 싫어요. 누구도 내 자유로운 영혼을 잡아맬 수 없어요. 보헤미안이 좋아요."

조기자가 고개를 갸우뚱했다.

"저는 종교 갈등이 도무지 이해가 안갑니다. 같은 사건 현장에 있어도 증언이 엇갈리는 판인데, 굳이 수천년 전 교리 해석을 가지고 죽이고 살리고 할 필요가 있나요?”

“수천년 전의 문제가 아니라 바로 지금의 문제죠. 현실이기 때문에 문제죠. 살아있는 성인 미스테리아를 죽이고 영혼의 노예로 만들려니까 문제죠.”

“…….”

그녀는 담배꽁초를 눌러 비볐다.

“여러분들은 피타고라스를 수학자로 아시죠?”

조기자가 아는 체 했다.

“$a^2+b^2=c^2$, 다른 건 몰라도 내가 피타고라스의 정리는 아직도 외고 있습니다.”

“피타고라스는 사제였어요. 22년간이나 이집트 신전에서요.”

일행의 눈이 동그래졌다.

“정말입니까?”

“르네상스가 15세기부터 시작되었다고 교과서에서 배우셨죠?”

“그것도 틀린가요?”

“지중해 지역의 1차 르네상스는 기원전 500년 전 피타고라스 때 이미 시작했죠.”

일행은 그리스 로마신화의 세계로 빠져들었다. 다만 익히 알려진 신들의 전설이 아니라 충격적인 인간의 역사임이 다를 뿐이었다.

피타고라스는 22년간 이집트 신전의 사제였다. 이집트의 신정일치에 염증을 느낀 그는 자유로운 세상을 꿈꾸며 그리스로 건너갔다. 그는 그리스의 한 식민지인 크로톤에 머물며 수많은 기적을 행했다. 손으로 스치면 나병같은 불치병이 깨끗이 나았고, 심지어 죽은 사람도 다시 숨이 살아나 세워 일으켰다.

어촌에서 어부들이 사나운 물결로 고생하자 그 자리에서 바다를 언제 그랬냐는듯 잠잠하게 만들었다. 어느 날은 그날 잡게 될 물고기가 153마리일 거라며 예언했는데, 어부들이 그물의 물고기 숫자를 세어보니 정확히 그 숫자였다. 장안에는 피타고라스가 아폴로 신의 아들과 동정녀 피타이스 사이에서 태어났다는 소문이 나돌았다.

피타고라스는 앞날을 보고, 보이지 않는 세계를 읽었다. 신의 세계와 인간의 세계가 엄격히 구분된 고대 그리스인들에게 인간이 신처럼 기적을 행하는 피타고라스의 기이한 행적은 도저히 납득할 수 없는 신비였다.

사람들은 이런 기적 현상을 '미스테리'라고 하였다. 미스테리한 능력을 발휘하는 자를 살아있는 신이란 뜻에서 '신인(神人)'이라 했으며, 시민들은 이 신흥 사조를 '미스테리아(Mysteria)'라고 불렀다. 피타고라스는 미스테리아의 대명사가 되었다.

피타고라스의 가르침 중에 가장 충격적인 미스테리는 바로 인간은 누구나 귀천에 관계없이 영혼의 존재라는 사실과 이승과 저승을 오가는 윤회의 존재라는 사실이었다. 그때까지 그리스인들은 신과 인간은 물과 기름과 같은 이원적인 존재였다. 게다가 천상에서 다시 인간세상으로 돌아오다니.

그리스 올림포스 신들은 불멸의 존재로서 죽을 수밖에 없는 인간과는 엄격한 경계가 있었다. 인간은 신을 숭배하도록 만든 피조물쯤으로 여겼다. 사제들의 입을 빌어야만 신들의 계시를 받고 판단을 내릴 수 있었다. 그런데 인간이 영혼의 존재란 의미는 신과 인간, 그리고 모든 인간이 평등하다는 충격적 선언이었다. 왕과 노예의 차별이 분명한 노예제 신분사회에서 영혼의 평등은 더할 수 없는 파격이었다.

시민들은 피타고라스를 추종하기 시작했다. 차별받던 천민과 여자들은 물론이고 귀족들까지 구름처럼 몰려들었다. 그리스 전국에서 억눌려 왔던 낮은 신분출신의 총명한 자들이 이상세계를 꿈꾸며 크로톤으로, 크로톤으로 집결했다. 수십 명으로 시작된 미스테리아 공동체는 눈덩이처럼 불어나 순식간에 수천 명을 헤아렸다.

새로운 신분이 정해졌다. 기존의 세습과 혈통이 아닌 평등을 기반으로 하여 인간의 능력별로 학도(학자), 군인, 생산자(농민, 어민), 상인 등 적성과 기능에 맞는 재편이었다.

모두가 신이 될 수 있다는 영적 신앙을 바탕으로 한 인본주의가 꽃피었다. 남녀 차별과 신분의 족쇄가 풀린 시민들은 자신의 재능을 마음껏 펼쳤다. 철학, 수학, 음악, 천문학, 종교, 의술 등 모든 분야가 비약적으로 발전했다.

자연 철학자들은 인간이 동물에서 진화했다는 추론을 했고, 천문학자들은 지구는 둥글며 항성 주위를 움직이는 지동설을 알아냈으며 지구의 둘레까지 계산하였다. 미스테리아 문화는 자율적 민주주의, 합리주의 철학, 공공 도서관, 극장, 올림픽

게임들의 개념을 탄생시키고 이웃 국가에 까지 급속히 전파되었다. 21세기 지금의 과학과 인문학의 개념에 조금도 뒤처지지 않았다. 크로톤은 거대한 피타고라스왕국으로 변모해 갔다.

기존의 올림포스 신탁을 독점하던 사제와 노예제 권력자들에겐 대단한 위협이 아닐 수 없었다. 노동력과 세금의 원천인 시민들이 빠져나갔고, 국가의 신전이 텅 비기 시작했다. 마침내 그리스 중앙권력과 지방 통치자들은 피타고라스를 위험한 인물로 낙인찍었다. 마침내 이웃의 통치자가 사소한 빌미를 트집 잡아 군대를 몰고 쳐들어갔다. 평화를 내걸고 군대를 양성하지 않았던 피타고라스 공동체는 무참히 짓밟혀 허무하게도 하루아침에 붕괴되고 말았다. 섬으로 도망쳤던 피타고라스도 쓸쓸히 최후를 맞았다.

마리아 가이드가 쓸쓸한 표정을 지었다.

"아쉽게도 지중해 최초의 르네상스가 비극으로 끝나고 말았지요. 그런데 이는 미스테리아의 숙명이란 생각을 하게 돼요. 소크라테스도 그랬거든요."

지천태가 물었다.

"소크라테스도 미스테리아였나요?"

"네. 피타고라스 정도의 미스테리를 행하진 못했지만 그를 미스테리아에 입문시킨 스승은 전설적인 여사제 디오티마였어요."

일행은 기원전 소크라테스 시대로 안내되었다.

소크라테스는 아폴론 신전에 있었다. 아폴론 신전은 장엄한 자태를 뽐내고 있었다. 깊은 계곡 남쪽에 거대한 바위가 있었는데, 무녀들이 신탁을 내리던 바위였다. 소크라테스가 석상처럼 꼼짝도 않고 명상에 잠겨 있었다.

그는 어떤 신에게 사로잡힌 듯, 혹은 신들린 듯한 상태에서, 결코 마음이 흐트러지지 않고, 자신의 존재에 집착함이 없고, 자아로 법석거림도 없는 고요 속에서 고독에 도달했으며, 완전한 휴식 상태에 들어서서 휴식 그 자체가 되었다.

그는 외적 성상이 아닌 신성 그 자체와 대화를 하고 있었다. 그것은 환상이 아니라 관조의 한 방식이었다. 그것은 자아로부터의 초월이고, 자아의 단순화이자 자아의 항복이며, 하나 됨의 열망이고, 탈바꿈을 지향하는 고요한 명상이다. 누구라도 이런 식으로 자신을 보는 자는 온 우주의 유일신과 닮은 상태에 도달했다. 그는 내면에서 모든 것은 하나(One)라는 깨달음과 숭고한 체험이 일어나면서, 비로소 자아를 포기하고 삶과 죽음의 여행의 목적을 음미했다. 소크라테스는 젊은 시절 병사로 의무 복무할 때도 보초를 서다가 밤새도록 들판에 서서 이처럼 명상하기 일쑤였다.

디오티마가 다가왔다. 예를 올리는 소크라테스에게 그녀는 이렇게 말했었다.

"믿음 너머에 앎(그노시스)이 있다. 믿음은 현상에만 관심을 두지만, 앎은 그 이면의 실재를 꿰뚫어 본다. 그노시스는 즉각적이고 확연하며, 전적으로 비개념적인 것이다. 정신이 앎의 대상과 일체가 될때 비로소 앎에 이르는 것이며, 이야말로 이

246

해의 최고 수준이다. 모든 언어적 교리는 다만 진리에 이르기 위한 낮은 방편일 뿐이다. 진리 자체는 말과 개념을 뛰어넘어, 스스로 그노시스를 체험함으로써만 발견할 수 있다. 그대는 맹목적 믿음을 멸시하고 그노시스를 중시하라.”

신에 대해서도 이렇게 말했다.

“자기 자신 안에서 그분을 찾아라. 그대 안에 지닌 모든 것, 곧 ‘나의 하느님, 나의 영혼, 나의 앎, 나의 사람됨, 나의 몸뚱이’에 대해 배워라. 그리고 슬픔과 기쁨, 사랑과 미움이 어디서 비롯하는지 발견하라. 원치 않아도 잠에서 깨어나고, 원치 않아도 잠에 들고, 원치 않아도 화가 나고, 원치 않아도 사랑에 빠지는 것이 과연 어디서 비롯하는 것인지 깨닫도록 하라. 그대가 그 모든 것을 관조하면, 그대 안에서 그분을 발견할 것이다.”

신전 앞에는 깊이 파인 문구는 미스테리아에서 가장 중요한 영적 명령이었다. 그녀의 가르침을 한마디로 요약한 것이기도 했다.

‘너 자신을 알라(Gnothi Seauton: 그노티 세아우튼)’

그녀는 영적으로 특출한 소크라테스가 미스테리아 입문식을 마친 후 신전의 사제로 남길 바랬다. 장차 제사장감으로 점찍은 것이다. 그러나 소크라테스의 생각은 달랐다.

“삶은 신전이 아니라 사람들 속에서 나고 죽는 것입니다.”

디오티마는 그의 의지를 염려했다.

“우리 같은 미스테리아 영능력자들은 세상에 나가자마자 빈곤과 모함의 악령들이 따라 붙을 것이야.”

그러나 그녀는 소크라테스가 가야 할 길을 막을 수 없음을 잘 알고 있었다. 소크라테스는 사람들 속에서 살아 움직이는 진리를 밝히는 운명을 택하고야 말았다.

마리아 가이드는 방금 환생한 그리스인처럼 생생하게 증언했다.

"결국 소크라테스는 이런 가르침을 일깨우다가 그리스의 젊은이들을 타락시켰다는 죄목으로 억울하게 독배를 마신 것입니다. 또 한명의 미스테리아가 마녀사냥을 당한 것이죠."

차법사가 말했다.

"광장에서 만난 그 친구는 고대 소크라테스와 같은 삶을 살고 싶었던 게군요."

그녀는 고개를 끄덕였다. 용화가 물었다.

"그럼 미스테리아는 대가 끊긴 건가요?"

"아니요. 신정일치 통치권자들의 탄압을 받은 미스테리아는 점차 지하로 숨어들었지만 꾸준했어요. 미스테리아는 하늘에서 준 능력이기에 누구도 막을 수 없는 것이죠. 예수도 그런 미스테리아 중의 하나였어요."

"네? 예수도?"

"물론이죠. 피타고라스와 견줄만한 미스테리아였죠. 내 친구들은 성경이 유대인들이 피타고라스를 본 딴 유대인 버전의 미스테리아라고 주장해요."

조기자가 맞장구쳤다.

"그거 말 되네."

그녀가 피식 웃으며 담배 한 대를 꺼내 물었다.

“참 웃기지 않나요. 미스테리아를 이단으로 몰고 마녀로 둔
갑시켜 화형 시킨 종교의 교조(教祖)가 다름아닌 미스테리아
인 예수라니요.”

조기자가 커피를 한잔 더 시키며 말했다.

“그러게 말예요. 미스테리아 박해를 받은 예수님 당신은 분
명 우상을 섬기지 말라고 했을 텐데.”

“그렇죠. 예수를 교조로 종교를 만든 자들이 악한들이죠. 예
수를 팔아먹고 있는 거예요. 4세기 로마가 밀라노 칙령을 선포
하여 사실상 국교로 채택함으로써 다시 한 번 통치자의 신으로
이용당하게 된 것이죠. 국가 신이외의 다른 모든 미스테리아는
이단이 된 겁니다. 그게 바로 암흑시대 중세의 진실이죠.”

그녀는 진실이란 말에 자기도 모르게 힘이 들어가 있었다.

가이드는 감격에 겨운 목소리였다.

“아테네 학당을 보고 제가 왜 그렇게 흥분했는지 아시겠죠?
미스테리아인 피타고라스와 소크라테스가 일개 학당의 학자로
전락해 있고 소크라테스의 한참 아래 추종자인 플라톤과 아리
스토텔레스가 감히 중앙을 차지하고 있다는 건 미스테리아에
대한 모욕이죠. 적어도 미켈란젤로의 ‘천지창조’엔 피타고라스
나 예수, 소크라테스가 그려져 있어야합니다.”

명화에 대한 놀라운 반전 해석이었다.

“바티칸 박물관은 인간의 놀라운 예술적 영성을 신에게 바
치는 재물로 전락시킨 겁니다. 참담한 비극이죠. 영혼을 잃어
버린 거니까요. 그러니 우리 주변에 있는 미스테리아를 알아보
지도 못하게 된 것이죠.”

용화, 지천태, 조기자는 동시에 차법사를 바라보았다. 그리고 서로 얼굴을 바라보며 소리없이 키득거렸다. 가이드는 영문을 몰라 어깨만 으쓱했다.

"내일은 르네상스의 발상지인 피렌체에서 설명을 드리겠습니다."

한국의 M방송국 심의회의실.

둥근 원탁에 오국장과 송PD가 나이 지긋한 내부 심의위원 3명이 앉아있다. 송PD의 얼굴이 벌겋게 상기되어 있었다.

"부정적이라뇨? 다른 나라에서는 적외선 카메라에 저런 점멸현상은 귀신의 출현으로 인정하고 있습니다. 일본에선 귀신을 찍으면 특종입니다."

심의위원이 말했다.

"영혼이라는 게 과학적으로 증명되지도 않았는데 그대로 나간다면 미신을 조장한다는 비난을 피하기 어렵지요."

오국장이 변호하고 나섰다.

"이건 방송이지 과학이 아닙니다. 과학적으로 증명이 되던 안 되던 있는 사실을 그대로 찍은 게 다큐멘터리이고 방송입니다. 제작진이 조작한 것도 아니고, 시청자들이 판단해야 할 몫이 아닐까요? 영혼을 촬영한 특종이기 때문에 시청률도 엄청날 겁니다."

오국장은 방송국에서 가장 민감한 시청률을 들먹이며 반전을 꾀했다. 그러나 심의위원들은 단호했다.

"우리는 우리고, 일본은 일본입니다. 우리 정서랑은 안 맞습니다."

송PD가 불만을 숨기지 못했다.

"그럼 뇌사자를 살린 에피소드는 왜 문제가 됩니까? 담당의사 소견서와 인터뷰까지 있으니 이보다 더 과학적일 수 있습니까?"

다른 심의위원이 검은 안경테를 밀어 올리며 말했다.

"죽은 사람을 살린 게 우연의 일치가 아니라 사실이라고 칩시다. 그럼 차법사란 사람이 기적을 일으키는 예수나 부처라도 된다는 겁니까?"

"……."

"내가 보기엔 차법사는 일개 무속인에 불과합니다. 남들보다 조금 더 신통한, 그걸 그대로 방영한다는 건 그의 영업을 광고해 주는 꼴 밖에 되지 않아요. 알다시피 우리 심의 규정엔 특정 종교나 특히 무속은 홍보를 금하고 있어요. 다른 종교 시청자들이 사이비 종교 교주를 광고한다고 비난한다면 어떻게 감당할 겁니까? 다수의 시청자를 고려하자는 겁니다."

"이 프로그램은 종교가 아니라 사실을 찍은 다큐멘터리입니다. 만약 기적을 포착했다면 그런건 당연히 특종 아닌가요? 왜 매일 사람이 죽고 비리를 저지르는 부정적인 뉴스만 내보냅니까?"

송PD가 열변을 토했지만 심의위원들은 미동도 하지 않았다. 이미 윗선에서 결정난 지시를 관철시키는 요식행위에 불과했다.

"방송의 영향력을 감안할 때 시청자들에게 충격이 너무 큽니다. 방영 시간을 4분의 1로 줄여주세요."

오국장은 중간에서 난감한 표정이었다. 한 시간 분량은 15분으로 줄이라니.

"차 떼고 포 떼면 남는 게 없는데……."

이탈리아 피렌체.

꽃이란 뜻의 피렌체(영어로 플로렌스) 역시 거대한 붉은 돔을 쓴 산타 마리아 델 피오레 대성당(두오모)과 두 개의 뾰족 종탑의 권위 아래 펼쳐진 중세 도시였다. 가이드는 버스 안에서 피렌체를 소개했다.

"이곳이 르네상스의 심장부입니다. 레오나르도 다빈치, 미켈란젤로, 라파엘로, 단테가 이곳 출신입니다. 아이러니하게도 피렌체가 르네상스의 심장이 된 배경은 바로 십자군전쟁 때문이었습니다. 르네상스의 기폭제는 십자군전쟁의 실패로 인한 바티칸의 권위 추락과 베니스, 피렌체의 부의 축적이었습니다. 그런데 베니스는 탐욕스런 장사의 도시로 남은 반면, 피렌체는 위대한 길을 갔습니다."

피렌체 광장에 들어선 가이드는 마치 혁명가처럼 목소리를 드높였다.

"십자군 원정이 실패하자 교황의 권위는 땅에 떨어졌습니다. 그 틈을 노려 정치권력을 가진 황제들이 교황의 권위에 도전했습니다. 그러나 유럽 어느 국가에서도 교황을 꺾은 왕이 없었습니다. 하지만 피렌체에서 만큼은 인권(人權)이 신권(神權)을 이겼어요. 피렌체 시민들이 보수회귀를 주장하는 사제를 시민 광장에서 불태워버렸던 것이죠. 마녀사냥과 정반대 상황이 벌어진 겁니다. 여기 피오레 성당 벽화에 그 증거가 남아있습니다."

가이드가 성당에 부조된 인물들을 가리켰다.

"어디건 성당에 새겨진 인물들은 하나같이 성인이나 순교자 일색입니다. 하지만 보시다시피 여기에는 망치질하는 대장장이, 옷 만드는 재단사, 그릇 만드는 도공들이 순교자들과 나란히 하고 있습니다."

"정말 그러네. 그만큼 시민들의 위세가 대단했다는 뜻이네."

"그렇죠. 피렌체는 십자군전쟁의 공장이었습니다. 90년간의 십자군전쟁의 길목 요충지로써 군수물자들이 여기서 만들어져 공급되었습니다. 수공업자들은 어마어마한 부를 축적했습니다. 메디치 가문이라고 들어보셨을 겁니다."

"아, 메디치 가문! 노블레스 오블리제의 상징이 아닙니까."

"네. 막강한 부로 교황을 주물렀던 메디치 가문도 피렌체 시민들에 의해 쫓겨나고 복귀되었을 정도였습니다. 18세기 산업혁명은 영국에서 일어났지만, 그 뿌리가 된 수공업혁명은 피렌체에서 발흥되었어요. 수공업자의 자녀들이 질 높은 과학기술 인문교육을 몸소 체험하면서 르네상스가 문화의 꽃을 피우게 된 것입니다. 레오나르도 다빈치, 미켈란젤로, 라파엘로들이 모두 그 수혜자들입니다. 중세 암흑기였다면 그들의 재능은 한낱 색칠공이나 대장장이로 썩어야 했겠죠. 피타고라스때의 그리스 미스테리아 문화가 다시 부흥했다하여 '문예부흥(르네상스)'이라고 하는 것입니다."

일행은 일제히 고개를 끄덕였다.

“르네상스, 르네상스 했는데, 그런 연원이 있었군요.”

“이탈리아가 왜 패션의 메카가 되었는지 이제 짐작이 가시나요?”

지천태가 답했다.

“패션도 수공업이란 뜻인가요?”

“맞아요. 패션이야말로 수공업의 진수지요.”

“피렌체의 르네상스는 유럽 곳곳에 전파되었습니다. 세계 최초의 조합인 길드도 이곳에서 결성되었습니다. 길드는 황제와 교황이 없이도 시민 자신이 통치하는 자율, 자치, 상호부조라는 전통을 낳았고, 아나키즘의 핵심 이념이 되었죠. 도시 구조도 아래는 공장, 위는 주거지로 조합 공동체가 가능한 바둑판처럼 구획되어있어요.”

“노동자 혁명의 진원지군요?”

가이드는 강하게 손을 내저었다.

“아니요. 분명히 다릅니다. 칼 마르크스가 말하는 노동자와 피렌체의 노동자는 근본적으로 다릅니다.”

“그래요?”

“피렌체 노동자는 엄밀하게 말해 중소기업 자본가지만 영국의 노동자는 임금을 받는 임금노동자예요. 피렌체 노동자는 스스로가 사장이기 때문에 임금투쟁이 필요 없지요. 하지만 영국의 노동자들은 자본가로부터 임금이 끊기면 당장 굶어 죽는 임금노동자이기 때문에 단체로 궐기하는 노동조합을 결성해 파업을 무기로 생존권 투쟁을 해야 했죠. 피렌체에서는 피를 흘리지 않고 사제를 불태우는 시민혁명이 완성된 반면 서유럽에서는 불가피하게 노동자 혁명으로 피를 뿌려야 했던 겁니다. 무신론 유물 공산주의가 탄생한거죠.”

지천태가 존경의 눈빛으로 가이드를 바라보았다.

“종교와 공산주의가 그렇게 밀접하게 연결되어있는 줄 몰랐네요.”

가이드는 리필한 커피를 홀짝였다.

“공산주의란 괴물은 종교의 그림자예요. 신분 해방을 외치는 시민들을 악마와 마녀로 내몬 게 종교였죠. 그러자 공산주의가 힘을 받은 거죠. 무신론, 유물론이란 게 완전히 신학과 정반대 위치에 있잖아요. 신이고 영혼이고 모두 황제 신분계급을 유지하려는 사기란 거 아닙니까. 신본주의에 대한 인본주의 부활이 르네상스였다면, 오로지 눈에 보이는 세계의 인간만 존재한다는 인본주의 막장이 공산주의입니다.”

조기자가 아는 체를 했다.

“아무튼 암흑의 중세가 르네상스로 막을 내렸군.”

하지만 가이드는 또다시 손을 내 저었다.

“바티칸에서 르네상스 예술품들이 화려하게 꽃 핀 17~18세기 마녀사냥은 오히려 더 극에 달했어요. 르네상스에 위기를 느낀 종교는 반성은커녕 더 발악을 한 것이죠. 교과서에서는 마치 르네상스가 중세를 승계한 것처럼 미화하고 있잖아요. 바티칸 박물관에 천동설을 주장하는 ‘아테네 학당’이 그 증거죠.”

가이드의 넘치는 적개심을 가라앉히기 위해 지천태가 나섰다.

“언젠가 교황이 마녀사냥, 십자군전쟁, 갈릴레이 재판을 사죄하지 않았나요?”

그녀는 목에 더욱 핏대를 올렸다.

“속임수예요.”

“······.”

“50만 명이나 마녀, 마법사란 죄명을 씌워 고문으로 죽인 바티칸에서 왜 마녀사냥 희생자를 위한 추모관 하나 안 세우지요? 순교자의 예배당은 황금으로 칠하면서 피해자들에게는 왜 사죄하는 기념관 하나 없느냐는 겁니다. 하물며 히틀러의 홀로코스트기념관도 있는데. 바티칸 박물관에 방 하나는 마녀사냥을 재현하는 사죄의 방으로 내놔야하는 거 아닌가요?”

“그렇긴 하네.”

“저희가 종교 피해자들의 추모관을 만들려고 했을 때, 로마 시에서는 이 핑계 저 핑계 허가를 미루고, 나중엔 괴한들까지 들이닥쳤어요. 이게 사죄인가요? 사랑과 용서와 관용을 외치는 종교가 어떻게 이럴 수가 있죠?”

일행은 할 말이 없었다. 한동안 어색한 정적이 흘렀다.

띠리링- 띠리링-

차법사가 휴대전화를 받았다.

“아, 송PD님....아, 네. 할 수 없죠. 고생하셨는데.”

전화를 끊은 차법사의 표정이 다소 굳어 있었다. 눈치 빠른 조기자가 물었다.

“잘 안됐나요?”

“방영이 취소됐다는데.”

일행은 광장의 열기를 피해 노천카페에 자리를 잡았다. 가이드를 물끄러미 바라보던 차법사가 혼잣말처럼 중얼거렸다.

"잔 다르크가 프랑스에만 있지는 않았나보네."

"잔 다르크요? 갑자기 웬 잔 다르크 타령이오?"

"그녀도 마녀사냥을 당했잖아. 조국을 위해 싸웠는데도 마녀로 몰렸으니 얼마나 한이 많겠어."

지천태가 물었다.

"하긴 그렇죠. 잔 다르크도 윤회했을까요?"

"아마도 그럴 겁니다. 항상 교황과 결전을 벼르겠지요."

차법사는 가이드를 쳐다보았다. 가이드는 아랑곳 않고 한풀이 하듯 종교를 공격했다.

"신으로부터 진정한 인간해방은 18세기부터입니다. 계기는 역시 걸출한 미스테리아의 출현때문이었죠. 혹시 누군지 아시겠어요?"

그녀는 설마 하는 표정으로 지천태를 쳐다보았다. 지천태는 여유 있게 미소 띠고 겸손까지 더했다.

"혹시 엠마누엘 스웨덴 보그(1688~1772)가 아닌가요?"

"오우, 정확해요."

가이드는 엄지손가락을 쳐들며 지천태에게 경이를 표했다. 스웨덴 보그란 말에 용화와 지천태, 차법사가 서로 바라보며 빙긋이 웃었다. 일행은 또다시 가이드의 시간 여행 속으로 안내되었다.

스웨덴 보그는 독실한 기독교 집안에서 태어났다. 10살 때 죽은 어머니의 영인(靈人: 죽은 자의 혼령)을 처음 만난 이후로 영인들을 보는 영시(靈視)현상을 겪기 시작했다. 그는 악령에 씌어 마녀가 된 것은 아닌지 근심이 이만저만 아니었다.

영시현상에서 벗어나기 위해 신학과 과학에 더욱 매달렸다. 그는 신학은 물론 언어학, 수학, 광산학, 천문학, 생리학을 수학한 천재였고, 두뇌, 감각, 피부, 혀, 혈액 등에 관한 그의 해부생리학과 천문학의 성운설, 광산학은 이미 세간에 그 권위를 인정받아 뉴턴과 비길만한 걸출한 과학자로 꼽히고 있었다. 150여 편의 논문을 발표하여 당대 과학과 철학 분야에 확고한 입지를 굳혔다. 하지만 그는 한편으로는 육신을 놔두고 영혼이 유체이탈하여 영계를 여행했다. 아마도 그의 저명한 과학자로서 명성이 아니었다면 그는 틀림없이 마술사로 몰려 종교재판에서 화형 당했을 것이다.

그는 죽기 전 20년간 그가 천상에서 보고 느낀 것을 세상에 출간했다. 「나는 영계(靈界)를 보고 왔다」는 당대 지식인들에게 엄청난 충격이었다.

스웨덴 보그가 영계의 구석구석을 여행하고 있을 때였다. 길게 줄서있는 무리들이 보였다. 죽은 지 얼마 안 된 정령들은 심판관 앞에서 자기 차례를 기다리고 있었다. 심판관 앞에 서자 정령 머리 위에 안개 같은 구름이 솟더니 그 속에 정령의 생전 모습이 영화처럼 비쳐졌다. 언제 나타났는지 명부가 펼쳐져 있고, 명부에는 해당 정령의 생전 잘 잘못이 그대로 적혀 있었다. 그들은 심판을 받고 있었다. 그러나 육계의 심판과는 전혀 달랐다.

법전이나 교리, 도덕률이 없었다. 굳이 변호사가 변론할 필요도, 누가 심판할 필요도 없었다. 자신들의 행적이 그대로 염사(念寫) 되었기 때문이다. 정령이 기억하지 못하는 세세한 언행의 부분까지 낱낱이 기록되어 있었기에 한 치도 오차가 없었다. 스웨덴 보그는 이것이 천국과 지옥행을 가르는 최후의 심판이구나 하는 생각에 온 촉각을 곤두세웠다.

뒤에 줄서있던 한 성직자의 정령이 안절부절 못했다.

"아 세상에 있을 때 너무나 나쁜 일을 많이 했어. 사후나 영계에 대해서 아무것도 알지 못하면서 책에 있는 잘못된 지식과 설교로 아는 체하며 신도들을 미혹시켰으니 이 죄를 어떻게 감당할꼬."

반면 또 다른 성직자는 뻔뻔했다. 그는 여전히 자신이 생전에 보았던 책을 들고 설교하고 있었다. 그런데 이상하게도 설교 내용은 전혀 들리지 않고 그의 상념이 여과 없이 전달되었다.

"내 말에 복종하라고! 내가 신의 대리자야. 나에게 복종해야 천국에 갈 수 있다구!"

그는 사람들이 자기의 설교를 듣는 이유가 설교의 내용 그 자체가 고매하기 때문이라고 착각하고 있었다. 그러나 사람들의 존경받기를 갈망하던 그의 욕망에 지나지 않았다. 그 영인은 영계에 들어온 후에도 여전히 생전의 착각 속에서 깨어나지 못하고 있었다.

어떤 장군 영인은 다른 습성에 사로잡혀 있었다. 오랜 세월 전장에서 책략을 써온 탓에 적을 속이는 습성이 영계에도 그대로 남아있어서, 어떻게 하면 다른 영들을 속일까 골몰하고 있었다. 그러나 이 또한 너무나도 외면적인 것이어서 영계에서는 영들이 즉시 알아채 장군 영인을 저급령으로 취급했지만 정작 본인은 이를 인식하지 못하고 있었다.

자신의 언행을 끝끝내 부정하는 정령에게는 정령의 기억 속에서 화면을 끌어내 다른 정령에게 확인시켜 주기까지 하였다. 영계는 그럴듯한 언행으로 눈속임이 가능한 육계와는 전혀 달랐다. 진심이 그대로 통하는 투명한 세계였다.

지상에서 마녀사냥을 당했다는 어떤 부인은 빛나는 후광을 뿜으며 높은 단계에 머물고 있었다.

"저는 양심에 전혀 부끄럼이 없었어요. 나를 화형에 처한 사람들을 원망하지 않아요. 그들은 단지 미혹했을 뿐이에요."

외면적인 지식 등에 사로잡혀 영적인 시각을 여는 것을 거부하고 아집에 빠진 자들에게 영계는 한없이 불행했고, 마음이 순진하고 정직한 사람은 생전에 그 지위 고하를 막론하고 영계에서는 훨씬 더 크게 깨닫고 지성, 이성면에서 고급영이 되어 기쁨이 충만한 채로 상위의 세계로 옮겨 갔다.

일행은 가이드의 생생한 입담에 넋이 빠져 있었다. 유적지 설명보다 훨씬 더 흥미진진했다. 가이드의 다음 설명이 일행을 혼란케 했다.

"단테의 불멸의 역작「신곡」은 단테가 유체이탈 상태에서 격은 천국과 지옥의 모습을 그린 것이죠. 레오나르도 다빈치도 미스테리아였는데, 스웨덴 보그는 이들을 훨씬 넘어선 미스테리아였어요. 대철학자 엠마뉴엘 칸트가 스웨덴 보그를 통째로

베꼈다는 사실을 아세요?”

대철학자 칸트는 서구 철학의 종결자가 아닌가. 그런 그가 표절이라니.

“칸트의 저작은 창작이 아닙니다. 스웨덴 보그와 당대에 교류하며 스웨덴 보그의 경험을 철학적 언어로 옮겼던 것입니다.”

일행의 버스는 미켈란젤로 언덕에 정차했다. 꽃의 도시답게 형형색색으로 활짝 핀 꽃들이 일행을 반겼다. 언덕에서는 피렌체 시가지가 한 눈에 내려다보였다. 미켈란젤로 탄생 400주년 기념해 만든 청동 다비드 상이 피렌체를 굽어보고 있었다.

차법사는 한국에서 미리 준비한 유인물을 한 장씩 나눠주었다. 가이드도 무언가 싶어 유심히 읽어보았다. 차법사는 선언서처럼 낭독하기 시작했다.

-피렌체 언덕에서의 서약 -

르네상스의 발상지로써 인본주의 꽃이 활짝 핀 이탈리아 피렌체. 우리가 이 언덕에 선 이유는 종교보다 문화와 정서, 더 나아가 영혼이 우선한다는 제2의 르네상스를 선언하기 위함이다.

신을 부정함은 무지요, 신을 맹종함은 어리석음이다.

인간이 신 앞에 쉽게 무릎 꿇는 이유는 인간이 유한하기 때문이다. 영원과 무한에 의지하고 싶은 욕망에 사로잡힌 인간은 한 없이 나약해진다. 자학하고, 사랑을 구걸하고, 영생을 약속하는 자에게 매달리고, 신을 흠모하여 거대한 우상에 기꺼이 복종한다.

그러나 인간은 영혼이 깃든 육신이며, 그 영혼은 우리가 생각한 것보다 훨씬 위대하다. 영혼이 없는 자유는 방종하며, 영혼이 없는 과학은 인간을 기계화 한다.

영원하고 무한한 능력을 가진 신들이 부러워하는 것이 바로 인간이다. 신들은 죽음으로써 쉴 수 있고, 다시 태어나 시작할 수 있는 인간을 질투한다. 하늘 아래 인간은 평등하다는 것이 르네상스 피렌체 정신이었다면, 우리는 이제 한 걸음 더 나간다. 우리는 영혼의 르네상스로 진화함을 밝힌다.

하늘이 있다면 하나이며, 인간은 영혼의 존재임을 선언한다. 삶이 축복이면 죽음 또한 그러하다. '나의 존재는 무엇인가?'는 피렌체 언덕에서 유일한 화두다.

종교가 직업이 되는 순간 변질되게 되어있다. 신도, 율법, 경전, 도덕, 권력, 조직의 굴레에 영혼이 구속되어야한다. 신전 속에 갇힌 근엄한 부처님은 과거의 일이다. 지금은 돈 버는 부처님, 화를 내는 부처님, 사랑하는 부처님이 필요하다.

미래의 종교는 자연과 명상, 문화가 어우러진 동호회가 될 것이다. 자신의 영혼을 발견한 종교는 결국 1인 1종교, 1인 1우주다. '자기 조상 숭배교'는 가장 근본적 종교다. 과거의 자신에 대한 그리고 인연에 대한 고찰이기 때문이다.

영혼을 가진 인간은 이미 신이다. 자기 안의 신을 발견하라. 자신의 업보가 만든 과보의 길을 발견하라. 행복하건 불행하건

자기 삶의 주인공은 바로 나다.

문화가 활짝 핀 인본의 르네상스. 이제 영혼의 꽃을 피우는 영혼의 르네상스로 거듭남을 이곳 피렌체 언덕에서 선언한다.

2009. 피렌체 언덕에서

가이드의 눈이 휘둥그레졌다.

'1인 1종교! 영혼의 르네상스!'

자기가 체험했던 교훈이 총망라되어 있을 뿐 아니라, 보다 심오하며 미래까지 설계되어 있었다. 대체 차법사란 사람은 누구란 말인가?

호텔로 돌아가는 버스 안에서 차법사가 용화, 지천태, 조기자에게 말한다.

"세분은 우리와 다른 비행기로 입국해야겠습니다. 요즘 성수기라 비행기 표가 모자라서 부득이 하루 늦게 가셔야겠습니다."

지천태가 말했다.

"할 수 없지요."

인천공항.

캐리어를 밀고 다니는 여행객들의 발걸음이 분주했다. 출입국 안내 전광판엔 각국에서 도착하는 비행기 일정이 쉴 새 없이 반짝거렸다. 간간히 경무장을 한 보안요원이 짝을 이루어 순찰을 돌고 있었다.

호위무사가 출구를 유심히 살폈다. 아직 시간이 되지 않았는지 입국자가 나오지 않았다. 그는 전광판을 유심히 바라보았다. 그리고는 손목시계를 확인했다. 그는 휴대전화를 꺼내 단축번호를 길게 눌렀다.

"대기해. 곧 나온다."

밖에 기다리고 있는 승합차 일행을 마지막으로 점검했다.

드디어 입구가 열렸다. 양복 차림의 비즈니스맨들이 나왔다. 드디어 차법사가 나타났다. 호위무사는 멀찍이 떨어져 주의 깊게 살폈다.

차법사는 걸음을 멈추었다. 엄청난 살기를 느꼈기 때문이다. 호위무사를 힐끗 쳐다보았다. 호위무사는 천연덕스럽게 눈길을 회피했다. 하지만 용화의 모습은 보이지 않았다. 호위무사의 눈동자가 바쁘게 움직였다. 혹시 놓친 게 아닌가 싶어 고개를 두리번거렸다.

이코노미 승객이라 늦게 내리나 싶어 차법사를 보내고 다음 승객의 무리를 기다렸다. 하지만 10분, 20분이 지나도 용화의 모습은 보이지 않았다. 호위무사의 얼굴이 점점 붉어졌다.

다음 날, 도쿄행 항공기.

검은 머리의 승무원이 건낸 주스를 받아든 조기자가 투덜거렸다.

"아, 나 차법사 다시 봤어. 이렇게 무정할 수가 있나. 몇 푼 아끼려고 치사하게 완행을 끊어주냐고."

차법사는 용화, 지천태, 조기자에게 일본을 경유하여 김포공

항으로 들어가는 비행기 티켓을 끊어주었던 것이다. 지천태가
위로했다.

"그래도 공짜 여행 잘 했잖아요. 그만하면 상전 대접받은 거
지요."

용화도 허허 웃으며 거들었다.

"그럼요. 감지덕지죠."

"아따, 다들 그러면 저는 뭐가 됩니까."

"공짜 맥주나 실컷 마십시다."

지천태는 승무원을 불러 맥주와 땅콩을 부탁했다.

있다가 없으면, 없는 자에 대한 뒷말이 무성해지는 법. 지천
태가 차법사에 대한 감상을 말했다.

"법사님은 젊은 시절 폐결핵으로 폐가 하나 없답니다. 그래
서 무리하면 병이 도지는 데도 쉬는 법이 없어요. 완전 일 중독
자에요, 일 중독자."

용화가 모처럼 만에 입을 열었다.

"저는 알다가도 모르겠어요. 남들 불치병도 기적처럼 낫게
해주면서 정작 본인은 왜 병마에 시달리는지요."

"그러게요. 저도 그게 의문입니다. 증산도 그런 전지전능한
능력을 가졌으면서도 왜 39세에 요절했을까요? 미스터리입니
다."

용화가 가만히 있지 않았다.

"상제님께선 천지공사를 모두 마쳤으니 더 이상 인간의 몸
을 입고 있을 필요가 없었겠지요."

용화는 증산 두둔을 한시도 게을리 하지 않았다. 조기자가

궁금한 점은 달랐다.

“법사님은 왜 항상 어정쩡하게 있는지 모르겠어요.”

“어정쩡하다뇨?”

“아, 다른 뜻은 아니고, 종교의 문턱을 왜 넘지 못하냐는 겁니다. 한 발만 더 나가면 탄탄한 종교의 교주가 될 수 있을 텐데, 늘 막판에 횡하고 돌아선단 말입니다. 대중들 앞에서는 일부러 카리스마를 숨기고, 어찌 보면 속세에서 천방지축 뛰어노는 아이 같다니까요.”

지천태가 물었다.

“종단을 만들려는 시도는 했습니까?”

“이건 가정입니다만, 만약 이대로 법사님이 돌아가신다고 칩시다.”

용화와 지천태가 조기자를 뚫어지게 쳐다보았다.

“누가 구명시식을 할 겁니까? 누가 대를 잇지요? 한 사람 가면 그것으로 대가 끊기고 말지 않나요.”

“옳습니다. 그게 바로 문제지요.”

오랜만에 용화가 조기자의 말에 의기투합했다. 조기자는 눈을 가늘게 뜨고 진지하게 분석해 갔다.

“법사님은 이제 후계자를 키울 때입니다. 후계자를 양성하고 그 비법을 전수해서 종단을 세워야지 종교가 되는 겁니다.”

지천태가 조기자의 말을 끊었다.

“그런데 법사님은 종교 교주로서 혹시 치명적인 약점이 있는 거 아닐까 걱정입니다.”

“치명적인 약점이요?”

"명색이 불교 법사인데 가족도 있고, 머리도 기르고, 음식도 가리지 않고. 영능력 말고는 별로 신성할 게 없잖아요."

조기자는 피식 웃어보였다.

"그래서 종교를 기획해야 한다는 거 아닙니까."

"기획이요?"

"물론이지요. 미스테리아 성인(聖人)과 종교는 다른 겁니다. 미스테리아와 교주는 별개란 말이죠."

더 깊은 관심을 보인 건 용화였다. 조기자는 맥주로 목을 축인 뒤 땅콩을 씹으며 성토했다.

"얼마 전 중동에서 큰 지진이 일어나 사람이 많이 죽었는데, '세디기'란 이슬람 성직자가 뭐라 했는지 아십니까?"

"……."

"아 글쎄, 지진발생 원인이 여성의 타락때문이라나."

"허참, 정말이에요?"

"인터넷 검색하면 나올 겁니다. 젊은 여성들이 옷을 아무렇게나 입고 남성을 유혹하기 때문에 땅이 노했다나 뭐라나."

조기자는 빈 잔을 확인하고는 생수까지 벌컥벌컥 마셔댔다. 지천태가 추임새를 넣었다.

"하긴 서양 중세에는 지구가 돈다는 갈릴레이도 종교재판을 받아야 했으니까, 그 정도 천동설은 약과일 겁니다."

"지구상에서 일어난 전쟁 중 가장 큰 원인이 종교 아닙니까. '성전(聖戰)'이란 이름으로 싸우는 쌍방이 모두 신이 자기편이라 장담하고 사람을 죽이고 기꺼이 목숨을 바치고 세계를 정복하고자 했잖아요. 그게 과연 신의 뜻이겠어요, 성인의 뜻이겠나구요?”

용화도 끼어들었다. 하지만 조기자와는 미묘한 차이를 보였다.

“옳습니다. 이제 종교는 국지적인 안목에서 벗어나 인류보편적인 지구촌 종교로 거듭나야 합니다. 안 그러면 종교가 다른 종교를 절멸시키는 비극이 발생할지도 모르지요. 예전에 인디언들이 개척민들에게 말살된 것처럼요. 역량이 모자란 자들이 만든 종교보다는 천지공사를 근간으로 하는 종교가 태동할 때가 온 거지요.”

“결국 지구상의 종교란 하늘에 의한 종교가 아니라 인간이 만든 종교란 뜻입니다. 법사님도 정치가들처럼 상품성 있게 이미지 메이킹하면 교주로서 손색없어요.”

너무나 노골적인 조기자의 말에 용화는 못마땅한 표정이었다. 조기자는 얼른 분위기를 추스르려 했다.

“아, 저만 유별난 게 아니라 다들 그렇게들 합니다. 기자로서 내로라는 교주들의 뒤편 사생활을 저는 잘 압니다. 사생활 따로 종교 따로라니까요. 법사님은 얼마든지 교주가 될 능력과 자격이 있어요. 교리만 쌈박하게 잘 만들면 됩니다. 사람은 가고 교리만 남으니까요.”

글자로 먹고사는 기자다운 발상이었다. 용화가 나서며 차이점을 분명히 했다.

“천지공사는 전 우주적인 설계입니다. 병겁 이후엔 국가개념은 허울만 남지요. 상제님께서 처음부터 범인류적인 공사를 하신 겁니다.”

조기자는 안경을 쓸어 올리며 다른 측면에서 반박했다.

"아무 것도 하지 않은 숙명론은 곤란합니다. 국내 종교조직부터 튼튼히 하고 세계로 나가는 게 순서 아니겠습니까?"

지천태가 뭔가 떠오른 듯 적극적으로 달려들었다.

"법사님은 세계적인 단일 종교의 교주가 될 가능성이 높아요. 충분히 범인류적 교주가 가능합니다."

"좋은 아이디어라도 있습니까?"

"네, 법사님에게 지금 딱 맞는 종교 형태가 있지요."

"뭡니까, 그게?"

조기자는 바짝 애가 닳아서 지천태를 채근했다. 용화는 겉으론 시큰둥한 표정을 지었지만 귀를 쫑긋 세웠다.

"러시아 정교입니다. 그 모델을 따면 됩니다."

조기자는 실망한 듯 중얼거렸다.

"러시아 정교요? 내가 알기론 그건 신비주의라던데."

"그건 아주 잘못된 오해입니다. 제가 심령학을 공부할 적에 모스크바에 가서 실상을 본 적이 있습니다. 스탈린시대에는 영혼이나 보이지 않는 세계를 인정하지 않았지만, 나중엔 인정하고 연구해야 할 과학의 영역으로 공인했어요. 종교가 아닌 과학으로 접근한 게 러시아입니다. 초자연적 현상을 미개척 과학의 영역에 포함한 겁니다."

"아, 그래요?"

"구 소련에서는 초혼한 영혼을 예술가들에게 빙의시켜 예술교육을 시키는 응용단계까지 실용화 시켰어요. 심령술에서 심령과학으로 재탄생한 거죠. 이런 관점에서 보면 법사님은 남이 절대로 따라할 수 없는 독보적인 능력이 있어요.”

“구명시식 말이죠?”

“구명시식이라기보다, 정확히 말해 ‘채널링’ 능력이요. 산 자와 죽은 자를 연결해 주는 채널링.”

“채널링?”

“채널링을 하는 영능력자와 교리경전이 절묘하게 버무려진 게 러시아 정교입니다. 영계로부터 신탁을 받는 자, 이를 대중들에게 전달하는 자, 조직을 관리하는 자들이 서로 협력하는 거지요. 종교의 시작은 채널링을 중심으로 형성됩니다. 그러다가 경전으로 체계화 되는 겁니다. 고래부터 종교 탄생의 원형이자 만고불변의 법칙입니다.”

조기자와 용화는 지천태의 설명에 귀를 기울였다.

“그런데 언제부턴가 교리를 담당하는 자들이 법사님 같은 채널링 능력자를 이단으로 간주하기 시작했어요. 중세 마녀사냥이 그 정점이었지요. 지금 메이저 종교들은 채널링이 거세되고 경전만 남은 셈입니다. 하지만 100년 전까지만 해도 그 흔적이 많이 남아있었지요. 우리나라에 천주교가 처음 왔을 때 가장 먼저 관심을 기울인 것이 샤머니즘입니다. 선교사들이 엄청 연구했어요. 지금도 그들은 샤먼 현상을 인정하고 고등단계에서는 신과 채널링 하는 수련을 연마합니다. 샤먼에서는 엑스터시, 즉 접신이라 하는 것을 성령이 임했다고 합니다. 결국 성령이나 접신이나 같은 얘기지요.”

“본래부터 영능력을 미신으로 여겼던 건 아니네요.”

“물론이죠. 종교사를 공부하면 알 수 있어요. 채널링을 중시하는 부류를 영지주의자(靈知主義者, Gnoticism: 그노시즘)라고 합니다. 영지주의는 문자주의(교리주의)와 함께 서양종교의 양대 축입니다. 인도와 이집트의 영향을 받은 그리스 시대의 피타고라스학파와 소크라테스가 영지주의의 대표라 할 수 있지요. 그런데 경전 중심의 교리주의자들은 로마 권력에 편승하여 영혼과 소통하는 영지주의자들을 사이비, 사탄으로 몰아붙였지요. 영지주의자들은 지하로 숨어들었고, 유감스럽게도 그 때부터 암흑의 중세가 지속되었어요.”

“완전히 끊겼군요.”

“기독교 경전 곳곳에도 아직 흔적이 남아 있습니다. 예수께서 가라사대 너희 율법에 기록한 바, 내가 너희를 신이라 하였노라 하지 아니하였느냐(요한복음10:34). 하나님은 영이시니 예배하는 자가 영과 진리로 예배할지니라(요한복음4:23~24). 모두 영혼을 기반으로 한 말씀이 많지요.”

이탈리아 베드로 광장에서 가이드의 친구인 소크라테스가 한 말이기도 했다. 해박한 지천태의 해설에 용화와 조기자는 완전히 압도되었다.

“혹시 영지주의가 유지되고 있는 종교는 없나요?”

“러시아의 정교가 영지주의 전통을 인정하고 있어요. 보이지 않는 세계를 과학으로 접근하려는 사회주의 풍토와 절묘하게 공존을 한 것입니다. 지금 러시아 정교는 유럽과는 완전히 다른 형태가 되어 있습니다.”

“신기하네. 유물론 무신론 국가에서 영지주의를 인정하다니. 종교는 아편이라고 가르치던데.”

"일부 사회주의 국가에서는 영혼을 과학의 연구대상으로 삼아요. 신비주의 종교가 아니라. 아무튼 우리 민족도 서양과 비슷한 길을 걸었습니다. 샤먼 무속이 언제부터 천대를 받았는지 모르겠지만, 그리스 로마시대에는 신탁을 받는 제사장 역할을 했고, 서구 종교에서도 엑소시스트 현상을 다루는 사제가 고급 지위였어요. 단군도 바로 영능력을 가진 제사장이 아닙니까."

"단군시대엔 제정일치였죠."

"불교가 들어오고 면면이 이어오다가 조선, 일제 강점기를 거치면서 천대받고, 외래 종교가 들어오면서 완전히 미신으로 취급받았죠."

잠시 침묵이 감돌았다. 조기자가 지천태에게 물었다.

"영지주의와 교리주의라……불교로 치자면 교종과 선종을 말하는 겁니까?"

"비슷하지만 엄격하게는 다릅니다. 교종과 교리주의와는 비슷하지만 명상 위주의 선종을 영지주의라고 할 순 없지요."

용화가 심각한 표정으로 물었다.

"영지주의와 불교는 무슨 관계가 있는지요? 불교가 영혼을 인정하는 건 아닌 듯한데요."

"그렇죠. 불교도 무당을 미신이라고 취급하지요. 저도 불교와 영혼은 별개라고 생각했어요. 얼마 전 구명시식을 목격하기까지는요. 그동안 불교에 대해 가장 풀 수 없었던 것이 있었는데, 바로 환생현상과 과보, 업장이었죠."

조기자가 퉁명스럽게 대구했다.

"그건 상식적인 불교 교리 아닙니까. 툭하면 업보니 환생이니 하는데.”

“음…조기자님, 환생의 주체가 뭐라 생각합니까?”

“그야…….”

조기자가 말을 잇지 못하자 지천태가 다그치듯 물었다.

“과연 업을 담는 실체가 무엇일까요?”

급작스런 질문이기도 했지만 그보다는 너무나 당연하게 생각하던 상식에 물음표를 다니 당황할 수밖에 없었다. 조기자가 힘겹게 머리를 짜냈다.

“인과응보의 법칙 아니겠습니까. 작용과 반작용, 만유인력처럼 작용하는 힘 같은 거.”

“저도 막연하게 그렇게 이해하고 왔드랬습니다만, 저번 구명시식을 보고 차법사 말을 들으니, 그게 아니더라고요. 영혼 없이 환생이나 업보를 이야기할 수 있냐 이거죠. 어불성설이란 겁니다.”

“…….”

“법칙은 현상 해석에 불과한 것이예요. 구명시식도 일종의 채널링은 채널링이긴 합니다. 하지만 단순히 교류하는 채널링이 아닙니다. 그게 정말 중요합니다.”

조기자는 여전히 시큰둥했다.

“보통 영매들도 영가들과 그 정도 채널링은 하지 않습니까?”

“모르시는 말씀. 법사님의 채널링 능력은 세계 최고입니다. 아니 독보적이라고 하는 게 정확하죠.”

조기자가 진지하게 물었다.

“절에서나 무속인들이 하는 천도하고 다르다는 겁니까?”

“그런 의식 대부분은 그냥 절차 의례일 뿐입니다. 영혼과 직접 교류하는 경우가 얼마나 됩니까. 설사 죽은 자의 영혼과 교류했다 해도 법사님같지 않습니다. 그날 참관한 구명시식을 한 번 잘 생각해 보면 압니다.”

“…….”

“저는 수년간 심령과학회 회원으로서 전 세계 채널링 능력자들을 만나고 교령현장에 여러 번 참관했었습니다. 그러나 영혼과 채널링 하는 자들은 예외 없이 트랜스 현상에 빠집니다.”

“…….”

“트랜스 현상이란 접신이 되어서 영매자는 의식이 없어지고 외부에서 빙의된 영혼이 영매자의 신체를 빌어 의사표현을 하는 겁니다. 그런데 법사님은 여기서 큰 차이가 있어요.”

“법사님은 영가의 말을 글로 쓰기도 하던데…….”

“트랜스 현상의 공통점은 영매 자신은 접신영가의 말을 기억하지 못한다는 겁니다. 접신 순간 영매자의 성대는 빙의 한 자 것이 돼 버리는 겁니다. 몸을 내주는 숙주가 되는 거지요. 그래서 영가를 매개한다고 해서 영매라 부르죠. 그런데 법사님은 영가와 직접 대화하고 산 자와 죽은 자의 대화를 서로 전해 줍니다.”

“보통의 영매자가 아니란 말인데…….”

“그렇죠. 그뿐 아니죠. 영가를 상념체와 구분하고, 또 결정적으로 천도를 하지 않습니까. 치유도 하고 수명도 늘리고, 아이도 점지하잖아요. 보통은 영가의 목소리를 전달하는데 그치는데, 보았다시피 차법사는 오히려 영가를 심판하고 부리지 않습니까. 영가를 부리고 제도한다는 사실은 어떤 심령과학 이론도 설명할 수 없는 현상입니다. 막말로 옥황상제나 염라대왕도 하늘에서 죽은 자의 영혼을 심판하지만, 산 자가 영계와 육계를 동시에 한 자리에서 보고 제도하는 능력은 없다는 겁니다. 산 자의 생로병사를 바꾸는 능력은 어디서도 찾아볼 수 없는 차법사만의 독보적인, 그리고 상상을 초월한 능력이죠.”

“…….”

“게다가 현실적인 소원까지 들어주지 않습니까? 지구상에 존재하는 누가 이런 일들을 한꺼번에 그리고 지속적으로 한적이 있나요?”

조기자가 안경을 벗고는 눈을 껌뻑였다.

“구명시식이 그렇게 대단한 자리였나? 예전에 누군가 법사님을 ‘생명컨설턴트’, ‘우주 설계사’라고 해서, 그땐 ‘이 친구 아부가 대단하구만’ 그렇게 흘려 넘겼는데, 이제 보니 빈말이 아니네.”

“제가 보기엔 에드가 케이시(1877~1945)보다 몇 수 위입니다. 에드가 케이시도 전생체험을 할 때는 트랜스 현상에 빠져서 자신이 한 말을 전혀 기억 못하고 옆에서 받아 적은 사람의 메모를 보고 확인해야 했어요.”

미국 출생인 에드가 케이시는 수많은 예언과 전생체험으로 20세기 노스트라다무스로 불리는 전설적인 예언가였다.

조기자는 어느 때보다도 진지했다.

“설마…….”

지천태는 점입가경이었다.

"노스트라다무스를 훨씬 능가하지요. 지금 생각해 보니 스웨덴 보그도 차법사만 못합니다. 스웨덴 보그는 인류역사상 최고 영능력자로 재평가되고 있지만, 그는 영계를 여행했을 뿐이지 영혼을 판단하거나 더구나 천도하지는 못했잖아요. 소원 성취는 말할 것도 없구요. 단지 영계를 구경한 여행객이었을 뿐이에요."

"그래요?"

"스웨덴 보그가 자신의 저서에서 직접 고백하길, 영계에 있던 영혼이 어느 날 보이질 않는데 어딜 갔는지 모른다는 겁니다. 인간이 죽으면 영혼이 되고 그 영혼은 영원히 천상에 머물러야 하는데 감쪽같이 사라진 겁니다. 과연 그 영혼이 어디로 갔겠어요?"

"글쎄……."

"육신으로 환생한 것이지요. 천국에서 다시 지상으로 돌아온 겁니다."

"그가 틀렸다는 말이네요."

"음, 틀렸다기보다 한계지요. 그가 한창 활동하던 18세기 당시의 종교적 세계관, 문화적 상식과 과학수준, 목사의 아들이었다는 특수한 요소들이 그의 영혼관에 상당 부분 녹아 있다는 것이 그의 한계라면 한계였어요. 환생현상을 똑똑히 목격했지만, 그것이 왜, 어떻게 일어나는지는 몰랐던 거죠. 환생개념이 없었던 것입니다."

"그럼 채널링 측면에서 차법사는 어느 정도 능력으로 평가할 수 있습니까?"

“제 생각엔 용화선생님의 말씀대로 차법사의 행적은 일종의 천지신명공사가 아닌가 생각합니다.”

다들 용화에게 눈길을 모았지만, 용화는 잔기침만 하며 말을 아꼈다. 용화는 천지공사를 이제야 인정한다는 사실에 일행들이 되레 섭섭했다. 지천태의 이야기는 급격하게 확장되고 있었다. 갑자기 지천태가 묵은 숙제를 풀었다는 듯 무릎을 쳤다.

“법사님 컨셉이 하나 떠올랐어요.”

“컨셉이요?”

“처음엔 법사님을 인본주의자로 보았는데, 그건 아닌 것 같고.”

“그건 무슨 뜻인가요?”

“법사님께서 신본(神本)과 인본(人本) 사이에 영혼의 존재를 증명하고 있단 말이죠. 그래서 영본(靈本)이라는 겁니다.”

조기자가 즉각 반응했다. 기자에게 새로운 용어는 훌륭한 먹잇감이었다.

“영본이요?”

“네, 신본주의도 인본주의도 아닌 영본주의. 미스테리아들은 하나같이 영본주의자들이죠. 물론 당신들은 도그마를 상징하는 ‘주의’란 틀을 절대 사절하겠지만요.”

조기자가 수첩을 꺼내 재빨리 적었다. 지천태는 의기양양했다.

“그래서 법사님은 세계 단일종교의 선구자가 될 수 있다는 겁니다.”

감히 누구도 그에게 토를 달지 못했다. 파죽지세로 의견을

폈다.

"언어가 다르고 국적이 다르고 종교가 달라도 영혼은 하나 잖아요. 영혼은 인류 보편적 사실입니다. 마치 지구상의 만유 인력처럼요."

"말하자면 모든 종교 경전의 통일이 가능하다는 겁니까?"

"그렇습니다."

"음."

조기자는 깊은 신음소리를 냈다. 지천태는 감았던 눈을 지그 시 뜨며 말했다.

"최고의 상품 가치를 가졌는데, 그걸 저렇게 혼자서 썩힌다 는 것은 제가 보기에 너무 아까운 겁니다."

조기자가 맞장구를 쳤다.

"옳으신 말씀. 한국에서는 채널링을 구심점으로 하는 종교 가 없으니 블루오션이죠. 그런데 문제는 법사님이에요. 매일 입버릇처럼 종교는 없고 종교적인 삶만 있다고 하잖습니까."

"에이, 당신께서 직접 나서기 뭣하니까 그런 것이겠지요. 어 쩌면 주변에서 적극적으로 나서는 사람이 없어서 지금까지 구 멍가게를 하고 있을지도 모르는 일입니다."

"구멍가게라……."

지천태와 조기자는 주거니 받거니 죽이 척척 맞고 있었다.

"만약 이상태로 차법사께서 돌아가시고 나면 어찌될지 솔직 히 걱정입니다. 경전을 만들어 놓은 것도 아니잖아요."

"그렇죠. 종교에서 경전은 필수입니다."

"그럼요. 사람의 마음을 감동시키고 생각을 하나로 모으는 경전이 있어야죠.”

“하지만 경전만 있다고 되는 건 아닙니다. 그 후계자들을 양성하는 조직이 있어야합니다.”

“조직이요?”

“경전 몇 트럭을 외운들 채널링이 터득 되겠습니까. 법사님 말 맞다나 채널링은 타고나는 건데.”

“……..”

“사람들이 잠깐은 모이겠지만 채널링이 안되면 쫄딱 망하는 겁니다. 게다가 기존의 막강한 종교들이 떡하니 버티고 있는데 아무리 법사님을 내세운다고 한들 차법사 하나 유명해질지 모르지만 신도들이 모이는 종교가 되겠습니까?”

“……..”

“자칫하면 사이비 논쟁에 휘말려 또 하나의 군소종교로 전락할 뿐이겠지요. 게다가 법사님이 죽기라도 한다면 유일한 원포인트가 없어지는 건데……..”

“원포인트 교주는 그래서 문제가 있어요. 제거하면 그만이잖아요.”

용화도 가세했다.

“옳습니다. 일제 강점기 6백만 신도를 자랑하는 보천교도 차경석이 죽자 신기루처럼 해체되었잖아요. 그래서 탄탄한 조직이 필요한 겁니다. 대를 이어나갈 종교 후계자를 양성하는 조직이요.”

“하긴 러시아 정교에서도 채널링을 교육시키더군요. 단계적으로 높은 수련을 쌓는 프로그램을 저도 많이 생각해 봤습니</p>

다. 저는 온라인 게임으로까지 만들려고 스토리텔링을 준비한 적도 있지요. 만약 제가 법사님을 도울 수 있다면 그런 거지요."

"단순히 차법사 숭배교가 아니라 차법사 같은 능력에 이를 수 있는 수련 프로그램을 운영해야 비로소 대중적으로 훌륭한 종교학교가 되는 겁니다. 인재들을 경쟁시켜 자격이나 지위를 주면 궁극적으로 로마 교황청 같은 권위체계를 갖추겠지요. 교주와 같은 능력에 도달할 수 있다는 심리가 충성스런 신도를 양산하는 겁니다."

용화가 말을 가로막았다. 나지막한 목소리는 훈계조였다.

"영능력이 수련으로 되겠습니까? 하늘로부터 받는 것인데. 그건 명백히 속임수지요."

조기자가 완강하게 부정했다.

"세상을 잘 모르시고 하는 말씀. 종교는 어차피 정치입니다. 종교는 조직이자 사업입니다. 더 적나라하게 말하면 종교는 정치보다 더 이미지 메이킹이 필요한 사업이라니까요."

용화가 질색을 했다.

"말씀이 너무 지나치신 거 아닙니까?"

"천만에요, 용화 선생님도 이제 세상물정을 적나라하게 알 때가 되었습니다."

조기자는 물러설 기세가 아니었다.

"저는 기자로서 수많은 유명 인물들을 만났습니다. 성직자, 정치가, 재벌, 예술가, 연예인……. 우리가 우상으로 삼고 존경하는 그들, 누구인 줄 아십니까?"

“……”

“일개의 인간일 뿐입니다. 이슬만 먹고 살고, 성령으로만 살고, 청렴으로 일하는 것 같지만 그들도 우리와 똑같은 사람입니다. 먹고, 자고, 사랑하고 가족을 챙기고. 단지 대중들에게 드러날 때는 인간적인 부분은 모자이크 처리되고 대중들이 원하는 신비한 재능만 확대되는 겁니다. 무대 위에서 공연하는 대중스타들과 다름없어요. 그렇다면 과연 그들이 사기꾼일까요?”

용화의 신념은 굳건했다.

“그런 집단은 애초에 사이비들이지요.”

“천만에요. 그들이 우상으로 받들어지고 성공하는 건 대중들의 염원때문입니다.”

“……”

완곡한 만류에도 불구하고 조기자는 끝장 토론이라도 벌이는 양 전투적이었다.

“과연 비약일까요? 예를 들죠. 북한 주체사상이 그겁니다. 정치와 종교가 일치된 전형적인 사례입니다.”

“……”

“미국의 한 종교 통계 사이트는 세계 10대종교로 주체사상을 꼽았습니다. 1900만 명이 신봉하는 종교라는 겁니다.”

“……”

“웃고 넘길 해외 토픽이 아니죠. 종교의 요소가 되는 성지(聖地)와 의식, 고유한 신봉체계, 교리의 존재, 신도들의 삶에 지대한 영향 등 종교의 요건을 모두 갖추고 있습니다. 잘 모르시나 본데, 종교가 정치와 형식상으로나마 분리된 역사는 그리 오래된 일이 아닙니다. 서구는 19세기 전후만 해도 지구상에 종교지도자가 곧 정치지도자이거나 적어도 정치를 막후에서 좌우했습니다."

"……."

"대중들의 자업자득입니다. 도달하지 못할 비인간적 스타 우상에 열광하고, 우상이 된 사이비 종교인들은 한술 더 떠서 인간이 도저히 지키지 못할 비인간적인 율법을 내세워서 이를 어긴 사람들에게 죄책감을 뒤집어씌우고. 정치와 다를 게 뭐있 어요. 자신들이 만든 율법을 어긴 자를 단죄하고 용서를 내리 는 시늉을 하는 게 종교의 전부잖아요. 죄책감, 불만, 공포심을 조장해 놓고 자기만이 해결할 지도자라며 장밋빛 미래를 제시 하지 않습니까."

용화는 감정이 치올라 울그락 불그락했지만 애써 태연하게 표정 관리를 하며 반문했다.

"음, 그래서 조기자님께서 말씀하고자 하는 게 뭔가요? 종교 가 정치라면 종교가 단지 혹세무민하는 것에 불과한데, 공산주 의처럼 종교가 없어야 한다는 말씀이신지?"

"천만에요. 그 반대입니다. 대중의 열망을 충족시켜야지요. 인간의 속성을 어떻게 바꿉니까. 대중들의 대리만족을 충족시 키는 배우가 되자는 겁니다."

"……."

두 사람은 인간의 속성을 너무나 적나라하게 헤집고 노골적 으로 이용하려는 조기자가 두렵기까지 했다. 조기자는 고삐를

늦추지 않았다.

"홈쇼핑에 보면 쇼호스트들이 마치 행복을 파는 것처럼 연기합니다. 그러나 그들이 파는 건 행복이 아니라 상품입니다. 종교도 마찬가지죠. 행복은 애초에 팔수가 없지요. 10만원짜리 행복, 100만원짜리 행복이 있나요? 종교도 종교 상품을 팔 뿐이지요. 단지……."

"단지."

"기존의 종교는 지구촌 시대를 대표하기엔 너무 폭이 좁고 낡았어요. 새 술은 새 부대에 담아야 합니다. 새로운 범지구적 종교상품이 필요하다는 겁니다. 적어도 지역 종교 분쟁은 없앨 수 있지 않겠어요."

냉정하고 소름끼치는 궤변같지만, 한편으론 일리 있는 기획안이기도 했다. 용화가 조심스럽게 끼어들었다.

"조기자님은 너무 종교를 장사나 상품처럼 세속화 하시는 경향이 있는 것 같습니다. 정치인들이 선전 선동하는 것도 아니고 인간의 영혼을 다루는 것이 종교인데요."

"용화선생께서 말하시는 것도 결국 저와 같은 취지 아닙니까? 범세계적인 종교조직을 갖추자는 것이요. 하지만 민족종교로 지금 같은 지구촌을 감당할 수 있겠습니까? 애초에 세계 시장을 무대로 세계종교로 시작하는 것이 더 시장성이 있습니다."

용화가 목에 힘을 주었다.

"신성문자에는 제령봉 밑으로 전 세계인들이 머리를 조아리고 온다고 되어 있지요. 법사님은 불교의 형태만 했을 뿐 엄연히 도통줄이 증산 상제님이지요. 이미 도수에 그렇게 나와 있습니다. 법사님께선 귀신을 부리는 영통이 누구보다 뛰어나십니다. 하지만 이건 상제님께서 전생에 차경석에게 부여한 능력입니다. 맺힌 한의 해원을 통해 병을 낫게 하는 의통을 행하는 능력이지요. 저는 그 능력이 현세에도 고스란히 전수되었다고 생각합니다. 이 모두가 다가올 병겁에 반드시 필요한 천지공사를 위해서지요.”

무리하게 결론으로 몰아가려는 시도에 다시 분위기가 썰렁해졌다. 용화는 결심한 듯 분위기 반전을 꾀했다.

“이 참에 제가 천기누설을 감수하며 신성문자를 소개한 이유를 말씀드리겠습니다.”

“……”

“신성문자의 궁극적 목표가 뭐겠습니까?”

“……”

“상제님께서 이런 천문을 남기신 이유는 단 한가지입니다. 후천개벽을 인도할 미륵을 내기 위해서지요.”

“……”

“상제님을 미륵이라고 생각하는 분들도 있으나, 제가 보기엔 증산 상제님이 직접 오는 게 아니라 일꾼인 인간 미륵을 내기 위해 오신 분입니다.”

조기자가 퉁명스럽게 말을 받았다.

“그런데요?”

“도수에서처럼 2012년이면 병겁이 휩쓸고, 2013년이면 개벽이 옵니다. 지구촌이 한반도를 배꼽으로 재편되는 개벽의 지도

자가 출생할 겁니다. 법사님께서는 전생에 상제님을 모셨듯이 미륵불이 출세하면 이번에도 그 분을 모시고 천지공사를 도와 일만 이천 도통군자를 거느려야 할 분입니다. 저는 그 신성문자의 명을 받들러 여기 온 겁니다.”

이번엔 지천태가 불편한 심기를 드러냈다.

“천문의 해석이 사람마다 다른데 한 가지 해석만 따라야 하나요?”

“법사님이 하시는 일은 상제님의 천지공사에 미치지 못합니다. 상제님께서 하늘과 땅을 바꾸고 우주 운생을 바꾸신 분인데, 법사님은 선원에서 중생들 길흉화복이나 상담하고 있지 않습니까. 법사님은 상제님의 명을 받들어야 더 큰 그릇이 될 수 있습니다. 전생에 보천교를 일으켰듯 다시 한 번 상제님의 뜻에 따라 도통군자를 양성하고 지도에 나서야 합니다.”

차법사의 아파트 지하 주차장.

가끔 드나드는 차량의 소음 말고는 주차장은 고요했다. 오토바이 한 대가 한 켠에 서 있었다. 호위무사가 차량 아래서 기어나왔다. 그는 휴대용 만능공구를 접어서 주머니에 넣고 안전모를 쓰더니 오토바이로 향했다. 시동 걸린 오토바이는 괴성을 지르며 타고 유유히 주차장을 빠져나갔다.

제령봉.

신도교 본당에 현수막이 나붙어 있었다.

‘봉 축, 미륵 재림’

본당에 들어가지 못한 수백 명의 인파가 마당에서 안타까움에 발을 구르고 있었다. 재림한 미륵을 보기 위해서다. 카메라 플래시를 터뜨리는 언론사 기자들도 보였다.

대기실에서 조카가 금관을 쓰고 용 문양을 수놓은 화려한 예복을 걸치고 서있었다. 조카는 어정쩡한 자세로 어쩔줄 몰라 하고 있었다. 옆에서 커다란 주장자를 짚은 대성거사가 작은 목소리로 닦달했다.

"허리를 펴고, 당당하게."

"예, 예, 삼촌. 이렇게 서 있기만 하면 되남유?"

"그 사투리 좀 그만 쓸 수 없어?"

"지두 노력 중이지만 하루아침에 되간디요."

"허 참. 입도 뻥끗 말고 시자들이 안내하는 대로만 하면 돼."

대성거사가 제단 앞에 등장했다. 주장자를 땅에 세 번 두드렸다. 목청을 가다듬고는 대중들을 향해 외쳤다.

"상제님의 유서, 즉 신성문자 해제가 도착하였도다. 이는 하늘의 지엄한 명령이므로 때가되어 부득이 만천하노라."

스크린에 동곡의 해제 족자가 확대되어 나타났다.

'미륵 출세. 경신년 12월 28일생, 박씨. 정해년 4월 8일에 천하에 공포.'

운집한 대중들은 허리를 깊숙이 숙여 경외감을 표시했다.

대성거사는 대중들을 위엄 있게 바라보았다.

"신성문자를 해제한 경전 또한 완성되었으니, 지구상의 모든 경전을 대체할 율법임을 선포하노라."

앞쪽에 현란한 표지로 장식한 경전이 수북이 쌓여 있었다.

"출현 생미륵불의 재림을 선포하노라."

쿠왕-쿠왕-쿠왕-

조카가 거대한 증산 초상 앞에 나타났다. 대중들은 일시에 엎드려 머리를 처박았다. 마치 고대 황제의 등극식을 방불케 했다. 대성거사는 흡족한 미소를 지었다.

M방송국 커피숍.

조기자가 오국장을 만나고 있었다.

"편성 날짜까지 잡아놓고, 60분짜리를 15분으로 줄이더니, 방영 2시간 전에 갑자기 전격 취소한다는 게 말이 돼? 대체 이유가 뭐야? 그 정도면 윗선도 한참 윗선 지시 같은데."

"자네 혹시 이거 기사 내려는 거야?"

오국장은 경계의 눈빛을 풀지 않았다.

"겁먹긴. 엠바고(보도금지) 약속하지."

"정말이지?"

"아무리 이 바닥에 상도가 없기로서니, 내가 친구 밥줄 팔아 먹을 정도로 궁색하진 않아."

오국장은 몇 번이고 다짐을 받았다.

"정말이다. 엠바고....좋아."

"진짜 이유가 뭐야? 윗분들과 종교가 달라서 그래?"

"공식적으론 방송의 영향력을 감안할 때, 시청자들에게 지나친 충격을 던질 개연성이 짙어서 그랬다는 거야. 영혼이 아직까지 우리 사회에서 금기라는 거지."

"허 참나. 잔인한 전쟁이나 살인은 매일 내보내면서 영혼은 왜 금기냐? 재벌 총수의 사소한 일거수일투족은 대문짝만하게 내고, 메이저 종교의 교주들은 특집 인터뷰 내면서 말이야.”

“내 말이 그 말이야. 영혼, 무속 이런 게 진짜 금기가 아니란 뜻이지. 시청자는 그냥 핑계일 뿐이야.”

“그래서 진짜 이유가 뭐냐니까?”

조기자가 냉수를 벌컥 벌컥 들이키며 보챘다. 오 국장은 냉커피 한잔을 들이키며 천천히 말했다.

“이것도 밥그릇 싸움이야.”

“밥그릇?”

“생각해 봐. 뇌사된 사람이 벌떡 일어나고, 형편없는 성적을 받은 자식이 명문대 합격하고, 망했던 사업가가 번창한다면 기존의 종교들은 어디 장사 해 먹겠어? 신도들이 어디로 가겠냐고?”

“그렇게 되나?”

“만약 예수님이 재림해서 여의도의 큰 교회에 나타났다고 치자. 어떻게 되겠어?”

“무슨 말을 하려고 그래?”

“부처님이 환생해서 큰 사찰에 나타나면 어떻게 될 것 같냐고?”

“……”

“아마도 목사님이나 신부님이나 스님이 이럴걸. 천상의 일도 바쁘실 텐데 지상은 우리에게 맡기시고 하늘로 가시지요.”

“하하하.”

“웃을 일이 아닐세, 이친구야. 만약 성인이 나타나서 ‘내 말은 그런 뜻이 아닐세. 그리고 자기 수련을 하랬더니 왜 나를 팔아 우상으로 만들고 본인들 생계를 유지하려 하는가!’ 하고 따지면 얼마나 당황하겠어.”

“그거 참. 산 성인조차도 자기와 밥그릇 경쟁자로 여긴단 말이지.”

“교주의 밥그릇을 위협하면 모조리 이단이며 사이비 취급하는 게 종교의 그 넓고 넓은 아량일세. 중세때 마녀사냥과 크게 달라진 게 없어.”

“……”

“종교는 우상을 원하지 실물을 원하지 않아. 예수도 소크라테스도 당대 종교 우상 숭배자들에게 혹세무민한다는 누명을 쓰고 죽었다고.”

“……”

불암산 백사마을.

골목 한편에 짙은 선팅을 승합차가 서있다. 3명의 사내가 탄 차 안에는 빵 봉지와 빈 음료수 병이 너절하다. 사내들은 용화의 집으로 올라가는 골목을 응시하고 있다. 주기적으로 한 명씩 용화의 낡은 집을 둘러보며 무료한 시간을 보내가 있었다.

오토바이 한 대가 다가갔다. 호위무사가 승합차 유리창을 두드리자 창문이 스르륵 열렸다.

“없는가?”

“안 나타났습니다.”

“들킨 건 아니지?”

"물론입니다. 밤엔 불도 안 켜는 빈 방입니다."

그때 용화는 경기도의 승천사에 머물고 있었다. 승천사는 명지산이 품고 있는 유일한 사찰이지만 일반인들에겐 잘 알려지지 않아 내비게이션에도 표시되지 않은 천혜의 은신처였다.

용화는 명지 폭포 앞 바위에 앉아 떨어지는 흰 물줄기를 바라보고 있었다. 벌써 몇시간째 미동도 하지 않았다.

용화는 공항에 도착하자마자 차법사로부터 전화를 받았다. 차법사는 조급한 목소리로 절대로 거처에 가지 말고 피신해 있으라고 당부를 했다.

용화는 곰곰이 생각했다.

'내가 내색한 적도 없는데 쫓기고 있다는 걸 어떻게 알았을까? 차법사는 이미 모든 걸 다 알고 있었단 말인가? 내가 부처님 손바닥 위에서 놀고 있었단 말인가?'

만약 이탈리아에 가지 않았다면 틀림없이 괴한들에게 끌려갔을 테지만 절묘하게 위기를 넘긴 것이다.

'차법사가 어디까지 알고 있을까?'

동곡 스승이 용화에게 전한 마지막 유언이 귓전을 스쳤다.

'1920년 경신이 아니라, 1980년 경신년일세. 젊은 미륵을 찾게나.'

신성문자 해제에는 미륵이 1920년 7월 7일생 이(李)씨로 적혀 있었다. 1980년생이라는 스승의 말에 따라 종도들의 자녀를 수소문하며 마침내 찾아내어 비밀리에 불광동에 모셨던 것이었다. 그리고 차법사를 찾아 미륵을 보필할 것을 설득해 왔던 것이다.

‘혹시?’

번뜩 그의 머릿속을 스치는 것이 있었다.

‘1920년 7월 7일생 이씨라면 바로 동곡 당신이 아닌가! 아!’

그동안 용화는 추호도 의혹을 품은 적이 없었지만 별안간 봇물 터지듯 의문이 꼬리를 물었다.

그렇다면 동곡은 스스로 미륵임을 자처하기 위해 해제를 임의로 해석했단 말인가. 그 야욕의 대가로 천벌을 받아 급사한 것일까. 또한 그가 최후의 변명으로 1920년생을 1980년생으로 급히 변경을 했다면……. 차법사는 이 사실을 진작부터 알고 있었을까. 그래하여 신성문자 해제 때마다 자리를 피하고 다른 자들을 동석시킨 것이고……. 대성거사는 내가 차법사와 동행한 사실을 틀림없이 알고 있을 텐데. 차법사를 하늘의 병풍에서 숨겨놓은 미륵으로 오해한다면…….

‘차법사가 위험해!’

차법사의 자동차가 올림픽대로를 달리고 있다. 갑자기 기사가 당황했다. 브레이크 페달을 여러 차례 반복해서 밟았다.

“김기사 왜 그래?”

“법사님, 브레이크가, 브레이크가 말을 안 듣습니다.”

김기사 콧등에 송글 송글 땀이 맺혔다. 이미 등짝은 식은땀으로 흥건해졌다. 옆 차선에서 차들이 쏜살같이 질주하고 있었다. 푸른 한강물이 넘실댔다. 그날따라 가드레일이 왜 그렇게 낮아 보이는지 신기했다.

자동차는 가속이 되어 잠실대교 남단을 질주하고 있었다. 차법사가 침착하게 말했다.

"오른쪽 갓길 차선을 잡아. 오르막이 되면 말해."

자동차가 오른쪽 점멸등을 켜고 가장자리 차선으로 들어섰다. 앞쪽에 덤프트럭이 느리게 달리고 있다. 비상등을 켠 자동차는 요리조리 차선을 바꾸었다. 조금만 더 가면 올림픽대로가 끝나고 신호가 나오는 구간이었다. 가장자리 차선이 빈 곳이 나왔다. 차법사가 외쳤다.

"오른쪽 가드레일에 바짝 마찰시켜서 밀고가."

기사가 땀을 뻘뻘 흘리며 되물었다.

"네?"

"비행기 동체 착륙처럼 자동차를 오른 쪽으로 마찰시키라고."

자동차가 가드레일 접근하자 백밀러가 산산 조각나 공중에 흩어졌다.

끼기긱-

자동차는 귀를 찢는 마찰음을 내며 불꽃이 튕겼다. 50여 미터를 끌고 가던 차가 멈추었다. 차에서 흰 연기가 솟았다. 운전대를 감싸 안은 김기사가 고개를 쳐들었다. 고무와 페인트가 타는 매캐한 냄새가 목을 찔렀다.

"살았습니다, 법사님."

대학로 7층 사무실.

조기자가 차법사를 만나 오부장 만났던 이야기를 전했다. 차법사의 반응은 의외로 선선했다.

"아마 영계에서 막은 것이겠지."

"네? 영계가 아니라 방송국 자체 심의에서 걸렸다니까요."

"그래. 만일 뇌사자가 살아났다고 방송 나가봐. 뇌사자들이 누가 장기 기증을 하려들겠어. 전부 나한테 몰려 올 테고, 불치병 환자들이 난리가 날텐데."

"그랬을까요?"

"그보다도 기존의 종교에서 심하게 견제하겠지. 요즘 경고등이 여러 군데 켜졌거든."

조기자는 고개를 끄덕였다.

"다른 건 몰라도 그건 맞아요. 밥그릇."

조기자는 단 둘이 있는 기회를 십분 살려 쌓아두었던 궁금증을 해소하려 했다.

"법사님만 계시니 톡 까놓고 여쭙겠습니다."

"뭘?"

"인류 종말이 언젭니까? 또 출세한 미륵은 누굽니까?"

차법사는 곤란한 표정을 짓고는 말이 없었다. 답답한 듯 조기자가 차법사를 조르다시피 했다.

"법사님, 뭐라 말 좀 하세요. 멀리서 정성스럽게 신성문자를 해설하러 온 사람의 성의를 봐서라도 이쯤에서 무슨 논평을 해야 하는 게 도리가 아닙니까?"

도리까지 들먹이며 압박하자 차법사가 고심 끝에 입을 열었다.

조기자가 날을 세웠다.

“그나저나 법사님께선 점찍어 놓은 후계자가 있습니까?”

“후계자?”

“말이야 바른 말이지, 만약 법사님께서 저 세상으로 가신다면, 구명시식은 이대로 대가 끊어지는 거 아니겠습니까. 이 얼마나 아까운 일입니까?”

잠시 묵직한 침묵이 흘렀다. 차법사가 무언가 생각하더니 입을 열었다.

“옛날에 부인 네 명을 거느린 사람이 있었어.”

차법사는 이번에도 즉답을 피하고 이야기로 자신의 뜻을 대신 전했다. 조기자는 왜 갑자기 축첩 이야기를 꺼내나 싶었다.

“첫번째 부인은 자신의 몸뚱이처럼 아껴주고 보살폈으며, 둘째 부인도 소중하게 여겨 늘 곁에 두고 사랑해 줬지. 세번째 부인 역시 다정하게 알뜰살뜰 챙겨 주었지만 어쩐지 유독 네번째 부인만큼은 업신여기고 늘 뒷전에 밀려나기 일쑤였어. 그러다가 남자가 병에 들어 죽음이 눈앞에 다가오게 되자, 남은 네 명의 부인들을 한자리에 불러놓고 마지막 유언을 하게 되었지. 첫번째 부인에게 말했어. ‘부인, 나와 함께 저승길을 떠납시다’. 그녀는 말없이 고개만 가로저었지. 같이 죽자는데 좋아할 리가 있나. 두번째, 세번째 부인 역시 같은 대답뿐이었어. 끔찍이 사랑하던 세 명의 부인들이 마지막 순간에 자신의 뜻을 거역하자 남편은 커다란 배신감에 몸을 떨 수 밖에. 끝으로 네번째 부인에게 힘없이 물었지. 부인, 당신 생각은 어떻소? 그런데 뜻밖에도 네 번째 부인은 ‘당신이 가시는 길이라면 기꺼이 따르겠어요’라는 대답을 하는 거야.”

조기자는 자기도 모르게 이야기에 빠져 있었다.

"평소 보살펴 주지도, 사랑하지도 않았던 네번째 부인이 기꺼이 따르겠다는 대답을 들으며 남편은 저승길로 들었어."

차법사가 약간의 간격을 두고는 물었다.

"각 부인들이 뜻하는 바가 뭔지 알겠어?"

조기자가 너스레를 떨었다.

"지금까지 퀴즈를 낸 것이었습니까? 그럼 더 귀담아 들었을 것인데."

차법사가 기다리지 못하고 답을 말했다.

"첫째 부인은 육신, 즉 몸뚱이를, 둘째 부인은 재물을, 셋째 부인은 형제자매를 상징하지. 마지막 부인은 뭐겠어?"

"……."

"넷째 부인이란 바로 업(業)이야. 자신이 지고 가야 할 업. 죽으면 모두 버려야하지만 업만은 면할 수 없지. 누가 누굴 믿고, 어떤 경전을 외고, 어떤 신을 믿는다 해도 자기의 업이 없어지겠나. 평소에 짓는 게 업인데."

"……."

"공수레공수거(空手來空手去)란말이 있지?"

"그건 저도 잘 알지요. 빈손으로 와서 빈손으로 가는 인생, 이거야 말로 만고불변의 진리 아닙니까."

"글쎄, 보이는 형상으로 봐서는 그렇겠지만 내 눈으로 봐서는 틀린 말일세."

"네? 왜요?"

"업을 가지고 태어나서 업을 가지고 죽는데 왜 빈손이겠어.

무거운 업을 가져와서 더 무거운 업을 지고 가는 게 중생 아닌가. 깨우친 자는 덜어서 가져갈 것이고."

조기자는 한 방망이 맞은 것처럼 입을 벌렸다.

"아, 그렇게 되네요."

"인간의 비밀이 우주의 비밀이야. 비밀을 푸는 열쇠는 자기 안에 있어. 그런데 그걸 밖에서 구하려고들 해. 자기 안에서 핀 꽃이 가장 아름다운데……."

조기자 가슴은 오히려 더 답답해졌다.

"에휴, 법사님은 종교 장사하긴 그른 것 같네요. '인과응보다', '지은 과보대로 간다' 그렇게 말하면 누가 사찰에 가고 예배당에 갑니까. 과보를 덜어준다, 좋게 해 준다 이래야 장사가 되지요."

어색한 침묵이 흐르자 차법사가 물었다.

"조기자 대인(大人)과 소인(小人)이 어떻게 다르겠어?"

"지금 제게 물은 겁니까?"

"그래. 너무 심각하게 생각하지 말고 생각난 대로 답해 봐."

"마음이 넓으면 대인 아닌가요?"

"글쎄?"

"남을 위해 베풀 줄 알면 대인인가?"

차법사의 대답은 간단했다.

"목욕탕에 가보면 알지."

"목욕탕?"

"어렵게 생각할 것도 없어. 목욕탕 매표소에서 초등학생 이상이면 대인, 미만이면 소인이니까."

"우하하-"

차법사는 능청스럽게 말을 이었다.

"웃자고 하는 얘기지만, 알고 보면 부처와 중생을 구별하는 요령 또한 이에 못지않게 간단해. 조기자는 아마 이걸 묻고 싶을 게야. 내가 미륵이냐고."

정확했다. 조기자는 몸을 바짝 당겨 앉았다.

"사람인 자가 나를 사람이라고 하면 나는 사람이요, 사람이 아닌 자가 나를 사람이라고 하면 나는 사람이 아니지. 미륵인 자가 나를 미륵이라면 미륵일 것이요, 미륵이 아닌 자가 나를 미륵이라 하면 나는 미륵이 아니겠지."

□ 후천개벽의 비밀

짙은 초록으로 무성한 모악산 금산사.

석양에 쫓긴 산 그림자가 스멀스멀 금산사 앞마당으로 기어 들어오고 있었다. 푸른 산과 붉은 석양, 검은 그림자가 경합하는 금산사의 허공은 보랏빛 안개로 팽팽했다.

황금빛 석양으로 번뜩이는 웅장한 3층 미륵전은 삼매에 빠진듯 고요했다. 미륵전 북쪽에 높게 자리 잡은 평평한 방등계단은 말이 없었다.

용화는 벌써 몇시간째 방등계단 주위를 탑돌이 하고 있다. 보통은 당연히 미륵전의 삼존불부터 친견했을 것이다. 증산께서 '나는 미륵불이니, 나를 보려거든 금산사 미륵불을 보라'고 친히 유지를 남기지 않았던가. 그러나 오늘은 미륵불을 외면한 채, 단숨에 방등계단부터 찾았다.

"때가 되었나이까?"

모악산은 용화가 도학들과 뒷동산 오르듯 반질반질하게 누볐던 곳이다. 하지만 스승으로부터 봉인을 명받고는 발길을 뚝 끊었었다. 옛 도학들과 마주치기라도 한다면 매우 곤란할 일이 벌어질 것이다. 그럼에도 불구하고 그가 위험을 감수하고 부랴부랴 다시 모악산으로 달려온 까닭은 지난 밤 꿈속에서 나타난 푸른 용 때문이었다.

꿈속에서 푸른색의 용 한 마리가 하늘에서 유성처럼 떨어지더니 방등계단 중앙의 석종 속으로 쑥 들어가 버리는 게 아닌가. 그리고 돌종이 요란한 소리를 내며 울리기 시작했다. 마치 산천을 뒤흔드는 호랑이 포효 같았다.

이상했다. 금산사의 백미는 미륵삼존불이 모셔진 미륵전 아닌가. 많은 예언가들이 앞으로 도래할 새로운 선경세계를 이끌 인물을 예언하며 가리킨 곳도 바로 미륵전의 미륵불이었다. 그런데 용이 떨어진 곳은 미륵전이 아니었다.

'기이하다. 왜 하필 방등계단일까? 왜 미륵전을 비껴갔을까? 길몽인가, 흉몽인가?'

정방형의 방등계단 위엔 이따금 바람만 일뿐 휑하기만 했다.

그의 신념은 뿌리째 흔들리고 있었다. 종교와 교주, 미스테리아, 진리.... 근본적 회의가 고개를 쳐들었다. 용화는 고개를 절레절레 흔들었다.

'휴우-'

자기도 모르게 긴 한숨이 터져 나왔다. 한시라도 빨리 무거운 짐을 내려놓고 싶었다.

용화는 계단에 기대 앉아 기단 벽에 기댔다. 허기에 지친 육신은 슬며시 타협의 손을 내밀고 있었다. 절로 한탄이 터졌다.

홀연히 선선한 한 줄기 바람이 불더니 사내를 휘돌아 감았다.

딸랑, 딸랑-

풍경소리가 깊은 우물에 떨어진 물방울처럼 3층의 통 미륵전에 울려 퍼졌다.

웅장한 미륵불 앞에 차법사, 용화, 조기자, 지천태 네 사람이 섰다. 용화는 난감한 표정이었다. 차법사를 초대했는데 또 다시 불청객들을 동반하고만 것이었다. 목숨을 걸고 비장하게 마련한 자리가 자칫 물거품이 될 수 있었다. 혼자만 내려오라고 말한 것도 아니라 딱히 따질 구실도 없었다.

용화는 준비해 둔 좌복 위에 배례를 올렸다. 머리를 마루에 대고 두 손을 들어 받들며 최고의 예를 표했다. 그런데 삼배를 올리던 용화는 첫배에서 움찔하고 말았다. 차법사의 행동때문이었다. 차법사는 배례는 커녕 가벼운 목례만 하고는 우두커니 서서 멀뚱멀뚱 미륵불의 용안만 쳐다보는 게 아닌가.

용화는 부화가 치밀어 올랐다. 다른 사람은 열심히 절을 올리는데, 명색이 법사라는 분이 배례는커녕 부처와 눈싸움을 벌이고 있다니. 목구멍까지 무례를 책하는 고함이 밀려올라왔지만 감히 미륵불 앞에서 불경스런 언사를 발설할 수 없어 간신히 억눌렀다.

차법사는 그런 용화의 심정을 아는지 모르는지 홀연히 미륵전을 나왔다. 하도 어이가 없어 용화는 멍하니 서있었다. 불현듯 정신을 차린 용화는 얼른 미륵전을 나왔다. 올려다보니 차법사는 어느 새 방등계단에 서있었다.

차법사는 주변을 둘러보며 모악산 봉우리와 눈을 맞추고 있었다. 용화는 순식간에 계단을 뛰어 올라가 차법사를 따라잡았다. 차법사가 헐레벌떡 뛰어온 용화에게 비로소 말을 건넸다.

"제가 왜 미륵불에 절을 하지 않았을까요? 교만해서일까요?"

용화가 듣고 싶었던 변명이 바로 그것이었다. 차법사의 눈은 석종과 미륵전을 잇고 있었다. 차법사가 미륵전 3층 지붕을 바라보며 지나가듯 말했다.

"나 자신에게 절할 필요가 있나요."

무슨 뜻일까. 당신 스스로에게 절하다니. 차법사는 자신이 출세한 미륵불이라고 실토하고 있단 말인가.

용화의 궁금증을 의식한 차법사는 친절하게 해설했다.

"오해 마세요. 중생 모두가 부처의 씨앗을 품고 있는 미래의 부처라는 뜻이니까요. 증산께서도 내 자신이 미륵불이라고 하셨지 않습니까. 정심(正心)을 점심으로 잘못 알아들은 종도들의 경우처럼, 미륵이 증산이라며 증산을 우상화하는 게 아닐까요?"

"……."

생전 증산이 도를 깨닫게 해달라고 간청하는 종도들에게 '도 공부를 하려면 이제부터 정심(바른 마음)을 먹으라'했더니 종도들은 점심을 먹고 오라는 것으로 알고 일제히 점심을 싸온 적이 있었다.

"자신이 부처임을 아는 자가 미래의 자신의 모습에 경배할 수 있겠어요?"

미륵전에는 미륵이 없었다. 미륵불의 형상만 있을 뿐, 형상이 없는 미륵은 다른 곳에 있었다. 바로 방등계단에 있었다.

미륵전은 미륵이 지상으로 내려온 형상이요, 방등계단은 미륵이 만들려는 이상향인 도솔천의 세계를 표현하고 있다. 미륵전이 육신의 유(有)의 세계라면, 방등계단은 영혼의 무(無)의 세계였다. 유형은 무형의 진리를 가리키는 손가락에 불과하였다.

지상세계 미륵전의 외형은 시간적으로 과거·현재·미래, 공간적으로 상·중·하 3단계 차별을 상징하는 3층 모양이다. 반면 방등계단은 사방팔방이 차이 없이 모두 평등한 미륵의 도솔천을 완성한 형상이었다.

그러나 방등계단과 미륵전은 긴밀하게 한 몸이다. 미륵전은 겉에 보이는 3층이 전부가 아니다. 미륵전 안으로 들어서면 내부는 층이 없다. 한통으로 통해 있다. 외형이 육신이라면 내부는 마음이다. 차별이 있는 육신 내면의 마음속에는 차별없는 미륵의 씨앗을 이미 품고 있다는 뜻이었다.

그래서 미륵전이 차별 속의 평등이라면, 방등계단 2층 기단은 평등 속의 차별이다. 미륵불의 외형을 보려거든 미륵전을 찾아야 하지만, 미륵을 직접 친견하려거든 미륵의 마음을 형상화 한 방등계단을 찾아야 했다. 미륵은 애초부터 형상이 없기 때문이다.

용화는 너무나 다른 미륵불 해석에 할 말을 잃고 말았다. 정신을 가다듬었다. 이때 두 사람이 헐레벌떡 숨을 몰아쉬며 계단을 올라왔다. 조기자가 타박을 해댔다.

"아이고, 동에 번쩍 서에 번쩍 홍길동이시네. 말도 없이 사라져서 한참을 찾았잖아요."

차법사와 일행이 탄 자가용은 증산이 천지공사를 벌였던 금평저수지를 향했다. 차안에서 두런두런 잡담이 오갔다. 그러나 잡담은 그저 잡담으로 끝나지 않았다.

지천태는 보이차 사업을 모두 정리한 상태였다. 이탈리아 가이드였던 마리아를 만나기 위해서였다. 둘이 연분이 있다는 차법사의 언질이 씨가 된 셈이다. 차법사는 지천태가 방랑벽이 다시 도졌다고 껄껄껄 웃었다. 이번 여행은 지천태가 떠나기 전 마지막 여행이 된 셈이다.

지천태는 이번 기회에 언제부턴가 묵혀두었던 의문을 차법사에게 속 시원히 물어보기로 작정했다. 차법사가 가장 꺼리는 질문들이었지만 언제 이런 기회가 있겠느냐는 생각이 들자 이판사판이었다.

"법사님, 이제 정말 세상이 망할라나봅니다."

"왜 갑자기……."

"제가 며칠 전 일본을 다녀왔다고 했지 않습니까."

"그랬죠, 후지산 등산 간다고 한 것 같은데요?"

"기억하시네요. 후지산은 후지산인데 정확히 말해 등산은 아니고 명상학교 다녀왔어요."

조기자가 끼어들었다.

"명상학교요?"

"아, 이번엔 명상 때문에 간 게 아니라 제 일본인 친구가 후지산 아래 명상학교의 지도자인데 놀러오라고 해서 사업도 접고 마음도 싱숭생숭한 터에 훌쩍 갔드랬죠."

일본의 후지산.

봉우리에 만년설을 두른 채 평야에 홀로 우뚝 솟은 후지산은 주변의 풍경을 압도하고 있었다. 해발 3,776미터의 일본 최고봉인 후지산은 일본인에게는 산 그 이상의 존재였다. 일본인들의 영산(靈山)이요, 산 자체가 신성한 제단이었다. 토속신만 해도 800만개가 넘는 신의 나라 일본에서 단연 신중의 신이었다. 그래서인지 후지산이 바라다 보이는 주변에는 종교단체와 명상센터가 유독 많았다.

지천태와 기시다상은 천천히 들판을 산책하고 있었다. 기시다는 지천태보다 나이가 10살이나 어리지만 도와 명상에 관심이 많은 동지로서 격의 없는 사이였다. 기시다가 5,000년전 신비를 고스란히 담고 있는 후지산을 바라보며 걱정스러운 듯 말했다.

"지상, 저 후지산을 보시므니다."

"아, 우뚝 솟은 저 만년설은 언제 봐도 신비로운 산입니다."

"그런데 저 만년설이 녹고 있스므니다."

"네?"

"지상은 가끔 봐서 모르겠지만, 매일 보는 내 눈에는 1년 전보다 절반이상 녹았스므니다. 봉우리가 완전히 새하얀 눈으로 덮여있어야 하는데 지금은 군데 군데 골짜기가 보일 정도로 엷어있스므니다."

지천태가 눈에 힘을 주고 자세히 살폈다. 기시다의 말대로였다. 수북이 탐스럽게 덮인 만년설은 오간데 없고 눈이 녹아 흘러내린 골이 파여 있었다.

"지구 온난화 때문인가? 겨울이 지나서 그러겠죠."

"저도 처음엔 그렇게 생각했스므니다. 그런데 올겨울 가장 추운 1월에 눈이 더 녹았스므니다. 그리고 여기서 10Km떨어진 하코네에서는 얼마 전에 관광 케이블카 운행이 중단되기도 했스므니다."

"왜요?"

"지진 때문이므니다."

"지진이야 일본에 늘상 있는 재난인데……."

"최근에 미세 지진이 평소보다 10배나 넘었스므니다. 150회 이상이 발생한 날도 있스므니다."

"어이쿠! 그럼 불안해서 어찌 사누?"

"일본인들은 늘상 지진을 끼고 살아서 면역이 되어있지만 후지산 만년설이 녹는 것에는 대단히 걱정이 크므니다. 외부의 기온이 아니라 후지산 내부의 온도가 올라갔기 때문이므니다."

"그게 사실이라면……."

"맞스므니다. 후지산 분화가 걱정이므니다. 후지산은 300년 전에도 폭발했던 활화산이므니다. 더 걱정은 후지산에서 수련하는 많은 예언가들이 요즘 부쩍 불길한 미래를 보았다고 예언하므니다."

"예언가들이요?"

"일본열도가 불길에 휩싸여 가라앉는 끔찍한 예언도 있스므니다."

기시다상은 과학자들의 발표보다 예언가들의 말을 더욱 신뢰하고 있었다.

"아, 일본침몰. 그건 재난 영화에 불과한 상상 아닌가요?"

"하늘의 경고일수도 있스므니다. 일본에는 예전부터 일본에 대지진이 일어나 침몰한다는 예언이 많았스므니다. 기다노 대승정의 메시지를 아시므니까?"

일본의 기다노 대승정의 예언은 충격적이다. 1975년 기다노 대승정이 '선통사'라는 절에서 잠을 자고 있을 때 우주인이라고 소개한 일단이 지구의 미래에 관해 다음과 같은 이야기를 했다.

지구에는 대변동이 있을 것인데, 지구의 지각이 늘어나고 줄어들면서 해저가 솟고, 대륙이 가라앉아 지금의 세계 지도는 완전히 달라진다는 것이다. 인류가 절멸하는 것은 아니지만, 일본은 겨우 20만명 정도만 살아남는다고 했다. 그런데 한국은 세계에서 가장 많은 숫자인 약 425만명이 살아남아 지구상의 전체 나라 중 종주국이 된다는 예언이었다.

우주인은 일본이 침몰한다고 직접적으로 말하지는 않았지만 1억 2천 7백만 명의 인구가 20만 명이 되려면 일본열도가 한순간에 침몰해야 한다는 가정이 가장 유력하다.

노스트라다무스는 968편의 예언시를 남겼으며 70% 이상이 적중했다. 그도 예언시의 일부에서 일본열도 침몰을 기정사실화 했다.

가장 관심을 끄는 예언가는 에드가 케이시다. 미국이 낳은 20세기 가장 위대한 예언가인 그는 독실한 감리교 신자로서 최면 상태에서 사람의 병을 치료했다. 케이시 역시 일본열도 침몰을 예언했다. 그는 '일본의 대부분은 반드시 바다 속으로 침몰한다'고 예언하면서 보통 예언가들은 피하는 반드시(must) 란 조동사를 강조하며 일본의 비극적 미래를 확신했다.

멀리 후지산 만년설이 눈물을 흘리듯 골이 지고 있었다. 기시다상이 지천태의 얼굴을 바라보며 물었다.

"한국에도 일본침몰을 예언한 사람이 있스므니까?"

"네, 있지요."

금평저수로 향하는 차안에서 지천태가 물었다.

"일본 침몰을 걱정하는 사람을 직접 보니 그 심각성이 장난이 아니더라구요. 법사님, 아무래도「격암유록」이나「송하비결」에 나오는 말들이 맞는 모양인가 보죠?"

연도수는 조금씩 달라도 동서양 예언가들은 약속이나 한듯 일본 대지진 재앙을 예언했다.

탄허스님의 주역 풀이는 매우 구체적이다. '일본은 손방(巽方)인데, 손(巽)은 주역에서 입야(入也)로써 들입(入)자는 일본 열도의 3분의 2 가량이 바다에 침몰한다'는 것이다. 탄허스님은 '23.5도 가량 기울어진 지축(자전축)이 바로 서고, 땅 속의 불(火)에 의해 의한 북극의 얼음이 녹는 현상은 지구가 마치 초경 이후의 처녀처럼 성숙해 간다는 것을 의미한다'며 '이제까지 지구의 지축은 23.5도 기울어져 있는데, 이것은 지구가 아직도 미성숙 단계에 있다는 것을 말한다'고 했다.

또한 '지구의 자전축이 틀어지는 대환란 위기 상황을 극복하고 인류를 구원하는 법방을 오직 한민족이 갖고 있다'며 '한반도의 서해가 융기해 육지가 되고, 백두산이 세계 최고(最高)

의 산이 된다'는 놀라운 예언을 했다.

용화가 고개를 끄덕이며 지천태를 거들었다.

"상제님께서도 일본은 불로 심판 받는다고 하셨지요."

조기자가 안경을 쓸어 올렸다.

"증산께서도 직접 그런 말을 하셨다구요?"

"물론입니다. '불개벽은 일본에서 날 것이요, 물개벽은 서양에서 날 것이니라. 인천에서 괴질병이 돌면 전 세계가 인(人)개벽을 당하리니, 세상을 병(괴질병)으로 쓸어버리리다.'고 하셨습니다. 비슷한 말씀을 한두 번 말하신 것도 아닙니다."

"내용이 탄허스님하고 엇비슷하네요."

"아닙니다. 이번 기회에 정확히 바로잡아야겠습니다. 탄허스님도 상제님의 천지공사를 인용한 것에 불과합니다."

지천태가 고개를 갸우뚱했다.

"탄허와 증산이 관계가 있다구요?"

"탄허스님의 선고이신 김홍규는 증산도에서 수석 참모를 맡았던 인물입니다. 차경석을 중심으로 수, 화, 목, 금, 토 오행(五行)에 맞춰서 5대 방주(方主)가 있었는데 가장 중심이 토(土)방주는 차경석이, 그 다음 위치인 목(木)방주를 김홍규가 맡았습니다. 탄허스님도 어려서부터 증산 개벽과 김일부선생의 정역(正易)을 공부한 적이 있습니다. 결국 본류는 상제님이시지요."

조기자가 더는 못 참겠다는 듯 고개를 설레설레 흔들었다.

"에이, 지선생 같은 분도 종말론에 휘둘립니까? 다 사이비 종교에서 신도들 모으려고 현혹시키는 말인데. 역사 이래로 종말론은 끊긴 적이 없지만 지구는 지금까지 멀쩡하잖아요. 일본

침몰은 그저 흥행용 재난 영화에 불과하다고요.”

지천태가 손을 내저으며 가로막았다.

“그건 모르시는 말씀이오. 최신 과학이 이를 뒷받침하고 있어요.”

“과학요?”

“프랑스 지질 연구팀이 발표하길, 일본은 대륙의 지반과 달리 불덩이들이 활발하게 활동하는 유동성 마그마의 바다 위에 떠 얹혀져 있는 형상이랍니다. 언제든 여러 가지 양상의 천재지변이 예상된다는 겁니다. 일본 연구팀들도 거대 지진이 일어날 확률이 70%나 된다고 했다니까요.”

조기자가 빈정거리듯 말했다.

“공부 많이 하셨네.”

지천태는 확실하게 매듭을 짓고자 했다.

“2005년 후쿠오카 진도 7.0지진이 발생해서 1천여 명이 죽었지요. 그런데 지진 1년 전부터 심해어인 ‘사케카시라’가 수면 근처에서 수십 마리가 발견되었답니다. 큰 비가 오기 전에 개미들이 높은 곳으로 피신하듯이 심해어가 심해의 미묘한 지각 변동과 소리 등을 감지한 거죠. 최근 심해어의 출현이 잦아지고 있다는 거예요. 이런 증거들보다 더 과학적인 게 어디 있겠습니까?”

조기자의 오기가 발동했다. 그는 물러서지 않고 무모한 사마귀처럼 맞설 기색이었다. 그도 과학적 근거를 동원했다.

“제 말은 옥석을 가려야 한다는 뜻입니다.”

“과학은 과학이지 옥석은 뭡니까?”

　“과학도 과학 나름이죠. 가령 지축이 바로 선다는 ‘지축기립 후천개벽설’ 같은 겁니다. 탄허스님도 그랬고, 예전에 어떤 증산 관련 종단에서 이 주제로 세간을 떠들썩하게 한 적이 있어요. 그래서 내가 미국의 NASA(미항공우주국)에 근무하는 한인 과학자에게까지 검증을 요청했드랬어요.”

　용화도 몸을 바짝 끌어당겼다. 그도 애초에는 ‘지축기립설’에 매료되어 증산에 입문했던 터였기 때문이다. 물론 신성문자를 연구하면서 ‘지축기립설’에 대한 언급이 빠져 있어 반신반의하며 묵혀두고 있던 과제중의 하나였다.

　조기자의 눈빛은 매서웠다.

　“이번 기회에 바로잡자고요. 세차운동으로 지축이 선고 후천개벽이 온다는 설은 정말 무지의 소산이에요.

　“…….”

　“말 그대로 지축이 바로서면 무슨 일이 생기는 줄이나 아십니까?”

　성난 맹수처럼 공격적이라 누구도 감히 대꾸할 여력이 없었다.

　“…….”

　“지축이 0도로 선다는 것은 햇빛 에너지가 골고루 나눠지는 사계절이 사라진다는 겁니다. 지금의 남·북극은 햇빛이 들지 않는 암흑의 혹독한 빙하가 확대되고, 반면 적도는 펄펄 끓는 사막이 돼요. 기울어져 있을 때보다 일조량이 더욱 편중되게 집중되어서 태양을 받는 곳은 계속 데워지고, 적게 받는 곳은 빙하가 되는 것이죠. 과학자들은 이런 상태에서는 생물은 거의 멸종할 거랍니다. 지축이 바로 선다는 지구가 그토록 바라던 후천개벽인가요?”

“…….”

“지축이 수직으로 선다는 의미는 현실적으론 무서운 지구 재앙을 뜻한다니까요.”

“…….”

일행이 눈만 껌벅이자 조기자는 예상했다는 듯 고개를 끄덕였다.

“왜 지금처럼 지축이 기울어져서 유지되는 줄 아십니까? 세차운동과 지축 기울기와는 별 관계가 없어요.”

상식도 없었지만 조기자의 공격적인 기세에 일행은 잔뜩 주눅이 들어있었다. 그럴수록 조기자는 의기양양해졌다.

“세차운동이란 23.5도 지구가 기울어져 자전하는 동안 지축이 작은 범위로 또 회전운동하는 겁니다. 한 바퀴 도는데 대략 25,800년 걸린다고 합니다. 세차운동 때문에 별자리가 매우 조금씩 바뀌는 것이죠.”

“…….”

“서양 점성술사들은 한바퀴 도는 25,800을 12개로 쪼개서 별자리를 이름을 붙였고, 동양에서는 60갑자로 나누었어요. 그게 바로 역(易)의 시원이죠. 단지 변화가 있을 뿐인데 종말론자들은 그 한 변화의 한 시점이나 한 회전의 끝을 잡아서 마치 세상이 끝난 것처럼 종말론을 조장하는 겁니다.”

“…….”

“1999년이 숫자상으로 밀레니엄 마지막이니 세상 종말이라는 어처구니없는 논리 같은 거지요. 지축 기립은 더 허무맹랑한 무지의 소산이라니까요. 공전주기, 자전주기, 세차운동 주기를 구별할 줄 알아야죠.”

용화가 대들 기세로 반발했다.

“세차운동으로 지축이 설 때도 있다는 것이 허무맹랑하다구요?”

조기자가 격하게 고개를 좌우로 저었다.

“자전축이 서는 게 아니라 자전축이 23.5도 기울어진 채로 도는 25,800년 주기로 도는 게 세차운동입니다. 지축의 기울기는 세차운동이 아니라 지구 자전 속도와 관계되어 있다니까요.”

“……”

“팽이가 힘차게 돌면 중심축이 꼿꼿이 서고, 느려지면 비틀거리며 중심축의 진폭이 커지게 됩니다. 지구 자전축도 바로 이와 다를 바 없어요. 그러면 지축의 기울기를 결정하는 자전 속도를 결정하는 게 무언지 아십니까?”

“……”

일행의 눈이 일제히 조기자의 입만 바라보았다.

“달이예요, 달. 달이 지구의 자전축 기울기를 결정하고 있죠.”

일행은 서로의 얼굴을 바라보았다.

“정확히 말해 태양과 달이지요. 태양과 달이 서로 끌어당겨 힘의 평균을 이룬 것이 지금의 지구 자전 속도죠.”

유심히 듣고 있던 지천태가 선생님에게 묻듯 질문을 던졌다.

“그럼 지구는 영원히 기울어져 있어야 하는 뜻인가요?”

“천만에요. 보세요. 2억 5천만년 전 지구의 하루가 몇 시간이었는지 아십니까?”

“글쎄요…….”

“약 21시간이었습니다. 1년이 400일이었다는 겁니다. 자전 속도가 지금보다 빨랐던 게지요. 당연히 지축이 지금보다 바로 서 있었지요.”

“…….”

“1969년 달에 착륙한 아폴로 13호가 달 표면에 지구와의 거리를 측정하는 레이저 반사판을 설치해서 계속해서 지구와 달의 거리를 측정해 오고 있는데, 중요한 사실을 알아냈어요.”

“…….”

“달이 지구로부터 매년 3.7cm씩 멀어진답니다.”

“예? 멀어진다구요?”

“고래로 계속해서 지구로부터 도망갔다는 거지요. 그러니 자전 속도가 점점 느려져 하루가 21시간에서 24시간으로 길어진 것이고 앞으로는 25시간이 되겠지요. 1년이 350일 될수도 있죠.”

“…….”

“달이 점점 멀어져 자전 속도가 느려지면 어떤 현상이 벌어지는 줄 아세요?”

조기자는 자문자답하며 좌중을 쥐락펴락했다.

“잠시 지축이 설 때가 있겠지요.”

지축이 선다는 말에 용화의 눈이 반짝였다. 하지만 기대하는 방향과는 정반대로 흘렀다.

"과학자들은 행성간 중력 균형이 깨져 자전 속도가 느려지면 팽이가 털듯이 지구의 자전축이 오락가락 요동을 칠수 있다고 합니다. 달의 중력이 약해져서죠. 몇 십도가 좌우로 비틀비틀거리는 겁니다."

"그럼 지구는 어떻게 되지요?"

"간격은 몇 년인지 몇 개월인지 모르겠지만 지구는 어떤 기간을 주기로, 혹은 불규칙하게 불타는 사막과 빙하기를 오락가락하게 되는 거지요. 이런 가혹한 환경 속에서 살아남을 생물체는 실험실에서조차 아직도 발견된 적이 없답니다. 지축이 설 때보다도 더 지옥이 되는 거지요. 그야말로 죽음의 지구가 되는 겁니다."

일행은 짠 듯이 긴 한숨을 내쉬었다. 조기자는 그런 반응에 고무되어 목소리가 더욱 올라갔다.

"이건 제 사견이 아니라 과학, 사이언스예요. 이런 사실을 모르고 지축이 선 후천이 유토피아라고 유포한 자들은 누구의 심판을 받아야 합니까?"

용화는 왠지 모르게 얼굴이 붉어졌다. '지축기립설'을 주장한 장본인도 아닌데 말이다.

"누구부터 '지축기립 후천개벽'을 주장했는지 모르겠지만 지구축이 곶감처럼 막대기처럼 꽂혀 있고 누군가 툭 쳐서 세워지는 것으로 상상한 게지요. 이런 거야말로 혹세무민의 극치 아닙니까? 종말론을 퍼뜨려 면죄부를 파는 것과 뭐가 달라요?"

"……."

"내가 알기로는 아직도 이런 허황된 주장이 21세기에도 공공연히 통용되고 있다는 겁니다. 얼마나 미개한 일입니까."

그동안 조기자가 왜 그렇게 용화에게 냉랭하고 종말론과 종교에 회의적이었는지 짐작을 할 수 있는 대목이었다. 무거운 침묵에 공기가 서늘했다. 어색한 분위기를 참지 못하는 차법사가 먼저 입을 열었다.

"계절이 변해 겨울이 반복되는 것처럼 부분적인 종말은 가능하지요. 사람은 태어나면 반드시 죽는 것처럼 지구도 마찬가지지요. 그게 특별히 이상할 건 없지요. 이를 받아들이는 사람들의 마음가짐이 문제지요."

어떻게 들으면 너무도 당연한 이야기라 오히려 갈증만 돋웠다. 지천태는 조심스럽게 차법사의 입을 열기 위해 애를 썼다.

"법사님, 미래의 지구는 어떤가요? 예언자들의 말이 맞나요? 일본이 침몰한다든가……."

"허허, 지선생은 지구의 앞날을 알고 싶은 게로군요?"

지천태는 뜨끔했다. 앞날을 함부로 얘기하지 않기로 소문난 차법사였지만 왠지 이번에는 선선했다.

"모든 걸 버리고 다시 유랑길에 오르신다니 내가 드릴 선물은 없고....1991년 여름에 생긴 일입니다. 나는 그때 미국에 머물고 있었어요."

차법사의 말에 일행의 눈이 초롱초롱해졌다.

7월 4일은 미국 독립기념일이다. 1776년 미국이 영국으로부터 독립을 선언한 이날은 미국 최대의 국경일이다. 이를 기념해 미국 전역에서는 대대적인 불꽃놀이 축제가 벌어졌다. 차법사는 당시 뉴욕 맨해튼이 바라다 보이는 뉴저지 허드슨 강변 아파트에 살고 있었다. 덕분에 맨해튼에서 벌어지는 대대적인 독립기념일 불꽃놀이를 공짜로 구경할 수 있었다.

미국은 국력을 과시하듯 어마어마한 불꽃을 밤하늘에 몇 시간동안이나 쏘아 올렸다. 형형색색의 불꽃을 얼마나 바라봤을까. 갑자기 붉은 불꽃 한 덩이가 마치 로켓처럼 날아가 쌍둥이 빌딩에 꽂히는 게 아닌가. '이것도 불꽃놀이인가' 싶은 순간 쌍둥이 빌딩은 차법사의 눈앞에서 두 동강이 나면서 붕괴되어버렸다. 너무 놀란 차법사는 하마터면 비명을 지를 뻔했다.

분명 환상이었다. 더 정확히 말하면 미래를 예견하는 염사였다. 염사는 계속됐다. 경이롭게도 흑인이 대통령으로 당선되는 장면도 보였다. 1991년 당시만 해도 상상할 수도 없는 일이었기에 차법사는 너무 터무니없다 싶었다. 그러나 지금도 잊을 수 없는 참혹한 마지막 염사를 보여줬다.

서부 지역이 지진과 화산으로 불타고 대홍수가 휩쓰는 재앙의 장면이었다. 뿐만이 아니었다. 동부 지역에는 이름 모를 병균으로 사람들이 쓰러져 갔다. 동부와 서부에서 동시에 일어났는지, 아니면 순차적으로 일어났는지는 구분되지 않았다.

(*주: 최근 미국 과학 웹진 아이오나인에 미국 밴터빌트 대학 연구팀이 최근 캘리포니아주 롱밸리의 슈퍼화산에 마그마가 고여 폭발할 수 있다는 기사가 실렸다. 롱밸리 슈퍼화산은 76만년 전 북미 대륙 절반을 화산재로 뒤덮을 정도의 초대형 폭발을 일으킨 것으로 알려졌다. 그 후 최장 2만년 이상 마그

마가 지하에 고여야 슈퍼화산이 폭발할 것이라고 전문가들은 예측해 왔으나 이번 슈퍼화산의 마그마를 발견한 연구진들은 '시간문제'라는 충격적인 발언을 했다. 연구진들은 '석영 결정체를 분석해 마그마가 500~300년간 고인 뒤 분출된 사실을 발견했다. 슈퍼화산의 마그마 발견으로 분출은 시간문제일 수 있다'고 했다.)

조기자가 눈을 껌뻑였다.

"쌍둥이 빌딩 붕괴는 2001년 9.11테러를 말하는 것이고, 흑인 대통령은 오바마를 말하는 것이네. 나머지는 아직 실현된 것은 아니고…….'

지천태가 중얼거렸다.

"그럼 미래가 염사로 보이신다는 거네…….'

차법사가 고개를 절레절레 흔들었다.

"꼭 염사만 있는 게 아니죠."

"다른 게 있나요?"

"직감이라는 게 있는데, 이성적 추론은 아니고...사람에게 주로 적용되는 것인데, 주기라고도 하고 평행이론이라고도 하고, 아무튼 전생의 업이 반복되는 거죠. 4계절이 반복되는 것처럼."

주기란 말에 용화가 몸을 앞당기며 물었다.

"평행이론이나 주기란 것이 도수를 말하시는 건가요?"

우주에는 설명할 수 없는 법칙이 많은데, 그 중에 하나가 '평행이론'이다. A라는 사람과 B라는 별개의 사람이 있다고 치자. 태어난 시대도 생김새도 다르다. 그런데 A와 B의 운명이 비슷한 패턴으로 반복되고 있다는 이론이다.

"아브라함 링컨과 존 F. 케네디가 재미있는 평행이론의 사례지요."

아브라함 링컨이 의원에 당선되며 정치에 본격적으로 뛰어든 해는 1846년이다. 존 F. 케네디는 이로부터 딱 100년이 흐른 1946년 의회에 입성했다. 링컨이 대통령이 된 해는 1860년, 케네디는 1960년이다. 두 사람의 성은 각각 링컨(Lincoln), 케네디(Kennedy)로 알파벳 7자였다. 링컨 비서의 성은 '케네디'였으며 케네디 비서의 성은 '링컨'이었다고 한다.

암살 당일, 링컨은 개인 경호원 윌리엄 H. 크룩에게 '누군가 내 목숨을 노리는 것 같소. 그들은 꼭 해내고 말 것이오. 그렇게 될 운명이라면 내가 막을 도리는 없지'라고 말했다. 이는 케네디가 개인고문인 켄 오도넬과 아내 재클린에게 했던 말과 너무나 유사하다.

"만약 누군가 창문에서 총으로 날 노린다면 그걸 막을 도리가 없지. 그러니 걱정한들 무슨 소용이 있겠소?"

링컨이 암살당한 날은 1월 14일 금요일, 케네디는 11월 22일로 역시 금요일이었다. 둘 다 부인과 함께 있을 때였고 똑같이 뒷머리에 총을 맞았다. 케네디 비서 중 이블린 링컨이란 여성은 적극적으로 댈러스에 가지 말 것을 권했고, 링컨의 비서였던 케네디 역시 암살 장소에 가지 말라고 했다.

링컨은 포드극장에서 암살당했고 케네디는 포드자동차에서 만든 링컨차를 타고 가다 총에 맞았다. 링컨의 암살범 존 윌크스 부스는 1839년생, 케네디의 암살범 리 하비 오스왈드는

1939년생이었다. 둘 다 남부인, 20대 청년이었으며 둘의 이름은 세 단어로 이뤄진 15글자였다.

링컨의 암살범은 워싱턴 포드극장에서 도망쳐 창고에서 붙잡혔고, 케네디 암살범은 창고에서 도망치다 극장에서 잡혔다. 또 이 둘은 재판없이 사형됐다. 링컨의 후임은 앤드류 존슨(Andrew Johnson)으로 1808년생, 케네디의 후임은 린든 존슨(Lyndon Johnson)으로 1908년생이다. 역시 100년 사이로 태어난 이들은 성도 존슨이며 같은 13자의 이름이다.

가장 충격적인 것은 두 대통령의 일주일 전 행보다. 링컨은 죽기 일주일 전 메릴랜드주의 '먼로(Monroe)'라는 곳에 있었으며, 케네디는 마를린 먼로와 만나고 있었다.

두 대통령의 평행이론에 공식적이지 않은 상식은 좀처럼 믿지 않으려는 조기자도 관심을 보였다.

"사실이라면 소름끼치는 평행이론이구만."

지천태의 호기심어린 눈망울이 초롱초롱 빛났다.

"사주팔자보다도 더 구체적이네요. 사주팔자에는 윤회가 없는데 반복되는 주기에는 그 업보가 실려 있다는 것이잖아요."

지천태는 자기 생각을 추인받으려 했다. 차법사는 회피하지 않았다.

"그렇죠. 만사에는 도수가 있어요. 특히 사람의 도수를 사주팔자라고 하는데, 과거의 윤회보다는 이생을 읽는데 초점이 맞추어 있지요. 업보는 자기가 풀어야 할 숙제란 교훈이 숨어 있구요."

조기자가 안달이 났다.

"법사님, 우리가 알 만한 구체적인 인물로 도수 좀 풀이해
주시죠. 내가 검증을 해볼테니."

"허허, 그럴까요. 정치인 박근혜의원(*주: 당시에는 대통령
이 아니라 국회의원) 아시죠?"

"알다마다요. 차기 대권후보 중 한 분인데."

차기 대권이란 말에 다들 귀가 쫑긋해졌다.

"그분의 도수는 18입니다."

"엥, 18이요. 발음이 거시기 하네."

"하하하. 박근혜의원의 변곡점은 18년 주기예요. 선친이신
박정희 대통령은 1961년 군사정변에서부터 18년 집권 뒤에
1979년 비극을 맞았고, 박근혜는 이후 18년을 칩거하다 1997
년 한나라당에 전격 입당해서 본격적으로 정계에 입문하게 되
지요. 여기에 다시 18년을 더하면……."

차법사는 갑자기 말문을 닫았다. 뭔가 밝히기 힘든 미래였
다.

"18년을 더하면 2015년이고, 차기 선거는 2012년인데...2015
년이라면 대통령으로 이미 당선되어 있다는 겁니까?"

조기자가 차법사를 바라보았다.

"……."

(*주: 박근혜는 2012년에 제18대 대통령으로 당선된다. 차법
사는 '18대' 대통령이란 말을 가림으로써 일행을 혼란케 했고,
천기누설을 아슬아슬하게 피할 수 있었다. 박근혜가 최종적으
로 얻은 투표율도 흥미롭다. '51.6%' 란 숫자는 박근혜의 선친
을 대통령으로 만들어 준 '5.16'이기도 하고, 1961년 5월 16일

에서 51년 6개월을 더하면 박근혜 당선자가 대통령이 된 2012년 12월이라는 숫자가 나온다. 박근혜 당선자가 문재인 후보와 끝까지 피를 말리는 경합을 벌인 것도 묘한 일치다. 박근혜는 모친 육영수여사의 피격으로 인해 '문(文)'씨와 인연이 좋지 않았다.)

차법사에게 대통령이 된 박근혜가 2015년에 다시 한 번 큰 변곡점을 맞을 것이란 예감이 스쳤다. 차법사가 침묵으로 넘어가려하자 조기자는 나름대로 추측을 해대기 시작했다.

"박근혜가 2012년 낙마하면 정계를 은퇴할 거라고 공헌을 했으니, 2012년이 18년이 아닌 걸 보면 청와대에 입성하긴 하나보죠? 아니면 당선되고 2015년 4년 연임 개헌이라든지 한반도에 큰 일이 생기든지……."

미끼를 던진 조기자는 독수리 같은 눈으로 차법사의 눈치를 살폈다. 무의식적으로 던지는 부정이나 긍정의 사인을 포착하기 위해서였다. 하지만 차법사는 파리 잡아먹은 두꺼비처럼 시침을 뚝 뗐다. 완벽한 포커페이스였다.

국운과 관련된 중대사를 함부로 발설할 수는 없었다. 누설된 미래는 바뀌어버리기도 하고 하늘의 엄중한 과보가 따르기 때문이었다. 그래서 차법사의 예언은 대개가 지나고 뒤늦게야 '그때 그 말이 그런 뜻이었네' 하며 무릎을 치게 하여 예언이 결과에 영향을 주지 않는 허허실실 언법속에 드러나게 했다.

"아따, 법사님도. 말을 꺼내놓고 변죽만 올리깁니까?"

조기자가 뜨거운 물에 넣은 낙지처럼 인상을 찌푸리며 따지고 들었다. 차법사는 얼른 화제를 돌렸다.

"사람처럼 국가에도 도수가 있어요."

"국가요?"

"보통은 국운이라고 하지요."

국운 360년 주기율표

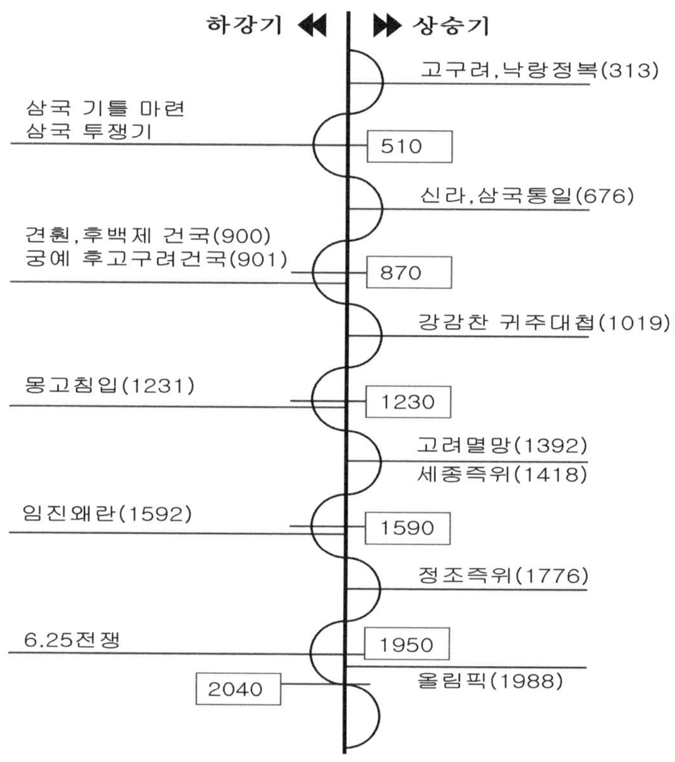

이번엔 지천태가 성화를 냈다.

"우리나라 국운은 어떻게 됩니까? 도수 말이죠."

"우리 국운은 360년 주기를 갖고 있어요. 180년은 대세 상승

기이고, 180년은 대세 하락기지요. 동족상잔의 최대 비극인 1950년 6·25를 기점으로 360년 전에는 임진왜란이 있었고, 또 그 360년 전에는 몽골의 침입이라는 국란이 벌어졌죠. 우리나라는 1950년 6·25라는 비극을 겪은 후 대세 상승기를 타고 있습니다. 지금 극단과 극단이 부딪치는 위기의 국면 같지만 그런 가운데 대운(大運)이 열립니다. 통일과 국운 상승이 우리를 기다리고 있습니다.”

“통일은 차분히 기다리면 되겠네요.”

지천태의 말에 차법사의 음성은 무거웠다.

“저절로 그냥 성사되는 일은 없어요. 진인사대천명(盡人事待天命)이죠. 혹독한 겨울을 겪어야만 봄이 오는 겁니다. 남북한, 중국, 일본에 얽힌 원결을 먼저 풀어야지요.”

용화가 자기도 모르게 불쑥 말이 튀어나왔다.

“해원공사를 하셔야지요. 해원상생.”

조기자가 어깃장을 놓았다.

“해원을 못하면요? 난리라도 터지나요?”

차법사가 아무렇지도 않게 툭 던졌다.

“하늘이 때리겠지.”

“하늘이라뇨?”

“백두산이 터지거나 후지산이 터지는 거지, 뭐.”

“네에?”

일행의 눈이 놀란 토끼처럼 동그래졌다. 차법사는 일행의 심각한 표정을 보자 그제야 부랴부랴 수습을 꾀했다. 이번엔 차법사가 질문 공세를 취하며 정면 돌파했다. 이미 일행은 차기

대권에 대해 까마득하게 잊고 있었다.

"법사님, 백두산이 먼저 터질 것 같습니까, 후지산이 먼저 터질 것 같습니까?"

"……."

백두산 분화(噴火)는 남북의 문제가 아니라 세계사적인 사건이다. 백두산이 인류 역사상 가장 큰 규모로 추정되는 화산 폭발을 일으킨 전력이 있기 때문이다.

천지 내에는 크게 보면 3개의 분화구가 있는데, 이 중 2개는 946과 947년의 대폭발 당시 만들어진 것이다. 즉 우리가 알고 있는 백두산의 모습이 완성된 것은 불과 1천여년 전이라는 얘기다.

만약 일본 후지산이 폭발한다면. 일본의 수도 동경은 도시 기능이 정지될 것이다. 후지산 동쪽에는 도쿄, 요코하마, 가와사키를 잇는 일본 최대 공업지역이 있어 그 피해가 상상을 초월할 것으로 추정된다.

후지산이 마지막으로 폭발을 한 것은 지금으로부터 300년 전인 1707년 12월 16일이었다. 당시 기록에 따르면 남동측면에서 솟아오른 화산재 기둥이 동쪽으로 이동했으며 오후 1시까지 태양빛을 차단해 에도(현 도쿄)의 하늘이 밤같이 어두웠고 또 밤늦도록 화산재가 쏟아져 지면에 수북이 쌓였다고 한다.

차법사가 지난 2006년 백두산 위령제를 올리기 위해 백두산 천지에 올랐을 때 이미 백두산은 사화산이 아닌 휴화산이며 조만간 폭발할 것이라고 예언한 바 있다. 백두산에 오를 당시 백두산을 지키는 수많은 민족 성령들께서 해주신 말씀때문이었다.

성령들의 분노는 대단했다. 그들은 중국이 동북공정 이후 한민족의 성산(聖山)인 백두산을 함부로 훼손하고 있다며 목소리를 높였다. 백두산 인근에 비행장을 설립하고, 또 최근에는 백두산 화산지역 내에 원자력발전소를 건설하는 '적송원자력 프로젝트'까지 착수하는 등 갈수록 정도는 심해지고 있다.

단언컨대 백두산은 엄연히 동이족(東夷族)의 성산으로 타민족인 중국이 지속적으로 백두산을 훼손시 큰 재앙이 예고된다. 백두산을 지키는 성령들의 분노가 이미 극에 달했기 때문이다.

백두산이냐 후지산이냐 하는 차법사의 예상치 못한 물음에 조기자가 엄살을 떨었다.

"에이, 법사님 왜 그렇게 엄포를 놓고 그러세요. 천재지변이 그렇게 쉽게 일어나나요."

"나도 그랬으면 좋겠어요. 그런데 우주는 인간의 마음과 팽팽하게 연결되어서 인간의 마음이 하늘의 마음이라고 하는 게지요. '하늘이나 무너져라' 하는 원망하는 사람이 많으면 정말 그렇게 되요."

"그럼 백두산이 언제쯤 터집니까? 이번엔 구렁이 담 넘어가기 없깁니다."

"중국이 민주화 되지 않고, 남북해원이 원만하지 않으면 2017년을 넘기기 어렵죠. 후지산은 백두산과 연결되어 있는데, 일본이 자성하지 않으면 불방망이를 먼저 맞을 수도 있어요."

용화는 지천태와 조기자와는 달리 겉으론 차분했지만 속으론 누구보다 흥분해 있었다. 병겁은 이렇게 화(火)기운이 백두산이나 후지산으로 들어가 시작하겠구나 라고 생각하기 때문이다. 한반도는 물론 동북아의 지도를 송두리째 바꾸는 엄청난 후천개벽의 천지공사가 아닌가. 그의 눈에 동아시아 연방국가의 탄생이 눈앞에 그려졌다.

그때 지천태가 무릎을 탁 쳤다.

"예언가들이 예언한 일본침몰이 후지산 폭발일 수 있겠네요. 얄팍한 일본인들은 그래도 싸지. 역사왜곡 망언이나 하고 군국주의로 되돌아가려 하니 말예요."

차법사의 표정이 난감했다.

"일본열도가 가라앉기 전에 죽음의 땅이 되겠지요."

"죽음의 땅이라뇨?"

"일본에 원전이 좀 많습니까. 한두 개만 터지면 일본은 핵재앙이 연속될 겁니다. 방사능 오염으로 주변 국가는 물론이고 전 지구적 재앙이 닥치겠지요."

"어이구, 그걸 미처 생각 못했네."

"북한의 핵무기, 원전 개발은 그래서 재앙입니다. 재앙이 닥치면 우리 머리 위에서 방사능이 비 오듯 떨어질 텐데."

"그래서 한반도에 비핵화가 절실하군요. 북한의 핵무기를 두둔하는 철없는 자들이 꼭 들어야겠네."

지천태가 비 맞은 중처럼 중얼거렸다.

"우주인에게 들었다는 기타노 대승정의 예언이 일본열도 침몰이 아니라 핵 재앙일 수도 있겠네."

차법사의 말에는 근심이 어려 있었다.

"홍수가 나기 전에 개미가 높은 곳에 오르거나 짐승들이 떠나는 전조를 보이듯이 그 전에 분명히 하늘에서 전조를 보일 겁니다. 이미 인류 최초로 히로시마와 나가사끼에 원폭이 떨어졌는데…그럼에도 불구하고 하늘이 준 기회마저 무시한다면야……. 아무튼 예언은 틀려야합니다."

(*주: 2011년 3월 11일 거대 쓰나미가 덮쳐 일본 후쿠시마원전 누출사고가 발생했다. 사망자만 910명이 넘고 직접적인 피해액이 일본 정부 1년 예산의 절반에 육박하는 48조 엔에 이른다. 현재까지 누출이 계속되고 있어 일본 탈출이 지속되고 있다. 사고 후 대부분의 원전은 가동을 중지했지만 일본정부는 2020년 하계올림픽 유치를 빌미로 다시 가동을 모색하고 있다.)

차법사는 씁쓸한 표정을 지었다. 남의 불행이 나의 행복일 수는 없었다. 그에게 불행한 예언은 빗나가야할 미래였다. 다른 이들은 예언이 언제, 어떻게, 어떤 의미로 실현될까에 관심이 집중되었지만 차법사는 어떻게 피할 것인가에 골몰하고 있었다. 어찌 보면 애초부터 신, 종교, 교주, 성인, 미스테리아에 대한 시각은 4명이 시종일관 평행선을 달리고 있었는지도 모른다.

금평저수지가 나타나자 용화의 눈이 별처럼 빛났다.

일행의 차는 저수지를 빙 돌아 반대편에 멈추었다. 고즈넉한 저수지는 산봉우리에 둘러싸여 마치 상서로운 백두산 천지를 연상케 했다. 천둥오리 한 떼가 한가하게 두발 노를 젓고 있었다.

허름한 옛날 가옥에 누군가 쓴 '銅谷藥房(동곡약방)'이란 글자가 빛바래 있었다. 용화의 스승 동곡의 호도 여기서 따온 것이었다. 용화의 목소리는 감격에 겨워 약간 떨리고 있었다.

"이곳이 바로 동곡약방입니다. 상제님께서 9년 동안 머물며 천지공사를 폈으며, 종도들 앞에서 화천한 곳이기도 합니다."

1894년 동학혁명이 일어나 기세등등할 때, 증산은 '이 혁명은 실패할 것'이라고 예언했다. 동학이 많은 희생자를 내고 실패하자 증산은 구한말 절망에 빠진 백성들을 약방을 열어 구제했다.

증산은 모든 물질과 생명체는 하나로 통일되어 있으며, 만물 사이의 원한을 푸는 해원을 통해 생명의 뿌리와 근본으로 돌아가야 한다는 '해원생상'을 강조했다.

증산은 막걸리를 마시고, 신이 나면 얼씨구절씨구 어깨춤도 들썩였다. 꽹과리나 장구는 물론 굿도 잘했다. 그는 '나는 광대요 무당이며 천지농사꾼이다. 광대와 무당이 바로 가장 큰 후천개벽의 전위'라며 여성, 백정, 무당이 존경받고 서자와 상민이 무시당하지 않는 후천개벽의 세상을 역설했다. 이때 현무경을 그려 천지공사를 벌이기도 했다.

증산의 체백에 모셔진 향원이란 사당에서 잠시 기도를 올렸다. 주차장까지 가는 동안 조기자는 가이드를 자처한 용화에게 질문을 퍼부었다.

"증산 종단은 왜 이렇게 종단이 많고 통일되어 있지 않습니까? 경전도 제 각각이구요. 외부에서 보기엔 증산 종단들은 분열과 반목으로 얼룩졌다고 비치는데요?”

잠시 생각하던 용화가 궁색하게 답변을 했다.

“형제들이 제 각기의 방식으로 아버지를 섬긴다고 보시면 됩니다. 집안이 크니까 목소리도 높아진 것이겠지요. 조만간 큰 인물이 나와 중심을 다잡을 것입니다.”

이번엔 차법사가 물었다.

“증산께선 왜 종교를 만들지 않았을까요? 그 정도 이적과 신통력이라면 대규모 종단의 교주로서 전혀 모자람이 없었을 텐데요?”

용화는 숨이 턱 막혔다.

“……”

“화천하실 때 후계자를 지명하거나 경전도 한줄 남기지 않으셨어요. 그리고 질병으로 처참하게 죽어가는 모습을 종도들에게 적나라하게 보여주셨습니다. 종교를 만들 마음이었다면 그러진 않았을 텐데 말입니다.”

사실 그동안 증산 계열의 종단이 수없이 명멸하고 우후죽순이 된 까닭은 바로 경전도 없고, 종지를 이를 후계자도 지명하지 않아서였다. 용화는 순발력을 발휘했다.

“종교를 만들어 받들고 후세에 그 가르침을 길이 전하는 건 후학들의 몫이지요.”

차법사는 다른 생각이었다.

“성인(聖人)의 조건을 생각해보셨나요?”

“성인의 조건이요?”

"성인은 유산을 남기지 않습니다."

용화의 귀가 쫑긋해졌다.

"종도나 도반은 있을지언정 후계자는 없을 겁니다."

"……."

"반면 종교가는 유산이 많습니다. 교리, 조직, 제자, 율법, 도수 등 많은 걸 준비하고 갖추지요. 그러나 성인은 그런 게 없어요. 세상 우주 자체가 진리니까요."

증산도 그랬다. 병으로 죽어가는 증산에게 모두 모인 자리에서 종도들은 최후의 유언을 간청했다. 그러나 이때 증산은 어떠한 종지나 율법, 적통을 이을 수제자, 교리도 말할 필요가 없었다.

증산은 근기에 맞게 평소에 개별적으로 이미 언질을 주었기에 모두에게 통하는 할 말이 없었다. 오직 최후에 전한 것이란 인간적인 죽음을 적나라하게 공개하는 퍼포먼스였다. 한편의 인생 무대가 막을 내렸으니 모두 흩어지라는 것.

미스테리아는 교리(경전)가 없고, 후계자가 없고, 조직(계급)이 없고, 율법(도덕률)이 없고, 도수가 없는 의미는 미스테리아는 일체의 고정관념에 자유롭다는 것이었다. 미스테리아는 직관적이기 때문이다. 특히 천지공사를 벌여야 하는 입장에서는 도수도 고정관념에 불과했다. 그래서 미스테리아는 당대 기득권 권력과 교조적인 종교로부터 무정부적인 반사회 세력이자 이단자로 낙인찍혔다.

용화의 머릿속은 엉킨 실타래가 되었다. 차법사의 논지인즉, 신성문자를 완곡히 거절한다는 뜻 아닌가. 차법사는 점입

가경이었다.

"증산 선생께서 말한 천지개벽은 하늘과 땅이 뒤집히는 인류종말이 아닐겝니다."

용화가 반사적으로 고개를 돌렸다. 천지개벽에 대해 추호의 의심도 해 본적이 없었다. 그런데 인류종말이 아니라니.

"14세기 유럽은 흑사병으로 인구의 3분의 1이 죽었어요. 하지만 권위적 종교와 신분제는 변함없었습니다. 근래 일본 쓰나미가 덮치고 대지진으로 수만 명이 죽었어도 일본인들의 정신이나 태도가 변했나요? 하늘과 땅이 뒤바뀌는 인간 외적 변동이 온들 인간의 정신세계에 무슨 영향인가요? 어떤 천재지변이 오던 우리가 어떻게 마음을 먹느냐에 달린 것이지요."

"……."

"결국 진정한 개벽은 물질적 외부가 아닌 인간 내면에서 일어나는 정신개벽이 아닐까요? 증산의 천지개벽은 바로 근대 법적 평등시대의 도래를 예견한 것으로 생각할 수 있어요."

조기자가 일행의 의문을 대신했다.

"그럼 미래 세계는 용화선생이 말처럼 지구 대격변후의 지상선경이 아니란 말씀입니까? 다가올 미래 세상은 어떤 세상입니까?"

차법사는 잠시 주춤했다. 가급적 이치에 맞는 해설이 필요했다.

"많은 미래학자들이 앞날을 예측했지만 나는 다가올 세상은 '수(水)의 시대'예요. 화(火)의 시대가 가고 이미 물의 시대로 접어들었어요."

“수의 세계는 또 뭐요?”

낯선 단어에 조기자가 알레르기 반응을 보였다.

“불은 아래서 위로 솟구치는 수직 성향이 강하지요. 위로 상승 분열하면서 스펙트럼처럼 차별성을 극명하게 드러냅니다. 불은 공격적이어서 다른 사물을 파괴하고 스스로도 한줌의 재로 흩어져버립니다. 불의 시대엔 나무, 석탄, 석유, 핵분열 원자로가 주요 에너지원입니다.”

“…….”

“그래서 불의 세상을 차별의 세상이라 합니다. 불의 세상에서는 개인은 귀족과 노예로 차별되고, 국가는 정복국가와 식민지로 차별되었습니다. 그래서 지배자와 피지배자 사이에 다툼이 잦아 식민지 정복 전쟁과 종교 전쟁이 난무하는 제국주의 세상이지요. 이런 차별과 다툼의 뿌리는 종교와 닿아있어요.”

일행은 움찔했다. 종교야말로 평화의 마지막 보루가 아닌가. 그런데 분쟁의 뿌리라니. 차법사는 설명을 이었다.

“신과 그에 복종해야하는 피조물인 인간으로 차별했기 때문입니다. 신과 인간, 성직자와 신도로 차별된 불의 세계는 사회를 귀족과 천민으로 신분 차별하는 것을 정당화 했어요. 신(하늘)과 인간의 주종관계를 현실 세계에서 지배, 피지배 관계로 그대로 투영한 것이죠.”

“음, 이탈리아에서 한번 들은 적이 있죠.”

일행이 몸을 바짝 끌어 당겼다.

“반면 물은 수평 성향이 강합니다. 강물이 흘러 바다로 고이듯 옆으로 흐르며 서로 융합해 거대한 통합을 이루지요. 물의 시대에 에너지는 물의 주성분인 수소가 될 것입니다. 물이나 수소를 원료로 하는 자동차, 비행선이 지구를 누비고 수소 핵융합 인공태양이 미래 에너지원이 될 것입니다. 공해가 없는 청정에너지이지요.”

“…….”

“그래서 물의 세상을 평등세상이라 합니다.”

“평등세상이라…….”

“인종, 남녀, 신분 차별이 없어지고 평등한 인권이 주어집니다. 물의 세상엔 지배와 피지배라는 수직관계보다 동지, 파트너십 같은 수평관계가 기본이 됩니다. 불의 세상에서는 상명하복의 권위가 사람을 다스렸다면 물의 세상에서는 뜻을 같이하는 동지애가 리더십의 필요충분조건이 됩니다.”

“…….”

차법사는 사실 다음의 말을 하기 위해 말머리를 길게 늘였던 것이다.

“물의 세상에서 종교는 신과 인간이 이분화 되지 않고 통합될 것입니다. 즉 신이 인간요, 인간이 곧 신이지요.”

“…….”

차법사의 예언 아닌 예언은 계속되었다.

“저는 일찍이 증산께서 말한 후천개벽도 물의 세계가 도래함을 뜻한다고 봐요. 암울한 식민지와 계급 신분 사회아래서 실타래처럼 원결이 엉킨 불의 세상이 ‘원결상극’이라면, 자유와 평등이라는 물의 원리로 백성들의 원결을 푸는 물의 세상이 바로 ‘해원상생’인 것이죠.”

차법사는 결론을 맺었다.

"차별 속에 평등이 있고, 평등 속에 차별이 있지요. 이제 물의 시대에 인간의 사명은 분명해요."

숲속의 예민한 사슴 귀처럼 일행은 귀를 쫑긋 세웠다.

"불의 잔재로부터 영혼이 해방되어야지요."

"……."

"부처님도 불경을 보고 깨치지 않았고 또한 불경을 쓰지도 않았어요. 예수님도 성경을 보고 깨치지 않았고, 또한 성경을 쓰지도 않았지요. 이게 미래에 다가올, 아니 가야할 세상이라고 봐요. 언젠가 말했지만, 신을 부정하는 자는 무지한 자요, 신을 맹종하는 자는 어리석은 자입니다. 외부의 신에 맹종하기보다 자기 안의 신을 먼저 발견해야지요. 세상의 종말보다 자신의 종말을 각성해야지요."

일행은 차법사의 거대한 비전에 압도되어 누구도 먼저 입을 열수 없었다.

차법사가 용화에게 넌지시 물었다.

"조금 전 들른 향원이 저희 선고이신 차 경무관의 생가 터였다는 사실을 아시는지요?"

용화는 자기의 귀를 의심했다.

"네? 어느 분의 생가 터라구요?"

"선친께선 옛날엔 인적이 드문 과수원자리였던 그곳에서 태어났어요. 생신은 1920년 경신생 8월 9일, 음력 6월 24일 이구요."

용화는 쇠망치로 뒤통수를 맞은 듯 멍했다. 차법사의 선친이 경신년생이라니. 이탈리아에서 언뜻 들은 적이 있지만 그때는 그저 흘려들었었다. 왜 미쳐 거기까지는 생각지 못했을까. 용화는 심호흡을 하고 차분히 마음을 가라앉히고 도수를 맞추었다.

증산 사망일 8월 9일(음. 6.24)은 곧 차 경무관의 사망일과 음력, 양력이 일치한다. 당시 나이도 39세로 같다. 증산이 도통한 날(7월 7일) 차 경무관이 태어났다. 게다가 증산이 묻힌 곳에서 차 경무관이 태어났다니. 또한 증산 화천 27년 뒤 차경석이 사망했고, 차 경무관 탄생 27년 뒤 차법사가 탄생했다. ‘증산선생 유서’에 정해(丁亥)년 4월 8일생이 증산의 뜻을 받는다는 문구가 나온다. 차법사가 바로 1947년 정해년 4월 8일생이었다.

이보다 더 절묘한 도수가 어디 있단 말인가. 증산과 제자 차경석의 관계가 차 경무관과 차법사로 이어지는 평행이론이란 말인가. 하늘이 점지한 생사의 도수에 비해 임의적으로 절문과 파자를 만들어 도수를 맞춘 신성문자의 해제는 초라하기 그지없었다.

차법사는 넋이 나간 용화를 일깨웠다.

“신성문자가 있다고 도가 전해지고, 없다고 안 전해질까요.”

“…….”

“도맥은 문자가 아닌 하늘에서 하늘로, 마음에서 마음으로 면면히 이어지지요. 도수는 하늘에 새겨져 있는 것이지 종이에 그려져 있지 않을 겁니다. 아는 자는 다 알게 되어있지요. 그래서 무엇을 모르는 지 아는 자가 가장 많이 아는 자라고 했을 겁니다.”

“…….”

“종교의 틀을 완전히 벗지 못하고 거대한 600만 교도를 모은 차경석의 27년 도수를 그래서 증산께선 헛도수라고 하셨나 봅니다.”

그 말인 즉, 지금은 그런 오류를 다시는 되풀이 하지 않겠다는 뜻 아닌가.

세 명의 일행은 용화만 남기고 훌쩍 떠나버렸다. 홀로 금평저수지에 남은 용화는 한동안 그 자리를 떠나지 못했다.

용화는 생각했다. 정말 증산의 개벽이 그렇다면 지금의 믿음은 잘못 나가도 한참 잘못된 길에서 방황하고 있는 꼴이었다.

‘나도 여태껏 정심을 점심으로 잘못 알아들어온 것일까?’

금평저수지의 물결이 출렁였다. 오리떼가 무언가에 놀라 후다닥 날아올랐다.

신도교 본당.

"뭐라고? 용화가 오리알터에 나타났다고?"

호위무사의 보고를 받은 대성거사의 눈에서 불꽃이 튀었다. 잠적했던 용화가 왜 갑자기 모습을 드러낸 것일까. 대성거사는 더욱 초조해졌다.

“지금 어디 있는가?”

“다시 어디론가 사라졌습니다. 행방을 찾고 있습니다.”

“홍길동도 아니고 신출귀몰한다는 게 말이 되는가!”

“황, 황공합니다.”

이때였다. 시자 한명이 들어왔다.

“주교님, 용화라는 분이 찾아왔습니다.”

“뭐, 용화?”

시자는 대성거사의 놀란 표정에 눈치를 살폈다.

“예, 그렇게만 말하면 알거라면서……. 돌려보낼까요?”

신도교 접견실.

용화가 의자에 앉아있었다. 탁자 위에는 황금색 보자기가 놓여 있었다.

대성거사가 요란한 예복을 걸치고 헐레벌떡 뛰어들어 왔다. 뒤이어 호위무사가 몇 명의 장정들과 함께 들이닥쳤다.

대성거사가 용화의 두 손을 덥석 잡았다.

“어서 오시오. 그동안 도학들이 얼마나 찾았는지 모릅니다. 별고 없으셨지요?”

그렇게 찾던 용화가 제 발로 호랑이 굴에 찾아왔으니 놀랍기도 하고 한편으론 그 연유가 무척이나 궁금했다.

용화는 호위무사를 쳐다보았다. 자신을 납치해 구덩이에 묻으려 했던 일당들이 신당에서 가증스럽게 연기하는 것을 보자 구역질이 치밀어 올라왔다. 대성거사의 눈은 처음부터 용화가 가져온 상자에 초점이 맞춰져 있었다. 용화는 침을 꿀꺽 삼키고 떨리는 목소리를 진정했다.

“상제님의 유지를 받들어 미혹한 세상을 정화하느라 애 많이 쓰십니다.”

　분명 속뜻은 빈정거리고 있었으나, 대성거사는 너무나 대담하게 나타난 용화의 의중을 떠보기 위해 인자한 표정을 지었다.

　"별말씀을요. 천도를 세상에 펼치는 건 도학으로서 당연한 책무지요. 그런데 이건……."

　대성거사는 눈길로 상자를 가리켰다.

　"아, 제가 이것 때문에 왔습니다."

　용화는 보자기를 풀었다. 상자를 열고 두루마리를 집어 들었다. 대성거사는 침을 꿀꺽 삼켰다. 그렇게 갈망하던 신성문자 해제가 아니던가. 하지만 대성거사에겐 이제 더 이상 성물이 아니었다. 영원히 없애야 하는 판도라 상자에 불과했다. 용화는 담담하게 말했다.

　"이러한 큰 성물을 보관하기엔 벅찹니다. 더 큰 그릇의 인물에게 전해져야 합니다. 봉인을 해제합니다."

　용화는 해제 두루마리를 펼쳤다. 유려한 동곡의 글씨체가 드러났다. 대성거사는 미간을 찡그렸다. 자기가 교주로 내세운 조카와는 전혀 다른 미륵 출현 도수를 확인했기 때문이다. 만약 이 사실이 외부에 알려진다면 천하의 웃음거리로 전락할 될 수밖에 없었다.

　그런데 동곡의 해제에는 차법사도 미륵의 도수에서 벗어나 있었다. 대성거사는 동곡이 용화에게 남겼던 최후 유언의 비밀을 꿈에도 상상할 수 없는 터라 그에게 남은 과제는 오로지 신성문자의 영원한 봉인뿐이었다. 그래야 조카를 영원히 미륵으로 옹립할 수 있지 않은가.

338

대성거사는 호위무사에게 눈짓을 했다. 용화에게 볼일은 다 본것이었다. 호위무사가 뒤허리춤에서 두터운 노끈을 꺼냈다. 순식간에 올가미를 씌우듯 용화의 목을 잡아당겼다.

다음 날 40여 개 종단의 도학들은 용화가 보낸 동곡의 해제 사본을 속속 받아보았다. 또한 그동안 도수를 잘못 해석하여 혹세무민했다는 사죄가 담긴 편지도 같이 들어있었다. 용화가 대성거사를 만나기 전에 미리 보낸 신성문자 사본들이었다. 며칠 전 이삿짐을 싸던 불광동 청년도 용화의 마지막 편지를 받았다.

대학로 선원.

선원엔 그윽한 향냄새가 진동했다. '다선일미' 액자 맞은편에 비로자나불상이 인자하게 좌정해있고, 소박한 지장보살 석상이 조용하게 기도하고 있었다. 차법사 앞에 용화가 앉아있었다. 그때 용화의 눈에 낯익은 인물이 눈에 들어왔다.

'조기자!'

반가운 마음에 아는 체를 했다. 하지만 조기자는 귀머거리처럼 들은 체도 안하고 멍하니 앉아 있었다.

조기자는 한숨을 길게 내쉬며 자책했다.

'휴- 내가 신문에 내지 않았으면 용화가 죽지 않았을까?'

그는 죄책감에 마음이 무거웠다. 차법사가 용화의 정해진 운명이라고 했지만 홀가분하지 않았다. 그래서 조기자가 용화의 구명식식을 신청한 것이기도 했다. 신기하게도 말하지도 않은 조기자의 심정이 용화에게 그대로 전해졌다.

'용화선생, 내 말 들리시오? 좀 툭툭 털어놓지 왜 그렇게 꿍하니 혼자 고민했던 게요?'

'조기자, 조기자!'

용화는 애타게 불렀다. 하지만 조기자 움쩍도 하지 않았다. 차법사가 부드러운 음성으로 용화를 타일렀다.

'당신은 산 사람이 아닙니다. 지금 영가의 몸입니다.'

'아-'

용화는 털썩 주저앉았다. 그랬다. 용화는 영가였다. 영단 명부에 '용화'란 글자가 선명했다.

억-

용화 영가는 갑자기 목을 부여잡았다. 목구멍에서 타는 듯한 고통이 밀려왔다. 내장에 경련이 일며 쓰디쓴 위액이 사정없이 역류했다. 별안간 주변이 밝아졌다. 어느새 용화는 신도교 건물 지하실에 있었다. 시간을 거슬러 올라간 것이다.

사내 둘이 의자에 단단히 묶여있는 용화에게 다가갔다. 그리고 용화의 입을 강제로 벌렸다. 호위무사의 손엔 제초제 농약병이 들려있었다. 그는 용화 입에 사정없이 제초제를 들이부었다. 목이 타는 바로 그 고통의 원인이었다.

어스름한 새벽 괴한들의 승합차가 한강 상류의 한 다리 위에 정차해 있었다. 사내들은 의식이 혼미한 용화를 시퍼런 한강 물 아래로 내던져졌다.

풍덩-

흰 거품 아래로 용화의 모습이 사라졌다.

선원의 촛불이 하늘하늘 흔들렸다. 용화는 방금 일어난 일처럼 분간할 수 없었다. 그 고통과 느낌이 그대로 남아있기 때문이었다. 자신을 심판하는 자리로 돌아온 용화는 태양처럼 강렬한 비취색 후광 속에 들어앉은 차진웅법사를 바라보았다. 차법사가 용화 영가와 참석자들을 향해 읊조렸다.

'삼일수심(三日修心)은 천재보(千載寶)요, 백년탐물(百年貪物)은 일조진(一朝塵)이로구나(3일 동안 닦은 마음은 천년의 보배요, 백 년 동안 탐한 물욕은 하루아침의 먼지로구나).'

□ 에필로그: 증산 최후의 1년

기유(己酉. 1909)년 8월 9일. 종도들과 소문을 들은 마을사람들이 속속 증산의 약방에 도착했다. 증산이 곧 화천할 것 같으니 즉시 모이라는 통지를 받은 터였다.

방안에는 병색이 완연한 증산이 누워 있었다. 이불과 옷 여기저기가 검붉게 물들어 있었다. 간밤에 여러 차례 위아래로 피를 쏟은 흔적이었다. 형렬의 며느리는 무더운 삼복에 증산의 옷을 갈아입히고 이불보를 갈아대느라 진땀을 흘렸다.

입소문을 듣고 구경 온 자들은 병석에서 수발을 받고 있는 증산을 보고 수군거렸다.

"신도통을 했다는 양반이 말끔하게 가부좌하고 열반에 들기는커녕, 오만 가지 역겨운 배설을 쏟으니, 그 말로가 정말 눈 뜨고 못 볼 지경일세."

"저 꼴을 봐. 상제라고 불리는 사람이 우리하고 다를 게 뭐람."

"의통(義通)을 했다면서 자기 병 하나 못 고치고 40살을 못 넘기다니, 쯧쯧."

"죽으면 조용히 죽을 것이지, 사람들은 왜 모이게 해서 죽어가는 추한 꼴을 보여주는 거야. 끝까지 괴팍하구먼."

죽어가는 증산을 보며 측은해 하는 이도 있었다.

"그래도 병 치료는 신통했어. 약첩은 안 지어주고 중얼중얼 주문을 외고 부적 한 장이면 병이 뚝 떨어졌으니까."

사실이었다. 증산은 약재를 써서 치료하는 경우는 매우 드물었다. 약방에 찾아온 환자들에게 부적을 써주거나 약을 달여도 환자에겐 한 모금도 주지 않고 그 주위에 뿌려버리곤 하였다. 어느 때는 뒷마당의 싸리를 꺾어 태워 연기를 쐬게 하는 등 기이한 치료로 일관했다. 그러나 신기하게도 그럴 때마다 병은 씻은 듯 나았다.

더욱 알 수 없는 건 굿판이었다. 개, 돼지, 소를 잡아 약방마당에서 차리라고 명한 적이 한 두 번이 아니었다. 종도들은 영문도 모른 채 시키는 대로 잡은 고기를 상에 올려 제를 지내야 했다.

증산은 제를 마치면 성도들과 함께 마당에 둘러앉아 음복을 하고 덩실덩실 춤을 추었다. 어느 날인가는 동참한 여인에게 식칼을 쥐어주며 남편을 땅에 눕히고 깔고 앉아 칼을 목에 겨누게 하며 '천지대권을 모두 넘기라' 하고 외치라고 시켰다.

"이것이 천지 굿이라. 오늘 천지 굿은 음과 양의 기울기를 맞추는 다가올 미래의 남녀평등 공사니라."

참석자 중에 어리둥절해 하는 이를 보자 증산은 핀잔을 주었다.

"지금 신명이 마당에 온통 들어차 있는데, 네 놈 눈을 아무리 크게 뜬들 한 털끝이라도 보이겠느냐? 이것이 의통(醫統)이니라.”

증산의 죽음 예고는 급작스러운 일이 아니었다. 증산은 진작부터 자신의 죽음을 공공연하게 종도들에게 예고했다. 연초에 대원사 칠성각에서 49일 동안 식음을 전폐하고 참선 대공사를 마친 증산은 방문을 나서면서 밖을 지키고 있던 종도에게 말했다.

“내가 너의 신세를 많이 지고 가는 구나.”

그 말에 깜짝 놀란 종도가 어찌할 바를 몰랐다. 스승이 갑작스럽게 세상을 떠나면 모든 게 허사가 되는 게 아닌가. 앞날을 캄캄해 하는 종도에게 증산은 호탕하게 웃었다. 사람들은 보이는 것만 믿기에 위안처라도 정해줄 요량으로 말했다.

“이 다음에 다시 만나세. 그래도 나를 보고 싶거든 금산사 미륵불을 찾으라.”

이후 증산은 하루 밤낮으로 계속하여 코피를 흘리는 날도 있었다. 하루는 한 종도에게 명하여 관을 짜오게 하였다. 짜온 관을 마당에 내리게 하고는 그 주위를 빙빙 돌며 그 안에 누워서 키를 대어보기도 했다.

“내가 장차 죽으리라.”

이에 종도가 아연실색하였다.

“선생님, 어찌 그런 상서롭지 못한 말씀을 하십니까. 석가의 도수는 3천년이고 선생님의 도수는 후천 5만년이라 하셨는데, 돌아가시면 저희는 누구를 믿습니까요?”

“너는 내 육신을 믿어왔느냐?”

“네?”

"짠맛이 보이더냐, 빨간색이 만져지더냐?"

"……."

"네 놈은 나를 믿고 안 믿고를 내 육신이 있고 없음으로 판결 지으려 하지 않느냐. 나를 믿으려 하지 말고, 너의 마음부터 믿으라."

종도를 꾸짖은 증산은 비 맞은 중처럼 혼자 중얼거렸다.

"이 살이 어서 썩어야 할 텐데……."

병세는 점점 악화되었다. 극심한 통증에 신음소리가 흘러나왔고 간간이 위아래로 설사와 피를 쏟기 시작했다. 그런데 이상했다. 증상을 도무지 종잡을 수 없었다.

오한이 들다가 갑자기 발열이 나고, 얼굴이 치자색으로 노랗게 황달이 들다가 갑자기 검게 변하고, 구토를 하다가 코피를 쏟으며 한두 시간 간격으로 각종 병을 번갈아 앓았다.

와병 중의 증산의 기이한 행동은 더욱 갈피를 잡을 수 없었다. 고통스러워 하며 병 갈이를 한 뒤에, 갑자기 일어나 앉으며,

"약을 알았다."

하고는 거울에 비친 얼굴빛을 살폈다. 그러면 언제 그랬냐는 듯 수척하고 열기가 돌던 병색이 씻은 듯이 사라지고 곧 원기가 회복되었다. 그리고 다시 새로운 증상이 시작되었다.

옆에서 지켜보던 형렬은 스승의 알 수 없는 병마에 시달리자 안타까운 마음에 백방으로 약을 구해 치료하려 했다. 그러나 증산은 단호하게 고개를 저었다.

“부질없는 짓이다. 지금 천하의 모든 병을 대속하는 공사를 보고 있노라. 세상에 있는 모든 병을 다 대속하였으나, 오직 괴질병은 그대로 남겨두고 너희들에게 의통을 전할 것이니라.”

통지를 받은 사람들이 더 많이 모여 있었다. 방 안에 누워 있던 증산은 문 밖에서 웅성거리는 소리가 들리자 수척한 얼굴로 형렬에게 명했다.
“방문을 열라.”
증산은 마당에 모인 사람들을 쓱 훑어보았다. 한동안 안 보였던 얼굴도 보였다. 한 사람 한 사람의 얼굴을 보니 그들과 함께 했던 순간들이 주마등처럼 스쳤다. 증산은 혼잣말처럼 되뇌며 추억에 잠겼다.
“그 일로 남은 놈은 그저 형렬뿐이야.”
‘그 일’이란 고부경찰서 사건을 이르는 말이었다.

1908년 1월이었다. 동장군의 기세가 대단한 해였다. 엄동설한에 떨던 석양이 일찍 숨어들자 사방은 암흑으로 단단히 얼어붙었다. 차가운 삭풍만이 ‘휘휙’ 휘파람 소리를 내며 와룡리의 순찰을 돌았다. 동곡 약방 창호문에 호롱불에 흔들리는 사내들의 그림자가 어른거렸다. 주문을 외는 건장한 사내들의 낭랑한 목소리가 문틈으로 흘러나왔다.
‘흠치흠치시천주조화정영세불망만사지(侍天主造化定永世不忘萬事知)…….’
농사짓는 농군들에게 동지는 풍요로운 긴 휴식기였지만 현

실은 정반대였다. 대개 노름판을 전전하며 살림을 축내서 가세
는 기울어갔다. 허나 노느니 염불한다고 이렇게 한 겨울 잡아
두면 적어도 노름빚은 막고, 더 나아가 공덕을 쌓을 수 있었다.

태을주를 외는 종도에게 증산이 대뜸 물었다.

"경칩(驚蟄)이 언제던고?"

"2월 초나흘날입니다."

"경칩에 일을 알게 되리라."

그 말뜻을 아는 이는 아무도 없었다. 이때 문 밖에서 인기척
이 들렸다.

"계시오. 안에 있는 거 다 알고 왔소."

밖에서 들려오는 목소리에 주문 외는 소리가 멈추었다.

"이 시각에 누구지? 이장 목소리인 것 같은데?"

형렬이 파르르 떠는 창호지 문을 열었다. 면장과 이장이 시
커먼 그림자를 끌고 우뚝 서 있었다.

"무슨 일이오, 이 야밤에?"

"세금을 받으러 왔소."

"세금이라고 했소?"

1905년 을사조약을 맺은 일제는 조선의 치안, 행정권을 장악
하고 자기 식대로 세금을 거두고 있었다. 작년 추수가 끝나자
몇 푼 안 되는 소작료에도 세금을 매겨 거두어갔다. 증산과 종
도들은 이를 단호히 거부했다. 그 때문에 관공서로부터 여러
차례 독촉을 받아온 터였다. 이날 이장이 면장까지 나와 최후
의 통첩을 전하러 온 것이었다.

증산은 호랑이 같은 음성으로 그들을 향하여 큰 소리로 꾸

짖었다.

“천자(天子)를 눈앞에 두고, 누가 감히 세금을 받으러 오느냐!”

깜짝 놀라 엉거주춤한 면장과 이장. 하지만 호통에 놀란 건 종도들도 마찬가지였다. 증산은 틈을 주지 않고 몰아붙였다.

“내가 천지공사를 행하여 천하를 바로잡으려 하는데, 너는 어찌 그런 음모에 참여하느냐!”

면장과 이장은 호랑이 눈빛처럼 번뜩이는 증산의 얼굴을 보고 누구 먼저랄 것도 없이 나 살려라 줄행랑을 쳤다.

종도들은 은근히 걱정이 되었다. 몇 해 전 동학이 휩쓸었던 고장이라 순검들의 감시가 심한 상황에서 ‘천자’, ‘천하를 바로잡는다’는 말을 했으니 후환이 두려웠다. 특히 형렬은 예전에 동학에 가담하여 종군하다가 증산의 만류로 이탈하여 간신히 목숨을 부지한 전력이 있기에 입이 바짝 타들어갔다.   아니나 다를까. 형렬의 불길함은 빗나가지 않았다. 돌아간 두 사람은 즉시 고부경찰서로 달려가 순검에게 와룡리에 십 수 명이 모여 대사(大事)를 경영하고 있다고 고발했던 것이다.

방에 모인 종도들의 얼굴에 근심이 가득했다. 증산은 아무 일도 없다는 듯 천연덕스럽게 장대 담뱃대를 물고 호롱불을 당기며 한 모금 빨고는 입을 열었다.

“순검이 와서 내 거처를 묻거든 숨기지 말고 사실대로 고하라.”

“순검이 온다구요? 그럼 그 전에 미리 몸을 숨겨야 할 텐데요. 왜 사실대로 말합니까?”

“시키는 대로 해라.”

설마 순검이 들이닥치는데 스스로 포박을 당하겠냐며 종도들은 이상하게 생각하며 반신반의했다.

우려가 현실로 다가왔다. 그 이튿날 새벽 정말 총기와 대검으로 무장한 순검 수십 명이 마을을 에워쌌다. 순검들은 방문을 박차고 들어왔다. 종도들의 집을 샅샅이 뒤졌다. 이장이 지목한 인물들은 의장도 갖추지 못한 채 포박을 당해 끌려갔다.

간밤에 와룡리에서 연행한 21명 때문에 고부경찰서 유치장은 발 디딜 틈이 없었다. 마을에 흩어져 자고 있던 종도들이 무장한 순검들에게 밤새 일제히 잡혀온 걸 봐도 평소 증산 종도들의 모임을 예의주시하고 있었음이 틀림없었다.

종도들 사이에 증산과 김형렬도 보였다. 수사관은 일본인이었다. 그의 오른쪽에는 통역관이 쪽의자에 앉아 무언가 기록하고 있었다. 수사관의 왼쪽에는 20대 초반의 조선인 순검들이 바짝 긴장한 채 일렬로 차렷 자세를 취하고 있었다. 조선인 지역 순검에 맡기지 않고 도에서 직접 일본인 수사관이 파견되었다는 사실만으로 이 사건의 심각성을 방증하고 있었다.

나무의자에 기댄 일본인 수사관은 보기드문 신식 손가락 담배를 물고 있었다. 한 동안 빨지 않아 재가 쌓인 담배에서 뿌얀 연기가 한 줄로 치솟더니 이내 공중에 산산이 흩어졌다. 수사관의 눈은 아까부터 유치장 안을 빠지지 않고 관찰하고 있었다.

잠결 새벽 붙잡혀온 종도들의 면면은 초라하기 그지없었다. 의장을 갖출 틈도 없이 잡혀온 때문만은 아니었다. 모두 농사꾼이나 저잣거리에서 흔히 만나는 남루한 평민복장이었다. 옷속을 파고드는 유치장의 겨울 한기에 한 구석에 몸을 기댄 모양이 꼭 병아리들이 옹기종기 뭉쳐 있는 것 같았다. 하지만 단한 사람만 태연하게 앉아 있었다. 증산이었다.

담배를 어금니에 문 수사관이 침묵을 깼다.

"저 자가 주동자인가?"

수사관의 일본 말은 즉시 조선인 통역관을 거쳐 조선말로순검에게 신속하게 전달되었다. 조선인 범죄를 일본경찰이 취조할 정도로 이미 조선의 치안은 일제가 접수한 상태였다.

"호는 증산이요, 이름은 강일순이란 자입니다."

선임인 듯한 순검이 증산을 가리켰다. 수사관은 예상했다는듯 피식 웃었다.

"그 옆에 나이든 자는 증산의 종놈인가?"

김형렬을 지칭하는 것이었다.

"아닙니다. 증산을 보필하고 있는 자입니다. 다른 자들은 중인, 농사꾼, 상놈도 있지만 형렬 저자만은 글을 아는 양반입니다. 끼니가 없을 정도로 몰락해서 저 꼴입지요."

김형렬은 증산보다 9살이나 많았지만 증산의 첫 제자였다. 형렬은 증산이 14살 때부터 일찍부터 알고 있었다. 증산이 1901년 대원사에서 인도통한 사실을 듣고 흠모하던 끝에 장터에서이듬해 우연히 증산을 만나게 되었다.

형렬은 본래 부잣집 양반의 외아들이었으나 가세가 기울어거처할 곳이 없어 선산을 관리하는 집에 머물며 매 끼니를 걱정하는 처지였다.

　그 날도 빌린 돈으로 양식을 구하러 장터에 갔다가 우연히 증산을 만나 한 냥을 모두 여비에 쓰라며 선뜻 증산에게 바쳤던 것이다. 당장 식솔들이 굶게 생겼는데도 목숨을 걸고 도 공부를 하겠다는 형렬에게 감복한 증산은 그를 첫 제자로 삼게 된 것이다.

　빈한했지만 형렬은 덕이 있고 신뢰가 있었다. 증산도 증산이었지만 충직한 형렬의 됨됨이를 보고 증산을 따르는 자가 많았다. 충직한 형렬이 거짓말 같은 증산의 이적을 꾸며내서 퍼트릴 허튼 인물로 보지 않았기 때문이다. 증산의 알 수 없는 행동에는 의아했지만 형렬 같은 사람 됨됨이를 가진 자가 증산을 따르니 종도들은 형렬을 형님처럼 믿고 따랐다.

　증산을 따르는 종도들은 소작농이나 하루벌이 머슴 일을 하는 자들이 대부분이었기에 번듯한 지역유지나 권세 있는 자는 한 명도 없었다. 이는 증산이 의도적으로 권세 있는 자를 멀리한 탓이었다.

　종도들에게 증산은 신통한 기인으로 비춰졌다. 천지공사를 한답시고 밤새 잠도 없다가 새벽에야 잠깐 잠들고 이불도 덮지 않고 베개도 없이 닥치는 대로 사발이건 문지방이고 베고 잤기에 애초부터 양반의 체통과는 거리가 먼 기인이었다.

　하루는 벼슬아치가 자식 글공부를 가르쳐달라며 증산에게 쌀 한 섬을 가져오자, 증산은 그 자리에서 갑자기 침을 질질 흘리며 장닭처럼 꼭꼭거리면서 마당을 빙글빙글 돌았다. 벼슬아치가 '미친 놈'이라며 등을 돌렸음을 물론이다.

증산은 평소 '오만한 자들은 배울 게 없다'며 글도 제대로 모르는 순박한 평민들을 종도로 받아들였다. 차경석이 들어오기 전까지 글을 제대로 알고 쓸 수 있는 자는 오직 형렬뿐이었을 정도다.

증산이 약방에서 사람들을 신통하게 낫게 한다는 소문이 돌자 사람들이 도 공부를 하겠다며 모여들었다. 십여 명 남짓한 종도들은 제 이름 석자도 못 쓰는 무지한 농투성이나 장돌뱅이들이 전부였다. 하루는 증산이 종도들에게 말했다.

"이 공부를 하려면 정심(正心)을 먹어야 하느니라."

다음날부터 종도들이 보자기에 무언가 싸가지고 왔다. 증산이 무언가 물으니,

"선생님께서 점심을 싸오라고 하지 않았습니까요?"
하고 되물었다.

종도들이 정심을 점심으로 알아들은 것이었다. 종도들은 증산의 마음을 읽지 못하고 말 그대로, 글자 그대로를 지식으로 삼고 있었다. 증산은 종도들에게 글을 가르치거나 훈화하지 않고 그저 '시천주조화정'으로 시작하는 '태을주'만 열심히 외게 했다.

고부경찰서.

증산의 종도 동향보고서를 죽 훑어본 수사관이 지역 순검에게 물었다.

"저 자가 자신을 천자라고 했단 말이지?"

일본에 천황이 있는데 속국인 조선에서 천자라니. 이는 분명

천하를 거스르는 반역이었다.

"예, 그렇습니다."

"사람들은 저 자가 신통력을 부리는 도인이라고 한다고?"

"예, 비바람을 부리고, 병을 치료하고……. 죽은 자도 살린다는 말이 있긴 합니다. 그리고 앞날을 기막히게 예측한다고도 했습니다."

"그래? 그럼 오늘 고초 당할 일도 미리 잘 알고 있었겠군?"

"그, 글쎄요. 그걸 아는 놈이 도망가지도 않고 그냥 앉아 있었을까요?"

수사관 입가에 희미한 미소가 스쳤다.

"증산을 따르는 자들의 숫자가 얼마나 되는가?"

"보통 십 수 명이 모이고, 많아도 50여명 넘긴 적은 없습니다요. 그런데 점점 늘어나고 있습니다. 신통력이 소문이 나서지요."

"압수품 중에 의병에 관련된 건 없었나?"

"돈 몇 푼과 무명 서 필뿐이 없었습니다. 문서나 책, 병기 같은 건 발견되지 않습니다."

"그럼 모여서 무얼 했단 말인가?"

"그건 잘……."

"흠, 얼마나 신통력이 있는지 보자구."

"예?"

"저 놈부터 족치란 말이다, 빠가야로."

순검 한 명이 증산을 끌어내려 하자, 형렬이 달려들어 만류하려 했다. 순검의 발길질에 형렬은 '억' 하며 배를 부여잡고 고꾸라졌다. 한 종도가 입이 대빨 나온 채로 볼멘소리를 해댔다.

"선생은 미리 알면서도 못 피하게 하는 건 무슨 심사인고?"

순검 두 명이 증산을 양쪽에서 부축하여 유치장에서 끌어냈다.

"이 놈들! 상제님 몸에 털끝이라도 건드리면 너희들은 벼락이 내리쳐 천벌을 받을 것이야!"

형렬은 창살을 부여잡고 노기 서린 눈으로 순검들을 꾸짖었다.

증산을 하느님, 즉 상제라고 처음 칭한 건 형렬이었다. 옆에서 수년간 증산이 행한 믿을 수 없는 이적을 수없이 보아왔기 때문이다.

증산의 이적은 수없이 전한다. 농가에서 보오그갈이로 분주한 임인년 9월이었다. 증산이 한숨지으며 말했다.

"이렇게 힘을 들여도 수확을 얻지 못하리니 어찌 애석하지 아니하리오."

형렬이 이 말을 듣고 그해 보오그농사를 포기하고 씨를 뿌리지 않았다. 계묘년 봄에 이르러 기후가 순조로워 보오그가 실하게 나락을 맺어 풍년을 눈앞에 두고 있었다. 이에 여러 종도들과 이웃사람들이 보오그농사를 포기한 형렬을 비웃었다. 이에 증산은 종도들을 꾸짖었다.

"이 일은 천지신명공사(天地神明公事)에서 결정된 일인데 아직 결실기에도 이르지 못하여 어찌 풍작이라고 장담하느냐."

흔히 말하는 증산의 천지공사란 보이는 하늘과 땅이 아닌 천지신명(天地神明)공사를 말하는 것이었다. 신명이란 다름 아닌 영가요, 영가를 천도하고 부리는 일이 공사였다. 차 법사의 구명시식도 이와 다름없었다.

다만 종도들은 신명들을 부려 천지간에 조화를 부리는 증산의 천지공사에서 영가를 보지 못하고 그저 눈으로 보이는 자연물이 저절로 조화를 부리는 것처럼 보였던 것이다.

과연 5월 5일에 내린 큰비로 보리이삭이 다 말라서 수확이 아주 없게 되고 이로 인해 쌀값이 한 말에 10배나 뛰어올랐다.

한번은 가뭄이 극심하여 다들 하늘을 바라보며 원망하자 증산이 종도들에게 명하였다.

"구릿골 공동우물 옆에 한 사람이 들어앉으면 안 보일만한 구덩이를 파라."

장정이 들어갈 만한 구덩이가 완성되자 증산은 그 안에 들어갔다. 그리고 부(符)를 그려 불사르시며 두 팔로 구름을 모으는 모양을 했다. 갑자기 하늘이 어두워지더니 어느새 하늘엔 시커먼 먹구름이 몰려와 굵은 빗방울이 쏟아져서 내리기 시작했다.

경찰서에 끌려온 종도들은 이런 신통력을 부리는 증산이 설마 유치장에서 선선히 고초를 당하랴 상상하지 못했다. 증산의 말 몇 마디면 신통술을 부려 순검의 사과를 받으며 유유히 유치장을 나가리라 낙관했다. 이참에 증산의 능력을 눈으로 확인할 기회라며 느긋하게 지켜볼 참이었다.

순검들이 달려들어 증산의 손을 뒤로 묶었다. 상투를 억지로

잡아당겨 풀더니 명주 끈으로 질끈 묶고 나머지 끝을 대들보에 묶었다. 여기서 그치지 않았다. 증산의 옷을 모두 벗겼다. 그러는 동안 증산은 아무 저항도 하지 않았다. 창살 너머의 종도들은 눈앞에서 당하는 스승의 곤혹이 믿기지 않아 설마 하며 눈만 깜박였다. 뒤에 십여 명의 순검들이 죽도를 든 채 사방에 늘어섰다.

‘쳐라!’

증산의 몸을 사정없이 후려쳤다. 상투가 대들보에 매달린 증산은 쓰러지지도 못하고 온 몸으로 죽도를 받아내야 했다.

살이 터지고 피가 스며났다. 종도들은 눈을 질끈 감았다. 수사관은 담배연기를 내뿜으며 종도들을 살피고 있었다.

“네가 의병대장이지? 관리는 몇 명이나 죽였느냐? 일본인은 몇 명이나 죽였느냐고!”

순검의 심문에 증산이 카랑카랑한 목소리로 되물었다.

“우리를 의병으로 알고 묻는 말이냐?”

“그렇다.”

“생각해 보거라. 의병을 일으키려면 깊숙한 산중에 모일 것이지, 어찌 사람들이 번잡하게 왕래하는 훤한 읍내에서 멀지 않은 곳에 하나 둘 떨어져 살면서 날마다 맨손으로 모였다 흩어졌다 하겠느냐.”

순검은 증산의 날카로운 대답에 주춤했다. 종도들은 증산의 곧은 대답을 듣고 곧 석방되리라 고개를 끄덕였다. 그러나 일본 수사관은 호락호락하지 않았다.

“꼭 죽창을 들어야 의병이 아니다.”

“그럼, 그대들이 묻는 의병이란 것은 무엇이냐?”

“이씨 왕가를 위하여 일본에 저항하는 모든 행위가 의병이다.”

“그러면 그대들이 잘못 알았도다. 우리는 그런 일로 모인 것이 아니다.”

“그러면 무슨 일로 모였느냐? 네 놈이 천자라 칭하며 황실의 세금을 피하고 천하를 바로잡는다고 하지 않았더냐?”

“같이한 일행은 마음수양을 하는 도반들이다.”

“마음수양? 도반? 굿하는 무당이 무슨 도반인가? 종교가 뭔가?”

“나는 불교도 유교도 선교도 아니리라. 어떤 종교도 아닌 무극대도(無極大道)이니라.”

“무극대도?”

“조금이라도 치우친 극이 있으면 소도(小道)요, 치우침이 없으면 대도(大道)다. 대도는 무문(無門)이기에 돌고 돌아 둥근 무극(無極)이니라.”

“그래? 그 무극대도에서는 무얼하는가?”

“이제 혼란과 멸망에 처한 천지를 뜯어고쳐 새 세상을 열고 절벽에 내몰린 사람과 신명을 널리 건져 각기 안락을 누리게 하려는 모임입니다.”

“천지를 뜯어고친다구? 네 놈이 누군데 감히 그런 말을 지껄이느냐? 아직 매를 덜 맞았구나.”

순검들이 죽도를 들려는 찰나 증산이 큰 소리로 외쳤다.

“나는 강천자다!”

갇혀 있던 종도들이 깜짝 놀랐다. 이 위기를 모면하려면 적당히 둘러대면 될 것인데 굳이 반역적인 언사로 불에 기름을 붓다니! 감옥 여기저기 한숨이 터져 나왔다,

"어찌 니 놈이 강천자냐?"

"너희가 나를 강천자라 하니 강천자이니라. 나는 천하를 갖고 흔드니라."

형렬마저 머리를 절레절레 저며 고개를 숙였다. 여기저기 탄식을 넘어 불경한 질책이 난무했다.

"아이고, 이제 우리는 다 죽었네."

"저, 죽일 놈 좀 보게."

여기저기서 증산을 부정하는 넋두리 한탄이 터져 나왔다.

"나는 병을 고치려 약방에 들른 죄밖에 없소."

"일하지 않고 배불리 먹는 세상을 만드는 도수공사를 했다고 하더니만, 기껏 옥중에서 매찜질 당하며, 한 끼 배급으로 주먹 밥 하나 먹는 게 전부일세."

"말해 뭐해. 100년 도수를 보았다더니, 내일 벌어질 지 앞길 가늠도 못하는데, 말다했지."

어제까지 증산을 따르던 자들이 이제는 저 살겠다고 오히려 증산을 미친 자 취급하고 욕을 해대고 있었다. 수사관은 혼잣말로 중얼거렸다.

"오합지졸들이구만, 빠가야로 조센징."

한차례 죽도찜질이 폭풍처럼 몰아쳤다. 증산은 정신을 잃은 듯 대들보에 매달려 축 늘어졌다. 수사관이 만족한 미소를 지으며 종도들에게 다가갔다.

"두 눈 뜨고 똑똑히 보아라. 하늘과 땅을 움직이고 눈비를 부리고 질병을 치료하는 신통술을 부린다는 너희 대장의 참모습이다. 혹세무민을 일삼는 미친 자에 불과한 자를 천자라고 따르는 너희들이 불쌍하다."

종도들은 피투성이가 된 증산을 바라보며 실망한 기색을 숨기지 못했다. 단지 형렬만이 눈물이 그렁그렁할 뿐이었다.

마침 형렬이 경찰서에 책임자와 먼 인척간이라 선처를 빌은 덕택에 증산과 종도 한 명 그렇게 세 사람은 보다 안락한 유치장으로 옮겨 매찜질을 당한 증산을 돌볼 수 있었다.

형렬이 정성스레 보살펴서인지 증산은 곧 정신을 차렸다. 상투가 풀린 채 온몸에 매질자국이 선명한 증산의 몰골은 말이 아니었다. 증산이 두 사람을 보면서 말했다.

"속언에 세 사람이 모이면 관장(官長)의 공사를 처결한다 하였으니, 여기 온 김에 세 사람이 천지공사를 보자꾸나."

두 사람은 어이가 없었다. 그 몰골에 몸이나 추스르면 다행인데 천지공사라니!

"왜 그런 눈으로 보느냐. 같이 천하를 도모하자는데."

"여기서 한시 바삐 풀려날 궁리부터 하셔야지요."

형렬의 근심에는 아랑곳 않고 증산은 조용히 타일렀다.

"비록 십만 대중이 이러한 관장 화액에 걸려도 털끝 하나 상함이 없이 다 풀려나는 공사를 보거라. 삼천리가 들썩여도 전체는 화를 면하는 공사니라."

증산은 옥중에서 1919년에 닥칠 3·1운동 공사를 본 것이지만 이를 아는 자가 없었다.

다음 날 일행은 모두 풀려났지만 증산만 감옥에서 사흘 더 고초를 당하고, 조서엔 '광인(狂人: 미친 사람)'이란 딱지가 붙어 가까스로 풀려났다.

공사를 본 두 사람을 제외하고 유치장에 수감되었던 자들 중에 더 이상 증산을 따르는 자가 없었다. 이렇게 증산은 종도 숫자가 불을 만하면 기괴한 행동으로 모두 흩어지게 만들었다.

증산이 고부경찰서에서 풀려난 직후였다. 수발하던 형렬은 깊은 한숨만 나왔다. 그 일로 따르던 종도들은 가뭄에 콩 나듯 하기에 하도 답답하여 증산에게 여쭈었다.

"세상 사람들이 선생님을 광인으로 여기나이다."

증산이 지붕이 들썩이도록 크게 웃으며 말했다.

"내가 신축년 이전에 천하를 떠돌며 인정과 풍속을 살피려고 많은 사람들을 만났느니라. 그 때에는 관상이나 사주와 점을 보아 주곤 했는데, 사람들은 신통하다며 나를 신인으로 공경하여, 어떤 자는 소까지 잡아 대접하더구나. 허나 그것은 내가 헛말로 행세한 것이요, 정작 신축년 이후에 천지의 언어도 천지신명공사를 하면 사람들은 도리어 광인으로 여기는구나. 산은 멀리서 봐야 하듯이 나중에야 알아볼 것이니라. 세상이 너무도 극악하도다. 이 시대를 잘 넘기려면 남에게 흠을 잡히지 않아야 하느니라. 자네는 광인이 되지 못할 터이니 땅이나 파는 농군으로 행세해라. 나는 광인으로 행세할 것이니라."

하지만 형렬이 속으로 생각했다.

‘총명한 종도가 인연이 되어 들어왔으면…….’

증산이 이런 형렬의 마음을 읽은 것일까. 형렬의 바램은 이미 실현되고 있었다. 차경석이란 젊은 종도가 들어왔기 때문이다.

차경석은 영민하고 글에도 능하여 번듯한 서당의 형태를 취해갔다. 증산도 차경석을 종도로 들이면서부터 비로소 삿갓에 행장도포 차림을 벗고 말총갓에 대님을 맨 훈장의 면모를 갖추기 시작했다.

글을 아는 새로운 종도들도 모이기 시작했다. 게다가 증산이 구릿골에 동곡 약방을 연 뒤로 병이 잘 낫는다는 소문이 퍼져 각지에서 많은 사람들이 모여들었다. 하지만 증산은 그저 태을주만 외라 하고 종도 수를 불리는 일에는 개의치 않았다.

병으로 쓰러지기 전, 형렬의 집 마당에 글 쓰신 것과 책을 쌓으라 명하였다.

“이것을 모두 태우라. 그래야 난법 기운을 일찍 거두느니라.”

하지만 이는 참으로 모순된 명이었다. 4개월 전에 증산은 종도들이 모두 보는 앞에서 차경석에게는 현무경을 한 권 건네주며 의미심장한 말을 남겼다.

“그 글이 나타나면 세상이 그것을 다 알게 될 것이다.”

경석은 뛸 듯이 기뻤다. 아무도 갖지 못한 현무경이 자기 손안에 들어왔으니 도통줄이 자기에게 전해진 것이 아닌가. 그러나 증산은 혀를 끌끌 찼다.

“이놈아, 좋아 말아라. 헛수고니라. 보아 하니 장차 27년간은 헛공부, 헛도수가 되겠구나.”

후천시대에도 선천시대의 중앙집권적 종교를 떨치지 못함을 지적하고 있었으나 차경석은 알지 못했다.

“내가 니 소원을 하나 들어주마. 경석아, 아내를 몇 명이나 두면 좋겠느냐?”

“한 12명 쯤…….”

참으로 욕심 많은 청이었다. 그러나 증산은 나무라지 않고 인자하게 고개를 끄덕였다.

“경석이 12제국을 자청했고, 그의 부친이 동학두목으로 죽었고, 그 또한 동학 총대를 지냈으니 오늘부터는 동학의 신명들을 모두 그에게 붙여서 해원을 해줄 것이니라. 억울하게 죽은 사람들이 신명을 해원시키지 않으면 후천엔 역도에 걸려 정사를 못하게 되느니라. 경석은 큰 인재니 만인의 수장이 될 만하다. 너한테 영통 해원도수와 함께 일극(一極)을 주노라. 뒷날 경석이 교도 수백만을 거두니라.”

하지만 증산은 갑자기 호랑이 같은 얼굴로 변하더니 크게 꾸짖었다.

“이놈아, 집을 크게 짓지는 말아라. 그러면 네가 죽게 되느니라.”

경석이 그 말뜻을 몰라 쩔쩔맸다.

증산의 임종을 앞둔 형렬의 집. 화천을 앞둔 오늘은 그때 이후로 증산을 외면한 종도들도 증산이 임종에 든다고 하자 모여든 것이었다. 충심이 있는 종도들은 수심이 가득 찬 얼굴로 다가와 증산의 안색을 살폈다.

"선생님께서 돌아가시다니 그게 어인 말씀이십니까? 진정 가시고 싶어 그러십니까?"

증산은 태연했다.

"내가 죽으면 아주 죽겠느냐? 죽음은 매미가 허물 벗듯이 옷 벗어 놓는 이치니라."

"저희를 놔두고 어찌하여 일찍이 가려 하십니까?"

"내가 지금 일 때문에 급히 가려 하니, 간다고 서운하게 생각지 말라. 이 다음에 다 만나게 되느니라."

형렬이 눈물을 뚝뚝 흘리며 안타까운 심정을 가누지 못했다. 증산이 몸을 일으키더니 갑자기 마당을 향해 큰 소리로 꾸짖었다.

"글 배우는 사람이 도둑놈이지 도둑놈이 따로 없다. 도는 본래 문자가 없는 것이니, 붓대 가진 놈이 제일 큰 도둑놈이니라. 마음대로 꾸며서 글을 쓰지 말라. 나의 도가 씨가 되어 싹이 나고, 또 싹이 나서 연(連)하게 될 때 그 놈들이 앉아서 요리조리 다 만드니, 앞으로는 해를 돌아가면서 속고 사는 세상이니라. 허나 난법 중에 진법이 나오느니라. 도통한 자에게만이 도통이 흐를 것이다. 사람의 마음도 마음이요, 하늘의 마음도 마음이다. 마음은 마음끼리 통하느니라."

모인 자들은 그 뜻이 무엇인지, 왜 그런 말을 공표하는지 영문을 아는 이가 없었다. 단지 마지막 헛것에 몰린 헛소리로 취급할 뿐이었다. 증산은 형렬에게 명하여 꿀물 한 그릇을 가져오게 했다. 한 그릇을 다 마신 증산이 혼자 중얼거렸다.

"날은 덥고 머나먼 길을 어찌 갈꺼나."

형렬에게 몸을 기대신 채 작은 소리로 태을주를 외었다. 박서방이 다가와 증산에게 여쭈었다.

"혹시 종도들에게 남기실 유훈은 없으신지요."

생사가 오락가락하는 사람을 앞에 놓고 유언을 청하는 모양은 썩 좋지는 않았다. 하지만 종도들이 가장 듣고 싶었던 말이기도 했다. 종도들은 도통 비법을 전수해주거나 도통줄을 이어받을 후계자가 누구인지 결정해주길 내심 기대하고 있었다. 그동안은 그저 태을주만 외라 했을 뿐 도에 대한 진언은 한 마디도 없었기 때문이다. 증산은 그 마음을 모두 안다는 듯 말했다.

"내가 일상에서 이미 한 사람마다 다 언질하지 않았더냐."

박서방은 지금뿐 아니라 이전에도 증산에게 대놓고 청한 적이 있었다.

"태을주만 욀게 아니라 도통(道通)을 주옵소서."

증산은 기가 막혔다. 도를 달라는 걸 보면 눈에 보이고 손으로 잡히는 것이 도인 것으로 알고 있는 것이 분명했다. 이 자가 도를 안다면 굳이 그런 말을 할 수가 없었다.

무릇 도란 자기가 만든 착각의 비눗방울에 둘러싸여 있다는 사실을 깨닫는 것에서 비롯되는 것인데, 아직도 갈 길이 먼 자였다. 증산은 박서방을 크게 나무랐다.

"그것이 무슨 말인고? 참으로 답답하구나. 네가 어느 세월에 도통을 하겠느냐. 스스로 무슨 말을 하고 있는지 모르는데 무슨 도통이더냐. 개나리가 봄이 와야 피는 것이지, 애지중지 한다고 엄동설한에 피더냐. 너희 허상의 판 밖에서 도통종자를 심었는데, 나와 면전을 대하는 사사로운 정이 있다고 판 안의 너희들에게 도통이 피겠느냐. 그러나 도를 찾겠다는 그 마음이 갸륵하다. 사람이라면 누구에게나 이미 도통의 종자가 뿌려져 있노라. 지금은 꽃을 피지 못해도 그것이 장차 종자가 되고, 그 종자가 커서 천하를 덮을 것이니라. 그 뒤에 자기가 닦은 바대로 도통이 한 번에 열릴 것이니라.”

방문 너머 근심이 가득한 얼굴을 한 이 서방을 보자 증산은 1905년 12월 1일 을사조약 때가 떠올랐다. 조선이 혼란에 휩싸이자 한때 형렬과 함께 동학에 몸담았던 이 서방이 시대적인 어려움을 묻고 어찌 바로잡을지 묻기에 증산은 이렇게 답했다.

“조선을 서양으로 넘기면 인종이 다르므로 차별과 학대가 심하여 살아날 수 없을 것이요, 청국으로 넘기면 그 민중이 우둔하여 뒷감당을 못할 것이요, 일본은 임진란 후로 도술신명들 사이에 척이 맺혀 있으니 그들에게 넘겨주어야 척이 풀릴 것이다. 그러므로 그들에게 일시 천하동일지기와 일원대명지기를 붙여주어 역사를 잘 지키려니와 한 가지 못 줄 것이 있으니 곧 어질 인(仁)자라. 만일 어질 인자까지 붙여주면 천하는 다 저희 것이 되지 않겠는가? 그러므로 어질 인자는 너희들에게 붙여주노니 오직 어질 인자를 잘 지키라. 너희들은 편한 사람이오, 저희들은 너희들의 일꾼이니 모든 일을 분명하게 잘하여 주고, 일본이 갈 때에는 품삯도 못 받고 빈손으로 돌아가리니 말대접이나 후하게 하라.”

그러나 잘 알아듣지 못하고 또다시 물었다.

“다가올 후천이란 어떤 선경세계입니까?”

증산이 대답했다.

"하늘과 땅보다도 인간을 존중하는 세상이니, 이제부터는 인간을 존중하는 인존시대니라. 인망을 얻어야 신망에 오르느니라. 신은 사람이 마음먹는데 따라서 흠향이 되느니라. 선천에서는 하늘이 일을 이루었으나, 이제는 사람이 일을 이루리라."

"선생님, 그럼 하루 빨리 이 세상을 뒤집어서 후천개벽을 건설하십시오."

"이놈아, 사람의 일에는 기회가 있고 하늘의 이치에는 도수가 있다. 어린 아이는 어미젖에 매달려 살지만, 청년이 되어서는 제 손으로 세상을 개척해야 하느니라. 아이가 하루아침에 청년이 될 수는 없다. 도수를 버리고 억지로 일을 꾸미는 것은 철없는 자식에게 천금을 물려주는 것과 같아서, 천하의 재앙을 불러 오느니라. 이미 미륵인 자의 눈에는 세상이 미륵이고, 중생의 눈을 가진 자에겐 중생만 보일 뿐이니라. 종자를 가꿔야 하느니라. 나의 일은 상(上)씨름 씨름판과 같으니라."

개벽(開闢)이라함은 다가올 후천 평등의 시대를 암시하는 것이었다. 선천은 차별의 시대였다. 신분차별은 첩첩히 원한을 쌓이게 하고 극열한 신분 갈등을 불러일으켰으니, 선천은 한마디로 '원결상극'시대였다. 반면 후천(後天) 종교와 신분 속박이 없는 자유와 평등 세상인 '해원상생'시대였다.

증산이 말한 미륵(彌勒)이란 곧 '자율인(自律人)'이었다. 유불선의 율법과 신분에 얽매이지 않고, 한 사람 한 사람이 부처이고 자기 인생의 주인공이 되는 자율인.

1910년 이후부터 세상은 신분 차별 붕괴를 알리는 시민혁명과 신민지 독립이 시작되었다. 차별시대 선민사상의 원천은 다름 아닌 종교였다. 종교는 인간을 신의 피조물로서 차별하고 주종관계를 정립했다.

이런 종교관이 귀족과 천민의 계급사회로 그대로 투영되었다. 또한 국가는 강대국이 약소국을 침공하여 식민지로 정복하는 제국주의가 맹위를 떨쳤다.

18세기부터 중세의 서양종교가 붕괴되면서 이런 차별은 무너지기 시작했다. 1920년대를 기점으로 전 세계는 식민지해방과 신분해방의 물결이 휩쓸었다. 자유와 평등의 후천이 도래한 것이다. 그러나 조선은 여전히 신분 차별의 왕조국가를 벗어날 기미를 보이지 않았다. 역사상 종교가 신분해방에 앞장선 사례는 드물다. 조선의 유교 또한 신분제 질서의 골격이었다.

증산이 말한 하늘은 사람의 마음이었다. 하지만 이서방을 비롯하여 다른 종도들은 다가올 후천이 그려질 리가 없었다. 그저 눈에 보이는 외물인 미륵불상, 지구의 대격변, 대질병, 대전쟁 같은 외물의 조건만 생각하고 60갑자에 매몰되어 있었기 때문이다. 안타깝게도 조선의 근대화는 보다 일찍 근대화한 일제의 손을 빌릴 수밖에 없었다.

형렬 또한 증산에게 넌지시 도에 대해 물은 적이 있었다.

"천지공사를 거의 마치셨다고 하셨는데, 상제님께서 출세하실 때는 언제입니까?"

"똑똑히 들어라. 나의 말은 쌀에서 뉘를 가리는 것과 같으니

라. 알아듣겠느냐? 알기 쉽고, 동시에 알기 어렵고 두 가지 다
니라. 알아듣겠느냐? 우리가 도모하는 일은 쉽고도 어렵고, 알
고도 어렵고, 모르고도 쉬우니라. 똑똑한 것이 병통이니 식자
우환(識字憂患)이라. 아는 것도 병이 되느니라.”

그리고는 앞산을 가리켰다.

“형렬아, 저 건너 산에 소나무를 모두 꺾어 모으면 몇 짐이
나 되겠느냐?”

형렬은 우물쭈물하며 답하지 못했다.

“글쎄요. 잘 모르겠습니다.”

“도통이란 그런 것이니라. 저렇게 눈으로 보이는 것도 알 수
가 없거늘, 보이지 않는 나의 법을 네가 어찌 알겠느냐. 지금
눈앞에 미륵불이 우뚝 선다고 한들 네가 알아보겠느냐. 개 눈
엔 똥만 보이고, 새 눈엔 씨앗만 보이고, 부처의 눈에는 부처만
보이느니라. 그런 눈이 없으면 그런 눈을 가진 늦게 오는 자나
상등 손님으로 삼으라.”

증산이 특별한 도통수련을 가르치지 않고 세월을 보내자 종
도들은 비법을 찾기 위해 증산의 일거수일투족을 눈여겨보았
다. 특히 종도들은 현무경에 관심이 집중되어 있었다.

증산이 천지공사를 보실 때는 항상 부(符)나 물형을 그리고
곧 불사르시는데, 종도들은 그 뜻을 알 수 없었고, 다만 몇 자
의 글자만 알아볼 뿐이었다. 또한 그리는 것을 보지도 못하게
돌아앉아 그렸다. 종도들은 그 글이라도 기록해 두려고 무진
애를 썼다. 그럴 때마다 증산은 담뱃대를 탕탕 내리치며 그런
자들을 사정없이 꾸짖어 경계했다.

“잊지 말고 명심하라. 따라 그리거나 외워 기억할 생각일랑 추호도 마라. 그저 당장 들을 때에 명심하였다가, 입으로 전하고 마음으로 받으라[口傳心授] 하라.”

그럼에도 불구하고 어떤 총명한 종도는 뒤에서 붓대 끝 돌아가는 것만 봐도 무엇을 쓰시는지 훤히 알아서 이를 기억했다가 집에서 다시 그려 놓곤 하였다.

그 날도 증산이 부를 그리고 있는데 그가 살며시 어깨 너머로 보려고 하자

“네 이놈!”

하고 땅이 흔들리듯 호통을 쳤다.

“똑똑히 들어라. 알려고 하지 말라. 너희들은 알려고 해도 알지 못할 것이요, 일러 주어도 알지 못하리라.”

방 안에는 김형렬과 몇몇 종도들이 무릎을 꿇고 사투를 벌이고 있는 증산 옆에 앉아 자리를 지켰다. 증산은 종도들에게 전했던 자신의 유훈을 회상하며 지그시 눈을 감고 있었다. 이때 차경석이 방으로 들왔다. 증산이 몸을 일으켜 눈을 흘겨보며 꾸짖었다.

“정가, 정가! 글도 무식하고 똑똑하지도 못한 것이 무슨 정가냐!”

끄게 꾸짖고는 식은땀을 흘리고 다시 누웠다. 종도들 중에서 가장 많이 경계의 꾸짖음을 들은 건 현무경을 주었던 차경석이었다. 오늘 마지막 경계의 말도 경석의 몫이었다.

꿀물을 마시고 정신을 차린 증산이 마당에 모인 종도들에게

최후의 유훈을 전했다.

"너희들이 나를 믿느냐?"

"믿나이다."

"죽어도 믿겠느냐?"

"죽어도 믿겠나이다."

"이제 천하를 도모코자 떠나리라. 그리고 일을 본 후에 돌아오리라. 내가 없을 때, 너희들이 나를 보지 못하여 애통하며, 이곳에 내왕하는 거동이 나에게 연연하게 보일 것이다. 내가 너희들의 등 뒤에 있어도 나를 보지 못할 것이다. 내가 너희들을 찾아야만 서로 만날 것이다. 상말에 '이제 보니 수원 나그네'라는 말이 있듯이 누구인지 모르고 대하다가 다시 보니 낯이 익고 아는 사람이더라'는 말이다. 그러니 너희들은 나의 얼굴을 잘 익혀 두어라. 진실로 너희들에게 이르노니, 내가 장차 열석자로 오리라. 성인의 말은 한 마디도 땅에 떨어지지 아니하니, 나의 말도 또한 땅에 떨어지지 않으리니 너는 오직 나의 말을 믿으라. 믿는 자가 한 사람만 있어도 나의 일은 성사되리라. 이제 나의 천지공사는 이것으로 끝났다."

충직한 종도들이 한없이 눈물을 흘렸다. 하지만 도통을 이을 후계자를 지명하거나 비결을 따로 전수하지 않았다. 형렬이 증산에게 물었다.

"열석자가 무슨 뜻입니까?"

"멍청한 놈. 나 죽은 뒤 잘 생각해봐라. 나는 미륵불이니, 나를 보려거든 금산사 미륵불을 보라."

돌아누운 증산이 애타게 부르는 이름이 있었다.

“형렬아, 연이를 들이거라.”

“연이라 함은…….”

“어서 호연이를…….”

호연은 증산의 시중을 들던 13살짜리 어린 여식이었다. 한 종도의 딸이었으나 첫눈에 보니 단명상이었기에 5살 때부터 증산이 곁에 손녀처럼 두고 있었다. 병수발을 받으면서 잠시 떨어져 있었을 뿐, 늘 같이 밥 먹고 외출할 때 같이 다니는 친구처럼 허물없이 지내던 아이였다. 하루는 호연이 증산에게 따진 적이 있다.

“쉽게 가르쳐 주지 않고, 꼭 이상한 문자로만 가르치니 종도들이 어떻게 알아요? 못 알게 하려고 그렇게 가르치는 거지요!”

“허허허. 그럼 이리 와서 네가 확인해봐라. 이 부에 있는 신명(神明)이 보이느냐.”

호연이 고개를 갸우뚱거렸다.

“모르겠는데.”

“그렇지, 봐도 모르겠지. 이 천지 사람들도 다 그런 것이야. 모르고 사는 사람이 많지 알고 사는 사람은 드물어. 지금은 나하고 일할 사람이 없다. 내 일을 할 사람은 뒤에 다시 나올 게야.”

잠시 후, 어린 호연이 방으로 들어오자, 증산은 종도들을 모두 물러가게 했다. 둘이 남은 증산은 그 어느 때보다 마음이 편해졌다.

“사람들이 선생님이 죽는다고 하는데 정말이야?”

“그럼.”

“죽으면 어디로 가는 건데?”

“가면 아주 가는 게 아니다. 이다음에 나 찾으려거든 여기를 봐라, 잉? 이것이 여의주다. 내 얼굴을 잊으면 여의주를 생각해라.”

증산이 아랫입술을 들추니 붉은 점에서 빛이 나와 눈이 부셨다. 증산이 호연을 이리 한 번 보고, 저리 한 번 보고 하시며 한숨만 지었다.

“조선의 앞날이 험난할 터라, 마당의 종도들에게 희망을 좀 주었다. 그런데 열석자가 뭔지 묻더구나.”

“열석자가 뭔데? 소나무 기럭지야?”

“지들이 매일 ‘시천주조화정영세불망만사지’ 하고 외면서도 몰라? 글자만 보고 그 마음을 모르다니, 원.”

“그게 뭔데?”

“그건 내가 호연이가 안 보일 때 ‘호연아’ 하고 부르면 호연이 오는 것과 같지.”

“아, 그럼, 이제부턴 ‘선생님’ 하고 부르지 말고 ‘열석자’ 이렇게 불러야 돼?”

“허허, ‘시천주조화정영세불망만사지’이것도 번거로우면 ‘열석자’ 그렇게만 외쳐도 되느니라. 니가 글을 몰라 참으로 다행이다. 사서오경을 달달 왼 자보다 더 잘 알아듣지 않느냐.”

잠시 침묵을 지키던 증산이 호연의 이름을 불렀다.

“호연아.”

“응.”

“옳지, 이렇게 대답해야지. 잘 들어라. 사람들이 앞으로 너에게 어떻게 하든지 송죽(松竹) 같이 마음을 굳게 먹어라, 응.”

“송죽 같은 것은 무엇이고, 굳은 마음은 뭐래요? 난 잘 몰라.”

“나는 이제 뱀이 허물 벗듯 육신만 남기고 혼이 나갈 것이야. 그러니 놀라지 마라.”

“혼이 나가면 미치는 거 아냐? 죽는 거야? 나 무서워.”

“괜찮어. 내가 곁에 있으니 괜찮어.”

증산이 호연을 다독여주니 호연이 눈물을 글썽였다.

“죽는다면서 곁에 있으니 괜찮다고?”

증산은 샐쭉 토라지는 호연의 손을 꼭 잡았다.

“호연아, 내가 너에게 큰 죄를 졌다.”

호연이 시무룩한 얼굴로 칭얼댔다.

“왜 자꾸 큰 죄를 졌다고 해요?”

“내가 천지에 제를 지냈다마는 죄는 죄대로 짓고 간다. 아이구, 어디 다시 보자! 예전에 손으로 찌른 눈 흉터를 보자. 눈 다쳤으면 어쩔 뻔했던고…….”

증산이 눈물을 글썽거리자 호연이 왈칵 울음을 터뜨렸다.

“선생님하고 떨어지면 누굴 믿고 다니냔 말야!”

호연은 증산을 부둥켜안았다. 이때 형렬이 들어와 호연을 방 밖으로 데리고 나갔다.

증산이 다급하게 형렬을 불렀다.

“내 뜻을 하나라도 아는 사람은 그 뜻이 이어질 것이다. 잘들 있거라. 잘 있거라, 간다.”

먹구름이 온 대지를 휘감아 해가 없어지고 마치 한밤중 같았다. 바람이 거칠게 휘몰아치고 번쩍번쩍 번개가 대지를 밝히더니 천둥소리가 온 천지를 뒤흔들었다. 바위를 뚫을 기세로 거센 장대비가 쏟아졌다. 그렇게 증산은 이승을 떠났다.

1909년 8월 9일 증산이 화천한 뒤 구릿골 약방과 형렬의 집엔 증산을 찾는 발길이 뚝 끊겼다. 차경석은 약방에 증산이 애지중지하던 약방의 약장을 들고 가고 종도들은 먼지 하나라도 싹싹 쓸어갔다. 하지만 증산의 묘는 초빈 상태로 12년간 방치되어 있었다.

증산이 화천하고 27년 뒤인 병자(丙子 : 1936)년 윤3월 10일. 차경석이 가족들과 60방주를 비롯한 많은 신도들을 불러 모았다. 증산으로부터 현무경을 전해 받은 경석은 보천교를 세웠다. 보천교도는 조선총독부의 집계로도 170만 명을 웃돌았고, 전해 내려오는 얘기로는 600만 명이 넘었다. 그때 인구를 생각한다면 적어도 두 사람 중 한 사람이 보천교도였다. 사람들은 증산의 천지공사를 이어받은 차경석이 미륵이라고 믿었다.

보천교는 망국의 실의에 찬 민중들에겐 큰 위안이 되었다. 그러나 일제는 독립자금을 대고 새로운 독립국가 '시국(時國)'을 건설한 차경석를 가만두지 않았다.

차경석은 스스로 '주인장'일 뿐이라고 했지만 일제는 '천자(天子)'를 사칭하는 사이비 교주로 몰아 친일단체를 동원해 기록을 날조, 왜곡하고 각종 중상모략과 협박으로 보천교 분열공작에 열을 올렸다. 이런 중대한 위기에 차경석이 갑자기 세상을 떠나게 된 것이다. 그는 최후의 유언을 전했다.

"내가 신도들에게 몹쓸 짓을 했다. 600만 교도들, 저 불쌍한 사람들, 내 사람들……. 내가 없어져야 한다."

경석은 이 말을 남기고 숨을 거두었다. 참으로 허망한 유언이었다.

차경석의 석연치 않은 죽음 이후, 보천교는 일제에 의해 급격히 와해된다. 경복궁 근정전보다 훨씬 규모가 컸던 십일전 건물은 경매되어 서울의 조계사로 옮겨져 대웅전으로 겨우 남아 있고, 신도들이 숟가락 하나씩을 모아 만들었다는 1만 8천 근 짜리 종은 해체되고 말았다.

만약 차경석이 '시국(時國)'을 신권왕정이 아니라 종교와 신분차별이 없는 '근대 공화국'으로 선포했다면 어떻게 되었을까.

물론 일제의 탄압은 피할 길이 없었을 것이다. 그러나 공화정을 이념으로 하는 상해 임시정부와 긴밀하게 연대했을 것이고, 후세에 근대 공화국의 시조로서 추앙받았을 것이지만 신권왕정이란 과거로 회귀하는 바람에 27년의 헛 도수가 되고 말았다. 차경석은 다시 한 번 후대를 기약할 수밖에 없었다.

증산을 모셨던 호연은 95세까지 장수를 누렸다.　〈끝〉

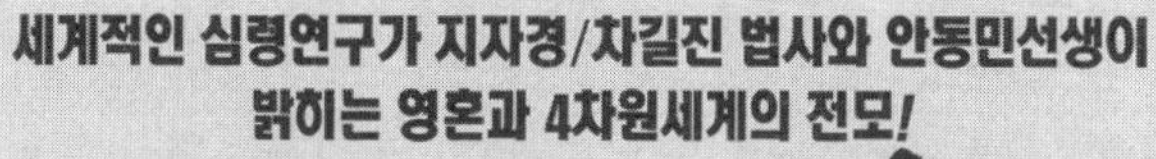

세계적인 심령연구가들이 체험한 사후의 세계! 그 베일을 벗긴다!

전20권

영혼과 4차원세계
심령과학시리즈

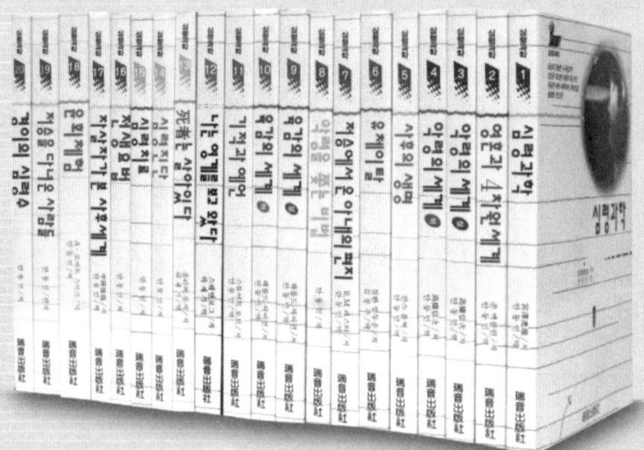

★ **전국 유명서점 공급중**

1권 심령과학
2권 영혼과 4차원세계
3권 악령의 세계 ⓢ
4권 악령의 세계 ⓗ
5권 사후의 생명
6권 유체이탈
7권 저승에서 온 아내의 편지
8권 악령을 쫓는 비법
9권 육감의 세계 ⓢ
10권 육감의 세계 ⓗ

11권 기적과 예언
12권 나는영계를 보고 왔다
13권 사자(死者)는 살아있다
14권 심령진단
15권 심령치료
16권 전생요법
17권 자살자가 본 사후세계
18권 윤회체험
19권 저승을 다녀온 사람들
20권 경이의 심령수

이 책을 펼치는 순간 당신의 운명이 바뀐다!!

세계적인 심령능력가 안동민 / 저

업장소멸 (전6권)

전생과 이승에서의 업장을 어떻게 풀 것인가?

이런 사람들은 지금 운명을 바꿔라

왜 돈 많은 집에서 태어나는 사람도 있는데, 그렇게 노력해도 가난에서 헤어나지 못하는가?

왜 평생 병이라는 것을 모르는 사람이 있는데 왜 나는 온갖 병을 짊어지고 살아야 하는가?

왜 세상에는 성공하는 사람, 실패하는 사람이 따로 있는가?

왜 남들은 결혼하여 행복을 누리는데 왜 나는 출산을 못하는가?

왜 남들은 일류대학이나 직장을가는데 왜 나는낙방만 하는가?

➡ 이 책은 당신은 누구인가? 또 사후에는 무엇으로 환생할 것인가에 대한 끝없는 의문을 명쾌하게 풀어준다.

➡ 최초로 공개되는 저승에서 보내온 S그룹 회장님의 메시지!

➡ 심령학자가 본 화성연쇄살인사건과 미국판 화성연쇄살인사건의 진상과 그 범인은 누구인가?

사업을 성공시키는 비법, 라이벌이나 원수를 주술로서 제거시키는 비법공개!

★ 전국 유명서점 공급중

제1권 심령문답편
제2권 업장소멸편
제3권 악령의 세계편
제4권 원혼의 세계편
제5권 비전의 주술편
제6권 업장완결편

저자 약력

김영수(金英秀).

1965년 서울에서 출생. 건국대학 졸업.

현재 인터넷신문 후아이엠(www.whoim.kr) 편집국장을 맡고 있으며, 같은 신문에 칼럼 〈김영수의 세상참견〉 을 쓰고 있다. 제23회 근로자 문화예술제 문학분야에 입상(2002)하였고, 한국불교신문 기획팀장을 역임한바 있다. 일간 스포츠에 칼럼 〈영혼르뽀〉, 주간 일요서울에 소설 〈천문〉, 한국불교신문에 소설 〈時中-매월당김시습 일대기〉, 〈무학대사〉 등을 연재했다. 2009년 국제사법재판소에 간도협약원천무효 소송 서류를 접수하기도 했다.

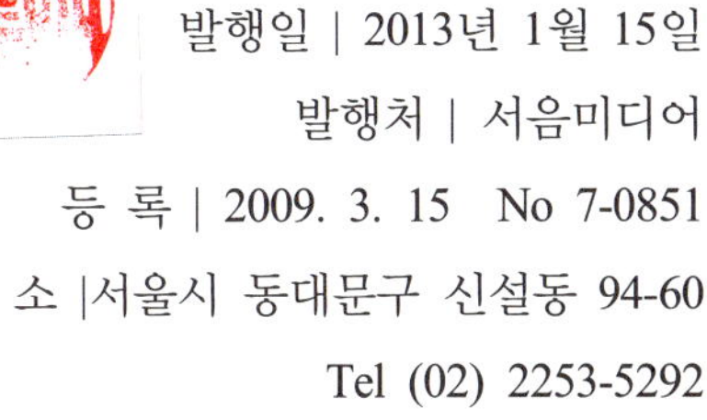

발행일 | 2013년 1월 15일
발행처 | 서음미디어
등 록 | 2009. 3. 15 No 7-0851
주 소 |서울시 동대문구 신설동 94-60
Tel (02) 2253-5292
Fax (02) 2253-5295

저 자 | 김 영 수
편집 기획 | 이 광 희
발 행 | 이 관 희
본문편집 | 은종기획
표지일러스트 | CAOS NET GEUNA
ISBN 978-89-91896-99-4